A vingança da amante

TAMAR COHEN

A vingança da amante

Tradução de
JULIANA ROMEIRO

1ª edição

EDITORA RECORD
RIO DE JANEIRO • SÃO PAULO
2014

CIP-BRASIL. CATALOGAÇÃO NA FONTE
SINDICATO NACIONAL DOS EDITORES DE LIVROS, RJ

Cohen, Tamar
C76v   A vingança da amante / Tamar Cohen; tradução de Juliana Romeiro.–
1ª ed. – Rio de Janeiro: Record, 2014.

Tradução de: The Mistress' Revenge
ISBN 978-85-01-09538-1

1 Ficção americana. I. Romeiro, Juliana. II. Título.

                                CDD: 813
14-11319   CDU: 821.111(73)-3

Título original em inglês:
THE MISTRESS' REVENGE

Copyright © Tammy Cohen 2011

Texto revisado segundo o novo Acordo Ortográfico da Língua Portuguesa.

Todos os direitos reservados. Proibida a reprodução, no todo ou em parte, através de quaisquer meios. Os direitos morais da autora foram assegurados.

Direitos exclusivos de publicação em língua portuguesa somente para o Brasil adquiridos pela
EDITORA RECORD LTDA.
Rua Argentina, 171 – Rio de Janeiro, RJ – 20921-380 – Tel.: 2585-2000, que se reserva a propriedade literária desta tradução.

Impresso no Brasil

ISBN 978-85-01-09538-1

Seja um leitor preferencial Record.
Cadastre-se e receba informações sobre
nossos lançamentos e nossas promoções.

EDITORA AFILIADA

Atendimento e venda direta ao leitor:
mdireto@record.com.br ou (21) 2585-2002.

Para Jake, porque o meio não é tão ruim assim

Nunca se envolva com alguém que tem
menos a perder que você.

Deixe-me explicar antes de começar.

Sei que talvez você ache tudo isso um tanto alarmante, malicioso ou até repugnante. Chame do que quiser. Mas acredite em mim, nada pode estar mais longe da verdade. A questão é que eu fui a uma psicóloga, como você me aconselhou. Tão gentil da sua parte pensar nisso.

"Sei que acha que isso é tudo balela, eu também achava, mas, acredite em mim, você vai ver o resultado", encorajou-me você, em seu tom de voz mais preocupado logo depois do York Way Friday, quando ainda agia de modo inteiramente culpado.

E como estava certo. Já posso ver os resultados, de verdade. Seja como for, ela me falou — aliás, o nome dela é Helen Bunion, dá para acreditar?* E ela costuma virar a cabeça de lado um pouquinho, feito um passarinho, quando começo a falar. Acho que é para demonstrar que tenho atenção total e exclusiva dela —, ela me falou que colocar tudo "para fora" é parte vital do meu processo de recuperação.

Foi exatamente isso que ela disse: "parte vital do meu processo de recuperação". Então, o que posso fazer? Não quero obstruir meu processo de recuperação, e Helen Bunion está realmente preocupada com meu bem-estar, então "para fora", aí vamos nós!

---

*Bunion em inglês significa "joanete" (N. da T.)

Sei que você vai ficar preocupado com a possibilidade de outras pessoas lerem isto e de a história toda se tornar pública, e, acredite, se eu arrumar um jeito de colocar tudo "para fora" sem correr o risco de exposição e de ter todos os problemas associados a ela, é claro que vou tomar cuidado. Faço isso por você. Você sabe disso. Mas, como você mesmo já vivenciou as vantagens de se fazer "terapia", tenho certeza de que vai entender que é preciso ser absolutamente honesta (não, qual é a palavra que se usa atualmente? Transparente. Absolutamente transparente), não importa o quão doloroso isso seja. Então, é isso que vou ser. Como parte do meu processo de recuperação. E já posso ver os resultados. Muito obrigada pelo conselho.

Helen Bunion — ela prefere que eu a chame só de Helen, e, com um sobrenome desses, dá para imaginar por quê. Mas acho difícil. É como chamar um professor pelo primeiro nome, é errado de alguma forma. Ela me falou que eu devia "diariar" minhas emoções.

Você sabia que tem um verbo para isso agora? "Diariar"? É mais um daqueles verbos inventados que deveriam permanecer como substantivos, igual a "impactar". Engraçado, Helen também já usou esse. Ela disse que você "impactou minha vida catastroficamente". Catastroficamente é uma palavra muito forte, não acha? Ainda assim, é de se esperar que uma psicóloga experiente saiba do que está falando, não é? Então, preciso presumir que ela tenha alguma base.

E, assim, minha tarefa agora é fazer um diário das minhas emoções. Isso vai ser fundamental no meu processo de recuperação, ou ao menos fui levada a acreditar nisso. Na verdade, estou ansiosa para começar. Desde que você foi embora, tenho sentido falta de conversar com você. Você se lembra de como eu dissecava cada detalhe de nossas vidas naqueles e-mails intermináveis que a gente trocava o dia inteiro? *Nosso relacionamento nunca teria começado se tivéssemos empregos "de verdade"*, você disse, fazendo a expressão "empregos de verdade" soar como uma coisa escura e pegajosa que a gente encontra na salada. E você estava certo, é claro. Cinquenta, setenta, cem e-mails por dia, só era possível porque passávamos tanto tempo na internet, sentados sozinhos diante do computador por horas a fio: você em Fitzrovia, nos elegantes escritórios da gravadora onde é patrão e produtor musical, ou no seu escritório pequeno, porém perfeitamente funcional, instalado no sótão de sua linda casa branca de estuque, no St. John's Wood (eu sei que você insistia que gostava da vista para os jardins e para os outros telhados, mas aquele sótão minúsculo sempre pareceu uma escolha um tanto esdrúxula, considerando que você poderia ter tomado conta da casa. "O babaca solitário no sótão", era o assunto dos seus e-mails). E eu no cubículo feito de divisórias em minha desgastada casa de três quartos no sul de Londres, na maior parte do tempo, encarando o nada.

"Divagações de um babaca solitário no sótão." As mensagens chegavam à minha caixa de entrada. Aquele título indo e vindo, à medida que a troca de e-mails aumentava. Às vezes, eu mudava o assunto para "Divagações de uma mulher invisível num cubículo". Cada vez maiores, mais e mais mensagens, catalogando os pormenores de nossas vidas. Cada incidente em meu dia era cuidadosamente coletado para mais tarde ser entregue a você como um presente em forma de e-mail. Me trancar do lado de fora de casa ao tirar o lixo! Comprar um exemplar do *Guardian* no supermercado para descobrir logo depois que já tinham roubado a revista *Guide*! Só agora, quando já não há mais ninguém a quem oferecer esses brindes, nem alguém que os queira, é que percebo quão inúteis todas essas superficialidades foram.

Quem mais se interessaria pelas refeições desastrosas que faço para as crianças (isso mesmo, ainda me limito a preparar fajitas, e você se divertia tanto com meu repertório culinário de dois pratos) ou pelo velho rabugento que veio fazer a leitura do gás e me deu uma bronca por causa da pilha de caixas e bolsas que acumulo no armário embaixo da escada?

"Você está me colocando em perigo", disse ele.

Não é um exagero? Colocando-o em perigo.

Imagino que eu poderia contar tudo isso para Helen Bunion, e ainda assim ela tombaria aquela cara de passarinho para o lado e me ouviria com intensidade, balançando a cabeça e fazendo "hum" de um jeito encorajador e eminentemente empático, mas não seria a mesma coisa. Nem seria um uso muito eficiente de 75 libras por hora! É preciso reconhecer que foi muito gentil da sua parte me fazer achar que havia algum valor em meu falatório. Fico me perguntando o que você faz com todo o tempo livre que deve ter agora que não precisa mais ler tudo aquilo.

Esse negócio de diariar é fantástico. De verdade, não sei o que seria de mim sem isso. Faz com que eu perceba que honestidade — desculpe, *transparência* — realmente é a chave. Já me sinto mais leve. Você sempre foi o maior defensor da honestidade, é claro.

"Acho que vou contar tudo para Susan", diria você num ímpeto. "Não quero que isso tenha de ser algo oculto. Não é assim que me sinto a seu respeito. Quero que o mundo saiba sobre 'nós'."

A verdade nos libertaria, você sempre dizia. No entanto, quando eu sugeri (tudo bem, admito que "implorei" talvez seja uma palavra mais adequada) que a gente esclarecesse tudo e deixasse que a sua esposa e o meu "parceiro" (algum dia houve eufemismo maior?) decidissem por si próprios baseados em todos os fatos, de repente a verdade passou a ser outra coisa, uma força destruidora da qual Susan e Daniel deveriam ser protegidos. Tão conveniente que você tivesse habilidade com essas nuanças sutis. Sem a sua ajuda, eu jamais teria entendido a diferença.

Sian ligou de novo. Ela o tem feito bastante nos últimos dias. Acho que está tentando me flagrar sofrendo.

"Me sinto tão responsável", foi o refrão constante dela depois dos eventos do York Way Friday. "Eu conspirei para o caso de vocês. Fui uma *capacitadora*."

Ela realmente usou essa palavra. Capacitadora. Desde quando todo mundo ficou tão fluente em psicologuês?

Ainda assim, acho que em um ponto ela tem razão. O que teria acontecido entre a gente se Sian não tivesse servido de álibi quando eu me jogava na noite para encontrar você ou quando ela se juntava a nós num jantar e fingia não ver que estávamos de mãos dadas por baixo da mesa?

"Acho que ela se diverte por tabela", dizia-me você, e sem dúvida havia um fundo de verdade nisso.

Você nunca entendeu *por que* Sian, não é? E, de alguma forma, estava certo. Ela é a única amiga de faculdade que, tanto tempo depois de eu ter me afastado dos outros, permanece em minha vida como um Post-it que ficou perdido, pendurado nas costas de um casaco. Antes de nosso caso começar, ainda tínhamos poucos e preciosos pontos em comum, ela e eu. Eu sempre dizia que Sian ostenta o status de solteira estável como uma camiseta com um slogan agressivo, insistindo que se trata de um estilo de vida. Você se lembra do jantar daquele seu amigo produtor de TV no qual levou a nós duas? Ela deu em cima de todos os homens a noite toda, regalou os outros convidados com histórias fantasiosas sobre os garotos de 25 anos que já tinha levado para a cama (engraçado como esses amantes são sempre "maravilhosos", embora ninguém nunca os encontre), acabou jogada em cima de um pufe e teve de ser mandada para casa de táxi. Feliz em conspirar em favor de qualquer coisa que desafiasse a predominante Máfia dos Casados, como Sian dizia, a princípio ela ficou satisfeita por *capacitar* o nosso caso. É por isso que, apesar do frequentemente declarado carinho pelo Daniel ("A gente se entende tão bem", falou-lhe uma vez. Você se lembra disso? Do quão mordaz você foi?), ela nos encorajou, a mim e você, arrastados pela embriagante ilusão de romance e seu reconfortante engrandecimento da paixão sobre o companheirismo.

"Se serve de consolo, Sally, eu também me enganei a respeito dele", me disse ela hoje, balançando a cabeça meio tristonha. "Eu me iludi completamente. Me sinto traída."

Isso o surpreende, Clive, o efeito dominó da sua traição? A forma como até minha melhor amiga se sente traída por tabela?

Em favor dela, digo que Sian tem passado por muita coisa nos últimos meses: me levantou do chão várias vezes, se esta não for uma analogia muito banal. (Pense em mim como uma mancha de gordura grudada no piso da cozinha, o tipo de sujeira que você precisa raspar com força, usando uma faca afiada.) A primeira reação de Sian às bombásticas notícias do York Way Friday foi choque e incredulidade. "Ele não pode ter feito isso..." "Não, não pode ser..." "Não acredito que ele tenha feito isso..." Mas logo passou para a raiva. "Como ele pôde ter feito isso..." "Quem ele pensa que é..." Ela se sentia como se sua confiança na natureza humana, que nunca chegou a ser muito sólida, estivesse sendo testada. Ela se sentia desiludida.

"Você vai superá-lo logo", falou-me hoje. "Vai aprender a vê-lo pelo que ele realmente é, e então, puff, a venda diante de seus olhos vai cair."

Puff. Fácil assim.

Eu disse a ela que não podia mais esperar. E então, porque isso a faria feliz e porque eu queria que fosse verdade, contei que já estava começando a acontecer.

"Estou melhorando, de verdade", falei.

E, na certa, estou melhorando. De verdade. Alguns dias sou capaz de passar longos minutos sem sequer pensar em você.

Sian pareceu satisfeita quando contei a ela sobre meu progresso.

"Estava preocupada com você, preciso dizer", disse ela. "Não tem sido você mesma ultimamente."

O que não cheguei a lhe contar é que eu mesma sou a última pessoa que quero ser ultimamente.

Sian ainda estava aqui em casa quando Tilly e Jamie chegaram da escola.

Sabe, cada vez mais me surpreendo quando eles entram pela porta da frente. Isso soa horrível? É como se, assim que meus filhos saem de casa pela manhã, e eu fico aqui sozinha, eles parassem de existir, e, então, quando voltam à tarde, tenho de reaprender que eles existem. Será que alguém sente isso? Bem, você não, imagino, uma vez que já passou por isso antes. Sinto falta dos seus conselhos em situações como essas.

Jamie estava ávido para me contar que o Sr. Henshaw *ainda* estava de licença por causa de uma enfermidade misteriosa e secreta. Ele parecia pensar que eu devia saber tudo a respeito do Sr. Henshaw, portanto, concordei veemente com a cabeça e torci para que não esperasse mais nada de mim.

Tilly me lançou um daqueles olhares. Todas as meninas fazem isso? Lançam esses olhares fulminantes que fazem com que você se sinta como se tivesse feito algo absoluta e irremediavelmente estúpido? Imagino que sua Emily o tenha poupado disso. Afinal, ela é a filhinha do papai, não é? Guarda seus olhares fulminantes para o restante de nós.

"Não sei por que você perde tempo contando essas coisas para a mamãe", disse Tilly a Jamie. "Ela não tem ideia do que você está falando."

"Ela tem, sim!" E o rosto de Jamie ficou vermelho. "Eu contei para ela ontem."

"Então tá." E Tilly me encarou, um par de olhos de 13 anos fixos nos meus. "Quem é o Sr. Henshaw?"

Helen Bunion me falou uma vez sobre como interagir com crianças, e eu fiquei tentando lembrar o que ela tinha dito. Sabia que tinha alguma coisa a ver com distraí-las, respondendo uma pergunta com outra pergunta. Ou talvez isso seja exatamente o que você não deve fazer. Preciso admitir, devo ter parecido um tanto vaga, parada ali, tentando me decidir entre distrair ou não distrair meus filhos, porque Sian, que costuma lidar com crianças como se fossem entregadores não muito inteligentes e que precisam de instruções precisas e firmes, decidiu intervir:

"A mãe de vocês não tem se sentido muito bem nos últimos dias."

E dois pares de olhos infantis me encararam, subitamente curiosos.

"O que ela tem?" Foi um choque que Tilly tenha se referido a mim como se eu não estivesse ali. Mas, em parte, foi também um alívio. Como a pergunta não tinha sido direcionada a mim, ninguém esperava que eu a respondesse. "Para mim, mamãe parece bem."

Jamie estava na dúvida.

"Os olhos dela parecem menores, como se tivessem encolhido."

"Não tenho dormido muito bem, é só isso", expliquei a eles.

Uma reação maternal apropriada, não? Tentar diminuir os próprios problemas de forma a não preocupar os filhos. (Ultimamente tenho me perguntado com frequência sobre o que é e o que não é apropriado. É como se eu estivesse assumindo o papel de mãe pela primeira vez, e sem qualquer vocação para tal.)

Jamie se aproximou e me deu um abraço, de olho em Sian, em busca de aprovação. Tilly permaneceu onde estava, enrolando uma mecha de cabelos entre os dedos.

"Você deve estar com a consciência pesada", disse ela.

Sian me encarou. Foi a expressão "consciência pesada", eu sei. Mas para mim está claro que Tilly só estava querendo provocar. E a verdade é que não estou com a consciência pesada. A respeito de nada. Sei que deveria estar, mas não estou. "Culpa é um sentimento tão pequeno-burguês", você costumava dizer. Sempre encarou a culpa como um desperdício. E estava certo, é claro. Tão inteligente esse seu jeito de classificar as emoções: de acordo com a utilidade delas. Também preciso começar a fazer isso, de verdade. Aparar toda a bobajada emocional deve tornar sua vida interior tão mais eficiente. Você deve ter o Volkswagen das vidas interiores, Clive. Quanto a isso, tenho que lhe dar o braço a torcer.

Sabe, posso perdoá-lo pelo fato de que, mesmo tendo lhe implorado que me avisasse de antemão quando fosse me deixar, ainda assim você me fez aparecer naquele restaurante no York Way Friday com uma impaciência animada, sem lavar os cabelos e usando não mais do que minha segunda melhor calça jeans. Posso perdoar o jeito como me falou que estava tudo acabado antes mesmo que eu terminasse de tirar o casaco, esperando, de alguma forma, que conseguíssemos preencher as três tortuosas horas seguintes, eu com um dos braços ainda dentro da manga. Posso perdoar aquele almoço terrível, excruciante e doloroso; a garçonete rondando sem jeito as refeições não comidas, a cara tão esticada num sorriso que parecia prestes a arrebentar, e eu evitando quaisquer olhares. Posso até perdoá-lo por ter pedido a nota fiscal (parece que mesmo as despedidas podem ser dedutíveis de imposto). O que não posso perdoar é a maneira como você bateu em retirada, tão aliviado, quando saímos do restaurante e falei que fosse embora. Você estava no meio da rua, a bolsa do laptop batendo insistentemente contra suas costas, e só então me dei conta de que ia mesmo me deixar ali, chorando na chuva.

Saaaally, sua bobinha, você costumava escrever em seus e-mails.

❧

Mas, antes que diga qualquer coisa, sei que você está de saco cheio de mim. Recebi seu e-mail ontem e estou fazendo o melhor possível para entender como se sente. Esse diário realmente está aumentando minha habilidade de compreensão. Acho que você ficaria orgulhoso.

"Tente me entender só um pouquinho", você me implorou logo antes de me deixar chorando no York Way Friday. "Apenas tente ver as coisas sob meu ponto de vista."

Acho que estou enfim começando a pegar o jeito, esse negócio de empatia, de ver as coisas sob o ponto de vista de outras pessoas. É excelente.

Então agora estou lhe pedindo que veja as coisas sob a minha perspectiva. Demonstrar um pouco de empatia. Deve ter se familiarizado um bocado com isso pela sua própria psicóloga. Deus sabe, você teve sessões suficientes.

"Bem, o plano de saúde cobre, então posso fazer bom uso do meu próprio dinheiro."

Além do mais, você sempre gostou de se ouvir falar. Lembro quando você voltou da primeira sessão, todo satisfeito consigo mesmo.

"Peguei a psicóloga completamente desprevenida", você se gabou. "Ela não tem ideia do que pensar de mim. Não me enquadrei em nenhum dos padrões perfeitos dela, entende?"

Mas, ainda assim, é de se esperar que todas aquelas sessões tenham transmitido alguma coisa, uma espécie de autoconhecimento. Portanto, espero que tente me entender.

Lá estava eu, na noite passada, pensando em Susan e imaginando como ela estava. Sei que Susan e eu nunca fomos exatamente melhores amigas — aquele sotaque australiano atrapalha um pouco as coisas, não acha? Suavizado, mas inegavelmente ali apesar de estar há três décadas no Reino Unido. Conhecidas, eu diria. Mas sempre gostei dela. Às vezes chegava a achar que eu gostava dela mais do que você.

"Não quero que Susan fique sozinha", eu dizia, tão generosa. "Ela não merece." Ou: "Como vamos ser capazes de construir nossa felicidade à custa do sofrimento de Susan?"

Você sempre fazia uma cara de dor quando eu falava assim.

"Me sinto péssimo em relação a Susan", você me diria (essas eram as palavras que você sempre usava quando se referia a ela: "péssimo", "terrível", "infeliz"). "Mas quando duas pessoas estão tão apaixonadas como nós dois, temos obrigação de ficar juntos, de ser felizes, não é?"

E, de qualquer forma, Susan ficaria bem, você me dizia. Ela sempre foi tão capaz, tão incrivelmente *talentosa*. Você falava dela como se fosse uma biblioteca.

Mas preciso admitir que a palavra "puta" no e-mail de ontem à noite me machucou. Sabe, eu até tive que interromper a leitura e dar uma olhada nos e-mails anteriores, mais alegres, como aquele em que você falou que mataria qualquer um que pensasse em me magoar, lembra? *Eu sei que isso soa meio rude, mas é assim que você me faz sentir*, você escreveu. *É uma coisa primitiva.*

Primitiva. Que escolha de palavras interessante. Sabe, é exatamente assim que tenho me sentido durante a maior parte do tempo. Primitiva.

O curioso é que, inconscientemente, acho que eu estava esperando que o cara que escreveu o primeiro e-mail viesse me proteger do que escreveu o segundo. Não é ridículo? Talvez eu devesse guardar esse pensamento para a próxima sessão com a Helen. Ela é boa nesse negócio de inconsciente. Vai ser como levar uma maçã de presente para a professora.

De qualquer forma, na noite passada eu estava pensando em Susan. Tenho feito isso com frequência desde que você pintou um retrato tão vívido da vida conjugal de vocês dois. E tem sido muito útil, já que agora sou capaz de visualizar o que ela está fazendo a qualquer hora do dia. Faz com que eu me sinta mais próxima dela. Sei que depois da ceia vocês normalmente passam para o segundo andar da magnífica casa em St. John's Wood, onde fica o enorme quarto azul-celeste com portas de vidro que se abrem para o terraço privativo no telhado. Não que eu tenha visto com os meus próprios olhos, mas você descreveu o quarto tão bem que é como se eu já tivesse estado nele. É ali que vocês se recolhem depois da "ceia", para relaxar na cama king-size gigante, ler o jornal, ver TV e comentar sobre o que viram ou leram.

"Só conversa fiada", você me assegurava. "Nada parecido com a variedade e a profundidade dos assuntos sobre os quais você e eu falamos."

E assim, na noite passada, eu estava meio sem ter o que fazer. As noites têm sido tão longas, você não acha? O intervalo sonolento entre o jantar e o estado de esquecimento? E eu comecei a imaginar Susan e você na cama. Na minha cabeça, eu já tinha acompanhado a rotina de vocês. Sabia que já tinham "ceado" na impecável extensão da cozinha feita com paredes de vidro, sentados em torno da mesa quadrada de madeira clara em que Daniel e eu jantamos tantas vezes (tão estranho pensar nisso agora). Vocês provavelmente comeram com o filho, Liam, que nunca cheguei a conhecer, e uma de suas namoradas riquinhas maravilhosas, de cabelos sedosos, dentes grandes e usando sandálias absurdamente altas. E depois que você terminasse de tirar a mesa — seu jeito de demonstrar apreço pelas refeições exemplares de Susan (dona de casa perfeita, executiva, publicitária de sucesso, esposa, mãe, tão, tão talentosa) —, vocês dois subiriam pela escada até o segundo andar.

E, de repente, me veio a ideia de ligar para Susan. Não ria, mas sempre achei que nós duas seríamos mais próximas se as circunstâncias tivessem sido diferentes. Às vezes, me deixo imaginar ligando e convidando-a para um café, quando Susan estivesse entre um trabalho e outro, ou então sentadas, batendo papo na mesa da cozinha enquanto você trabalha no computador em seu escritório no sótão. Talvez nós três pudéssemos sair um pouco mais tarde para comer alguma coisa de almoço.

E assim, liguei para Susan.

"Olá, estranha", ela atendeu, e eu a imaginei encarando seu olhar atarantado e gesticulando com os lábios a palavra "Sally", antes de se recostar nos travesseiros, sem ver que sua boca congelou em forma de "O" ou que seus dedos tremeram ao apertarem as laterais do *Times*.

Eu nem sabia o que planejava dizer até ouvir a voz dela. Ela tem um sotaque sofisticado e sério, não tem?, do tipo que combina com seu porte alto e atlético e que imagino ser próprio de uma professora de educação física. (Não que eu tenha muita experiência no assunto.) "Respire fundo e corra duas voltas ao redor do pátio e logo, logo você estará nova em folha", é o tipo de coisa que uma voz dessas diria. Susan na certa não tem muito tempo para diariar. "Vá passear e compre uma roupa bonita ou vá para Marrakesh no fim de semana", é o que ela provavelmente diria. "Muito melhor do que ficar sentada num quarto escuro, chafurdando no próprio sofrimento."

Eu me lembro de uma vez, há muito tempo, quando ainda nos conhecíamos havia pouco, estávamos todos juntos em algum lugar, e Susan discursava para mim e uma das outras mulheres que estavam com a gente sobre pensão e como ela já reclamava para si uma boa parte do seu patrimônio, independentemente do que acontecesse.

"É preciso se prevenir, sabe", disse ela. "Se Clive e eu nos divorciarmos, vou fazer a limpa nele."

Você riu conosco, embora eu tenha reparado que já tinha ouvido aquele discurso centenas de vezes. Será que a possibilidade de passar por um limpa passou pela sua cabeça quando você me ouviu no telefone ontem à noite e viu Susan gesticular sem som os movimentos que formam a palavra Saaaally? Espero que eu não tenha causado muita ansiedade. Preocupação é uma emoção tão *fútil*, Helen sempre diz. Não me preocupo em dizer a ela que futilidade é uma das minhas especialidades.

Como foi, imagino, reclinar-se naquela cama enorme, ouvindo sua esposa conversar com sua amante? Opa, digo, ex-amante. Imagino que não tenha sido muito confortável, embora eu esteja certa de que tenha levado tudo com sua indiferença costumeira. Imagino que tenha ficado se perguntando sobre o que eu estava falando toda vez que havia um silêncio (o que, vamos combinar, não é tão frequente quando se está conversando com Susan, embora eu tenha feito meu melhor para dar conta). Imagino que seu coração estivesse palpitando bem dolorosamente, apesar de todos os avisos do seu médico para controlar o estresse. (Foi uma das razões que você me deu para terminar comigo, lembra? Que o estresse da sua vida dupla estava sendo muito pesado para o coração. Chegou até a arregaçar a manga para me mostrar o eczema no antebraço. "Preciso começar a pensar em mim", falou-me, sem qualquer ironia.)

Preciso admitir, Susan foi muito gentil ao telefone, muito articulada, como se eu a tivesse pegado num momento de tédio e ela estivesse feliz pela interrupção. Ela queria saber tudo sobre como eu estava.

"Faz tanto tempo que não vemos você e o Daniel", disse com gentileza. "Vocês precisam vir para a ceia um dia desses." Posso até ver a sua cara. Pagaria para ver a sua cara, de verdade.

"Seria ótimo", respondi, com sinceridade. "Mas enquanto isso, porque não saímos juntas, só nós duas, para uma noite só de meninas?"

"Boa ideia. Homens são tão chatos, não é? Não sei sobre o Daniel, mas o Clive é um velho rabugento."

Eu ri.

"Pelo menos assim a gente vai poder conversar direito", disse ela.

Meia hora mais tarde, seu e-mail chegou. Veio com aquela mensagem no final, "enviado do meu iPhone", e fiquei imaginando você escondido no banheiro da suíte, abrindo a torneira para encobrir o barulho das teclas.

Você pareceu de péssimo humor naquele e-mail (que, aliás, foi a mensagem mais recheada de erros de digitação que já vi, considerando-se que era tão curta — iPhones não têm corretor ortográfico?). Entendo, é claro, por que aquela conversa com Susan poderia tê-lo deixado chateado. Acredite em mim, não sou tão insensível quanto você pensa. Mas ainda acho que "puta" foi uma palavra pesada demais.

Citalopram. É o nome das pílulas da felicidade que a médica me passou. Fico querendo chamar de Cilitbang, igual àquele desinfetante. Declare guerra às manchas mais difíceis. Helen Bunion iria adorar isso. Todo o simbolismo oculto. Será que um dia você vai virar só uma mancha difícil de limpar, Clive? Saaaally, sua bobinha.

Quando fui à médica pela primeira vez, fiquei encurvada na cadeira de plástico ao lado da mesa dela, me sentindo como algo enrugado e grosseiro que foi encontrado no fundo de um lodaçal. Ela tinha uns 20 e poucos anos, era médica substituta do centro de saúde em que estou registrada há anos, mas que raramente uso. Tinha cabelos louros longos e ondulados e usava uma camisa de corte perfeito e botas de camurça bege até o joelho, tão macias que você teria vontade de se esticar e desenhar um jogo da velha com os dedos nela. Ela me olhou animada com os olhos impecavelmente maquiados (embora de forma discreta) e disse:

"E o que posso fazer por você?"

Foi então que comecei a chorar, na certa, por causa da ideia de que alguém talvez fosse capaz de fazer alguma coisa por mim ou que ao menos estivesse disposto a tentar.

Ela fez um gesto engraçado com a boca enquanto eu chorava, apertando os lábios com força e piscando os olhos, me encarando fixamente, seus dedos ainda pousados em expectativa sobre o teclado do computador, prontos para preencher o quadradinho que dizia "problema apresentado". Enquanto esperava que eu parasse de chorar, a médica fez o mesmo que Helen, tombando a cabeça de lado um pouquinho, mantendo os lábios apertados. Será que é um trejeito que todos os funcionários de saúde aprendem na disciplina de simpatia? Será que a sua psicóloga do plano de saúde também fazia isso? Imagino que o pessoal da Harley Street frequente uma turma de simpatia mais avançada, não é? Talvez esse tombar de cabeça seja exclusivo do serviço público.

"Pobrezinha", disse ela.

Enquanto eu chorava, e a jovem médica tombava a cabeça e apertava os lábios, de uma hora para outra me vi como ela devia estar me vendo: mais uma mulher de meia-idade, usando uma capa de chuva marrom (tudo bem, estritamente falando, é uma parca), soluçando num consultório médico num dia de semana à tarde, e isso me fez chorar ainda mais, soluços enormes que saíam de mim como vômito. (Posso até vê-lo franzindo a cara para essa comparação. "Você não precisa recorrer a tentativas de chocar o leitor", você me repreenderia. "A história em si deveria ser suficiente." Você era um daqueles jornalistas de TV com pretensões de escritor: "Vou escrever um livro quando tiver tempo", diria, como se fosse o mesmo que tirar o ar de um aquecedor que não está funcionando.)

Depois de me acalmar um pouco e usar cinco lenços de papel da caixa quadrada em tom pastel que ela mantinha na prateleira sobre o computador, a médica me perguntou por que eu estava tão triste. E então me vi num dilema. Queria dizer a verdade, porque realmente queria a ajuda que ela estava oferecendo tão gentilmente, mas, ainda assim, aquele era o centro médico da minha família. Não queria ter que levar meus filhos numa futura consulta, para uma atualização da receita de asma ou devido a uma erupção cutânea de causa desconhecida, e ver a mesma médica sentada na minha frente, cruzando o olhar com o meu com um rápido movimento conspirativo de lábios. Não queria que ela olhasse para os meus filhos com pena enquanto examinava a língua ou iluminava o ouvido deles, sabendo que a mãe é uma vagabunda. Consegue entender meu dilema agora?

Então, entre uma fungada e outra, falei que minha vida estava uma confusão, que meu relacionamento era um desastre, minhas economias estavam arruinadas, minha carreira era uma piada. Falei todas as verdades: exceto a principal. Não falei de você. Para ser sincera, não acho que ela estivesse interessada em saber toda a verdade e nada mais do que a verdade. Estava muito mais preocupada com o formulário que eu tinha que preencher e que listava diferentes situações para as quais eu tinha que indicar a frequência com que aconteciam comigo. Ela pareceu muito triste quando me fez a pergunta sobre a sensação de preferir estar morta, e eu escolhi a opção 3: "boa parte do tempo". Ainda bem que eu não fiquei com a minha primeira escolha, a opção 4: "todo ou quase todo o tempo", que estava bem mais perto da verdade. Quem não acharia que estaria muito melhor morto, se pudesse escolher?

Entre minhas lamúrias, pedi à compassiva médica "algo que me ajudasse a dormir".

"Puxa vida, não existe nada pior do que não conseguir dormir, não é?", falou-me, e seus longos cabelos louros fizeram um barulho sibilante no ar, enquanto ela balançava a cabeça, infeliz, para enfatizar quão sincera era sua empatia. "Mas, sabe, medicamentos para dormir são paliativos. Eles não atacam a origem do problema", e ao dizer a palavra "origem", sua voz baixou para um tom repentinamente grave, como se a expressão fosse um tanto desagradável. "Por isso a gente não costuma passar esses remédios. A gente prefere tentar algumas alternativas, como terapia cognitavo-comportamental ou, em alguns casos, antidepressivos."

Com os olhos cheios d'água, eu a encarei por sobre o lenço junto ao meu nariz e perguntei:

"Alguma dessas alternativas vai funcionar em tempo de eu conseguir dormir um pouco hoje à noite?"

A jovem médica riu como se eu tivesse dito algo realmente divertido.

"Sinto muito, mas antidepressivos não vão fazer efeito antes de algumas semanas e, a terapia é, definitivamente, uma solução de longo prazo", respondeu.

"Então eu preciso esperar algumas semanas até que consiga ter uma noite decente de sono?", perguntei, estupidamente.

Ela apertou o lábio de novo.

"Pobrezinha", disse de novo, e nesse ponto eu obviamente comecei a soluçar novamente. Você está passando por um momento terrível, não é? Mas infelizmente você vai ter que aguentar firme durante as próximas semanas. Só diga a si mesma que não vai ser por muito tempo e em apenas algumas semanas vai se sentir melhor.

Apenas algumas semanas?
Essa mulher ficou louca?

Eu me diverti tanto com Susan na noite passada. Ela é tão legal. Entendo perfeitamente por que se casou com ela.

Estou tentando me decidir sobre qual foi a melhor parte, mas, sabe, prefiro pensar que talvez tenha sido a preparação. Isso soa bobo? Olhe, durante todo o tempo em que eu estava tomando banho e hesitando sobre o que usar, fiquei imaginando o que poderia estar acontecendo na sua casa e o que deveria estar se passando em sua cabeça enquanto via Susan se arrumar para sair comigo. Será que você tentou lançar algum aviso sutil? Você disse algo como: "Sabe, Sally nunca foi muito estável"? Ou o seu favorito: "Ela é uma daquelas mulheres tristes e *sofridas.*" É, gosto de pensar que você tenha dito algo assim. Susan, é claro, foi rápida, mas educada. "Ah, você é um velho machista", ela o teria repreendido. "Sally é só um pouco desajeitada em questões sociais. Além do mais, tenho pena dela." Susan está sempre colecionando causas perdidas. Era uma das coisas da qual você reclamava com mais amargura. "Ah, imagino que um daqueles desajustados da Susan vá estar lá durante a ceia", você iria me dizer num suspiro. Ou: "Tivemos que levar um dos *desequilibrados* da Susan de férias com a gente."

Começamos a noite no Coach and Horses, na Greek Street. Ah, que idiota da minha parte. É claro que sabe onde o Coach and Horses fica. Foi com você que fui lá pela primeira vez. Agora, pelo amor de Deus, não tente encontrar um significado na minha escolha de lugar. Foi o primeiro que passou pela minha cabeça quando eu estava combinando com ela. E é conveniente para nós duas, só isso. No entanto, não posso fingir que a ironia disso tudo tenha me escapado inteiramente, e admito ter dado uma risadinha quando guiei Susan para a mesma mesa na qual nos sentamos quando você me pediu em casamento. Talvez você tenha se esquecido desse pequeno incidente. Você estava no meio de uma das suas crises periódicas em que se afligia sobre para onde nosso relacionamento estava indo e me mandou um e-mail, incrivelmente animado, para dizer que tinha bolado uma espécie de plano.

Quando me espremi para entrar no bar e encontrá-lo — aquele lugar está sempre tão cheio, não é? —, você estava com um sorriso do tamanho do Brasil.

"Sei que você vai achar que estou sendo bobo", você disse. Quão ridícula a palavra "bobo" sempre soou vinda do alto de seu porte de lutador de boxe, com cachos ferozes e um nariz achatado e meio quebrado, "mas bolei uma ideia que pode fazer nós dois nos sentirmos um pouco mais seguros." Naquela hora, lembro que me senti aliviada. Você tinha enfim chegado a uma solução que não envolvia destruir vidas e arruinar famílias. Acomodando-me no assento em frente ao seu, com as bochechas ainda vermelhas pela caminhada ao longo da Soho Square, olhei para você com expectativa, esperando a resposta, qualquer que fosse, que esteve bem diante do nosso nariz o tempo todo.

"Quero pedir você em casamento!"

Eu devo ter feito uma cara e tanto, de verdade, porque o seu sorriso de incrivelmente satisfeito consigo mesmo já estava se desfazendo quando soltei o detalhe básico do qual, ao que parece, você estava se esquecendo:

"Mas você já é casado!"

Você pareceu um tanto contrariado na hora, e insolente, como se tivesse sido pedante da minha parte me ater a uma tecnicidade num momento tão romântico quanto aquele.

"Sei que sou casado", respondeu, visivelmente magoado. "Só quero que saiba o quão importante você é para mim. Eu queria demonstrar uma medida de compromisso."

"Mas como você pode se comprometer comigo já tendo se comprometido com sua mulher?", perguntei, e acho que fui bastante sensata.

E mais uma vez aquela sombra de raiva cobriu seu rosto.

"Achei que fosse ficar feliz", você disse numa voz pequena e machucada feito uma ameixa madura demais.

Que irônico pensar que a única proposta de casamento da minha vida (não estou levando em conta a do Daniel: "Festas de casamento são um desperdício de dinheiro, mas talvez a gente devesse pesquisar se não vale a pena para reduzir os impostos.") tenha vindo de um homem casado.

Eu amava você eu amava você eu amava você eu amava você.

Achei que Susan parecia um pouco mais velha (se bem que, aos 46, ela não está assim tão distante de mim), mas com um ar mais tranquilo. Desculpe, isso soa como se eu estivesse falando de um cadáver? O que quero dizer é que ela perdeu aquele olhar abatido que tinha durante o último ano do nosso caso. Não que eu tenha tido a oportunidade de examiná-la naqueles dias, você sabe. A culpa me fazia desviar a atenção constantemente, desviando o olhar entre cada um dos cantos do rosto dela, de modo que eu só assimilasse pequenas partes — um olho azul enfiado feito um seixo num buraco na areia molhada, o canto de uma boca puxado em direção ao queixo por um fio invisível, o jeito como a luz do sol realçava as pontas duplas dos cabelos louros esbranquiçados dela.

Na noite passada, no entanto, Susan estava mais elegante, radiante, mais cheia. O sorriso tinha perdido o cansaço da idade. Estava de azul-marinho, sua marca registrada, mas usava um casaco branco sobre o vestido com um arremate de lantejoulas que brilhava nos pontos em que refletia a luz do pub. Ela parecia viva.

"Você está ótima", eu disse, com sinceridade.

"Obrigada, querida, você também."

Foi uma mentira gentil, mas percebi que ela estava um tanto chocada. Sabe, não tenho exatamente cuidado de mim desde que nos vimos pela última vez. (Já faz três meses, aquela figura corcunda chorando na chuva na York Way?) A mágoa me esvaziou com uma colher cega que arranca sulcos da carne flácida. Meu cabelo exibe as listras de uma pintura caseira malfeita, as raízes, no ponto em que a química foi absorvida por gananciosas faixas cinzentas, num preocupante tom laranja-sangue, e o resto, meio marrom enferrujado, feito ferro corroído. Perdi peso (ah, as maravilhas da Dieta do Sofrimento!), então agora uso minha pele como se fosse uma roupa do tamanho errado, os ossos protuberando desajeitados em meu colo. Ainda bem que ela não viu minha perna, onde os pelos se proliferam feito ervas daninhas agora que ninguém mais as vê.

"Desculpe o atraso", apressou-se em acrescentar, ajeitando o cabelo e tentando não olhar para a sombra escura ao redor dos meus olhos ou para o leve tremor de citalopram em meus dedos. "Clive me pediu para ajudá-lo a escolher uns sapatos que ele quer comprar. Ele é tão criança com essas coisas. Quebrou completamente o meu dia."

Imaginei vocês dois olhando vitrines. Deve ter sido naquela loja antiquada de calçados masculinos perto de Hampstead — você me falou uma vez que é o único lugar em que compraria sapatos. Eu me lembro de como você ficou animado quando comprou aquele par de brogues de camurça marrom e o alvoroço que foi quando eles se sujaram de lama no dia em que fomos caminhar perto da instituição psiquiátrica de Shenley, em Hertfordshire. Todos aqueles passeios em lugares expressamente escolhidos porque ninguém em pleno juízo iria querer ir até lá. Todos aqueles almoços em pubs de vilarejos na rodovia A1, almofadas de estampa floral presas ao assento das cadeiras, pratos do dia para cada dia da semana e promoções de uma refeição de três pratos por 9,95 libras por pessoa.

Penso em tudo isso enquanto Susan me conta sobre como é ser ela mesma, sobre o quanto ela tem trabalhado na conta desse cliente e como está ansiosa para passar a próxima semana com você na Escócia, na casa de seu velho amigo Gareth Powell, o historiador.

"Clive disse que o lugar é maravilhoso", conta-me Susan. "Um solar antigo cercado de jardins, com um caminho privativo até uma praia isolada. Aparentemente é o pacote completo: piso de pedras, lareiras enormes, uma empregada para trazer chá e bolos caseiros."

Bem, é só o que eu podia pensar para não exclamar e adicionar à lista: "E que tal os tapetes persas manchados ou as camas com dossel e lençol egípcio de algodão extrafino?"

Não seja bobinho, não cheguei a dizer isso. Nem contei a ela quantas vezes você me implorou que eu inventasse uma desculpa complicada para poder "passar a noite fora" e ir a Escócia com você. Nem como você já tinha combinado tudo com Gareth, que estava empolgado com a ideia de ser cúmplice em um caso amoroso. (Engraçado como logo no final, durante aquele almoço interminável e agonizante, você me disse que ele o tinha aconselhado a desistir de mim. "Você vai amá-la para sempre, meu caro", foi o que, aparentemente, aquele dândi hipócrita e duas-caras, casado três vezes, lhe disse. "Mas você sabe que precisa dar uma segunda chance a Susan. É a coisa *certa* a se fazer.") Descrevendo seu convite aberto para mim, você construiria uma imagem de como passaríamos o tempo juntos na Escócia.

"Vamos passar duas noites? Por favor", você insistia.

Nós levantaríamos às seis horas e pegaríamos o caminho privativo que saía dos jardins, passava pelas pedras e levava até a pequena praia.

"Podemos jogar seixos na água e sentar na pedra grande que fica no canto mais afastado, tirar os sapatos e as meias e mergulhar os pés na água. E, de noite, vamos nos deitar no bom e velho sofá molengo de tapeçaria, de frente para a lareira, fazer amor, e então eu vou carregar você para a cama, e vamos fazer amor de novo." (Eu não quis mencionar seu problema de coluna, não num momento em que você estava tão empolgado com sua fantasia de romance de banca de jornal.)

E isso era o que se passava em minha cabeça enquanto Susan descrevia como estava ansiosa pelas miniférias na Escócia. É claro que eu nunca consegui tirar uma noite toda só para mim para ir com você, quanto mais duas, mas imaginei tudo isso tantas vezes. A casa, a empregada, a lareira, o sofá. Nós, nós, nós. Exceto que agora não vai mais ser nós, afinal de contas. Vai ser você e Susan, caminhando pela praia de manhã cedo: você segurando a mão dela, para ajudá-la a caminhar sobre as pedras, os dois sentados lado a lado, os pés balançando, enquanto vocês conversam sobre as mudanças que podem fazer no casamento, em como podem fortalecê-lo.

Ah, sim, Susan me contou tudinho sobre como passaram por momentos ruins, mas que agora estão conversando mais do que jamais conversaram durante todo o casamento. Fiquei muito comovida que ela tenha se aberto tanto, de verdade. Não estava esperando tanta intimidade já que, Deus sabe, nunca tivemos nenhuma, mas, como a própria Susan disse, todas as conversas e os aconselhamentos de casal dos quais vocês têm participado obviamente a tornaram mais "conectada" às próprias emoções.

Aliás, você não acha que essa é uma expressão engraçada? "Conectada às minhas emoções." É como se você tivesse a opção de escolher estar desconectada delas ou, de alguma forma, desafivelá-las como uma mochila, jogá-las no chão e deixá-las para trás. Eu queria poder fazer isso. Talvez eu possa perguntar a Helen Bunion sobre o assunto, se ela pode me ajudar a me desconectar das minhas emoções. Talvez exista algum exercício mental (Helen é ótima em exercícios mentais). Ou talvez a gente possa fazer uma encenação. Eu seria eu mesma e ela seria a mochila, ou vice-versa. Ou quem sabe não existe uma técnica de visualização que funcione. Eu poderia me imaginar encaixotando todas as emoções desagradáveis no fundo de uma gaveta ou num baú no sótão.

Foi esquisito ouvir Susan falar sobre estar conectada às suas emoções, porque ela sempre foi o tipo de pessoa rápida e direta. Antes da noite passada eu teria dito que o mais provável era que ela pensasse que emoções fossem um pouco como amígdalas que podem ser extraídas uma vez que dão problema. Mas preciso admitir que, na noite passada, conheci um lado dela completamente diferente. Foi muito esclarecedor, de verdade. Por exemplo, ela me contou que vocês têm passado por um período de *reconciliação histérica*. Foi como ela chamou. Ao que parece, é mais um termo próprio do vocabulário de aconselhamento de casais. É claro que ela falou isso com um sorriso irônico, desenhando aspas exageradas no ar. No começo, eu não tinha ideia do que ela estava falando — achei que era algum tipo de demonstração frenética de empatia. Mas então Susan explicou — de forma bastante recatada para ela — que, depois que um casamento passa por uma crise, o casal vive uma fase em que "só pensa naquilo", mesmo que eles tenham sido casados por, digamos, 26 anos. Aparentemente sua terapeuta de casais disse que é algo perfeitamente normal.

"Aproveitem", foi o que ela lhe disse.

Logo depois do York Way Friday, tive pesadelos de que estava sendo aberta por uma faca. Cortada, retalhada, rasgada pela pele. No início, pensei que era porque o término foi como uma agressão física que eu estava revivendo de novo e de novo em minha cabeça. Mais tarde, no entanto, percebi que era eu quem estava segurando a faca. Eu até sabia que faca usava — a da cozinha, com a lâmina exageradamente serrilhada. Eu a enfiava em meu peito e serrava para baixo, talhando-me como se usasse um abridor de latas enferrujado. Estava atrás do meu coração, claro. E o arrancava, aquela coisa detestável e pulsante, jogava-o na mesa, na minha frente. E então pegava um martelo e, ainda pulsando, esmagava-o numa pasta.

A conversa sobre reconciliação histérica realmente abriu as comportas. Sempre pensei que Susan era um tanto — e, por favor, não me leve a mal — bidimensional. Ela sempre foi tão brusca e prática a respeito de tudo, era como se ela não sentisse nada em profundidade. Mas, como falei, na noite passada, conheci um lado dela completamente diferente. Foi como se — e sei que você vai me matar por essa comparação cafona —, foi como se alguém tivesse acendido uma luz em algum lugar dentro dela. Ela exsudava uma espécie de brilho de contentamento que era realmente acolhedor de se ver. E me falou da viagem para procurar uma casa em uma "maravilhosa área desconhecida da Croácia" que vocês vão fazer no mês que vem. Enquanto ela falava, eu não conseguia deixar de me lembrar de como você reclamava da insistência dela em comprar uma casa de férias no exterior.

"Nós não vamos conhecer ninguém lá. Do que a gente vai falar, só eu e ela?", você se agoniava. "Cada minuto seria um inferno porque eu só iria querer estar lá com você."

Susan, com todo o seu pragmatismo, tinha pesquisado tudo e achado uma parte da Croácia que ainda não estava na moda e onde era possível comprar uma casa velha, cheia de personalidade, na beira do mar, por "praticamente nada".

"Mas você já teve uma casa fantástica na beira do mar, que comprou por praticamente nada... e vendeu", lembrei-lhe.

O rosto de Susan fechou por um instante e ela ergueu levemente o nariz com uma careta, como se estivesse sentindo um cheiro ruim.

"A casa de Suffolk era maravilhosa, é claro, mas tinha suas limitações. Mas agora não a usamos tanto quanto a usávamos antes. Lembra todas aquelas festas nos fins de semana? Clive usava a casa bastante naquela época, quando estava trabalhando num projeto novo, mas ele está muito mais feliz em casa agora que tem um escritório todo arrumadinho."

O babaca solitário no sótão.

Eu me lembrei de como Daniel e eu ficávamos animados, naqueles primeiros anos, com um daqueles maravilhosos convites para um fim de semana. "Só algumas pessoas, nada exagerado", você dizia. Colocávamos as crianças, travesseiros e vinho tinto na Saab na sexta à tarde, e Tilly e Jamie ficavam loucos de excitação quando estacionávamos o carro, duas horas e meia depois. Seus filhos, que já eram adolescentes, estavam sempre ausentes dessas reuniões, devido à escola, mas sempre havia algo para prender sua atenção. Enquanto caminhávamos na beira da estrada em direção à casa enorme, com seus pisos inclinados e suas passagens secretas, você vinha em nossa direção, com um Jack Daniels na mão.

"Adoro chegar criando caos", você dizia convencido, olhando as pessoas que havia reunido, gente de cidade pequena sedenta por sangue fresco, "e depois ir embora de novo, deixar tudo para trás."

Claro que isso foi antes de as coisas começarem, quando você nem sequer podia fazer xixi sem me avisar. O tempo dos torpedos enviados de banheiros de postos de gasolina na estrada, dos e-mails escritos em computadores públicos em que se enfiava uma moeda. *Estou atrasado, A caminho, Quase chegando, Preciso ir. Falo com você em duas horas e meia. Te amo.*

Pense em mim quando passar por Essex, era o que eu costumava dizer quando você ficava preso em Suffolk. Era a nossa piada interna toda vez que nos separávamos. *Você pensou em mim em Essex?*, eu perguntava quando você mandava uma mensagem dizendo que havia chegado. Hoje imagino se você pensa em mim em Essex quando está dirigindo para rever velhos amigos. Há provavelmente tantas outras coisas em que se pensar.

Susan me confidenciou (acho que foi depois do segundo copo de rum com coca-cola) que achava que Suffolk tinha se tornado um tanto "tóxico". Não sabia dizer exatamente por que ou quando tinha começado, no entanto, havia algo de insalubre naquele lugar na época em que você parou de ir com regularidade.

"Sempre vamos nos lembrar daquela casa com carinho porque temos tantas recordações boas, mas está na hora de novos desafios. Queremos ir para um lugar diferente. Começar de novo. Conhecer gente nova."

Será que você vai criar mais caos dessa vez? Do mesmo jeito que fez com seus coquetéis ao pôr do sol e os almoços que se arrastavam facilmente até de noite, os convidados exaustos, espalhados pelos sofás retrô de couro.

"São dinamarqueses, dos anos 1970", disse-me você, ansioso, na primeira vez em que fui almoçar em sua casa. "Não vá pensar que comprei no Mundo dos Couros."

Susan estava muito entusiasmada com a viagem para a Croácia, devo acrescentar. Ela disse que embora os dois já tenham ido antes, você sempre ficava meio desanimado com a ideia. Porém, recentemente, você parece mais empolgado do que ela.

Ela me falou que está pensando em diminuir o ritmo de trabalho. Lidar com menos clientes. Não é como se vocês estivessem precisando de dinheiro, e "como Clive pode mudar de emprego a qualquer hora", se vocês acharem o lugar perfeito na Croácia, faria sentido passar mais tempo fora do país.

Posso ver como isso funcionaria bastante bem. Susan é uma excelente dona de casa e lida tão bem com pessoas. Logo, logo ela vai reunir um grupinho novo de parasitas, exatamente como fez em Suffolk, há tantos anos. E, na certa, a casa vai ser fantástica. Quão cuidadosos vocês dois foram. E Susan também sempre foi muito inteligente com os investimentos: o que é uma das características que ambos sempre admiraram e se ressentiram a respeito dela.

"Ai, Deus, eu sou *inútil* quando se trata de dinheiro", você sempre declarou. "Nunca estabeleci uma meta a longo prazo na vida, só fui tropeçando de uma decisão apressada para outra."

Engraçado isso.

Você costumava dizer que éramos as duas metades da laranja. Agora fico pensando se não éramos só o bagaço.

Susan me perguntou sobre Daniel.

"Ainda vai de mal a pior?"

Sabe, às vezes eu me arrependo de ser tão indiscreta a respeito da derrocada do meu relacionamento. Eu devia ter arrancado uma página do seu livro. Mesmo quando você e Susan estavam em seus piores momentos, ainda assim você transmitia a imagem de que eram o perfeito casal de domingo, com os lendários almoços, os piqueniques em família em Kenwood, as festas que duravam todo um fim de semana na casa de campo. Já eu transformei disfunção conjugal em um esporte de espectador. Praticamente vendi entradas. À venda agora, assento na primeira fila para assistir à dissecação do relacionamento de duas pessoas peça por peça microscópica.

É tão estranho pensar agora que durante anos nossos amigos viram Daniel e a mim como a imagem do relacionamento saudável.

"É tão raro encontrar um casal que goste de verdade um do outro", falou meu amigo Jack uma vez. "Qualquer um pode amar seu parceiro, mas nem todos conseguem 'gostar' dele."

No final das contas, acho que foram as pequenas coisas que nos atingiram: a implacável erosão da boa vontade que advém de cuidar juntos das crianças, a convicção secreta de que o outro não está se esforçando o suficiente. Não chegamos a ver um ao outro como pais em vez de amantes, como as revistas femininas sempre alegam que acontece. Era mais como se nos víssemos como pais *insuficientes*, aos quais falta alguma coisa. Ambos nos sentíamos injustamente sobrecarregados pelas faltas do outro. Sempre achei que a derrocada começou aí.

"Ah, você sabe. É o que é", respondi, evasiva.

Se algum dia houve uma frase que melhor representasse a sentença de morte de um romance, na certa era essa. "É o que é." Ai, Deus.

Susan me olhou com simpatia, o que não incluiu girar a cabeça para um dos lados, ainda bem, mas apenas fixar aqueles olhos muito azuis em mim.

"Olhe, querida, se quer o meu conselho, melhor se prender ao diabo que você já conhece. Todos os homens são basicamente iguais, então, se já conseguiu treinar um, melhor permanecer com ele."

Ora, não parecia haver muito propósito em argumentar com isso.

Depois do Coach and Horses, pegamos a Old Compton Street e seguimos pela Wardour Street, onde achamos um restaurante francês sem graça, filial de uma cadeia comum, no qual os garçons fazem aquele gesto gaulês passivo-agressivo em que sorriem quando na verdade querem esfaquear você.

Ao entrar, Susan cumprimentou dois conhecidos em mesas diferentes. No início, fiquei imaginando se não eram alguns dos desajustados dela, mas pareciam bem normais para mim.

Durante o jantar, que Susan insistiu em pedir com um sotaque francês alto e fajuto — ela de fato gosta de cultivar risadas, não é? Você não deve parar de rir em casa —, ela me contou as novidades sobre Emily. Você devia ter me dito, devia mesmo. Um neto! Era exatamente o que você estava esperando. Deve estar incrivelmente emocionado. Se existe uma coisa que você realmente ama é que precisem de você, e agora Emily vai precisar desesperadamente de você, e de Susan também. Vai ser como um recomeço para os dois.

Eu me lembro de uma de suas amigas dizer, há não muito tempo:

"Clive não suporta não ter mais que tomar conta de crianças", e então, ela me olhou bem enfaticamente e acrescentou: "O perigo é que, em vez de crianças, ele encontre uma mulher de quem possa tomar conta."

Acho que essa sou eu, então.

Na metade da segunda garrafa de Pouilly Fuissé 2008, o iPhone de Susan tocou. Preciso dizer que acho muito tocante que vocês dois tenham comprado iPhones na mesma época. Quero dizer, sei que deve ter algum tipo de promoção de dois por um, mas ainda assim tem algo de fofo nisso, essa aceitação mútua da tecnologia.

"Ah, não tenho nem ideia de como essa porcaria funciona", você reclamou assim que comprou o seu.

(Na época eu não sabia que havia sido um empreendimento conjunto em que você e Susan tinham embarcado. Tão idiota, achei que seu iPhone era todo por minha causa, um jeito de você checar meus e-mails, mesmo fora do seu sótão. Ah, a mais completa arrogância.)

Pelo jeito como ela se virou levemente, o tom de voz baixo e familiar, eu sabia de cara que era você. Fiquei imaginando o quão desesperado deve ter ficado para descobrir sobre o que estávamos conversando, e quão sutilmente você devia estar interrogando-a agora, tentando medir qualquer novo segredo pela voz dela. Por um instante, cheguei a pensar em mandar uma mensagem para você, só para aliviá-lo do sofrimento Mas isso não teria sido muito sensato, não é?

Susan pediu desculpas após desligar.

"Clive tem andado tão meloso", disse ela, fazendo uma careta de zombaria. "É tão irritante. Está sempre no telefone. Não consigo me desgrudar dele."

Ah, então é para ela que você cataloga os pormenores da sua vida agora, não é? Deitando os detalhes do seu dia aos pés de Susan feito um gato que oferece um pássaro morto ao dono, entrelaçando suas ninharias juntos para confeccionar uma mortalha protetora em torno dos dois. É realmente tocante.

"Ele está até falando de renovar nossos votos de casamento."

Susan falava no meio de uma garfada de *tarte aux pommes*, mas emanava prazer como se fosse perfume barato. Existe algo tão doloroso quanto o prazer dos outros? Tive que reprimir um desejo momentâneo de pegar meu prato de *crème brûlée* e enfiar com força na cara dela, apertar tanto até entupir as narinas e ela engasgar naquele grude sem gosto. Ou eu poderia me debruçar e dizer: "Ah, acho que tenho uma foto que talvez você queira usar no convite", e apertar os botões do celular até achar as fotos do diretório escondido — talvez aquela em que você está em pé atrás de mim, me envolvendo em seus braços e lambendo meu pescoço enquanto eu rio e balanço a mão que segura o telefone, ou quem sabe aquela que você tirou no espelho do banheiro do hotel, nós dois de pé, abraçados, testa com testa, eu na ponta dos pés, toalhas brancas combinando ao redor de nossas cinturas? Minha vontade era esfregar bastante uma esponja de aço naquele brilho rosado das bochechas de Susan até apagá-lo.

Agora não me venha ficar todo nervosinho e na defensiva. Foi só um impulso momentâneo, é claro que não fiz nada disso. Na verdade, fiquei lá sentada, sorrindo educada e, depois de engolir a bílis com uma colherada de *crème brûlée*, falei como estava feliz por ela e que romântico era aquilo tudo depois de 26 anos de casamento. O que, é claro, é verdade.

Ainda não eram onze horas quando nos despedimos na estação de metrô da Oxford Circus. A noite ainda era uma criança e eu não queria voltar para casa, então, em vez de pegar a Northern line na direção sul, me virei e segui o brilho do casaco branco de Susan, enquanto ela se dirigia para o sentido norte. Cara, espero que isso não me faça parecer uma maluca! É só que eu não estava com pressa de ir a lugar algum, e a noite com Susan tinha sido tão agradável, eu estava estranhamente relutante de vê-la ir embora.

Entrei no vagão atrás do dela. Eu sabia, é claro, em qual estação ela iria descer. Já tinha feito o caminho antes, lembra? Teve um momento complicado assim que as portas se abriram e ela virou a cabeça de repente para a direita. Mas ela não estava procurando por ninguém em especial, então seu olhar passou por mim como óleo infantil. Na verdade, eu não tinha um plano específico em mente. Só uma vaga noção de segui-la até a casa de vocês e ver se a luz do segundo andar estava acesa, se você tinha ficado esperando por ela. Helen Bunion chamaria isso de comportamento masoquista, e acho que ela não deixaria de ter razão. Mas, como você sabe muito bem, às vezes, quando a dor é tão selvagem quanto pode ser, ela chega a se tornar prazerosa. ("Me machuca", você implorava, o rosto contorcido de sexo. "Eu não quero", eu respondia, e suas bochechas chegavam a se contrair de decepção.)

Naquela noite, no entanto, não pude seguir Susan. O máximo que cheguei foi subir a escada rolante. A apenas alguns metros de mim, ela estava passando o cartão Oyster contra a máquina para abrir a roleta. E, mais alguns metros depois, estava você. Fazia tanto tempo que eu não o via que meu cérebro demorou para registrar quem era realmente. Você estava com aquele casaco comprido de lã ridiculamente caro que eu costumava chamar de "casaco fashion" porque lhe caía muito bem, mas fazia um péssimo trabalho quando se tratava de aquecê-lo, a calça jeans de bainhas levemente desfeitas e um par de botas velhas. Seu cabelo estava um pouco mais comprido do que da última vez que o vi, e o rosto trazia aquele sorriso satisfeito que me lembro de tantos encontros passados, as rugas surgindo feito impressão digital em suas bochechas. Preciso admitir que, por um instante, revivi tudo de novo, todos os sentimentos que Helen tem me ajudado a arquivar num armário mental. ("Ouça o barulho das coisas batendo umas contra as outras enquanto fecha a porta com força.") Um sorriso espontâneo de resposta começou a surgir em meu rosto, e cheguei a dar um passo involuntário na sua direção até perceber — ah, sua idiota — que você nem sequer tinha me visto. O visual atraente, as covinhas, as boas-vindas que tantas, tantas vezes se direcionaram a mim, era tudo para Susan. Que comovente você não querer que ela se arriscasse caminhando sozinha os mais ou menos 100 metros de bem-iluminadas ruas do refinado bairro de St. John's Wood. Mas você sempre foi exagerado desse jeito. Eu me lembro de todos aqueles torpedos que eu costumava receber no ônibus: "Você já chegou?", "Não deixe ninguém seguir você", "Me avise assim que entrar em casa". Eles me irritavam um pouco na época, quando eu os via como meus de direito, mas, agora, sinto falta.

Antes de irem embora, seu braço envolveu-a pelos ombros protetoramente. Susan disse-lhe algo, e sua risada ecoou pela bilheteria da estação. Imagino que tenha sido sobre a nossa noite juntas. O que poderia ter sido tão engraçado? Sua gargalhada soou em meus ouvidos durante todo o meu caminho de volta para casa, feito um tinido.

☙

Por favor, não me leve a mal, mas nunca gostei muito de Emily. Isso é uma coisa muito ruim de se dizer de alguém que quase virou minha enteada? Talvez. Mas não vamos esquecer que agora estou disposta a ser cem por cento transparente, e a verdade me libertará. Então, que assim seja.

A primeira vez que a vi foi numa de suas exibições fechadas para artistas. Você estava dando uma de anfitrião espirituoso, apresentando os mais diversos convidados uns aos outros. Quando cheguei com Daniel, você se aproximou, inclinou-se para beijar minha bochecha e sussurrou "linda". E então, disse em voz alta:

"Acho que você não chegou a conhecer minha filha Emily, chegou?", e a chamou para junto de nós.

Ela era uma daquelas jovens dolorosamente magras, muito maquiadas e engomadinhas demais, e seu aperto de mão foi tão mole quanto aspargo em conserva. O sorriso parecia ter sido pintado sobre a boca verdadeira. Os olhos, sob as várias camadas de rímel, já estavam girando ao meu redor, em busca de alguém mais interessante. Foi como cumprimentar um holograma.

Não formei uma opinião a respeito dela na época, além de me perguntar como duas pessoas inteligentes como você e Susan poderiam ter produzido alguém tão insípido e egocêntrico, mas depois de meu jantar com Susan, não conseguia parar de pensar em Emily. Sabia exatamente que tipo de grávida ela seria. Daquelas que transformam a gestação num esporte de competição e que têm o número do médico na memória de discagem rápida do celular: "Vou comer uma banana. É seguro para o bebê?", "Estou com uma dor de cabeça terrível e preciso de um paracetamol, mas será que não vai ser ruim para o bebê?" E que pedem que as pessoas cedam o assento no metrô mesmo que ainda estejam no quarto mês de gravidez, e que se recusam a comer queijo brie e comparam fumantes a homens-bomba.

O chato do marido banqueiro dela iria insistir que deixasse o emprego (se é que dá para chamar de emprego ir três vezes por semana a uma empresa de relações públicas) aos cinco meses, claro, já que ela estaria precisando de muito descanso. E sempre que ele estivesse viajando a trabalho, Emily iria para a casa do papai e da mamãe, porque seu "estado" a faria se sentir muito vulnerável sozinha em casa, em Notting Hill.

Você e Susan na certa irão adorar se sentir úteis e precisados de novo. Sei exatamente o quão vingado você deve estar se sentindo. "E pensar", você deve considerar quando olha ao redor da mesa de jantar para a grávida e satisfeita filha e para a radiante esposa em espera, "que eu quase abandonei tudo isso. Que idiota eu fui."

Deve até jurar a si mesmo que vai passar o resto da vida tentando recompensar a família: você sempre foi bom em fazer promessas grandiosas e vazias.

Pensar em Emily, aquele invólucro sagrado, e no futuro maravilhoso que se desenrola diante de você e de Susan como avós corujas trouxe de volta todas aquelas sensações terríveis que vivi nas primeiras e horrorosas semanas depois do York Way Friday. Sempre ficou a mesma dor em meu lado esquerdo, bem debaixo do tórax, aquela sensação de falta de ar. Eu me sentei na cama e me apoiei desajeitadamente na mesinha de cabeceira.

Desde minha visita à jovem médica que estava apenas interessada nos sintomas *por trás* de minha insônia, precisei recorrer a outras fontes para conseguir remédios para dormir. Pelo visto, eles são praticamente uma moeda corrente nesse pedacinho do sul de Londres, e eu nem sequer sabia! Tudo o que precisei fazer foi falar do problema para algumas amigas e me inundei em doações. Dois comprimidos de clonazepam aqui, um pacote de zopiclone ali. Recebi até uma entrega da América do Sul, onde existem lugares em que as coisas ainda podem ser compradas em um balcão de modo inteiramente esclarecido. Engraçado imaginar que há três meses eu nunca tinha tomado um comprimido para dormir, e que agora tenho tantas variedades de calmantes, betabloqueadores e ansiolíticos que poderia até começar minha própria farmácia.

Mas uma coisa é preciso dizer, isso tudo me fez olhar minhas amigas com outros olhos: um exército nobre e desconhecido de mulheres de meia-idade invisíveis lutando contra nossos demônios com um silêncio estoico.

Acho que é hora de falar um pouco do Daniel. Você deve estar se perguntando onde ele está em meio a tudo isso. Você sempre sofreu tanto para dizer o quanto gostava do Daniel.

"Bem, não dá para não gostar dele, dá?", você me dizia. "Ele é tão incrivelmente *inofensivo*."

Alguma vez um elogio vazio foi tão corrosivo?

Na certa, eu argumentaria que "inofensivo" é um conceito relativo. Só porque alguém não se propõe a ofender você não significa que não acabe ofendendo-o de algum jeito, não é? Você sempre alegou que a forma como eu e Daniel acabamos juntos o fascinava. Mas você precisa entender que quando eu o conheci, há 16 anos, numa festa de um dos funcionários da editora na qual eu trabalhava, ele tinha uma necessidade incansável e *gloriosa* de agradar. Três anos mais jovem do que eu, sempre tirando os cabelos louros e cheios da frente dos olhos (como você se irritava com aquele cabelo longo e macio. "O que ele está tentando provar?", costumava perguntar), e com a total falta de malícia, ele parecia o antídoto perfeito para minha apatia estudada. (Naquela época eu usava meu tédio de forma consciente e desinteressada, como uma espécie de moda experimental: igual a usar uma camisa de manga larga ou jeans de cintura alta.)

Onde foi parar, fico pensando, aquela vontade ativa de me ver feliz? Quando se estabeleceu a apatia, aquela ideia tediosa de que bastava apenas não me ofender? Na verdade, acho que provavelmente arranquei isso dele em algum lugar no meio do caminho, junto com o hábito de tocar violão e as cuecas samba-canção largas. Às vezes me preocupo de ter feito Daniel se tornar menos do que ele era quando me conheceu. De que eu o tenha reduzido, como um caldo que ferveu demais.

Preciso admitir, no entanto, que Daniel tem sido fantástico (daquele jeito contido dele) desde o York Way Friday, pairando nervoso à margem da minha insanidade incipiente, sugerindo soluções inúteis.

"Talvez a gente possa fazer um curso juntos", foi a sugestão clássica da semana passada. Imagina só: "desenho de modelo-vivo".

De um jeito estranho, porém, acho que ele está até se divertindo com o pequeno drama disso tudo. Depois de tanto tempo retirado e isolado da minha vida privada, deve haver alguma satisfação em ver as barreiras se rompendo, as defesas caindo, o enxame de infiéis fugindo pelos portões.

Quando estou entorpecida demais para falar, ele atende ao telefone com uma voz calma e cheia de si. Já o ouvi sussurrar a palavra "depressão" num tom de espanto e reverência. É uma tolice, eu sei. Apenas um rótulo conveniente que o ajuda a entender o incompreensível.

Ultimamente, no entanto, venho percebendo que ele tem ficado impaciente e que a novidade em torno da minha prostração está começando a perder o brilho. Em várias situações ele me perguntou um tanto bruscamente aonde vou à noite ou o que desencadeou minha "derrocada". Após os últimos anos em que cada vez mais levamos vidas separadas, essa curiosidade se apresenta como uma intrusão pouco bem-vinda. Ainda assim, fico muito tentada a contar a verdade. Lembra o que escrevi para você, no período de agonia posterior ao York Way Friday? De como eu o assegurei, tão arrogante, de que agora eu iria contar *tudo* ao Daniel, de como devia isso a ele, de como estava farta de mentiras e traição? Você, é claro, percebeu tudinho, antes de mim mesma. Você sabia que era só uma tática para conseguir uma reação sua, uma tentativa patética de tentar exercer um poder que eu já não possuía. Você já entendia o que eu teimava em ignorar: que o segredo do nosso caso é a última ligação entre nós dois, a última intimidade que compartilhamos, agora que todas as outras intimidades se foram. Sabe que desistir disso, para mim, significa desistir de você. Por completo. Sem mais e-mails, conversas com Susan, encontros em jantares alheios, sem mais migalhas de informação soltas por amigos comuns desinformados. Contar a verdade a Daniel romperia irreparavelmente minha conexão com você. Você já sabia e apostou nisso, nunca se preocupando em responder minhas malveladas ameaças, minha implicação desajeitada de que se você não voltasse para mim eu bradaria a verdade do alto dos telhados. Sabia que eu não tinha essa coragem em mim. Como você estava certo.

E, assim, Daniel continua balbuciando em meio à própria ignorância, e eu fico me perguntando se essa ignorância é uma bênção ou uma maldição.

"Ele não merece isso", eu dizia de vez em quando, daquele jeito divertidamente melodramático durante uma de nossas sessões regulares de autoflagelação e mea-culpa. "Ele não fez nada de errado."

É claro que Daniel não tinha feito nada de errado. Ele não tinha feito absolutamente nada, em anos, o que evidentemente estava na raiz de todo o nosso emaranhado de problemas. A falta de atitude pode ser interpretada como uma atitude negativa? Problema interessante, não é?

Vamos voltar à primeira vez em que nos encontramos, você e eu? Por que não? Helen Bunion na certa acharia milhões de razões para não fazê-lo.

"Não fique voltando ao passado. Coloque uma placa mental de pare!", ela iria me encorajar.

E agora sei que provavelmente ela tem razão, mas, esta noite, toda vez que coloco minha placa mental de pare, me vejo com vontade de passar por cima dela com um belo de caminhão gigante e articulado, achatando a placa no chão. Então, vamos ser indulgentes e tocar nessa velha e conhecida ferida, voltando àquela primeira vez. Vai preencher alguns momentos enquanto me sento sozinha na semiescuridão, "diariando" e esperando o efeito do clonazepam.

Nós fomos almoçar em um pub/restaurante em Hampstead com um enorme jardim. Era aniversário de uma mulher que eu havia conhecido durante o pré-natal e com quem ainda mantinha contato, e um grupo de dez ou 12 pessoas ocupava uma grande mesa do lado de fora, aproveitando o úmido pôr do sol londrino. Cyd, a convidada do honra, tinha reservado duas cadeiras para o caso de Susan e Clive resolverem aparecer. Ela conhecera Susan na aula de ioga, explicou, e depois fora à sua casa jantar. "Eles são ótimos", suspirou ela. "Tão agradáveis e pés no chão. Ninguém iria adivinhar que são tão bem-sucedidos e *chapados*". Você acredita nisso? Foi como ela descreveu vocês — não um idiota num cubículo, depois de tudo, mas a metade de um "poderoso casal"! Acho que ela deve até ter usado a palavra "carismático". Espero que prefira gostar dessa.

E você chegou, vestindo jeans, óculos de aviador e uma camisa havaiana colorida, se desculpando pela ausência de

Susan, que tinha sido chamada para resolver um problema em um casamento que ela vinha supervisionando. Cyd mal podia conter a excitação quando você chegou.

"Este é o famoso Clive", falou, tão orgulhosa, como se ela própria tivesse feito você na aula de cerâmica da tarde.

Cyd é uma daquelas amigas próximas da época que, em retrospecto, não consigo entender como passamos tanto tempo juntas. Sobre o que a gente conversava? Ainda assim, sou grata por ela, acho, por ter nos apresentado, embora, para falar a verdade, minha reação inicial tenha sido de decepção. Nunca fui muito fã de homens grandes, e você, claro, é um homem grande — ainda maior naquela época do que é hoje.

("Se apaixonar é a melhor coisa do mundo para se perder peso", você disse mais tarde, as maçãs do rosto saltando sob a pele feito tumores.)

Também não fiquei muito convencida pela tatuagem de dragão no seu antebraço nem pelo brilho de algum produto em seu emaranhado de cachos.

Você deu a volta na mesa, se apresentando para todos no grupo. Daniel se sentou para apertar sua outra mão, mas me lembro de permanecer sentada em um canto distante da mesa, determinada a trabalhar em minha matéria. Não queria conhecer "o famoso Clive", não queria me aproximar o suficiente para o seu glamour de segunda mão grudar em mim feito pele que está descascando.

"Então você é jornalista. Para quem já escreveu?", perguntou-me e eu captei um interesse forçado, embora mais tarde você tenha insistido que a aparente indiferença era para mascarar uma timidez repentina e paralisante.

Relutante, escolhi alguns nomes aleatórios, e você confirmou, fingindo estar impressionado.

"Você devia me escrever um dia", disse-me. "Tenho um amigo que dirige a próprio jornal. Talvez ele te passe algum material curioso para escrever."

Curioso.

Nunca conheci ninguém tão bem-sucedido a ponto de julgar um trabalho "curioso".

"Ele é meio metido, não achou?", perguntei a Daniel no caminho de volta para casa.

"Ah, gostei dele."

Daniel sempre gosta de todo mundo. Dá muito menos trabalho do que ter que formar uma opinião de verdade.

Então chegou o convite para almoçar, na casa de St. John's Wood. Adentrei a ampla e rebaixada sala de estar com sua extensa escadaria, a brilhante cozinha e sua "sala familiar", na parte de trás, com paredes curvadas e janelas francesas que iam do chão ao teto. Fui levada até algumas pinturas abstratas feitas por uma irmã de Susan que, aparentemente, foi bastante famosa. Tentei ignorar a sensação doentia que tomou conta de mim, a consciência de que nossa própria casa nunca mais seria suficientemente boa, agradável ou especial.

Um caroço de inveja duro e feio entalado feito pedra em minha garganta.

Nunca cheguei a te contar isso, não foi? Imagino que considere essa uma imagem de mau gosto. Quando se nasce em berço de ouro, existe uma lei não escrita que diz que se deve julgar tanto a aquisição de dinheiro quanto o dispêndio dele como uma tarefa bem cansativa, algo a que você "honestamente" não presta muita atenção. Mas quando você vem de uma casa geminada e sem brilho no subúrbio provincial de um vilarejo da região sudoeste, a tendência é reparar nesse tipo de coisa.

A primeira vez que vi Susan foi no almoço. Com um cachorro fedorento em um dos braços e um grande copo de uísque na outra, ela encontrou e cumprimentou o variado grupo que reunira com a facilidade de alguém que gosta genuinamente de pessoas e que acredita que, de tal forma, existe uma grande chance de que provavelmente todos gostem uns dos outros.

"Eles não são um casal maravilhoso?", sussurrou Cyd, fitando você e Susan como num espasmo de visão celestial e dando uma longa tragada no longo baseado. "Adoro esses dois."

É claro que teria sido grosseiro da minha parte não amá-los também. Lá estavam vocês, com a cordialidade urbana, a mesa de vidro e o candelabro ostentoso tinindo com as saladas frescas e os petiscos libaneses, tudo preparado por Susan com amor e bom gosto, o estoque de vinho e cerveja na geladeira Smeg, suas histórias hilariantes sobre estar alegremente bêbado no Ivy com celebridades ultrapassadas.

"Eles são casados há mais de vinte anos! E ainda são tão apaixonados!", confessou-me Cyd, sussurrando em tom de espanto.

O caroço duro de inveja dentro de mim moveu-se dolorosamente enquanto eu pensava nos 12 anos de desencontros que Daniel e eu tínhamos passado, quase cento e cinquenta meses desconfortavelmente presos um ao outro, feito peças mal-encaixadas de um quebra-cabeça.

Se eu soubesse então que a vizinha divorciada e de cara azeda que se sentou silenciosamente no final da mesa e que examinava cada garfada de comida com desconfiança antes de levá-la à boca era azeda simplesmente porque um dia fora sua amante e deixara a porta da frente aberta durante a noite para que você pudesse fugir de sua casa nas primeiras horas da madrugada, e que ainda não entendia por que você nunca havia voltado ("Uma vez eu me levantei para ir embora e ela começou a chorar. Foi então que soube que tinha terminado"), se eu soubesse, minha inveja talvez tivesse diminuído um pouco e interferido menos no aproveitamento da comida deliciosa e da companhia agradável.

Mas, de novo, você sempre foi muito bom em guardar segredos.

*

Compartimentar é algo que nunca imaginei que saberia fazer bem. Já você, naturalmente, era um faixa-preta. Quantas vezes você ia direto do Premier Inn para a cama da esposa sem sequer parar por um instante? Eu o admirava por isso, de verdade. Provavelmente essa qualidade veio de todos aqueles anos trabalhando com o universo musical, azeitando o caminho das pessoas para as gravadoras, adaptando-se a quem elas queriam que você fosse. Como eles chamam isso no vocabulário de recursos humanos? Habilidade de transferência. É isso, ser capaz de empacotar todos os compartimentos independentes de sua vida e impedi-los de se encostarem uns nos outros, como um jantar de TV. Há muito a se dizer sobre um talento como esse.

E assim começou: uma amizade tão solta e sinuosa. Quando éramos convidados para seu universo e de Susan, nós nos encontrávamos para almoçar no seu gramado londrino ou, quando o tempo não ajudava, nos reuníamos nos confortáveis pubs locais, tomando conta de ambientes aquecidos por lareiras com um senso arrogante de direito. E quando vocês não estavam — bem, nossa vida seguia tão bem como sempre seguiu. As crianças frequentavam o colégio do bairro. Daniel decidiu começar um negócio de aluguel de bicicletas para montanhismo e passou a pedalar depois do almoço com um espírito vago de explorador, voltando algumas horas mais tarde com as bochechas vermelhas e a lycra colada no corpo. E eu escrevia vez ou outra, e mal, para revistas ruins, incapaz de visualizar mais uma vez as editoras do outro lado do telefone, de salto alto, roupas pretas cortadas sob medida e potinhos de salada em almoços furtivos na mesa de trabalho. E sim, acabei contatando seu colega Douggie, que tinha um jornal. E embora o trabalho não tenha sido curioso, também não foi oneroso. E demos início a um relacionamento por e-mail, nós dois, que acabou se transformando numa amizade oscilante, mas real (ou era nisso que eu gostava de acreditar).

"Susan nunca permitiu que eu tivesse uma amiga mulher antes", você me disse, pensativo. "É um passo importante para ela."

Eu zombei, lembra? Não conseguia conceber o conceito de ter "permissão" para ter amigos do sexo oposto.

"Daniel sabe que daria justa causa se ele sequer tentasse me dizer de quem posso ou não ser amiga. É preciso ter confiança, não?"

Risível agora, não é mesmo?

Claro, isso foi antes de eu saber sobre a vizinha divorciada e sobre as duas mulheres que você pegou num bar em Brighton e com quem você fazia sexo a três de vez em quando até perceber que elas estavam mais interessadas uma na outra do que em você, ou sobre a prostituta brasileira que você recebeu de "presente" depois de criar um hit para um pseudoartista sul-americano, ou a "namorada" maluca que gostava que você a observasse, sem calcinha, pegando rapazes em bares por aí. Quando descobri tudo isso, entendi melhor por que Susan talvez tivesse alguns problemas de confiança — embora ela não fizesse ideia de nada disso, sua longa, ilustre e cegamente bem-sucedida carreira de infidelidade.

E, assim, eu era a única amiga mulher que você tinha "permissão" de ter. Senti-me lisonjeada, é claro, com minha habitual superficialidade.

"Susan gosta de você, e ela sabe que trabalha para Douggie de vez em quando", você me disse.

E assim os e-mails foram aumentando, de dois por mês para um por semana, até que estávamos nos escrevendo todos os dias, várias vezes por dia — com fofocas e observações cruéis. Percebi que quanto mais ácida eu era com meus novos "amigos", mais calorosa era a sua resposta. E, juntos, inventamos apelidos para todos eles. Lembra a enfermeira Ratched, de *Um estranho no ninho*, com o sorriso de lábios finos e sapatos brancos que pareciam ortopédicos, e a sua favorita, a Noiva Criança, eternamente assustada com a ninhada de filhos horríveis?

E você me encorajava, é claro. Encontrando a inevitável linha solta na composição de uma pessoa perfeitamente boa e puxando-a, puxando-a até abrir um buraco grande o suficiente para passar um punho. Nós nos destacamos, eu e você, na aniquilação do caráter alheio, e nos felicitávamos por nosso próprio discernimento, nossa filiação a um clubinho inconfesso de dois membros. Que tenha sido fundado na nossa habilidade de identificar o mundano, o risível e o fraco em todo mundo exceto em nós mesmos nunca nos incomodou, não é? Transformamos escárnio em atividade intelectual, e o apelidamos de perspicácia. E, cara, como isso nos satisfazia.

"Você é a única pessoa que realmente entende tudo isso", dizia-me você. "É a única que está na mesma frequência que eu."

Eu ficava tão orgulhosa quanto uma aluna que tirou dez no trabalho de história, louvando aquele "Brilhante!" para si mesma pelo resto do dia.

Em retrospecto, fui, claro, uma presa fácil. Entediada, frustrada, uma faminta intelectual. Sua primeira amiga mulher legítima. E eu usava o rótulo como uma medalha de honra.

Muitas vezes, em seus e-mails, enviados do escritório-cubículo no sótão de St. John's Wood, você me dizia, sem qualquer embaraço, como tinha chorado incontrolavelmente ao ler um artigo meloso no jornal ou como as lágrimas escorriam sobre o teclado enquanto ouvia uma ópera a todo volume e pensava na mãe que morreu quando você ainda era criança, no pai ausente e em geral inútil e na avó ressentida que o criou naquela pilha imunda de Hertfordshire; os longos e solitários dias caçando fantasmas pelos quartos vazios e de pé-direito alto, apertando o nariz contra a vitrine da vida em família de outras pessoas.

"Eu não sei amar", professava você com orgulho, como se fosse algo que viesse com um manual de instruções, feito um armário da Ikea. "Sou sensível como um bebê."

Mas, outras vezes, sentia necessidade de lembrar como podia ser durão. De que outra forma, naquele tempo em que você tentava ter sucesso nos negócios, você teria continuado a bater em portas que constantemente eram fechadas na sua cara? Você se lembra da vez que eu o acompanhei quando você foi ver o pai de uma menina que queria contratar? Nós dirigimos até Essex e caminhamos de mãos dadas à beira-mar, depois paramos o carro diante de uma casa de tijolos laranja recém-construída, com janelas pequenas e colunas romanas falsas apoiando o pórtico. Você bateu com o cotovelo na lateral do meu corpo quando eu comecei a rir do seu sotaque londrino forçado.

"E aí, cara?", você disse para o sujeito de correntes de ouro e jeans de cintura alta que abriu a porta. Você e sua fala escorrendo a família rica. E eu tive que morder o lábio para não rir.

Ainda assim, havia obviamente um reconhecimento ali, pensei, um elemento de respeito mútuo relutante.

"Existe um lado de mim que nunca viu. Um lado que não vou mostrar, porque você teria medo", você se gabava.

Só tive uma única amostra dele. Você parou aquele Jag preto e ridículo num sinal de trânsito na North Circular Road.

("Não é horroroso?", falou assim que comprou o carro. "É tão clichê. *Odeio* esse carro com todas as minhas forças.")

De repente, uma gangue de sujeitos de rosto pontudo do Leste Europeu pulou de um dos lados da rua com baldes, rodos e esfregões.

"Nem pense nisso, porra", você resmungou assim que um deles veio determinado até o carro.

"Eles são muito novos", murmurei debilmente, mas você não estava ouvido.

Seus olhos estavam grudados no jovem magrelo que se aproximava do capô reluzente.

"Fora daqui, cacete", disse, e ainda assim ele se aproximou, sem alterar sua expressão, obviamente habituado a este tipo de reação.

Quando ele enfiou o rodo no balde imundo e o levou ao para-brisa, você subitamente soltou o cinto de segurança e saiu do carro num movimento ágil, abrindo tanto a porta da frente que ela ricocheteou nas dobradiças. Como falei antes, você era um homem grande. E homens grandes dirigindo carros pretos e grandes podem ser assustadores, até mesmo para o romeno mais duro e com cara de furão. Antes de se virar e correr, esparramando a água do balde que balançava na mão, vi uma expressão de terror genuíno cobrir-lhe o rosto.

Quando você voltou para o carro, percebeu meu assombro, e seu rosto se amoleceu de preocupação.

"Ignore esse meu acesso estúpido. Tem coisas que me tiram do sério, é só isso. Nunca faria nada para te magoar, sabe disso. Sou um idiota desajeitado."

Mas isso foi depois, é claro, depois de os e-mails terem virado algo mais. No começo, era apenas você digitando em seu cubículo no sótão, ouvindo *Rusalka*, de Dvořák, e as lágrimas respingando em seus dedos.

Você devia ter me contado que foi indicado para um prêmio! Estou tão feliz por você, de verdade. Ninguém merece mais do que você. Bem, exceto talvez seus subordinados na gravadora, que fazem todo o trabalho chato, passando o som e fazendo a edição preliminar, deixando tudo pronto para você chegar e assumir o palco, mas, claro, como você sempre diz, é o seu nome que atrai telespectadores e patrocínio. Sem você, eles não teriam emprego. Por isso estou encantada de saber sobre a indicação. Melhor Produtor. Que honra!

"Nunca tive problemas em contar mentiras", você me disse uma vez, mais do que um pouco orgulhoso. "É algo que me vem naturalmente. Nem preciso pensar a respeito", uma vez que se pensa, você me explicou, já era.

E estava absolutamente certo: sem falsa modéstia! Você se lembra de quando reservamos um quarto num hotel barato do centro empresarial da rodovia A1? Ainda eram dez da manhã, muito antes do horário normal de se fazer o check-in (mas incrivelmente conveniente com o horário de deixar as crianças no colégio).

"Minha mulher e eu acabamos de pousar em Luton, viemos da Cidade do Panamá", você informou ao recepcionista cheio de espinhas no rosto. "Temos um intervalo de seis horas antes de voltar para o aeroporto para pegar um voo para Paris, onde moramos. Estamos exaustos. Será que é possível garantir que não sejamos incomodados?"

As mentiras saíam de você com tanta facilidade quanto música ambiente.

"E os voos da Cidade do Panamá pousam em Luton?", sussurrei enquanto nos apertávamos no pequeno elevador, as garrafas de espumante molhadas batendo dentro da sacola da Marks & Spencer.

"E quem liga?", sua mão dentro do meu casaco, sua língua dentro da minha boca.

De qualquer maneira, estou muito feliz por saber da sua indicação. Mesmo sendo apenas um prêmio da televisão por satélite.

Como você vai acrescentar isso ao seu site? (Aliás, adoro a foto nova que você colocou — ainda está desatualizada uns cinco anos, é claro, mas cinco anos já são um grande avanço se comparados a 15. Você contratou alguém para fazê-la?

Acho que identifiquei um traço de Photoshop, embora não seja uma especialista.)

Adivinhe onde descobri sobre o prêmio? No Facebook! Não é sensacional? Agora sou amiga da Susan no Facebook e acompanho todas as novidades da vida de vocês. É muito divertido, considerando o quanto você sempre foi relutante com redes sociais. O "status" dela (aposto que você nem sabia que se chamavam assim — aquelas frasezinhas curtas que a gente usa para vender nossa vida para centenas dos nossos amigos mais chegados) diz o seguinte:

Susan Gooding *Clive indicado para prêmio. Até que enfim!*

Até que enfim. A falta de empolgação tão típica de Susan, mas claramente tão orgulhosa também. E depois da frase, 24 comentários de alguns dos 456 amigos dela.

(Sim, examinei todos eles, refletindo sobre o tipo de relacionamento, tentando encaixar peças da sua vida que você manteve tão bem escondidas.

"Meus amigos são tão enfadonhos", reclamava você, e eu achava que era uma espécie de elogio velado que deixava entender que eu, de alguma forma, era uma referência em espirituosidade. Fico vermelha só de pensar no quanto eu me superestimava.)

Muitos dos comentários eram elogios à própria Susan.

"Ele não teria conseguido sem você, querida." "Atrás de todo homem bem-sucedido, há sempre uma grande mulher", e por aí vai.

Você leu os comentários? Devia dar uma olhada. Ao que tudo indica, imagino que você acharia altamente enriquecedor observar como as pessoas veem você e Susan de uma perspectiva externa: tirando conclusões a respeito da misteriosa dinâmica dos relacionamentos de outras pessoas.

Assisti à cerimônia de premiação. Claro que eu não ia perder! Obviamente, imaginei que você não iria receber muito destaque na cobertura da TV. Afinal de contas, você não é exatamente uma das celebridades mais conhecidas, não é? E já está chegando aos 50 (ah, como você odiaria que eu trouxesse essa lembrança de volta), a câmera já não o ama mais. Além do mais, eu sabia que Susan estaria usando algo azul-marinho e muito sensato, nada de decotes até o umbigo presos por alfinetes estratégicos, portanto, o mais razoável é imaginar que ela não o ajudaria a alçar um papel de destaque no tapete vermelho.

O curioso é que, no entanto, cheguei a identificá-lo na entrada. Sei que você já reviu a cobertura um milhão de vezes, então não deve ser novidade o fato de que você e Susan aparecem rapidamente no fundo quando aquela rapper de cabelo preto estava sendo entrevistada.

"Olhe lá eles!", gritou Jamie que, aos 9 anos, ainda acha que existe certa mágica ligada ao fato de se aparecer na TV ou até mesmo de se conhecer alguém que apareceu na TV.

Você se lembra de como se preocupava com meus filhos?

"Odiaria que sofressem por minha causa", dizia, pesaroso.

Bem, lá estavam eles, estirados no sofá, mandando torpedos para os amigos para dizer que alguém que conhecem — alguém que, de fato, conhecem bastante bem e que já esteve na casa deles — está na televisão exatamente *neste momento*. Você fez a noite deles! Tenho certeza de que vai adorar isso. ("Só me preocupo com o bem das crianças no meio de tudo isso", dizia-me durante nossas conversas veladamente ansiosas sobre "o futuro".)

E lá estava você, caminhando constrangido pelo tapete vermelho, tentando demonstrar não reparar nos flashes, nos repórteres e na multidão de turistas japoneses e nas mães e filhas de capa de chuva combinando, todos se perguntando se você era alguém importante.

Preciso admitir, você fica muito bem de smoking, lhe confere uma autoridade natural que às vezes falta à calça jeans com camiseta. E gostei do jeito como manteve a mão firmemente entrelaçada à de Susan, mesmo quando acenou sem jeito para a equipe de produção do filme; transmitindo segurança e, sutilmente, propriedade.

"Susan está ótima, não está?", comentou Daniel, de um jeito que imagino que tenha se sentido obrigado a fazer.

Tilly torceu o nariz, pouco convencida.

"Por que ela tem sempre que usar azul? É *tão* tedioso."

Mas, na verdade, Susan estava muito bonita. Acho que fez algo diferente no cabelo. Ele estava preso no alto, com cachos largos, feito um sorvete de baunilha, e o longo azul-escuro foi sabiamente desenhado para disfarçar suas curvas menos favoráveis. Foi emocionante ver o esforço que ela fez para não decepcioná-lo. Deve ter ficado orgulhoso. E me fez lembrar como você adorava planejar minhas roupas, enviando e-mails pela manhã para perguntar o que eu estava pensando em usar durante o dia ou para implorar que eu colocasse uma determinada peça se fôssemos nos encontrar. Algumas vezes, parecia que você chegava a chorar quando eu entrava no pub ou no restaurante ou onde quer que tivéssemos marcado de nos encontrar.

"Você está tão bonita", explicava, os olhos percorrendo meu corpo, me sugando feito um aspirador de pó. "Tenho ciúmes das roupas tocando sua pele. Tenho ciúme disso..." e corria o dedo pela blusa que eu estivesse usando. "E disso...", e alisava a parte de dentro da perna de minha calça jeans. "E especialmente disso...", e sua mão se arrastava por dentro do cós da calça, para tocar minha calcinha.

Quando você e Susan caminharam para fora do vídeo de mãos dadas, pensei que seria sua última aparição. Daniel, é claro, permaneceu em constante alerta para qualquer vislumbre durante a cerimônia.

"Não são eles?", perguntava toda vez que a câmera passava sobre a plateia. "Acho que vi o Clive lá no alto, no canto direito da tela."

Mas, assim que me resignei com a probabilidade de que não apareceriam de novo, você ganhou o prêmio! Que surpresa!

Para falar a verdade, nem esperava que eles transmitissem o prêmio de Melhor Produtor. Quero dizer, a cota de glamour não é exatamente uma das mais altas na categoria, ou é? Mas preciso admitir que me ajeitei no sofá um pouquinho, enquanto Daniel gritava e comemorava empolgado. No entanto, não fiquei muito impressionada com a escolha da apresentadora do prêmio. Se era para escolher uma pessoa de um reality show, podiam pelo menos ter optado por alguém com mais nome, mas acho que tiveram que ficar com o melhor que puderam fazer. A competição por esta honra específica não pode ter sido muito alta, imagino. E pode-se dizer que ela acrescentou um toque fotogênico a uma categoria que, do contrário, poderia ter se tornado um tanto apagada, embora tenha sido difícil se concentrar com aqueles peitos parecendo querer pular do vestido a qualquer momento. Aquilo só pode ter sido feito com fita adesiva, não acha? Fico imaginando os seios dela cobertos com tiras de fita, feito um presente de criança embrulhado. Bem, você foi o que chegou mais perto dela. Talvez tenha reparado em alguma coisa?

Quando ela começou a ler a lista de indicados, devagar, cuidadosamente, como se ler fosse uma habilidade que tivesse acabado de adquirir, sentei-me ligeiramente mais ereta na minha cadeira, dando-me conta de que você estava prestes a aparecer na TV de novo. E, claro, lá estava você, sua cabeça preenchendo a tela feito Deus. Antes de passar para o próximo indicado, a câmera se afastou para mostrar Susan, sentada a seu lado, suas mãos adoravelmente entrelaçadas. Deve ter sido tão reconfortante tê-la a seu lado durante os tensos minutos de espera pelo resultado, aquele apertar de mãos que transmitiam firmeza.

E então, de repente, o envelope era aberto, e lá estava o seu nome, soando tão estranho nos lábios inchados e cobertos de gloss cor-de-rosa de uma celebridade de reality show. Graças a Deus ela não acrescentou um comentário extra, como fazem às vezes: "Não podia haver cara mais legal" ou "A justiça foi feita".

Daniel bateu palmas sinceras assim que a câmera focalizou seu rosto paralisado de choque por uma fração de segundos e então enrugando-se num sorriso enquanto você se virava para um beijo longo e forte em Susan, antes de se levantar e caminhar triunfante pelo corredor do teatro, parando em uma ou outra fileira para um aperto de mãos ou uma palmadinha de parabéns no braço. E subiu no palco, pulando os degraus de dois em dois, com um vigor juvenil como se não fosse alguém que tivesse um acesso de coluna ao menor esforço físico.

Quando se inclinou para beijar a celebridade, aqueles peitos descomunais ficaram momentaneamente pressionados contra o seu smoking, e o gloss deixou uma leve marca cor-de-rosa em sua bochecha.

Diante do microfone, você fez aquele gesto que normalmente os premiados fazem, em que olham o prêmio em silêncio, como se estivessem se esforçando para encontrar as palavras exatas que expressem como se sente. Conhecendo você, tenho certeza de que já tinha o discurso de agradecimento escrito e decorado desde o dia em que os indicados foram anunciados, mas preciso admitir que fez um excelente trabalho em aparentar um modesto despreparo.

Quando a plateia ficou em silêncio, você mirou a câmera novamente, e não fiquei surpresa de ver lágrimas em seus olhos. Você sempre teve essa capacidade de chorar na hora em que quisesse. Mais uma de suas habilidades invejáveis.

"Uau", falou, e por um segundo fiquei completamente perplexa, imaginando quando você teria incorporado expressões como essa ao seu vocabulário. "Muito do que construí durante os anos foi aos trancos e barrancos, e nada disso teria sido possível se eu não tivesse a sorte de estar cercado de pessoas maravilhosas. Minha equipe na Trip Produções, que aparou as arestas mais vezes do que posso contar e que me convenceu a não seguir adiante com meus esquemas desajuizados. (Tão típico de você se autodepreciar ao mesmo tempo em que se valoriza. Essa palavra, 'desajuizado', com todas as conotações de afobação juvenil e autodesconsideração indiferente.) O fantástico John Peterson, cuja dedicação à verdade e ao profissionalismo conferiu à gravadora sua reputação de integridade. (Que inteligente da sua parte elogiar seu relutante coapresentador, fazendo-o parecer incrivelmente chato e merecedor se comparado a sua porra-louquice *desajuizada* e ofuscante.) Meus maravilhosos filhos, Liam e Emily, que, apesar de confessarem com frequência que prefeririam um pai advogado ou banqueiro ou numa outra profissão boa e segura dessas, sempre me amaram apesar de tudo. (Um belo toque, a gratidão humilde de um pai errante.) E, finalmente, minha esposa Susan." Imediatamente a câmera fechou no rosto de Susan, como se estivesse esperando por isso o tempo todo.

E, adivinhe? Claro, você não precisa adivinhar, já que esteve lá o tempo todo e, como disse, deve ter assistido à cerimônia tantas vezes desde então que provavelmente já está gravada no seu cérebro. Susan estava chorando! Lágrimas de verdade que lhe escorriam pelo rosto e que ela tentava limpar com a mão nervosa. Foi uma sensação estranhamente voyeurística, vê-la daquele jeito, os olhos úmidos, tremendo timidamente.

"Estamos casados há mais de um quarto de século (deixa para os aplausos espontâneos da plateia), e não se passou um dia em que eu não tenha aprendido algo novo sobre ela, algo que me faça relembrar a imensa sorte que tive e quão pouco a mereço. Tudo que sou devo a ela. Tudo que alcancei foi por causa dela. Só posso dizer que devo ter feito alguma coisa muito especial em minha última vida para receber uma recompensa dessas. Muito obrigado a todos."

Ao final do discurso, que, devo acrescentar, foi muito bem recebido, nem longo demais nem seco demais (diferentemente do vencedor que o precedeu e que cometeu o erro clássico de optar por um tom cômico e autoconfiante que sempre deixa a plateia com uma sensação de que lhe passaram a perna, como se quisessem pegar o prêmio de volta e entregar a alguém que realmente o valorizasse), as lágrimas brilhavam em seus olhos feito açúcar barato. Enquanto isso, a pobre Susan, para quem a câmera voltava a todo instante até me deixar enjoada com o movimento, tinha um rio de rímel escorrendo pela bochecha esquerda feito um vazamento de petróleo. É preciso dar o braço a torcer a Susan: ela nunca foi excessivamente vaidosa, o que, ponderei, vendo aquele rosto listrado de preto aumentado em nossa tela widescreen, não deixa de ser uma sorte.

"Eu devia mandar uma mensagem de parabéns para o Clive", disse Daniel, distraído. "Vou mandar amanhã sem falta."

Às vezes não entendo por que Daniel sequer se incomoda em pronunciar as frases que diz. Ambos sabemos que ele não vai mandar uma mensagem de parabéns, embora tenha a intenção de fazê-lo, e provavelmente vai acabar se convencendo de que o fez, tão genuína é essa vontade. Daniel tem o que Helen Bunion chama de Dificuldade de Execução. Ele é capaz de inventar milhões de planos e ideias, mas falha na hora de levá-los adiante.

"Pai, se você ganhasse um prêmio, agradeceria a mim e a Tilly?", perguntou Jamie.

Preciso dizer que tive que prender uma risadinha para a pergunta. A ideia de Daniel subindo no palco para receber qualquer tipo de reconhecimento de seus pares. Seria talvez, digamos, o prêmio de Melhor Ciclista de Fim de Semana? Ou talvez o Prêmio pelo Conjunto da Não Obra? Maldade, maldade, maldade, Sally. Afinal de contas, Daniel não consegue evitar ser um "carreirista em série" (li um artigo numa revista outro dia sobre pessoas que mudam de carreira com tanta frequência que nunca sobem o primeiro degrau). Mas estou com grandes esperanças nesse curso de professor, e ele já está na metade — afinal, já durou mais do que a última "carreira" dele (se é que se pode chamar vender "tralhas" no eBay de carreira) —, e ele nem entrou numa sala de aula ainda! Às vezes, tenho tanta certeza quanto ele de que existe algo realmente incrível à sua espera por aí. Só não sei muito bem como ele vai encontrar sem se levantar do sofá e dar ao menos uma procurada.

"Se o papai ganhasse, ele agradeceria aos vizinhos, à caixa do supermercado, àquele homem que o ajudou a consertar a bicicleta, a todo mundo que conhece ele e a todo mundo no mundo." Tilly por vezes pode ser impiedosa, mas no caso da prolixidade lendária de Daniel, acho que ela provavelmente tem razão. "E então ele talvez conte a história de como começou a trabalhar aos 11 anos, ajudando o tio na loja de material de construção *sem nem esperar pagamento por isso. Naqueles tempos*, só se esperava que você ajudasse."

Jamie riu por um instante, antes de se lembrar que fora Tilly que dissera aquilo, portanto ele tinha obrigação de não achar engraçado. Daniel, por sua vez, não fizera reservas e estava sorrindo com generosidade. Sei que provavelmente não devia dizê-lo, especialmente para você, mas às vezes me pergunto se Daniel sequer está lá, ou se uma parte dele, a parte que lida com, digamos, autoconhecimento, não se despregou e espirrou para fora em algum lugar no meio do caminho.

"E a mamãe?", perguntou ele, inclinando a cabeça para trás e correndo as mãos por meus excessivamente longos cabelos louros dos quais se mantém propriamente orgulhoso. "O que ela diria em seu discurso de agradecimento?"

Tilly me olhou, aqueles olhos verdes afiados feito garrafas quebradas.

"Ah, a mamãe", disse ela. "A mamãe nem se lembraria de falar da gente mesmo."

Mais tarde, quando todo mundo já tinha ido para a cama (quando Daniel começou a ir dormir na mesma hora que as crianças? Parece que foi sem que eu me desse conta. Costumávamos assistir a filmes juntos até bem depois de as crianças estarem dormindo, deitados em cantos opostos do sofá, alisando nossos pés através das meias, mas, agora, levanto a vista do jornal das dez e me vejo sozinha, o resto da casa sibilando na escuridão), abri meu laptop e assisti ao replay da cerimônia todo de novo. Não é fantástica essa facilidade instantânea que temos de rever algo hoje em dia, a habilidade de reviver nossas vidas de novo e de novo infinitamente no YouTube ou no Catch Up? Eu queria ter tido isso quando era mais nova, de verdade. Esqueci tanta coisa.

Quando cheguei ao trecho do discurso, mantive o cursor sobre o botão de "pause" e o de "voltar". Sei que é bobeira, mas queria ter controle completo.

Interrompi em um minuto e meio, para ver, quadro a quadro, como seu rosto evoluía naturalmente da solenidade para a sinceridade lacrimosa, e como suas tão bem conhecidas mãos brincaram com o prêmio espalhafatoso, suas unhas roídas e rosadas contra o reluzente metal pintado de dourado. Aproximando mais e mais até a imagem ficar borrada, mirei seus olhos cor de poça, os cílios negros. Era o mais próximo que chegava de você em 14 semanas. (Não que eu esteja contando. Quero dizer, não mais do que talvez contasse o número de semanas após, digamos, a morte de um amigo de segunda divisão.) Notei que seu cabelo parecia ligeiramente mais escuro, embora ainda marcado com os ocasionais traços elegantes de cinza. Você deu uma passadinha no salão, Clive? Se sim, parabéns, foram incrivelmente sutis. Sei o quanto, lá no fundo, você é vaidoso a respeito do seu cabelo, mesmo tendo declarado que "preferia raspar tudo e não ter mais que se preocupar com isso". Eu me lembro de, deitada num emaranhado de lençóis limpos, observar pela porta aberta do banheiro você puxar a sempre presente mochila e tirar uma escova de cerdas de náilon e um pequeno frasco de loção antifrizz.

"Nunca conheci um homem que se dedicasse tanto ao próprio cabelo", falei, impressionada.

"É só porque ele é horrível", você me respondeu, aflito de que eu pudesse achá-lo vaidoso. "Meu cabelo é incontrolável."

Havia um traço de orgulho em sua fala, como se o cabelo intransigente fosse, de alguma forma, um indicativo de sua personalidade ingovernável, alguém que escolheu viver independente de regras.

Sinto falta de passar os dedos por seu cabelo, de sentir as duas levemente sobressaltadas cicatrizes no couro cabeludo, marcas de suas desventuras infantis. Sinto falta da forma como você se viraria de repente e, de costas para o espelho do banheiro, me puxaria para junto de si de modo que eu o encarasse nos olhos, a mesma distância de você que a distância da tela do meu laptop neste momento. Sinto falta da súbita mudança de atmosfera, a imperceptível tomada de fôlego, a carga sexual que faz meus pelos do braço se arrepiarem. Sinto falta disso tudo. Sinto falta disso tudo. Sinto falta disso tudo.

Depois de um tempo, após um intervalo tão longo encarando seu rosto ampliado na tela que cheguei a sentir os olhos de fato marcados com um negativo de suas feições, adiantei o vídeo até o momento em que surgiu um close-up de Susan. E, de novo, congelei o quadro. Inclinando-me no sofá, segurei o computador no colo a distância de um braço e fiquei observando-a, tentando imaginar como deve ter sido ser ela durante aqueles embriagantes minutos. Juntei incredulidade, júbilo e um orgulho pleno e total. E, claro, um sentimento absoluto de vingança. Susan não é boba, ela conhece pessoas que, ao longo dos anos, questionaram se você não era um pouco ambicioso demais, mulherengo demais, autocentrado demais para ser o Marido Bom o Suficiente. Agora ali estava a justificativa completa de tudo aquilo a que ela renunciou. Não é de admirar que aparentasse poder ser asfixiada pela própria felicidade!

Enquanto a câmera se afastava para mostrá-la sentada em meio à plateia, rodeada por pessoas que a parabenizavam, todos se furtando olhares de inveja maldissimulados, pausei o vídeo novamente e, inclinando-me para a frente, coloquei meu dedão bem em cima do rosto de Susan, de modo que ela ficasse visível apenas do decote para baixo. E então, e sei que você vai achar isso um tanto — qual é mesmo a palavra que você sempre usa? — aloprado, imaginei meu próprio rosto superposto ao corpo dela, e era eu ali, sentada em toda a minha elegância, sugando a atenção, os elogios, a adulação. Era para mim que seu olhar voltava à medida que fazia o discurso de agradecimento com espontaneidade e uma escolha perfeita das palavras, eram para mim as honras, era eu quem estava no centro das atenções e eu quem, depois da festa pós-cerimônia, iria se acomodar em seu ombro no táxi de volta para casa, uma das mãos em seu estimado prêmio e a outra sobre sua coxa, e sussurrar que outros prêmios você receberia assim que chegasse em casa.

Apertei o dedão com força sobre o rosto de Susan, esfregando-o rudemente contra a tela dura do computador, sem ligar para as manchas que deixaria. Cada vez mais forte, como se só pela força do meu dedo eu pudesse eliminar Susan completamente. Mas quando levantei a mão, ela ainda estava lá, os largos cachos laqueados já caindo feito pétalas de lírios de cinco dias de idade, a linha preta de rímel borrado cortando a bochecha. A boa e velha Susan. Ela sempre soube se posicionar com firmeza, enfiando-se como uma farpa na própria carne de sua vida, até que sua pele se fechasse por cima e fosse necessário algo pontiagudo feito uma agulha para futucar e futucar e futucar até ela sair.

∾

Conheci Liam ontem! Não é a coisa mais esquisita? Lembra como você sempre disse que adoraria que eu conhecesse seu filho e que achava que nos daríamos muito bem? Você estava mais do que certo.

Fui a uma exposição na Royal Gallery, que eu queria ver havia séculos. Sangue e Raiva, é como os críticos a descreveram. Não pude imaginar nada mais adequado. Então pensei: "Por que não?" Helen Bunion me disse que preciso cultivar novos hábitos que não o incluam, quebrar antigos padrões, definir novos. Então, por que não ir a uma exposição? Por que não um pouco de sangue e raiva? Novos padrões são uma ótima estratégia de sobrevivência, diz Helen.

E não me importo de dizer isso a você, Clive, mas preciso de todas as estratégias de sobrevivência que puder reunir!

E assim, fui à exposição, e foi ótimo. Não posso recomendá-la o suficiente. Pingos grossos de tinta roxa, como se o artista tivesse dissecado algo que já tivera vida sobre a tela e então erguido a em admiração. (Lembra como, quando você me contou que estava tudo acabado, falei bastante furiosa que me sentia como se uma parte de mim tivesse sido arrancada e minhas entranhas estivessem escorrendo pelo chão? Bem, agora imagine isso, só que num quadro. Aliás, perdoe o melodrama exageradamente jacobiano de tudo isso. Estou realmente envergonhada de algumas coisas que disse. Eu estava transtornada. De verdade.)

Então, depois que visitei a exposição, me lembrei de você dizendo que seu filho trabalhava em uma elegante *brasserie* a uma ou duas ruas dali, e resolvi ir até lá para tomar um chá. Ora, não existe nada de estranho nisso, existe? Havia várias mulheres sozinhas de meia-idade lá, fazendo fila para um chá, e elas não podem ser todas perseguidoras, não é? Não, são apenas mulheres com nada mais para fazer numa tarde de quarta-feira além de dar uma olhada na exposição de pinturas que se parecem com fígados dilacerados e sangrentos antes de saborear um bom bule de chá. Não pode culpá-las, pode?

Eu soube que ele era seu filho de cara. E não doeu o fato de que a conta veio com o nome dele no cantinho. Liam. Um sorriso lindo, exatamente como eu imaginava, seus olhos olhando para mim. Tão alto quanto você, acho, mas não tão largo, e nenhum sinal da leve barriguinha que você usa tão desajeitadamente por baixo das roupas, como uma camada extra que o mantém aquecido.

O chá que ele me trouxe veio num saquinho de seda e tinha cheiro de patchuli. Perguntei se eles não tinham aqueles saquinhos de chá preto puro PG Tips, e ele riu de um jeito que deixou claro que eu não tinha sido a primeira a fazer aquela pergunta. Ao sorrir, uma covinha surgiu no meio da bochecha, exatamente igual à sua. Encarei-a com insistência. Espero que ele não tenha reparado. Você tinha razão. Ele é ótimo. Acho que, em outras circunstâncias, teríamos sido amigos. Dei uma gorjeta ridiculamente alta, imaginando se isso me tornaria mais memorável. Talvez da próxima vez que o vir, ele diga: "Hoje veio uma mulher tomar chá. Era muito simpática. Você teria gostado dela."

Bobo, né? Saaaally, sua bobinha.

Acho que você precisa se acalmar um pouco.

Já tentou alguma técnica de respiração? Helen Bunion garante que funciona, mesmo. Ao que tudo indica, a ideia é que você focalize tão intensamente em sua respiração que acabe se esquecendo de todas as coisas que estão lhe estressando. Bem, como eu disse, essa é a ideia. Preciso admitir que lutei um tanto com todo esse conceito. Helen diz que tenho que inspirar enquanto inflo a barriga, assim cria-se o maior espaço interno possível para preencher com o maravilhoso oxigênio provedor da vida. *Inspira, barriga para fora; expira, barriga para dentro.* Essa é a parte com a qual eu luto, coordenar a respiração com a barriga. No começo, vai tudo bem, mas então me dou conta de que estou expirando e botando a barriga para fora ao mesmo tempo ou inspirando e puxando-a para dentro. Aí entro em pânico e tento lembrar qual era a combinação correta, e minha respiração vai ficando cada vez mais aguda, e meu nível de estresse cada vez mais alto. Não conto isso para Helen, porém. Ela tem muito orgulho de suas técnicas de respiração e eu me sentiria um pouco como um fracasso se admitisse que, na verdade, não consigo executá-las.

De qualquer forma, não me importo de dizer que seu telefonema hoje de manhã me deixou um tanto abalada. Afinal de contas, foi a primeira vez que ouvi sua voz em pessoa, e não na televisão, depois de quase quatro meses. Claro que você não soou nem de longe como na cerimônia de premiação da outra noite. Sua voz tinha aquela entonação dura e feia que você usou com o romeno limpador de vidros com cara de furão, a mesma ameaça áspera. Se eu não o conhecesse tão bem, teria ficado quase com medo.

"Que *porra* é essa que acha que está fazendo?"

Eu sabia, é claro, do que você estava falando, mas fiquei tão surpresa de ouvir sua voz de novo que decidi brincar ingenuamente por um tempo.

"Clive! Que prazer. O que posso fazer por você?"

Você conseguia ouvir meu coração martelando do outro lado da linha? Aquele ritmo pulsante e alucinado abafando minha voz estúpida e mentirosa.

"Sem palhaçada, Sally. Você sabe exatamente do que estou falando. Aquela *porra* de artigo de merda que você escreveu para o *Mail*."

Como brincar com isso, ponderei... Claro, quando o editor para quem enviei o artigo me retornou dizendo que tinham adorado o texto, tive um pressentimento de que talvez houvesse, bem, repercussões, embora tivesse imaginado que elas iriam vir na forma de outra bronca por e-mail. Mas até aí, qualquer reação é melhor do que nenhuma reação: não foi isso que você sempre me disse?

"Ah, então você leu?" É evidente que leu, especialmente depois de eu ter mandado um e-mail para você por impulso na semana passada, avisando para procurá-lo. Será que realmente pensei que poderia ganhá-lo de volta pela simples força das minhas palavras? Às vezes, minha própria ilusão me deixa sem fôlego, deixa mesmo. Ainda assim, tentei manter o tom de voz. "Então você viu que todos os nomes foram trocados, ou seja, ninguém vai perceber que é a gente."

Houve um pequeno barulho de explosão do outro lado da linha. Cheguei a pensar que pudesse ser algum tipo de defeito elétrico, mas era você pronto para rugir.

"Ninguém vai perceber? Ficou maluca? Você basicamente escreveu um diário passo a passo da porra do nosso relacionamento de cinco anos sem se importar em modificar porcaria de detalhe nenhum."

"Mas eu mudei os detalhes, sim. Disse que você era dez anos mais velho."

Claro que eu sabia que essa seria uma das coisas que mais magoaria você, aquela década a mais pesando arbitrariamente em volta do seu pescoço.

"Ainda bem que a Susan está fora do país, numa porra de viagem de trabalho. Se eu tiver sorte ela nem vai ver; e não sei quantos dos nossos amigos vão me reconhecer pela descrição grosseira que você conseguiu criar."

"Então está tudo bem?"

"Não, não está tudo bem porra nenhuma. Você podia ter me destruído. Ainda pode. Você não tem direito de tomar liberdades com a minha vida, com a minha esposa e com a minha família."

"Você está exagerando", respondi, mas minha voz já estava falhando, fraquejando nas beiradas. Foi a expressão "esposa", é óbvio. Aquela palavra filha da mãe de seis letras. "Ninguém sabe da gente. Ninguém nunca soube. Não existe possibilidade de ninguém juntar uma coisa com a outra."

É claro que você não se convenceu, nem eu esperava que se convencesse. Ambos sabíamos muito bem que a ameaça de exposição era o principal motivo que me levou a publicar o diário da minha derrocada, a previsível e brutal trajetória de um caso malsucedido. No entanto, Susan estava fora do país, afinal de contas, então parece que foi a troco de nada. Quero dizer, tirando o pagamento, que, é claro, não foi inoportuno.

"Não está preocupada com que o Daniel leia? Na certa você não quer que ele descubra que a *parceira* (a leve ênfase na palavra "parceira", como se não fosse muito apropriada) estava dormindo com o amigo dele pelos últimos cinco anos.

Engraçado pensar em você como "amigo" do Daniel. Não tenho muita certeza de que você sempre tenha se enxergado desta forma. Na verdade, acho que me lembro de você descrevendo-o diversas vezes como "molenga" e mais do que algumas vezes como "passivo-agressivo", um de seus termos preferidos.

"Daniel não lê esse tipo de coisa", respondi, tentando manter um tom eloquente e animado, embora a caneta preta que tinha em mãos estivesse ocupada fazendo buracos violentos no papel em cima da mesa. "De qualquer forma, nem sei se ligo se ele descobrir ou não."

Você não comprou a ideia, e quem o culparia por isso?

"Não seja ridícula, porra. É claro que você liga. Se Daniel te deixar, ele vai levar as crianças, não tenha dúvidas."

Não tenha dúvidas. Você sempre falou assim? Ou o sucesso o tornou mais pomposo?

"Não sei que tipo de jogo você está jogando, Sally. Mas vou te avisar: você não tem nem ideia de onde está se metendo."

Bem, depois que falou isso, houve certo silêncio, não foi? Veja bem, eu ainda estava tentando conciliar o rosnado no telefone com o homem que um dia dirigira todo o caminho até Dorset comigo, quando precisei fazer uma visita a meu pai, para logo depois pegar o primeiro trem de volta a Londres assim que chegamos ao meu destino.

"Não suporto a ideia de você sentada sozinha no carro durante todo o caminho", disse ele quando argumentei que era pedir muito que me acompanhasse. "De qualquer forma, assim pelo menos tenho a chance de passar quatro horas inteiras com você."

Aonde foi parar aquele Clive? Existe algum universo paralelo em algum lugar povoado inteiramente pelas pessoas que imaginamos conhecer por dentro e por fora — até que, de repente, elas se transformam em pessoas inteiramente diferentes? Um lugar para as pessoas que eram antes que suas personalidades fossem abduzidas e os alienígenas tomassem conta do corpo delas?

"Você está me ameaçando, Clive?", perguntei, sorrindo com a ideia ridícula.

Mas quando você me respondeu, sua voz não continha qualquer traço de sorriso.

"Só estou te avisando para ficar fora da minha vida, é só isso."

É só isso. Apenas ficar fora da sua vida.

Há alguns meses, eu *era* a sua vida.

Como isso foi acontecer?

A verdade é que o diário de Final de Relacionamento foi ideia da Helen. Ela pensou que registrar meus sentimentos seria catártico para mim.

"Encare isso como uma purgação", ela me disse.

Na certa, não acho que a intenção tenha sido que minha expurgação fosse publicada num jornal de circulação nacional, mas gostei da ideia de meus sentimentos serem reconhecidos, como se o fato de serem lidos por milhares de estranhos adicionasse autenticidade a eles. E é claro que adorei a possibilidade de que você também os lesse. (Como você adorava zombar da política do *Mail* de, como você mesmo dizia, catar picuinhas nos relacionamentos das pessoas e mascará-las de notícia. Ainda assim, não conseguia para de ler o jornal.) Com isso em mente, tentei não exagerar seus defeitos. Bem, não muito. No entanto, era tudo anônimo, então apimentar a história um pouquinho não estava fora de questão. Além do mais, eu precisava ter certeza de que esconderia sua identidade. E, portanto, sim, talvez você não tenha sido retratado exatamente da forma que provavelmente gostaria.

Escrevi sobre os efeitos do York Way Friday. Isso tem se tornado um tema recorrente para mim. Às vezes, quando estou deitada acordada às três ou quatro da manhã, naquelas terríveis horas mortas em que a solidão me aperta como um travesseiro de pluma de ganso, repasso tudo de novo, feito uma litania, como se ao reviver aquilo vezes suficiente eu adquirisse a habilidade de modificar o final, seguir um caminho diferente, ir embora antes de você chegar ao desfecho inevitável. Nunca funciona, claro, mas, ainda assim, revisito tudo repetidas vezes feito um espírito não exorcizado que não consegue se libertar.

Portanto, quando Helen me disse escrevesse sobre isso, não foi uma tarefa exatamente complicada. O texto praticamente se escreveu sozinho, para ser sincera. A história sobre como estávamos planejando morar juntos, e então, em apenas uma semana, a ruptura súbita, mas espantosamente lenta. E aquele almoço agonizante no restaurante da York Way, meu braço dentro da manga do casaco e você me falando que a gente precisava parar, *a gente* precisava parar.

"Susan merece uma segunda chance", você me disse, descrevendo como ela ficou arrasada quando você falou com ela em um jantar no Mayfair que precisava de mais espaço. Ela chorou histericamente, até os garçons ficaram consternados. Você me contou como tinha sido horrível observar alguém tão forte, tão *talentosa*, desfazer-se diante de seus olhos. O estresse tinha gerado a primeira enxaqueca de sua vida. O médico estava assustado. "Preciso pensar na minha saúde", você me falou, examinando o tinto australiano.

Escrevi sobre a sopa de alcachofras que ficou intocada diante de mim, coagulando pegajosamente, e de como você classificara seu macarrão de "intragável" e o comera mesmo assim, e de como, assim que chegamos à porta de saída, falei que você fosse embora, sem nunca esperar que você o fizesse, e me virei apenas para ver a pasta do laptop batendo contra sua coxa enquanto você se afastava depressa. E então, no dia seguinte, veio aquele e-mail que dizia: *Eu sei como isso deve ter sido horrível para você, mas não consigo entender como todas aquelas mensagens poderiam ajudar em alguma coisa, não é? Sei que deve estar se sentindo péssima, mas sei támbém que estou fazendo a coisa certa para nós dois. Susan e eu vamos ajudar nossa filha a decorar a casa dela durante os próximos dias, portanto, não vou estar on-line.*

E assim que escrevi o artigo, bem, parecia bobo não tentar tirar algum dinheiro com ele. Quero dizer, não é como se editores de jornal estivessem batendo à minha porta ultimamente, ou é?

Lembra-se de como você me assegurou tão gentilmente de que não era só porque estava me deixando que não poderia continuar sendo um mentor para mim no meio profissional, e de como seguiria me ajudando profissionalmente, como sempre fez? Bem, foi muita consideração de sua parte, mas é claro que nada disso aconteceu. As encomendas jornalísticas pararam de chegar e os editores-chefes pararam de responder a meus e-mails, e, assim, abriu-se um buraco bem no meio de minha "carreira". Portanto, isso mesmo, o dinheiro do diário do caso amoroso veio em boa hora. (Até mandei uma mensagem para Helen para dizer o que eu tinha feito e agradecê-la — ela sabe como a situação financeira está complicada.) Aliás, estou com o jornal aqui. E advinha que pseudônimo eu usei? Ah, Saaaally, sua bobinha, você não precisa adivinhar, pois já leu o artigo. Acho que foi uma escolha muito inspirada: Susan Ferndown. O "Ferndown" veio da rua em que morei quando era criança. E o "Susan", bem, foi só a primeira coisa que me passou pela cabeça.

Como você pode ver, Clive, é completamente anônimo — não sei por que você ficou tão nervoso. Acho que quando você tiver uma chance de digerir o artigo, você vai ver que não tem nada tão hediondo nele quanto você havia pensado. Você sabe que eu nunca o machucaria deliberadamente, não é?

E, sabe, já tive dezenas de comentários na versão on-line do jornal. É evidente que a maioria me chamou de vagabunda destruidora de lares e disse que eu só tive o que mereci, mas alguns são surpreendentemente solidários. Um deles veio de uma Esposa Traída. (Você sabia que o termo faz parte de uma terminologia oficial da infidelidade? Abrevia-se ET, enquanto o traidor é o Parceiro/Marido/Esposa Voluntarioso(a) — PV, MV, EV — ou, ainda, HC, Homem Casado. E eu, é claro, seria a OM, Outra Mulher. Interessante, não é, como usamos essas siglas sucintas para encobrir o poço sem fundo de nossas emoções torturadas?) Ela falou que não havia ponta alguma no triângulo amoroso que fosse afiada o suficiente para penetrar uma pessoa. (Você não adora esse jeito de falar? Afiado o suficiente para penetrar.) Disse que dava para perceber como meu sofrimento era profundo e que ela e eu tínhamos muito em comum, apesar de estarmos, como ela colocou, "em posições opostas no *continuum* da infidelidade". Eu estava pensando que talvez pudéssemos até criar uma conexão, a Sra. ET e eu, até ler a última frase dela: "Não somos inimigas, você e eu. São os homens que nos traíram que precisamos esfaquear."

Esfaquear? Ora. É claro que a princípio achei que ela era só uma doida. Quero dizer, é bizarro, não é? Esfaquear. Mas sabe, à medida que o dia foi passando, me vi pensando nisso cada vez mais. Obviamente "esfaquear" é ir longe demais, mas coloque-se na posição daquela pobre mulher, aquela pobre ET. Ela confiou a própria vida a alguém, a um homem, um *marido*. Ela se entregou de corpo e alma, apenas para descobrir que ele havia tido dois longos relacionamentos extraconjugais, e uma das amantes teve um filho dele! Imagine isso!

É óbvio que isso me fez pensar em quando achei que estava grávida. Você se lembra? Nós dois sabíamos que era ridículo. Quero dizer, sempre fomos tão cuidadosos — e eu já estava do lado errado dos 40. Mas na época me senti tão grávida. E não podia ser do Daniel, claro. Bem, a menos que fosse a imaculada conceição. Helen Bunion dedicaria um dia inteiro exclusivamente para isso se eu contasse a ela sobre como você e eu ficamos atarantados, fazendo planos, angustiados, e sobre como declaramos nosso apoio mútuo e eterno "não importa o que aconteça" apenas para descobrir, depois de dois meses, que não era um bebê afinal, mas o início da menopausa! Saaaally, sua bobinha. Helen na certa insistiria que era meu inconsciente desejando que eu tivesse um filho seu, mas não foi ela que ficou vagando agoniada diante dos kits de "diagnósticos caseiros" da Boots, morrendo de medo de esbarrar num conhecido e sabendo que todos os clientes na farmácia estavam me olhando e pensando: "Na sua idade? Que nojento."

"Vou ficar do seu lado aconteça o que acontecer", falara você de um jeito bem vitoriano, logo antes de eu fazer o teste.

E, claro, deu negativo. No que a gente estava pensando? Foi só depois que eu lhe mandei o e-mail com as boas-novas que você extravasou suas emoções. Lá no fundo, você queria que fosse verdade, assegurou-me. Assim, todos os segredos estariam revelados e nós dois poderíamos ficar juntos da maneira apropriada. Ah, sim, você foi muito claro. Depois do acontecido. Aquela criança estaria com 2 anos agora. Penso nisso às vezes. Nossa cria inexistente que talvez tivesse nos unido. Suas costas provavelmente não teriam suportado. Nem meus filhos. Quanto aos seus... Apenas imagine a Invólucro Sagrado, como ela teria odiado ter ficado para trás do próprio pai por um triz! Por sorte, não era nada. A última peça que o meu sistema reprodutivo me pregou, uma última celebração desprezível.

Devo dizer que você foi muito gentil quanto a isso. Não chegou a dizer nada sobre o quão ridícula eu tinha sido. E só usou aquela frase uma única vez, aquela que transformou meus ainda doloridos órgãos em pedra: "Talvez tenha sido melhor assim..." Você nunca chegou a desenvolver o tema. Acho que percebeu imediatamente o que tinha acabado de dizer. Mas foi o suficiente. Aquelas cinco palavras disseram tudo.

Mas, de qualquer forma, senti certa empatia por minha nova amiga de correspondência, a magoada e vingativa ET. Agora que Helen e eu já encenamos o sentimento até a morte, empatia virou praticamente algo natural para mim. Eu me vejo simpatizando involuntariamente a qualquer hora e em qualquer lugar — com rapazes de olhar vago no ônibus em seus ternos baratos e sua pele oleosa, mulheres enérgicas caminhando com seus cachorros e exalando a frustração maldisfarçada de quem carrega uma aura agressiva feito um soco. Fico comovida por todos eles. É, de fato, muito cansativo. Na verdade, a única pessoa com quem ainda tenho dificuldade de simpatizar é, ironicamente, Daniel.

Claro, eu tinha com ele uma empatia automática, não precisava nem pensar. Bem, pelo menos acho que tinha (sentimentos são um pouco como um parto, não são? Uma vez que saem de você, são tão difíceis de imaginá-los de novo). É muito difícil saber quando isso mudou. No início, éramos naturalmente mais dispostos a ser gentis um com o outro e a enxergar nossas diferenças como enriquecedoras em vez de irritantes. Helen gosta de falar do Banco do Relacionamento, no qual você começa com uma conta próspera e precisa trabalhar para manter os depósitos e os saques equilibrados. Digo a ela que Daniel e eu temos operado no limite do cheque especial há anos, a boa vontade e a disposição para se desculpar e ceder à vontade do outro drenando a conta-gotas sem que a gente percebesse ("Preste atenção nessas metáforas descuidadas, Sally", ouço você dizer), deixando apenas dívidas e reprovações.

"Parece que nós dois perdemos nossos formulários de depósito emocional", falei a Helen uma vez, me empolgando com o assunto. Mas acho que o sorriso dela foi muito forçado.

Antes do artigo do *Mail* sair, é claro, eu tinha ponderado brevemente sobre o que aconteceria se Daniel passasse por uma espécie de transplante fundamental de personalidade e se transformasse no tipo de pessoa que talvez lesse um artigo de jornal que tivesse a expressão "caso amoroso" no título, mas mesmo numa eventualidade improvável dessas, eu sabia que ele jamais reconheceria a "parceira" de 16 anos a partir do que havia no texto. A verdade é que mesmo que eu me plantasse diante dele e abrisse a alma como um contrabandista abre um casaco para revelar fileiras e fileiras de relógios reluzentes, ainda assim, ele não me reconheceria. Se eu escondesse o rosto, duvido que Daniel fosse capaz de me distinguir num cômodo cheio de pessoas.

Depois que você desligou na minha cara, notei que havia uma chamada perdida no meu celular: Helen Bunion. Eu estava ficando arrependida do e-mail de agradecimento que havia mandado para ela, avisando sobre o artigo, e sabia que ela não viria com boas notícias. Intuição, você diria. (Aliás, essa é outra coisa que Helen e eu estamos trabalhando: apurar minhas habilidades de intuição para que eu tenha mais capacidade de antecipar consequências e identificar quando as pessoas estão sendo sinceras. Intuição e empatia — Helen chama de "ataque em duas frentes" em minha contínua batalha para me tornar uma pessoa melhor, mais vigorosa e mais autoconsciente.)

Obviamente, quando enfim liguei para ela, Helen estava falando naquele *staccato* levemente agudo que às vezes acrescenta à própria voz quando algo não lhe agrada.

"O diário do seu caso amoroso era para ser um exercício privado, e não uma forma para lá de dissimulada de revelar seu ex-amante. Como vai se tornar capaz de seguir em frente quando as técnicas que estou te ensinando exclusivamente para seu próprio desenvolvimento pessoal estiverem sendo distorcidas em armas na sua guerra fútil e parcial contra o seu ex? Uma guerra que, como já vimos um milhão de vezes, você não tem chance alguma de ganhar?

É de fato patético o quanto odeio quando ela se decepciona comigo e como eu me debato e me justifico para tentar conquistá-la de novo.

"Mas foi tão catártico", resmunguei.

"A ideia era essa. Mas 'catártico' não é o mesmo que 'público'."

"Mas mudei todos os detalhes, até os mínimos, como o tipo de vinho que ele pede. E eu estava precisando tanto, tanto do dinheiro", repreendi a vontade de soltar uma brincadeira como "terapia não é barato". Helen não curte muito esse negócio de humor.

"Se a mulher dele tivesse lido o diário, ela poderia facilmente identificar as semelhanças na cronologia dos fatos, no jeito como ele fala. Não tente se enganar, Sally, essa não foi sua intenção principal. Você quer que ela descubra, mas quer que isso aconteça de um jeito que se estourar tudo na sua cara, você possa fingir não saber do que as pessoas estão falando. Mesmo depois de todo o trabalho que estamos fazendo, você ainda se recusa a se responsabilizar pelas próprias atitudes."

Sua psicóloga de plano de saúde diz isso para você? Essa história toda de se responsabilizar pelas próprias atitudes? Esse é um dos anátemas de Helen, minha recusa em "me responsabilizar" pelas coisas que faço e fiz. Me faz parecer uma espécie de intrusa, não é? Assumindo a responsabilidade por minha vida. Até aí, se eu fosse uma intrusa, poderia abrir uma fresta na porta de minha vida, dar uma olhada e decidir que não era exatamente o que eu estava procurando e então sair à caça de outra pessoa por quem me responsabilizar. Alguém melhor.

Antes de desligar, me relembrando friamente que tinha outros "clientes" que precisavam da atenção dela, Helen me passou mais um exercício.

"Qualquer coisa", falei, agradecida e ávida por me redimir.

Ela me mandou pegar uma folha de papel em branco e uma canetinha preta, "a mais grossa e mais preta que você conseguir encontrar", e escrever "em letras maiúsculas bem grandes os fatos duros e brutais da sua situação". E então, me forçar a sentar e estudá-los até que enfim eles sejam assimilados.

Assim que desliguei o telefone, peguei, obediente, uma folha de papel. Eu estava sentada no que chamo ironicamente de minha escrivaninha: uma mesa superestimada enfiada no cubículo onde trabalho. O cubículo é uma parte no canto da sala de jantar que divido com a máquina de lavar roupa, de forma que ligações importantes precisam ser feitas entre os ciclos de lavagem. Abri um espaço e coloquei a folha quase com reverência diante de mim. Então vasculhei a primeira gaveta do arquivo no qual guardo carcaças de canetas que um dia já foram adequadas à tarefa de escrever até encontrar um pilot preto ainda digno do nome.

Enfiei a tampa na outra ponta do pilot, e, por um momento, minha mão trêmula de citalopram pairou sobre o papel. Então me lembrei do tom de voz tenso e elevado de Helen e comecei a escrever "os fatos duros e brutais da minha situação", como ela falou. Quando terminei, tinha uma lista de quatro itens, todos escritos em uma caligrafia grosseira e impossível de se ignorar.

CLIVE SEGUIU EM FRENTE
CLIVE AMA A ESPOSA
CLIVE NÃO ME QUER NA VIDA DELE
ACABOU

As palavras eram duras e feias. Não existe leveza em letras maiúsculas, existe? Sem as curvas graciosas de um "g" ou de um "j", sem a pegada nervosa de um "q" ou de um "t". Ainda assim, forcei-me a encará-las, assimilando-as, do jeito que Helen me mandou fazer, até que elas deixaram de ser letras e se tornaram hieróglifos desajeitados tatuados sobre a página. Mas naquele ponto, a mensagem tinha definitivamente sido captada e estava fazendo uma ola dentro de minha cabeça. *Clive nunca mais vai voltar.*

De algum lugar dentro de mim, um lugar secreto embaixo da minha caixa torácica, veio aquele fluxo ácido familiar e escaldante. Não havia experimentado nada parecido desde os dias sombrios logo depois do York Way Friday quando ficava deitada acordada de madrugada, sentindo meus órgãos corroendo-se milímetro por milímetro, como se um inseto comedor de carne tivesse entrado em meu corpo e estivesse separando os tecidos dos ossos, acelerando meu coração debilitado, aterrorizado e fraco numa tentativa de impedi-lo de continuar batendo.

Inspira, barriga para fora; expira, barriga para dentro.
Inspira, barriga para fora; expira, barriga para dentro.

Estou me concentrando em minha respiração, visualizando o ar passando por meu corpo exatamente como me disseram que fizesse. Ainda assim, a mensagem está lá, no ritmo latejante do sangue correndo em meu corpo, na pulsação desenfreada e louca em minhas veias. *Clive nunca mais vai voltar.*

Susan é maravilhosa, não é? Sei que essa é a palavra que as pessoas sempre usam quando se referem a ela, mas é tão apropriada. (Claro que não estou levando em conta os que usam outros rótulos, como "mandona" ou "controladora". O que eles sabem?)

Não estava esperando de forma alguma ter notícias dela ontem, e tinha me resignado a passar mais um dia sentada diante do computador, esperando e-mails que nunca chegam e surfando obsessivamente pelos fóruns de infidelidade. E então, do nada, o nome dela apareceu no meu telefone. Bem, depois do ataque automático de adrenalina de uma fração de segundo (O que ela descobriu? Será que sabe de alguma coisa?), atendi, tomando o cuidado de fazer minha voz soar com um sorriso, como Helen me ensinou. Susan me disse que ela e Emily iriam almoçar do lado da minha casa (tão gentil da parte dela sugerir que moro perto do próspero bairro de Balham, em vez do cafundó de mundo de Tooting). Será que eu queria me juntar a elas?

Ora, não seria preciso me chamar duas vezes.

Nos encontramos num restaurante espanhol da High Street, aquele que está sempre nas revistas de domingo.

"Sempre quis vir aqui", falei num impulso. Mas o que eu queria dizer é que sempre quis ser o tipo de pessoa que frequentava aquele lugar. Existe uma diferença, não acha?

Susan estava linda mais uma vez. É tão original o jeito como ela coloca comodidade antes de moda. Estava usando uma calça jeans de aparência confortável e uma túnica larga (azul-marinho, é claro), e os ralos cabelos louros esbranquiçados (hoje, mais brancos do que louros) presos num rabo de cavalo simplório. Emily, evidentemente, estava com uma blusa com corte de gestante, muito embora não possa estar nem no quinto mês ainda e mal seja possível notar a barriga.

"Preciso me sentar perto de uma porta", disse ela ao garçom antes mesmo de sermos levadas para nossa mesa. "Preciso ter acesso a ar fresco. Sabe, estou grávida."

E disse "grávida" numa espécie de sussurro assombrado, como se estivesse anunciando que estava carregando 7 quilos de explosivos presos ao corpo que poderiam ser detonados a qualquer momento.

Quando nos sentamos (que delicadeza do casal liberar uma concorrida mesa na janela quando Emily levou a mão ao peito e começou a tossir com fraqueza. As pessoas são tão gentis, você não acha?), Emily começou a examinar o cardápio à procura de um prato que não tivesse sido criado com a intenção expressa de afetar seu bebê. O que significou que Susan e eu tivemos tempo para botar a conversa em dia.

Perguntei tudo sobre o prêmio, claro. Ela foi tipicamente autodepreciativa, mas deu para perceber que ficara feliz de saber que eu tinha assistido. Contou que depois da cerimônia, na festa, você mal saiu do lado dela.

"O lugar estava cheio de garotinhas bonitinhas. E falei para o Clive: 'Aproveite enquanto seus dentes ainda são de verdade', mas ele ficou o tempo todo do meu lado feito uma peça sobressalente. Não consigo entender. Normalmente teria aproveitado toda aquela atenção. Acho que está ficando velho", contou ela.

"Ah, estamos *todos* ficando velhos", respondi.

"Bobagem. Você está ótima. A perda de peso realmente lhe cai muito bem", mentiu ela.

Claro que para Emily aquilo foi demais.

"Mas ser magra demais pode envelhecer terrivelmente, não acham?", perguntou ela, dirigindo-se para o saleiro diante de si. "Estou *tão* mais feliz agora que fiquei do tamanho de uma baleia", disse, erguendo um de seus delgados pulsos de passarinho em admiração. "Certamente não vou ser uma daquelas mulheres irritantes sobre quem a gente sempre lê nas revistas que voltam para o manequim 34 uma semana depois do parto. *Adoro* meu peso extra."

"Meu amor, você é da espessura de um palito, então fique quieta", disse Susan, a eterna mãe devotada.

Susan me contou que encontrou a casa de férias perfeita na Croácia. Fica na ilha de Korčula, aparentemente, então é muito mais barato do que seria se fosse na costa da Ístria ou de Dubrovnik.

"Mas ainda assim é duas vezes mais caro do que tínhamos previsto", confessou-me. "Só que não vou contar ao Clive. Por sorte ele sempre alegou ser tão inepto com dinheiro que deixa tudo por minha conta."

Sabe, se você nunca tivesse me falado isso, eu jamais teria imaginado — quero dizer, que é inepto com dinheiro. Sei que Susan é o cérebro financeiro do casal, mas você sempre me passou a impressão de ser alguém que sabia exatamente o valor das coisas. Isso só demonstra o quanto pode se enganar a respeito de alguém, acho.

Susan estava falando de novo sobre a renovação dos votos de casamento. Ela disse que era apenas um pretexto para um festão, mas eu sabia que significava mais do que isso.

"Claro, você e Daniel têm que estar lá. Vai ser só para os amigos mais chegados."

Foi gentil da parte dela, não foi, nos incluir entre os "amigos mais chegados"? Sei que ela não acha isso de verdade, ou, se acha, provavelmente existem centenas de outros "amigos mais chegados" antes de nós. Mas ainda assim achei gentil.

Susan explicou que a festa estava sendo organizada para julho, dali a dois meses e meio.

Emily pareceu bastante agitada por causa disso.

"Vou estar incrivelmente grávida em julho. Não acho que vá estar com cabeça para festas. E, sabe, marquei aquele workshop de ioga na semana seguinte, então acho que pode ser muita coisa para mim. Sinceramente, acho que você e o papai poderiam ter calculado melhor o tempo das coisas."

Susan revirou os olhos para mim por trás de sua taça de vinho, mas foi bastante pacificadora ao falar, assegurando Emily de que a festa não iria ser muito penosa para a filha, e que ela sempre poderia descansar se achasse que estava pesado demais.

Neste ponto, a garçonete chegou à mesa: uma moça bonita, portuguesa, acho, com uma argola dourada na sobrancelha.

Emily tinha uma longa lista de perguntas sobre a comida. Este prato tinha nozes? E este tinha ovo cru? Queijo pasteurizado? O sorriso da pobre garçonete começou a se desfazer como se estivesse derretendo.

Por sorte, Susan a distraiu, colocando um golinho de vinho branco no copo dela.

"O que acha que está fazendo?", guinchou Emily, horrorizada.

"Só um gole não vai fazer mal", Susan não estava nem um pouco constrangida.

"Pelo amor de Deus, mãe, parece até que quer que seu neto nasça com duas cabeças ou algo assim."

Susan é tão tranquila com essas coisas, não é? Ela agiu como se não estivesse com um pingo de vergonha, embora eu mesma estivesse mortificada. Considerando-se que Emily fala como se qualquer coisa mais alta do que um sussurro pudesse causar dor física, ela tem uma voz incrivelmente penetrante quando quer.

Mas sabe, depois que Emily se acalmou, começamos a conversar educadamente, e preciso admitir que embora eu não vá tão longe em dizer que nos demos bem, pelo menos encontramos alguns pontos em comum. Tudo bem, isso consistiu basicamente em conversar a respeito de se estar grávida e de que nome do meio soa melhor com Cressida, mas ao menos senti que fizemos algum progresso. Quando Susan foi ao banheiro, chegamos até a conspirar: sobre você, aliás. Não fique assustado, Clive, falamos apenas coisas boas, claro. Ela disse que não sabia o que tinha dado em você ultimamente, mas que estava tão ridiculamente cuidadoso com a mãe dela que era até fofo. (Antes que você diga qualquer coisa, foi Emily quem usou a palavra "fofo". Sei o quanto odiaria que esse adjetivo específico fosse atribuído a você.) Emily contou que ela e Liam sempre mexeram com você, dizendo que não merecia Susan, e que é muito legal que o pai esteja finalmente parecendo estar levando em conta o que eles diziam.

E então voltamos a falar de Emily.

Ao final do almoço, preciso reconhecer que estávamos todas muito felizes. Emily até se aventurou a dizer que talvez as coisas não estivessem exatamente um mar de rosas com o chato do marido banqueiro dela. Pelo visto, a ideia de Emily de usar o ultrassom da vigésima semana como imagem para um mouse pad de presente de aniversário para a mãe do marido não provocara o entusiasmo esperado.

"Acho que ela iria preferir uma máquina de fazer vitamina", foi o que ele disse, aparentemente.

E Emily concluiu que foi muito insensível da parte do marido, mas acho que ele não estava errado, não concorda?

Emily me contou que estava planejando fazer um chá de bebê. (Eu não sabia que essas coisas existiam fora de *Friends*, mas parece que é a última moda entre as jovens mães do oeste de Londres. Sinceramente, Clive, é como se vocês vivessem numa espécie de principado, não é? O Vaticano de Londres, com leis diferentes, pessoas diferentes, hábitos diferentes. Não me admira que soubesse que eu jamais me encaixaria nele.) E adivinhe? Ela me convidou! Quero dizer, acabei comentando que nunca tinha ido a um chá de bebê e que adoraria saber como é, e ela disse que eu poderia ir para fazer companhia a Susan (presumo que ela vá organizar um cantinho das coroas, completo com a mãe sem mouse pad do banqueiro chato). Mas, olhe, sei que você provavelmente iria preferir que eu não fosse — você tem sido tão enjoado com esse tipo de cruzamento entre nossas vidas atuais. Você costumava achar isso tudo muito empolgante, lembra, a emoção de se escapar por um triz? —, mas teria sido muito rude da minha parte dizer não, você não acha? E Susan parecia genuinamente feliz que eu fosse estar lá, eu realmente não queria decepcionar ninguém. Entende isso, não entende, Clive?

"Detesto decepcionar as pessoas", você costumava me dizer o tempo todo, coçando a cabeça e alterando o rosto naquela expressão sincera que você faz tão bem. Lembra como usava essa frase todas as vezes que ficava na dúvida entre mim e a pobre e desinformada Susan, explicando que parecia um retrocesso à sua própria infância, quando se decepcionava constantemente com adultos ao seu redor?

Bem, Clive, também detesto decepcionar as pessoas. (Quão atenciosos nos tornamos. Quão relutantes em decepcionar.) Por isso, vou ao chá de bebê de Emily. Vai ser uma nova experiência para mim. Estou tão ansiosa. É como Helen me disse: preciso encontrar novas experiências para quebrar os velhos padrões que associo a você.

Espero que ela fique satisfeita.

Por favor, não fique nervoso, mas fui dar uma olhada na sua casa ontem à noite.

Sei o que está pensando, que isso soa como algo que um assediador faria, mas eu só estava passando por perto. De verdade. Estava na região, caminhando pelo Regent's Park. Você se lembra de que uma vez sugeri que fôssemos lá e você falou que era tão perto da sua casa que seria o mesmo que termos um encontro no seu jardim? Nunca explorei muito o parque antes, então decidi dar uma passada e, como você usou a expressão "no meu jardim", imaginei que não faria mal dar uma olhadinha na sua rua, só para lembrar onde ficava.

É evidente que me lembro muito bem da casa, de todos aqueles jantares em que Susan e Daniel conversavam despreocupados à mesa sem, incrivelmente, nunca achar estranho que nós dois estivéssemos evitando trocar olhares. É linda a sua casa, com as janelas de arcos eloquentes e a sacada, e, claro, Susan tem um gosto muito sofisticado. A extensão da cozinha com as paredes de vidro altas nos fundos da casa já apareceu em mais de uma revista de decoração de interiores.

"Tijolo e argamassa", você me dizia com desdém. "Não significa nada para mim. Nada daquilo. Ela pode ficar com tudo."

Mas, no final, não conseguiu ir embora. Até mesmo tijolos e argamassa, ao que parece, exercem uma força própria.

E posso entender bastante bem por que você não quis ir embora. Por que o faria? É uma casa linda. Adoro o trabalho em ferro ornamental em torno do pórtico e a forma como as janelas da sala de visitas do segundo andar ("Não chame de sala de visitas", posso ouvi-lo furioso. "Soa tão *pretensioso!*") recebem a luz do fim da tarde, quando o sol se põe. Ah, sim, acho que fiquei mais tempo do que o estritamente necessário, olhando como as janelas cintilavam em tons de laranja e, então, de rosa e, depois, o modo como um abajur se acendeu no canto do quarto, mandando um brilho amarelo suave através das esvoaçantes cortinas opacas.

Eu podia ver as sombras se movendo pelo quarto na luz amarelada. Você precisa entender que eu não estava espionando nem nada parecido. Qualquer um que estivesse de pé na calçada oposta naquele exato ponto teria visto a mesma coisa. É só que estava uma noite tão agradável, só uma chuvinha bem fina, nada sério. Em casa, Daniel já teria colocado as crianças para dormir e provavelmente estaria roncando no sofá diante de algum filme barato de ficção científica do Canal 5. Eu realmente não tinha lugar melhor para estar naquele momento.

No caminho de volta para casa (e era um longo caminho, vamos combinar, todas aquelas paradas em estações lotadas de estudantes estrangeiros e turistas carregando sacolas da Hamleys), sentei de frente para uma mulher que chorava silenciosamente. Era mais ou menos uns dez anos mais velha que eu, no início da casa dos 50, provavelmente, e o cabelo curto estava pintado num tom bem, bem vermelho. Usava sapatos altos verdes tão novos que ainda deviam ter o preço na sola, e imagino-a calçando-os cuidadosamente no final da tarde, talvez parando um instante para admirá-los no espelho de corpo inteiro do armário, ainda sem saber que a noite acabaria com ela voltando para casa sozinha, as lágrimas desenhando caminhos através da maquiagem grossa. Gente sofrida. Como você os adorava.

"Ela é muito sofrida", me diria despreocupado sobre qualquer um de modos hesitantes, de riso nervoso ou de apertos de mão não muito firmes. Aliás, sobre qualquer um que o incomodasse, que o deixasse confuso, que não fosse tão extrovertido quanto você ou capaz de encarar olhares de estranhos. (Deus, como você era bom nisso. O olhar impávido. Deve ter sido isso que o fez ser tão bom de ficar de olho em jovens músicos. Sabe, você devia ministrar um curso que ensinasse essa habilidade. "Contato visual para iniciantes" poderia ser o nome. Você sempre adorou ter um projeto paralelo lucrativo.)

Sabe o que é engraçado, no entanto? Ultimamente tenho me sentido como se eu fosse a pessoa sofrida, como se cada parte de mim em que você já encostou (e, vamos encarar a verdade, são pouquíssimas as que não tocou) tivesse um hematoma preto e feio. Parece muito melodramático? Peço desculpas. Vejo-o agora, torcendo o nariz a distância. "Um pouco exagerado", talvez dissesse. Ou pior: "Um tanto *óbvio*."

Pessoa sofrida em trânsito. Talvez eu faça um logo com isso, ou uma camiseta.

Um adesivo de carro quem sabe seria engraçado.

Mercadorias sofridas.

Saaaally, sua bobinha.

Sian me ligou hoje. Como disse, ela tem se sentido pouco à vontade desde que tudo aconteceu, como se todos aqueles anos sendo "a que sabia" (aliás, é assim que eles falam nos fóruns de infidelidade, não é fantástico?) — fornecendo álibis, juntando-se a nós para jantares aconchegantes — a tivessem de alguma forma responsabilizado pelo que aconteceu. Ela ergue as sobrancelhas significativamente quando ninguém está olhando, perguntando em silêncio como estão as coisas. Se já superei você.

Ela acha que a gente devia sair hoje à noite, nós duas, nos arrumar, ir até Hoxton, a um bar ou um pub, tentar nos misturar com os mais jovens. Paquerar igual fazíamos há vinte anos. Sian nunca deu o braço a torcer que talvez não sejamos exatamente as mesmas que éramos quando arrastávamos nossos corpinhos de 20 anos pelos pontos badalados de Londres.

"Não quero estar cercada de gente de 28 anos. Faz com que eu me sinta velha", falei.

"Fale por si mesma", reclamou, ajeitando as cuidadosamente tingidas mechas com o bem torneado braço de academia.

Como você gostava de zombar dela, os namorados jovens demais e o guarda-roupa cheio de artigos de marca. Você se recusava a ver o coração exposto por baixo disso, procurando o amor em lugares inadequados, exatamente como todos nós.

Alguma vez contei sobre quando encontrei Sian, anos atrás, no dia em que ela finalmente comprou a bolsa Birkin de mil libras que vinha namorando havia anos? Quando ela chegou ao restaurante onde combinamos de nos encontrar, parecia uma mãe orgulhosa, incapaz de parar de mexer no brinquedo novo, alisando o couro macio cor de camelo e elogiando o formato, o contorno da bolsa. Durante o jantar, no entanto, o prazer pela nova compra dissolveu-se gradualmente junto com duas garrafas de um bom Chenin Blanc. Mais um amor chegou ao fim e a costumeira armadura de autoconfiança de Sian estava se esvaindo.

"Cansei disso tudo", anunciou finalmente, e me lembro de como fiquei chocada em ouvi-la admitir derrota. "O que há de errado comigo?", perguntou ela. "Quando isto virou a minha vida?"

Tentei animá-la, lembrando-a de todos os rapazes com quem ela já tinha saído, o dinheiro que ganhava como compradora de uma loja: dinheiro que ela tinha liberdade para gastar em abundância em bolsas de marca. Ela me encarou, uma bolinha de rímel marcando de preto a bochecha.

"Uma bolsa Birkin não vai se importar comigo quando eu estiver velha", replicou.

E, sabe, Clive, acho que nunca ouvi nada tão triste.

Mas hoje Sian não estava em clima de autopiedade. Acho que acredita que o período de luto precisa acabar. Acho também que ela imagina que um pouco de atenção masculina vai me curar de você. Bem, não posso fingir que não seria maravilhoso ser enfim curada dessa aflição embaraçosa e debilitante. Que alívio seria acordar de manhã sem me encolher inconscientemente em antecipação ao golpe que é a consciência da perda, ou prosseguir com a minha vida levemente, livre do tumor que você representa. Por isso, esta noite vou beber das águas de Hoxton, na esperança de encontrar uma cura.

Em deferência ao meu iminente retorno ao mundo dos vivos, me vesti com cuidado especial, escolhendo uma blusa soltinha para usar com meu jeans subitamente largo demais, numa tentativa de esconder os estragos da Dieta do Sofrimento. Tilly entrou no quarto bem na hora em que eu estava me maquiando.

"Você não usa maquiagem há meses", disse ela, desconfiada.

Essa menina enxerga tudo, sabia? Lembra como era sempre ela que queria saber para quem eu estava mandando e-mails tarde da noite ou por que você sempre ligava quando Daniel não estava em casa?

"Estou combatendo os sete sinais do envelhecimento", respondi. Acho sempre bom conversar com meus filhos por meio de slogans publicitários. É uma espécie de atalho para o entendimento. "Acabei de chegar ao sinal cinco."

Tilly nem forçou um sorriso.

"Por que o seu pescoço está desse jeito?", quis saber.

"De que jeito?"

"Você sabe, igual à ponta de cima de uma cortina."

Ah, pregueado. Minha filha quer saber por que a pele do meu pescoço é pregueada.

Olho para meu reflexo no espelho e vejo o que ela vê: uma velha de 43 anos, magra demais e cuja pele perdeu a firmeza, usando uma blusa que me envolve feito um daqueles paninhos redondos e babados que ficam em cima daquilo que minha avó chamava de "mesa de centro".

"Liz Hurley é mais velha do que eu", respondi, na defensiva.

"Quem?"

Cada vez mais, descubro que nem consigo olhar para Tilly ultimamente. Meninas são tão inclementes, não são? Tão críticas... Eu me lembro de agir exatamente do mesmo jeito com minha mãe. Ela usava o perfume mais forte, do tipo que entra na sua narina e se solidifica lá dentro, bloqueando todo e qualquer ar. Quando saíamos, ela sempre entrava no carro por último (sempre atrasada, minha mãe), e o cheiro me atacava feito uma onda quebrando na praia, então eu tinha que abrir a janela até lá embaixo e colocar a cabeça para fora. Uma vez, quis pegar um suéter dela emprestado. Era fofinho e de caxemira preta, e eu sabia, do jeito que adolescentes sempre sabem, que ficaria muito mais bonito em mim. Finalmente, consegui convencê-la e minha mãe me emprestou o suéter para eu sair, mas então, depois de um longo e luxuoso banho, eu estava enfim pronta para colocá-lo e descobri que não conseguia. O cheiro daquele perfume nocivo havia penetrado cada fibra, cada ponto da caxemira. Era o cheiro da minha mãe: saturador, pesado e invasivo. Ao tentar tirar o suéter pela cabeça, me vi amordaçada por ele e o arremessei para o canto do quarto. O que você acha que Helen diria disso, hein? Sem dúvida ela encontraria diversas maneiras como o incidente me moldou na pessoa que sou hoje. Quanto a mim, só vejo uma. Eu nunca, jamais uso perfume.

Então é isso, está ficando tarde e preciso sair. Cair na noite para me curar. Quem sabe essa não é a última entrada que escrevo em meu diário. Vou voltar flutuando para casa, pegar este laptop e vai ser como se outra pessoa tivesse escrito todas essas palavras — este atestado autista de obsessão. Vou olhar para ele, confusa, imaginando como foi parar em minha casa e quem poderia ser a autora raivosa e enfurecida. Talvez até tenha um pouco de pena, uma vez que estiver inteira de novo; essa pobre criatura partida descarregando segredos ácidos ao longo da página como se fosse leite azedo. Serei magnânima, acho. Tentarei não julgar.

Idiota. Idiota. Idiota.

Aqui estou, sentada com minha blusa soltinha idiota, e o papel já está ensopado com minhas lágrimas. Você teria repulsa, imagino, se pudesse me ver agora. Outra mulher sofrida e idiota chorando no meio da noite.

Quer saber o que aconteceu? Tenho certeza de que não quer, mas vou contar de qualquer jeito porque é uma história engraçada. Uma história estúpida, idiota e engraçada.

Pois bem, eu e Sian fomos até Hoxton nos misturar com os jovens. Começamos num pub a que já tínhamos ido uma vez, com bancos de couro verde-escuro e um banheirinho pequeno em que meninas de minissaia, três de cada vez, se apertavam para cheirar cocaína de cima de uma tampa quebrada de caixa-d'água de privada.

Estávamos espirituosas e ácidas, e cada vodca sucessiva só nos tornava mais divertidas.

"Ainda estamos no mercado!" Sian se gabou quando um menino de idade suficiente para ser filho dela nos mostrou a tatuagem nova na curva suave do osso do quadril. Era uma espécie de símbolo maori, pelo que me lembro. Ou talvez não maori, mas aborígene. Algo indígena. Achei um tanto repugnante a forma como Sian olhou para a tatuagem, como se a qualquer momento ela pudesse esticar a língua para prová-la.

"É linda", acho que foi o que falei.

Mas aquilo foi muito idiota. Idiota. Idiota. Idiota.

Então deixamos o pub e saracoteamos pela rua em nossos saltos altos de sair até aquele outro — muito maior e mais convicto de sua própria superioridade.

Lá dentro, havia duas pessoas que Sian conhecia de algum lugar. Não me lembro de onde. Parece que a mistura de citalopram com vodca fez alguma coisa engraçada com minha memória. Engraçado esquisito, não engraçado cômico. Engraçado idiota.

As pessoas que Sian conhecia estavam falando com o gerente do pub, um homem alto com um cavanhaque marrom-escuro cuidadosamente desenhado e um bronzeado incongruente.

"Acabei de chegar de Sharm el-Sheikh", falou-me o sujeito.

Por algum motivo, Sian e eu achamos aquilo hilário. Caímos na gargalhada com Sharm el-Sheikh e, de alguma forma, acabamos convencidas de que ele tinha dito algo realmente espirituoso.

"Que cara engraçado", Sian sussurrou para mim, o tipo de sussurro que é mais alto do que qualquer fala normal e que chega à orelha coberto de cuspe. "E acho que ele gostou de você."

Olhei-o com interesse renovado. Não tinha prestado muita atenção se ele era ou não atraente, mas agora que ela tinha falado aquilo, pensei que podia ser atraente. E tinha gostado de mim? Me senti tão ESTUPIDAMENTE agradecida.

Começamos a conversar, eu e Pete. Ah, eu não tinha falado que o nome dele era Pete? Nome idiota, não é? Muito idiota.

Não tenho ideia do que a gente conversou, mas bebi outra dose de vodca. Ou mais que isso. Não paguei por elas. Benefícios de se bater papo com o gerente.

É esquisito esse negócio de citalopram com álcool. Você perde grandes fragmentos de tempo, engolidos por um buraquinho de minhoca escuro e sem fundo.

A próxima coisa de que me lembro é que estava tarde, os grupos de jovens tinham se enfiado na noite e um barman francês rabugento estava empilhando as cadeiras sobre as mesas.

"Estamos indo agora", Sian me disse, as sobrancelhas arqueadas falando uma língua própria. "Mas pode ficar se quiser. Tem dinheiro para o táxi?"

Tão atenciosa, Sian — apesar de ter voltado para seus antigos estratagemas *facilitadores*. E tão bêbada. Mas receio que não tanto quanto eu.

"Tome mais uma bebida. Vou cuidar que chegue direitinho em casa", disse o sujeito chamado Pete.

E fiquei lá, sentada num banco do bar, com minha blusa soltinha idiota, e meus sapatos de sair idiotas, e concordei obediente com a cabeça. Era como se todo mundo estivesse se preocupando comigo e tivesse montado um plano muito sensato sobre o que fazer em seguida. Eu estava até bastante agradecida. Não é ridículo?

E então Pete e eu ficamos sozinhos. Ele disse que morava em cima do pub e perguntou se eu queria subir para mais uma bebida. Concordei de novo feito um cachorrinho idiota e o segui pelas escadas, os saltos do sapato de sair idiotas estalando barulhentos a cada degrau.

A sala de estar de Pete parecia enorme, com o pé-direito alto e janelas gigantes de frente para o prédio no outro lado da rua. Havia um sofá de couro, cortinas cafonas e um pôster de um filme do Fellini da década de 1950. (Só sei porque Pete me disse. Não quero que pense que virei o tipo de pessoa que olha para um pôster e diz: "Ah, é Fellini, não é?")

Eu estava no sofá de couro, e Pete também. Ele era tão pouco familiar. Cada vez que eu piscava os olhos, tinha que me lembrar de novo de quem era. Vi-o olhando de relance para o telefone para checar se tinha recebido alguma mensagem e percebi que provavelmente ele também estava ponderando quem eu era exatamente e se queria mesmo que eu estivesse na sala dele. Mas àquela hora era tarde demais, e embarcamos no que quer que tínhamos embarcado, e nenhum dos dois sabia exatamente como sair daquilo.

Quando me beijou, ele tinha gosto de vinho tinto e cigarro. O cavanhaque me arranhava, e, de perto, o bronzeado era de um laranja preocupante. Assim que senti sua língua em minha boca, carnuda e levemente borrachuda, feito um mexilhão gigante, soube que não queria estar ali.

Ele se levantou de repente e esticou a mão para me levar até o quarto. Segui-o sem questionar, como um vira-lata maltratado que sabe que está prestes a ser espancado, mas obedece assim mesmo.

O quarto era pequeno e dominado por aquela reprodução de Edward Hopper que a maioria das pessoas deixa para trás assim que sai da faculdade. Tentei não olhar a cama desfeita, na qual um cinzeiro cheio até a metade se apoiava sobre um livro chamado *Despertando o Buda dentro de você*. Porra de livro idiota. Porra de pôster idiota. Porra de cama idiota.

Pete se sentou ao pé da cama e me puxou para junto de si, abrindo minha calça. Me lembrei das pernas cabeludas, tarde demais. Sabia que a chance de Pete considerá-las uma opção política era bem pequena. Havia uma grande possibilidade de que ele nem sequer soubesse o que era uma opção política. Porra de Pete idiota.

Enquanto tirava minha roupa, seu rosto entregou quase nada, e percebi subitamente que eu devia ser a mulher mais velha com quem aquele homem chamado Pete tinha dormido. Apesar de ele próprio estar chegando aos 40, a média de idade das meninas no bar era de uns 12 anos, o que provavelmente fez com que a presa normal de Pete não fosse muito mais velha do que isso. Tornei-me atormentadamente consciente da pele enrugada ao redor do meu umbigo (como você adorava descansar a língua ali, lembra, enfiando o nariz na carne macia como se fosse cheesecake?), os seios caídos, as coxas de *focaccia*. Me vi a partir do olhar triste e pouco expressivo de Pete e desejei estar em outro lugar, qualquer lugar, longe dali.

"Você está bem?"

Pete, no entanto, não esperou por uma resposta. A língua de mexilhão dele estava percorrendo meu corpo, deixando um rastro de caramujo em minha pele.

E então, com um grunhido, estava dentro de mim, me pressionando para baixo como uma sanduicheira Breville. A beirada daquela porra de livro budista idiota pinicava a lateral do meu corpo, e eu sabia que o cinzeiro tinha que ter virado na cama. Quando tomei coragem de olhar para cima, o rosto de Pete estava erguido na direção da parede, e ele fitava diretamente a reprodução de Edward Hopper enquanto se mexia para cima e para baixo. Algo muito deprimente de se encarar no meio dos espasmos da paixão, não acha? Fiquei imaginando que imagens deviam estar se passando pela cabeça dele, no que estava pensando. Sabia que não era em mim.

Fiquei lá, sentindo-o entrar e sair de mim e tentando me distanciar do meu próprio corpo, como Helen Bunion uma vez quis me ensinar a fazer, e, assim, não era eu que estava na cama, mas alguma outra mulher idiota, de calça jeans no tornozelo e ainda calçada com os sapatos de sair idiotas. Mas era impossível ignorar o ritmo das investidas dele. Esperei que ao menos acabasse logo, mas ele continuava e continuava, seu saco batendo em mim como um pano de prato molhado toda vez que fazia uma de suas investidas idiotas; eu pensava em você, pensava que era sua culpa que eu estivesse ali, na cama desfeita de um estranho, com as cinzas do cigarro da noite passada se acumulando em minhas costas. *Odeio você, Clive; odeio você, Clive*, fazia o ritmo dos movimentos dele. Mais e mais. A cama balançando, as cinzas se acumulando.

"Não vai rolar, vai?", falei, quando não conseguia mais aguentar aquilo, e minha voz soou falsa e ridiculamente alta.

Aquele homem idiota chamado Pete olhou para baixo e então pareceu um tanto surpreso, como se tivesse se esquecido de que eu sequer estava ali.

E então rolou para o lado, obviamente aliviado.

"Muita bebida", disse.

Bem, imagino que tenha sido gentil da parte dele tentar poupar meus sentimentos.

Ele acendeu um baseado e reparei que os dedos estavam cobertos de pelos pretos e grossos, ásperos feito linha de dar ponto em cortes. Olhei para eles por alguns segundos, espantada, e então, justo quando eu estava prestes a me levantar e ir embora, de repente, ele botou o baseado no chão do lado da cama e desapareceu entre minhas pernas.

Ora, dá para imaginar? Fiquei completamente rígida. Estava seca lá embaixo, como diz o ditado, feito um osso, e a língua gorda e idiota de mexilhão dele parecia uma lixa. Pete seguiu me lixando empolgado por alguns minutos agonizantes, enquanto eu encarava, retesada e de olhos arregalados, o teto com manchas cor de nicotina, tentando fingir que não tinha ninguém aplicando uma esfoliação em meu clitóris.

No final, levei a mão até a cabeça dele e o empurrei gentilmente.

"Tudo bem", balbuciei.

Sua cabeça então parou de balançar e ele ergueu o olhar lentamente.

"Tudo bem", repeti, quase sem articular de tanta vergonha.
"Ah, tá."

Ele foi para o outro lado da cama e pegou o baseado ainda acesso. Havia uma sombra de pelos curtos nas costas dele e imaginei que provavelmente havia se depilado para as férias em Sharm el-Sheikh.

Me sentei, coloquei a calcinha e a calça jeans, lembrando-me tarde demais das cinzas na cama.

"É melhor eu ir embora."

Pete puxou o baseado com força.

"Quer que eu chame um táxi? Se bem que aqui passa táxi de rua o tempo todo, provavelmente vai ser muito mais rápido."

A ideia de eu e ele sentados juntos esperando pela campainha na porta, eu de casaco, ele semivestido e desesperado para ficar sozinho, obviamente encheu ambos de terror.

"Ah, eu faço sinal para um lá fora", respondi, debatendo-me para achar as mangas da minha blusa soltinha idiota.

"Acho que é melhor", respondeu ele.

Na porta da rua (pelo menos ele desceu as escadas comigo. Quem disse que o cavalheirismo morreu?), ele se inclinou e me deu um beijinho desajeitado na bochecha, aquele cavanhaque grosso idiota me arranhando a pele. Nenhum de nós se importou em fazer aquela encenação toda de trocar telefones. Eu mal podia esperar para sair dali. E ele mal podia esperar para me ver ir embora.

Não tinha táxi nenhum na rua. Que surpresa. Então, caminhei até o cruzamento seguinte e esperei na esquina, fora da área de visão das janelas curiosas e vigilantes de Pete. Quando um táxi enfim parou, o motorista perguntou se eu estava bem e ficou chocado de ver que eu estava chorando — grandes lágrimas gordas, com um escarro de vergonha em cada uma.

E cá estava eu de volta novamente. Mais uma vez escrevendo para você nessa porra de diário idiota. Não ouso nem tomar uma ducha para que Daniel não acorde e fique se perguntando por que senti necessidade de me limpar no meio da noite, mas desejo lavar cada rastro daquele homem com seus dedos peludos e aquela língua de pedra. E aí está você, em sua casa perfeita, cercado da família perfeita, enquanto eu fico aqui sentada, com um inchaço no clitóris e caminhos de caramujo cortando meu corpo.

Odeio você, Clive; odeio você, Clive. Não consigo interromper essa porra de ritmo pulsando em minhas veias. *Odeio você, Clive.*

Abri o laptop e entrei no site da sua gravadora. Havia uma foto sua olhando diretamente para mim, o rosto aberto num sorriso. Você lembra que uma vez me disse que escolhia as fotos da sua página de propósito? Assim, sempre que eu quisesse vê-lo, mesmo que estivesse no exterior ou em algum lugar com Susan, eu podia invocar seu rosto.

"Quero que saiba que sempre estarei lá por você", foi o que você disse.

"Sempre", ao que parece, pode ter definições diferentes. Então estou sentada em meu cubículo, com toda aquela vodca ainda sacudindo em meu sistema, olhando seus olhos e pensando em como foi sua culpa eu ter ido parar naquele apartamento, sua culpa que eu tenha deitado naquela cama, sua culpa que eu tenha pensado que precisava de um homem para consertar todos os pedaços quebrados e estilhaçados dentro de mim e me fazer inteira. Sua culpa idiota. Sua culpa idiota. Idiota idiota idiota.

Sério, Clive. Você precisa trabalhar essa raiva, como Helen diria.

Quero dizer, assim que desliguei o telefone (bem, assim que você bateu o telefone na minha cara seria mais preciso), entrei no seu site para ver o que o estava deixando tão furioso, mas quando vi a seção de comentários, não encontrei nada de diferente. Só os pedantes detalhistas de sempre reclamando de uma coisa ou outra mais controversa que você fez. Imagino que já tenha retirado o comentário ofensivo do ar. Ora, quem o culparia por isso?

Peço desculpas, mas me parece que a pessoa que escreveu o comentário não era lá muito inteligente, ou era? Do que mesmo você foi acusado? Plágio e traição compulsiva? Quero dizer, dá para entender um ou o outro, mas juntar os dois numa coisa só é um tanto, bem, *esquisito*, não acha?

Ainda assim, tenho certeza de que você conseguiu tirar do ar antes que muitas pessoas o vissem, então acho que não precisa ficar tão estressado. Eu me preocupo com sua pressão arterial, depois de tudo que o médico disse sobre evitar estresse. Só porque não estamos mais juntos, não significa que não podemos continuar nos preocupando um com o outro, não é?

No entanto, preciso admitir, não gosto que venha para cima de mim com esse tom acusatório. É muito desnecessário. Eu *entendo* sua situação, é claro, mas não tive nada a ver com o comentário. Na verdade, estou chocada que imagine que tenha sido eu. O que foi que você disse sobre a pessoa usar "a mesma linguagem" que eu? Ora, não acha isso um tanto paranoico? Um monte de gente usa aquelas palavras e eles não saem por aí escrevendo cartas inflamadas, ou saem? E não acho que eu já tenha usado aquela palavra obscena com "b" antes — digo, não naquele contexto, por mais tentador que tenha sido.

Que sorte a sua ter as mensagens de alerta que avisam quando alguém acrescenta um comentário. E, sim, posso até ver você se odiando por não ter ido verificar o comentário mais cedo. Mas pelo menos Susan não viu, e é isso que importa, não é? No final das contas, acho que teve sorte, Clive. Você deveria estar é muito bem-disposto, em vez de ligar para a casa das pessoas e acusá-las.

"Não pense que vai sair dessa na boa, Sally", você me disse, antes de desligar na minha cara.

Achei isso muito engraçado, a ideia de que eu pudesse sair na boa de alguma coisa. Sabe, sinto como se minha vida tivesse sido privada sistematicamente de tudo o que fez com que ela valesse a pena, cada resquício de valor, feito uma casa abandonada. Sem lâmpadas, sem utensílios, nem os azulejos antigos em volta da lareira. Sinto como se não tivesse nada. Então, me diga, Clive, qual é a boa com que vou sair dessa? Eu queria mesmo saber.

Eu estava pensando sobre seu comentário "Não pense que vai sair dessa na boa" quando recebi seu último e-mail esta tarde. Havia um leve tom de ameaça no ar, pensei. E me lembrei daquele limpador de vidros romeno e do medo nos olhos dele.

A princípio, não consegui entender por que você estava usando aquela linguagem tão dura e inflexível (qual foi a do "deixe a Susan em paz", como se eu tivesse feito algo para machucá-la em vez de aproveitar a companhia dela em ocasiões sociais tão agradáveis?) e, ao mesmo tempo, me oferecendo dinheiro. Bastante dinheiro. Na verdade, 12 mil libras. Ciente do estado precário de nossas finanças, tenho certeza de que você entende como um "presente" de 12 mil libras pode ser bem-vindo. Poderíamos encerrar algumas dívidas do cartão de crédito, adiantar alguns meses no financiamento da casa. Não, parecia de fato uma oferta muito generosa à primeira leitura, e mesmo quando li de novo e percebi que era, na verdade, um suborno, uma recompensa para que eu saísse de suas vidas, ainda não conseguia deixar de pensar no que eu faria com o dinheiro, em todos os passeios de escola que eu poderia pagar. Porém, acho que sua frase final foi um tanto desnecessária, aquele trecho sobre mandar o dinheiro por vias indiretas porque, *sob hipótese alguma, haverá um reencontro cara a cara!!* Não sei por que sentiu necessidade de usar duas exclamações. Uma só era mais do que suficiente. *Seria um passo muito retrógrado*, escreveu você, *num ponto em que nós dois precisamos seguir em frente com nossas vidas. Separadamente.* Aquela palavra "separadamente" recebendo uma frase só para si.

Claro, eu sabia que as 12 mil libras viriam da pilha dos 30 mil que você recebeu para fazer aquele filme promocional na Holanda.

("Eles estão me pagando em dinheiro", você me explicou, envergonhado, quando me ligou do hotel em Amsterdã. "É a única razão pela qual estou fazendo isso.")

A mesma pilha que você tinha tanto medo de ser roubada que escondeu num saco plástico dentro da geladeira. Claro, sei tudo sobre o dinheiro porque naquela época nós conseguimos uma folga de quatro dias e eu reservei um hotel ridiculamente caro, que paguei no meu cartão de crédito. Você insistiu em me reembolsar em dinheiro e pegou 1.200 libras de um maço de notas que estava em seu bolso traseiro e me explicou que o tinha tirado da geladeira naquela manhã.

"Me avise se precisar de mais", você me falou, apertando desajeitadamente o envelope gordo em minhas mãos. "Tem muito mais de onde veio este."

(Só mais tarde, quando enfiei o envelope dentro de uma bota Ugg velha no fundo do meu armário, me senti um tanto rebaixada por aquela transação, aquele maço de notas imundas pressionado contra minhas mãos ainda cheirando a sexo.)

Mas, sabe, quando pensei no episódio, comecei a somar o quanto aquilo valeria hoje, agora que estávamos pensando em termos meramente financeiros. Uma quantia estranha, não é, 12 mil libras? Qualquer um teria arredondado para 10 ou 15 mil, por isso fico pensando se você usou algum tipo de fórmula para chegar a esse número: somando minhas diferentes reclamações desde York Way Friday, dando mais peso a uma do que a outras. Comecei a fazer o mesmo. Por exemplo, as infinitas noites sem sono, deitada na cama enquanto meu coração ameaçava arrebentar meu peito e as imagens de você e Susan passando interminavelmente em minha mente inquieta, devem valer algumas centenas de libras, não é? E que tal as crises de ansiedade geradas pelo citalopram, a boca seca, as mãos trêmulas servindo o chá das crianças? A perda da fonte de renda devido aos dias passados encurvada diante do computador, checando de novo e de novo, obsessivamente, e-mails que não vinham. As noites de ranger de dentes quebradiços e de nervos expostos, o que provavelmente vão exigir anos de tratamentos dentários caríssimos. A perda de identidade, as crianças perguntando por que a mamãe está tão diferente, e, uma vez, a impagável:

"A mamãe virou uma alienígena?"

Contabilizei tudo isso, e fui muito justa, preciso acrescentar, nas somas e nos cálculos. Mas sabe, antes mesmo de desistir de terminar a conta, eu sabia que não aceitaria dinheiro seu. Veja bem, me dei conta de algo interessante, Clive, enquanto fazia todas aquelas adições — que todo o dinheiro em todas as geladeiras do mundo não vai chegar nem perto de me compensar pela minha perda.

Eu realmente não quero pegar pesado com você, escreveu-me no e-mail (que, aliás, eu rebatizei de E-mail do Dinheiro Sujo — com alguma ironia, é claro).

Essa é uma expressão engraçada, você não acha? "Pegar pesado." Porque, é claro, você é um cara pesado. Que pesa muito. Às vezes, quando estava deitado em cima de mim numa ou outra cama de hotel, o edredom acolchoado fazendo um morro contra as costas da minha perna e uma dor leve se espalhando pelo braço preso ao meu lado, uma sensação de não conseguir respirar atravessava meu corpo subitamente e eu o empurrava violentamente, tomando fôlego.

"Te machuquei?", você se assustava. "Sabe que eu não faria nada que pudesse te machucar."

As mulheres do nosso grupinho de Devon gostavam de acreditar que você era "mansinho", um "gatinho".

"É hilário que ele tenha essa reputação de durão", zombavam. "Susan diz que ele chora até com anúncio de páginas amarelas."

Os homens, no entanto, eram muito mais circunspectos. Eu via a forma como um grupo de gente local de pé num bar o seguiria cautelosamente com os olhos toda vez que você entrava, esticando-se imperceptivelmente, endurecendo os músculos abdominais, acompanhando-o até você se sentar, alertas à sua presença.

"Tem algo nele em que não confio", Jack, meu amigo de longa data disse na primeira vez que o viu.

Ironicamente, Daniel correu em sua defesa.

"Ah, ele pode parecer um gângster, mas tem um coração de ouro", replicou.

Mas eu percebia a forma como os homens instintivamente se aprumam quando o viam e não tive tanta certeza.

"Posso ser muito duro quando quero", você me disse novamente quando zombei por ter chorado depois de termos feito sexo ou durante um programa de TV. E sorri, imaginando-o tentando protestar credenciais de machão.

Agora, enquanto relia aquela linha sobre as 12 mil libras no e-mail — *Eu realmente não quero pegar pesado com você* —, e me lembrava do medo no rosto daquele romeno limpador de vidros, imaginava se, na verdade, você não estava enviando um alerta.

A jovem médica loura estava vestida de azul da cabeça aos pés hoje. Tubinho azul, cardigã azul, meia-calça azul e sapatos azuis de saltos médios que estalaram no chão quando ela foi até a sala de espera chamar meu nome. Você acha que eu deveria concluir alguma coisa disso? De todo aquele azul?

Eu tinha ido até lá para buscar mais citalopram, claro. Ao mesmo tempo que odiava o remédio, também ficara obcecada por ele, entrava em pânico se atrasasse a dose diária em meia hora. Só tinha mais cinco comprimidos e estava consciente de um nível baixo mas constante de ansiedade.

Posso imaginar seu desdém se soubesse que estou tomando remédios.

"O ópio do povo", costumava chamar as pílulas da felicidade que todo mundo, inclusive os cachorros, parece tomar ultimamente.

Mas sabe, na falta de qualquer coisa em que acreditar, posso muito bem acreditar nelas, não é?

"Como tem se sentido?", e ela já tinha a cabeça tombada para o lado antes mesmo de se sentar.

Depois do meu showzinho deprimente na consulta passada, eu estava determinada a não chorar de novo. Mas tinha algo no jeito como ela apertava os lábios e soava como se estivesse realmente interessada em saber como eu vinha me sentindo que libertou algo dentro de mim.

"Não muito bem", gemi, e uma pequena lágrima escorreu, incontinente, pelo canto do olho.

A jovem médica parecia genuinamente com pena.

"Ah, pobrezinha." Ela me olhou, a cabeça ainda de lado, lábios ainda apertados, mantendo meu olhar por um tempo quase desconfortavelmente longo demais. "É ainda a falta de trabalho que a tem deixado ansiosa?"

Eu tinha esquecido que tinha contado a ela essa meia-verdade. Por um instante, fiquei tentada a jogar a precaução para o ar e contar a história toda: sobre você, sobre mim, sobre nós, sobre isso. Eu sempre poderia mudar de centro médico depois, para salvar meus filhos de serem marcados com o pincel da Mãe Vagabunda. Mas alguma coisa me impediu, um último resquício grudento de amor-próprio, talvez.

Em vez disso, consenti, balançando a cabeça. Bem, afinal de contas, não é uma mentira completa. Trabalho tem sido um abismo desde York Way Friday, em parte porque não consigo me concentrar em nada por mais do que cinco segundos de cada vez, em parte por causa da derrocada que começou há não muito tempo, ainda durante o nosso relacionamento, e que ganhou força à medida que nossos sentimentos se intensifica-ram. Teria desaprovado muito isso, tenho certeza; você e sua ética puritana no trabalho. Eu me lembro de como você me fazia estabelecer uma meta de números de palavras no início do dia e como ficava decepcionado quando eu não a alcançava. Eu ficava intrigada sobre como o seu ímpeto para trabalhar se encaixava em seu lendário apetite por hedonismo ou com a libertinagem da qual, em seu íntimo, você se orgulhava tanto. Mas, depois, me dei conta de que era tudo parte de um mesmo todo, a mesma necessidade de exercer controle, até sobre suas paixões descontroladas.

A médica sentou-se muito ereta e me olhou ainda mais. Tinha girado a cadeira para longe da mesa de forma que me encarava de frente, os dedos dentro dos sapatos azuis encai-xados atrás do pé da cadeira.

"Aaaah...", disse, solidarizando-se comigo, dando mais uma apertada simpática nos lábios. "Pobrezinha... Já pensou em procurar um emprego numa lojinha, só para tapar o buraco?"

Um emprego numa lojinha. Sem brincadeira. Eu quase quis que você estivesse lá, Clive. Você teria achado isso impagável, de verdade. Comecei a pensar em que história engraçada aqui-lo daria, como eu tombaria a cabeça para o lado um pouquinho e faria aquela cena toda, imitando-a, mas, de repente, me dei conta de que estava soluçando. Soluços enormes, engasgados e melequentos. Você teria ficado horrorizado! Então, fiquei feliz de que você não estivesse lá para presenciar aquilo.

A médica obviamente se assustou com a violência da minha manifestação emocional.

"Parece que não tem solução, não é?" Ela se solidarizou radicalmente. "Mas você sabe que não é assim. Que tal aumentarmos sua dose de citalopram?"

Bem, eu não queria argumentar. Especialmente agora que tinha uma relação de amor e ódio com meus remédios. Concordei levemente com a cabeça. Aumente a dose. Mais e mais. Para mim, parece que existem poucas coisas na vida que não podem ser melhoradas com mais remédios. Ainda assim, senti que devia falar de alguns dos problemas que andara experimentando desde que comecei a tomar as pílulas. Parecia apropriado.

Então, contei sobre o sono irregular, o esforço para me manter acordada durante o dia e as dores de cabeça, a falta de apetite, e ela acenou a cabeça positivamente várias vezes, cruzou uma perna azul sobre a outra e começou a fazer círculos no ar com o dedão dentro do sapato azul.

"Certo. Hummm..." A médica concordou que todas as coisas que citei poderiam ser efeitos colaterais do remédio, mas que também poderiam ser os sintomas da depressão.

"Não gostaríamos que você tivesse outro *episódio*", falou, pensativa, fazendo-me parecer mais com uma temporada alegre de *Friends* do que um caso psicológico. "Por isso, acho que vou aumentar a dose em 20 miligramas só para termos certeza."

Então, por aí você vê. Fui aumentada: num contexto farmacêutico, ao menos.

O que é bom, porque o resto de mim se sente diminuída, reduzida, encolhida. Durmo menos, como menos, ocupo menos espaço no mundo. De alguma forma, tenho menos conteúdo agora que você não está em minha vida, por isso, aceito qualquer tipo de aumento que conseguir. Tenho certeza de que entende isso.

A médica me fez preencher um formulário do mesmo jeito que fiz antes, no qual é preciso avaliar a frequência com que certas situações acontecem com você. Eu me lembrava do quão triste ela ficou na última vez, então tentei temperá-lo um pouco, entremeando opções 3 com opções 4. Por exemplo, na frase que dizia: "Me sinto um fracasso, como se tivesse decepcionado minha família", marquei 3 (boa parte do tempo) em vez de 4 (o tempo todo), porque, sabe, durante algumas horas da noite, quando estou dormindo, não sinto nada mesmo. Isso é mentir? Bem, talvez, mas acho que valeu o sorriso dela no final.

"Acho que estou começando a enxergar os primeiros sinais de melhora", falou, radiante.

Talvez fosse necessário acrescentar mais uma linha naquele formulário. "Me sinto como se tivesse decepcionado minha equipe médica."

Recebi pelo correio esta manhã o convite formal para a cerimônia de renovação de casamento. Preciso dizer, é alucinante, de verdade, tão inteligente. O contraste entre a foto da capa, você e Susan se casando no início da década de 1980 (vocês parecem duas crianças, tão bonitinho!), e a foto de dentro, com as cabeças atuais de vocês encaixadas em corpos velhos de octogenários enrugados, é genial. Vejo o dedo de Susan nisso. Você nunca gostou muito de ser motivo de riso, apesar de seus protestos do contrário.

Encaixei o convite contra a tela do meu computador e de vez em quando dou uma olhada na foto original do casamento. Susan estava muito mais magra, claro, seu rosto, ridiculamente jovem, com aquela característica levemente rascunhada dos que ainda não se tornaram completamente adultos. Na época, estava no Reino Unido havia poucos anos, vinda de Oz como uma modelo de 18 anos, mas há algo de protetor na forma como ela segura seu braço que sugere que, mesmo naquela época, já gostava de ser uma mãe para você.

Você também está muito mais magro (não tem como não reparar isso, sinto muito!). Na verdade, se não fosse pela covinha na bochecha, mal o reconheceria! Seu cabelo está muito mais longo, os cachos se enrolando sobre a lapela do terno brilhoso estilo início dos anos 1980. Nunca o vi de gravata antes. Fica bem. Você está olhando diretamente para a câmera e, através dela, para mim, a uma distância de 26 anos, mas ainda te vejo e ainda te conheço.

Sabe, odeio a vida que você teve antes de mim. Odeio os convidados que nunca conheci, no fundo da foto. Odeio a ideia de que escolheu aquele terno sem estar pensando em mim, ou que eu não estava lá para interromper aquilo quando o vi usando sapatos tão horrorosos. Odeio o fato de não ter conhecido você quando era magro e bonito, odeio nunca ter podido correr o dedo sobre o rosto de pele macia e suave. Odeio que eu não estivesse lá. Odeio que você tenha me deixado de lado. Odeio todo o tempo que me foi roubado, a história que não me inclui. Odeio que em algum lugar não muito longe daquela fotografia uma adolescente de 16 anos está vivendo a minha vida e você nem sabe disso ainda. Odeio não fazer parte.

Melhor assim.

Peguei o convite e dobrei-o ao meio de forma que Susan não aparecesse mais, só você em seu terno fora de moda e com uma flor branca na lapela sorrindo para o mundo como alguém que tem tudo diante do nariz, alguém esperando a vida começar.

Esperando por mim.

A coisa mais estranha aconteceu hoje.

Quando entrei em minha conta de e-mail, ela estava muito lenta. Mais do que o normal (e você se lembra de como eu reclamava quando estávamos tentando passar depressa por um monte de e-mails e, de repente, eles ficavam tão lentos quanto o caminhar agonizante de um caramujo). Então reparei que havia uma mensagem que eu não tinha lido, mas que não estava marcada em negrito. Nada de mais, preciso admitir, era apenas o editor de uma das revistas mandando um e-mail coletivo para reunir ideias, mas era estranho que estivesse marcado como "lida" sem que eu o tivesse visto.

Encarei a mensagem por um tempo. Bem, convenhamos, do jeito que o trabalho anda, não tinha muito a fazer. Então, como de hábito, pesquisei no Google por "e-mails não lidos marcados como lidos". (Cada vez mais, me vejo incapaz de tomar a menor das decisões ou formar a mais simples opinião sem antes pesquisar o assunto no Google. Quanto falta até que eu pesquise "Eu preciso ir ao banheiro?", pergunto-me.) Havia diversas explicações técnicas cheias de jargões sobre coisas que poderiam ter contribuído para o fenômeno da mensagem não lida marcada como lida, mas uma pergunta realmente chamou minha atenção: "Alguém poderia ter tido acesso à sua conta e lido seus e-mails?"

A princípio, não considerei a ideia, mas depois pensei no assunto. E pensei um pouco mais. Então, quando comecei a receber pouco a pouco uma série de e-mails de pessoas em minha lista de contatos me dizendo que tinham recebido um e-mail pessoal meu que obviamente se endereçava a outra pessoa, comecei a imaginar... Era você, Clive, fazendo uma brincadeirinha?

Dei uma olhada na pasta de mensagens enviadas. Estava claro que aparentemente eu tinha enviado uma mensagem para cada um dos nomes em minha lista de contatos. Preciso admitir que fiquei um tanto apreensiva a respeito do conteúdo, mas quando a abri, era praticamente inofensiva. Era um e-mail que eu havia te mandado, dizendo como estava entediada com o artigo que estava escrevendo e que estava pensando em voltar a estudar para ser professora, veterinária ou astronauta, basicamente qualquer outro trabalho que não aquele. Era um tanto embaraçoso, claro (Saaaally, sua bobinha), mas não tão danoso quanto poderia ter sido. Mesmo sentada sozinha em meu cubículo sem janelas, fiquei vermelha só de imaginar que outros poderiam ter sido mandados... os de sexo (você lembra a era do Senhor e sua Escrava e as várias aventuras deles em saunas e banheiras de hidromassagem e os estacionamentos lotados de lojas de departamento?), ou os ácidos, em que sistematicamente destruíamos alguém que conhecíamos. Comparada a esses, a mensagem enviada era infeliz, mas não catastrófica.

Era quase um aviso.

Acha isso divertido, Clive? Você provavelmente tem razão, mas, por favor, me dê uma luz. Ultimamente preciso de todo entretenimento que conseguir encontrar.

Minha senha é, como sempre, pateticamente fácil de se adivinhar para alguém com um conhecimento superficial da minha vida. (E, convenhamos, você teve mais do que isso. Você foi um sócio de luxo da minha vida, com todos os benefícios. E mesmo agora que decidiu cancelar sua mensalidade, não posso apagar toda a informação privilegiada, ou posso? Não posso exigir que devolva suas memórias junto com a chave do cadeado e o código de acesso?) Sempre tivemos as senhas um do outro para a nossa conta de e-mail especial. (Nada de segredos entre nós, costumávamos dizer. Exceto que se tratava de um gesto amplamente vazio, já que éramos os únicos a usar aquela conta.) E não seria necessário um cérebro muito tecnológico (e, vamos combinar, você não tem um, ou tem?)

para perceber que se uma conta de e-mail tem como senha a primeira linha de um endereço antigo, a outra deve ter a primeira linha de outro endereço antigo. Não sou nada mais do que previsível.

Foi você, Clive? Foi você que veio se esgueirar em minha conta no meio da noite feito um ladrão, revirando minha gaveta virtual, esvaziando meus armários virtuais?

Sei que deveria estar ultrajada pela ideia, mas algo em minha mente ridícula persiste em se sentir lisonjeado. Não ria Só me parece que deve ter tido muito trabalho para fazer isso. Gosto da ideia de que, não importa o quão passageiro tenha sido, eu tenha estado mais uma vez na vanguarda de seus pensamentos, no palco principal, por assim dizer.

Então, acredite ou não, hesitei quanto a mudar a senha. Quero dizer, havia todas as considerações práticas, como a preocupação de se eu me lembraria de para que diabos de senha eu tinha mudado e a possibilidade real de que não tivesse sido você, e sim, no final das contas, só um gremlin tecnológico pregando uma piada. Portanto, fiquei na dúvida durante a maior parte do dia, passando longos períodos apenas olhando para a caixa de entrada em minha tela, esperando descobrir alguma outra pista de sua presença me espreitando. Imaginando se, em seu pequeno escritório (*o babaca solitário no sótão*) em St. John's Woods, você podia estar olhando exatamente para a mesma página em seu monitor. Isso fez com que eu me sentisse conectada a você de uma forma reconfortante.

Mas, no final, acabei mudando, é claro. Embora eu tenha aparentemente perdido o contato com a maior parte de meus empregadores regulares depois dos últimos meses na névoa dos antidepressivos, eu seria muito estúpida de aliená-los completamente, não seria? Não enquanto Daniel ainda está "em treinamento" (aos 40, certamente é o aprendiz mais velho da história) e as finanças familiares estão tão precárias. (Parei de abrir as cartas de intimação de pagamento. Contei isso? Helen me disse que desse um tempo a mim mesma e não lidasse com pessoas e situações que me deixam triste. Não acho que ela estivesse falando de cartas de cobrança, mas decidi adotar a interpretação mais flexível.)

Então, pensei numa senha diferente que tenho certeza de que vou esquecer até amanhã. As pílulas da felicidade me fazem esquecer todo tipo de coisa. Às vezes é um problema (a consulta com o dentista na semana passada, o projeto de arte de Tilly), mas em outras é na verdade até um bônus (a porra do idiota do Pete). Escrevi a senha num Post-it e joguei na gaveta do meu arquivo, mas tenho certeza de que amanhã já terei esquecido que fiz isso. Em algumas semanas, ou meses, vou encontrar um Post-it e imaginar por que escrevi "Tilly*Jamie94" em grandes letras vermelhas.

Suspirei um pouco assim que terminei, imaginando você tentando abrir meu e-mail e não conseguindo. Pareceu uma maldade, de alguma forma. Mas então me dei conta de que se você estivesse realmente me mandando alguma espécie de aviso, teria imaginado que eu mudaria a senha, e isso fez com que eu me sentisse ao mesmo tempo aliviada (você não encararia isso como uma rejeição pessoal) e decepcionada (você queria que eu cortasse essa última ligação entre nós).

Mesmo depois de clicar no quadradinho de "definir nova senha", não conseguia tirar isso da cabeça, a ideia de você espionando meus movimentos do conforto do seu sótão, de olho em mim, pilhando os registros surrados de minha vida. Sentiu alguma coisa, me pergunto, lendo as palavras que escrevi para outras pessoas, depois de todas aquelas milhões de palavras que eu escrevia só para você? Sentiu o mais leve arrependimento quando se deu conta de que minha vida estava (apenas) mancando sem você, apesar de tudo o que dizia sobre sermos um só, nós éramos, de fato, "separados" (sua palavra favorita). Por um segundo nos vi como siameses que acabaram de passar por uma cirurgia bem-sucedida. Normalmente, nesses casos, existe um que é mais forte, não é? O ganancioso que clama para si os órgãos, os membros compartilhados? E tem o outro, para quem ficam os restos, com um coração fraco demais para bombear sozinho e um esqueleto que não é capaz de sustentar o próprio peso. O raquítico, incapaz de se erguer sozinho. Sem prêmios para quem acertar qual de nós é quem!

Daniel e eu tivemos mais um de nossos raros "debates acalorados" hoje mais cedo.

Como sabe, quase nunca discutimos. Isso envolveria certo investimento de emoção de ambos os lados que nenhum dos dois tem mais saco de fazer. Mas esta noite, tensões enferrujadas mais do que profundas voltaram à vida.

Começou no jantar. Daniel e eu comíamos juntos, pois já tínhamos dado de comer às crianças. (Isso faz com que pareçam gado? Não quis que soasse desse jeito.) Por algum motivo, talvez porque nenhum de nós estivesse falando, comecei a ouvir Daniel enquanto ele comia. Sabe como quando você presta atenção à forma como alguém come e parece quase impossível pensar em outra coisa? Fiquei hipnotizada pelo garfo indo até a boca, o som, a mastigação excessiva, a ondulação obscena da garganta. O barulho parecia aumentar para preencher o silêncio entre nós, e eu até parei de fingir que comia minha própria comida, sentindo-me subitamente enjoada. Daniel, no entanto, continuou levando o garfo à boca, como se não houvesse nada de errado. Será que ele não ouvia o quão repulsivo ele soava? Era difícil acreditar que não estivesse fazendo aquilo de propósito.

Então, comecei a falar, apenas para cobrir o barulho.

Tentei explicar (ah, a tarefa impossível!) que eu me sentia como se algo estivesse se rompendo dentro de mim, quebradiço feito palha seca. Não se preocupe, não falei de você, é claro. Me tornei adepta a não mencionar o Elefante na Sala, como diz Helen. Na verdade, sou tão boa em evitar o elefante que provavelmente poderia dançar lépida e faceira ao redor dele de olhos vendados. Mas isso não significa que esqueci que aquela porra de elefante gigante está lá. Mas, divago. E então eu estava lá, tentando dizer a Daniel que me preocupava com meu estado de espírito. Eu não queria exagerar a situação, sabe. Não queria acabar internada contra a vontade, me debatendo numa camisa de força numa cela acolchoada. Mas senti uma necessidade irracional e imediata de envolvê-lo em minha vida, ainda que apenas porque dividimos uma cama, duas crianças e uma gaveta cheia de cartas não abertas. Desde seu início, quando ele ficava me rondando feito uma velha, aproveitando o drama do meu súbito colapso emocional, a novidade de minha depressão estava perdendo o brilho, e Daniel estava retornando à sua posição habitual de silêncio de desaprovação.

"Algumas vezes me sinto como se estivesse enlouquecendo", falei-lhe.

Daniel ergueu os olhos da mesa da cozinha, de onde estava lendo a seção de esportes do *Guardian* por sobre o prato de comida, seus novos óculos parecendo pouco convincentes, como se fossem um adereço de teatro.

"Sinto o mesmo a maioria dos dias", disse ele.

Tentei de novo.

"Estou tão cansada o tempo todo e, mesmo assim, não consigo dormir. Sempre que fecho os olhos me sinto como se estivesse me afogando." Não é a analogia mais criativa do mundo, mas não consegui pensar em jeito melhor de descrever aquela onda de ansiedade queimando em meu peito e no meu cérebro e que me mantinha acordada durante a noite, o coração batendo.

"Bem, eu estou *mais* cansado", foi a resposta de Daniel. "Esse treinamento que estou fazendo é realmente pesado, sabe? *Você* pelo menos pode voltar para a cama de tarde se está cansada. Quero dizer, não é como se estivesse cheia de trabalho ultimamente, ou é?"

Ora, isso foi desnecessário, não acha? Aquela insinuação a respeito de trabalho, quando fui eu quem nos manteve por todo esse tempo, pela infinidade de esquemas falidos e empreitadas desinteressantes de Daniel.

"Depressão não é uma competição, sabia", falei, sabendo, no instante em que as palavras saíram, que era exatamente daquilo que se tratava. Uma competição entre mim e Daniel para ver quem sofria mais, cada um contando os ressentimentos passados, mantendo um registro das decepções e dos sonhos não realizados.

Depois disso, o tempo fechou rapidamente.

Daniel demora a se irritar, mas quando se irrita, tem um prazer cruel em seu mau humor, saboreando o próprio senso de justiça.

O argumento dele era que minha "depressão" (e as aspas são dele, não minhas. Você devia ter visto a expressão na cara dele quando fez o gesto com os dedos no ar, as sobrancelhas arqueadas em descrença debochada) era amplamente autoinduzida e, portanto, perpetuada por mim mesma.

Daniel pensa, pelo visto, que os antidepressivos e minhas visitas a Helen são manifestações de minha necessidade doente de estar sempre no centro de alguma crise eterna e arrogante. Em outras palavras, Clive, ele acha que estou só fazendo drama.

Bem, considerando que ele sabe apenas uma fração dos fatos, imagino que pode ser perdoado por pensar que sou a única autora de meu próprio sofrimento. (Veja como estou tentando estabelecer uma empatia até mesmo com Daniel:

esse negócio de empatia virou praticamente algo natural para mim.) Ele acha que eu deveria "sair dessa" e "pensar um pouco nas crianças". Não contei como não consigo pensar em mais nada ultimamente, como meu cérebro parece alternar entre cheio de raiva e cheio de serragem. Ele provavelmente apenas diria que seu próprio cérebro está sob muito mais pressão, e iniciaríamos outro nível em nosso jogo familiar favorito: Competição de Colapso Nervoso.

Falei — e não estou orgulhosa disso — que ele estava me intimidando emocionalmente. O que não é inteiramente verdadeiro ou justo. Tentei conjurar lágrimas que sustentassem minha causa, mas nenhuma apareceu. Ele disse que eu era egoísta e egocêntrica.

O problema é que, evidentemente, ele está certo sob muitos aspectos. (Não que eu fosse algum dia usar essa palavra na frente dele: "certo".) Cultivei isso para mim, tudo isso. Mas não importa quantas vezes eu me lembre disso, ainda assim, não consigo acreditar. Porque alegar que gerei tudo isso me faz soar como alguém com poder, alguém capaz de fazer as coisas acontecerem. Ainda assim, sei que é você quem tem todo o poder, e que tudo o que aconteceu, aconteceu *comigo*, e não por minha causa.

Daniel ficou bem nervoso e visivelmente envaidecido pela própria indignação enquanto falava. O pescoço dele se tingiu de um vermelho profundo que se espalhou pela pele feito tinta em mata-borrão. Observei, paralisada, enquanto a mancha crescia ao redor do pomo de adão, atingindo tons rubros na direção do queixo. Enquanto isso, soltava frases para cima de mim, como "personalidade narcisista" e "emocionalmente manipuladora". Achei que ele talvez estivesse lendo o livro que peguei emprestado no consultório de Helen Bunion. Fiquei esperando soltar alguma coisa sobre ter responsabilidade por meus próprios atos, o que provaria minhas suspeitas para além de qualquer dúvida, mas ele se interrompeu.

"Nós éramos felizes", falou de repente, e fiquei tão surpresa de ouvir aquela palavra saindo de sua boca que me pareceu que ele tinha recebido algum dom divino de linguagem. "E aí, alguma coisa aconteceu. Você desocupou o nosso relacionamento."

Estou falando sério. Foi exatamente isso que ele falou. *Você desocupou o nosso relacionamento.* O que me fez parecer uma espécie de Corpo de Bombeiros.

"Agora eu nem sei mais quem você é", disse ele, e então deixou a cozinha de repente. Foi um desempenho formidável, preciso admitir. Eu quase podia acreditar que ele tinha coreografado tudo.

Depois que Daniel saiu, fiquei encostada contra a geladeira, onde estava de pé. Para falar a verdade, estava um tanto espantada. Normalmente, o conceito que Daniel faz do nosso relacionamento é esperar até que seja pressionando num canto e então dizer algo absolutamente sem compromisso como: "Estamos bem, não estamos?", que, evidentemente, pode significar nada ou qualquer coisa, dependendo do ponto de vista.

Quando começamos a namorar, há 16 anos, isso me incomodava. Eu tentava de tudo para conseguir que ele se soltasse, convencida de que, se eu pudesse encontrar a abordagem correta, a combinação certa de palavras, eu destravaria um poço de sentimentos que Daniel claramente havia aprisionado, trazendo tudo à tona. Levou mais de dez anos para eu finalmente admitir que o problema não era achar uma maneira de liberar as emoções escondidas dele, o problema era acreditar que elas de fato existissem. Ao menos de uma forma que eu pudesse reconhecer.

Pensei no que ele tinha dito sobre sermos "felizes". Algum dia fomos felizes, Daniel e eu? Em retrospecto, eu me lembro de alguns momentos felizes. Posso trazê-los à memória agora. Eles passam por minha cabeça feito uma apresentação de

PowerPoint. Jogar palavras cruzadas debaixo de uma palmeira numa praia tailandesa de areia branca, ficar deitada na cama nas manhãs de domingo lendo o jornal enquanto as crianças se enfiam entre nós vendo desenhos animados, jantares regados a álcool com os amigos, churrascos em jardins ensolarados. É inquestionável que situações como essas existiram, mas, até aí, consigo encontrar momentos felizes em todos os períodos da minha vida e nem mesmo por isso poderia dizer que se tratam de períodos felizes. Na verdade, me esforço para encontrar uma época que possa de fato chamar de feliz. É fácil reescrever o passado, moldando-o da forma que é conveniente para nós enxergá-lo agora. Embora eu ainda sustente que Daniel e eu tenhamos feito companhia um ao outro durante momentos muito felizes de nossas vidas, de um modo geral a felicidade não foi um produto de nós dois. Tivemos alguma felicidade juntos, mas foi uma felicidade comprada, mais do que construída.

E nós, Clive? Fizemos um ao outro felizes? Posso até ver seu rosto agora se eu lhe perguntasse isso. Posso vê-lo fazendo aquela expressão de desgosto, como se tivesse mordido uma ameixa azeda demais. Você sempre considerou a felicidade uma preocupação burguesa, e quando as pessoas diziam que estavam buscando a felicidade, o que realmente queriam dizer era vazio de significado. Sua ideia de como os outros definiam a felicidade era um cartão Hallmark, algo um tanto cafona e barato. Por isso, não cheguei a perguntar.

Ainda assim, em um de seus e-mails após o York Way Friday (quando ainda me escrevia, tentando se explicar, antes de erguer a ponte levadiça e recolher-se ao silêncio defensivo), você disse que percebera que nunca tinha me feito feliz. Como se, afinal de contas, eu tivesse me tornado exatamente igual aos outros, buscando a felicidade nas prateleiras de uma loja de utensílios para a casa ou nas páginas de um catálogo de eletrodomésticos.

Na época, discuti com você, fingi me indignar diante de suas suposições. Falei que eu nunca dependeria de outra pessoa para me sentir completa. Estava mentindo, claro. Queria ser feliz, como tudo mundo. E, obviamente, devo ter pensado que você me faria feliz.

Nunca senti isso a respeito de Daniel. Não é terrível? Mas, ainda assim, não o corrigi quando falou aquilo sobre termos sido felizes. Não é algo que se diga a alguém, ou é? Não, você entendeu tudo errado. Me pergunto se ele realmente acredita nisso, ou se talvez a definição dele seja tão diferente que o que tivemos, aquele contentamento intermitente e próprio de mundos paralelos, conte como algo genuinamente feliz.

Qualquer que seja a verdade, Daniel acha que o que houve de errado nos últimos anos, a derrocada inexorável do ápice até a nossa infelicidade (como ele enxerga hoje) atual, é devido ao fato de que eu me distanciei emocionalmente, desocupando o nosso relacionamento. Pergunto-me o que ele diria se soubesse a seu respeito, Clive. Sabe, algo me diz que parte de Daniel ficaria feliz, se sentiria vingado. Se os problemas começaram por sua causa, isto o absolveria de toda a responsabilidade. Não seria mais uma questão de felicidade, ou de falta dela, mas sim de um monte de outras coisas: sexo, empolgação, adrenalina, dinheiro.

Por diversas vezes no último mês, me senti tentada a contar a ele, não por altruísmo, mas por desespero para dividir meu sofrimento, para que ele soubesse o que tenho passado. Ridículo, não é? Rolei as palavras pela boca feito bala de hortelã, ensaiando como soariam, me preparando para a reação dele. Mas, é claro, fiquei quieta, protegendo minha ligação com você, o último segredo que nos resta.

Imagino que você enxergue as coisas de forma completamente diferente, esta ligação que nos une. Deve ser um peso, um grilhão do qual você preferiria se livrar. Ele faz barulho às suas costas enquanto caminha de mãos dadas com Susan, uma perna se arrastando um pouco para trás enquanto puxa a corrente? Ele fica entre vocês naquela cama enorme, o lençol de algodão egípcio, aninhado entre todos os macios e convencidos travesseiros de plumas, ocupando espaço naquele pedaço crucial no meio da cama? Ele tem forma de elefante, o nosso segredo? Será que Susan acaricia curiosa a tromba invisível, manuseando as orelhas invisíveis, pensando, sempre se perguntando sobre aquele cheiro constante de merda de elefante?

Goste ou não, Clive (e meu palpite é que você não gosta — me chame de vidente), embora tenhamos sido cirurgicamente separados, nós, os irmãos siameses, permanecemos, no entanto, unidos. Sinto-o forçando as amarras. Afinal de contas, é o mais forte, foi você quem ficou com as pernas, os órgãos saudáveis, a maior parte de nosso coração pulsante. Você está doido para se libertar. E, ainda assim, não pode. Sinto pena, de verdade. É terrível ser obrigado a usar roupas que já ficaram pequenas demais para você há meses. Mas pense nisso como uma insígnia de honra, um lembrete de algo do qual sobreviveu.

Como é mesmo aquela frase de Nietzsche? O que não me mata me fortalece?

Mas imagino que, se pensar nisso de outra forma, o que não mata pode deixá-lo mutilado.

Tenho pensado bastante no que Daniel disse. Está tarde e mais uma vez estou acordada durante a noite, esperando pelo efeito do zopiclone em meu sistema, ouvindo a respiração asmática da casa ao meu redor. Daniel dorme ao meu lado, mais do que habituado a ter minha luz acesa tarde da noite, tornando seus sonhos permanentemente iluminados. Ele está inconsciente, mas, ainda assim, suas costas falam comigo. Encolhidas e acusatórias, as escápulas pontudas dele são como dedos em riste, listando em silêncio suas muitas reclamações.

Será que ele estava certo quanto a eu ter "desocupado" um relacionamento em perfeito funcionamento, e só para ficar com você?

Bem, na certa, isso me fez pensar muito ultimamente. Sabe, nunca te achei incrivelmente atraente. Tenho certeza de que já mencionei isso antes, na época em que eu tinha tanta segurança em seus sentimentos por mim que não achava que precisava dissimular nada e podia ser cruel ou dura se bem entendesse. Aqueles eram dias em que a verdade não era um luxo, mas uma mercadoria como outra qualquer com a qual se podia brincar impunemente, sabendo que não importava o quão magoado ou em desacordo você ficasse, ainda assim, voltaria para mais.

Foi inevitável, evidentemente, que mais cedo ou mais tarde sua primeira amizade legítima com uma mulher tivesse evoluído para... bem... o que, exatamente? Sua primeira amizade colorida legítima?

Começou, naturalmente, com os e-mails. Digo "naturalmente" porque o nosso relacionamento teria sido impossível na época anterior aos e-mails.

De que outra forma teríamos nos tornado tão intensos tão rapidamente, tão envolvidos em cada instante das vidas um do outro, sem nunca sair de nossas próprias casas? De que outra forma poderíamos ter deixado nossos parceiros em todos os sentidos da palavra (portanto, já está provado que Daniel tem razão — eu desocupei a nossa relação, como ele alegou), enquanto permanecemos fisicamente nos mesmos lugares onde estávamos — você em seu escritório no sótão e eu em meu cubículo sem janelas?

O que tivemos foi um moderno caso amoroso por e-mails, cada nuance evoluindo ao som de alertas de recebimento de novas mensagens, por isso foi muito conveniente que tenha começado dessa forma, as mensagens aumentando tanto em volume quanto em intimidade. Você comentava a respeito das roupas que tinha me visto usando, protestava quando eu dizia que iria cortar o cabelo curtinho. Detalhes de sua vida particular começaram a surgir em seus e-mails. *Não acredite em tudo o que lê na embalagem*, escreveu-me uma vez. *As pessoas ficariam chocadas se pudessem ver como Susan e eu somos de verdade.*

Você me contou que como se casara muito cedo, sempre tentou reconquistar a despreocupação da juventude que nunca teve. Foi por isso que houve tantas outras mulheres, falou.

Ah, você não tinha falado ainda das outras mulheres?

Claro, essa foi uma jogada de mestre, me contar das transas de uma noite, dos casos frenéticos, as aspirantes a cantoras, as garotas da publicidade, as prostitutas: a lista completa e ignóbil de "encontros" costurando seu caminho ao longo do tecido de seu extenso e deslumbrante casamento. De uma tacada só você se vendia não apenas como desejável, mas como disponível. Você não precisa se sentir culpada por se tornar uma destruidora de lares, era o que me dizia nas entrelinhas. Como é possível destruir o que já está destruído?

Você foi muito rápido em se divorciar (desculpe pela escolha de verbo) do estereótipo de infiel imaturo e filho da mãe. Nada disso era um reflexo de Susan, contou-me. (Estou parafraseando você: sua voz está tão profundamente arraigada em mim, que é algo que me sinto capacitada para fazer. Espero que veja isso como uma espécie de tributo.) As mulheres eram um "processo necessário" que você precisava trabalhar por conta própria, como parte do seu desenvolvimento pessoal que havia sido interrompido ao se casar mal saído da adolescência. Você e Susan eram uma equipe, cresceram juntos — "Nós nos criamos" foi a frase que você usou —, mas uma equipe é feita de indivíduos com suas próprias qualidades e fraquezas. Certamente eu entenderia isso, não?

Você foi incrível, preciso dizer. Planejou tudo tão perfeitamente. "Tenho a impressão de que sabe exatamente do que estou falando", escreveu-me, apelando para minha vaidade ao mesmo tempo em que investigava por uma falha em minha armadura matrimonial pela qual você poderia se esgueirar. E, claro, eu cedi.

"Ninguém pode ser tudo para outra pessoa", eu disse. "A monogamia é um conceito artificial."

Não, eu não sabia exatamente o que isso significava, mas, é claro, sabia a mensagem que estava enviando.

E assim começou.

Engraçado pensar isso do começo, como era você que me perseguia e eu que me segurava. Não lembro quando exatamente fiquei sabendo que suas intenções haviam mudado, mas me lembro do nascimento da consciência de que estava deliberada e exageradamente flertando comigo. Gosto de pensar que não o encorajei, mas tenho certeza de que tampouco não o desencorajei, o que talvez dê no mesmo.

Claro, seria pouco sincero fingir que não me lembro do momento exato em que cruzamos irrevogavelmente a fronteira: eu te dei uma carona para casa depois de um piquenique no Heath com Cyd e alguns amigos, no qual ouvimos uma banda de jazz do outro lado do rio e bebemos um vinho branco fresco enquanto o sol se punha lentamente. Você se lembra do porquê Daniel não estava lá naquela noite? Eu não. Talvez ele tenha voltado de bicicleta; ele vinha andando muito de bicicleta naquela época. Susan estava fora da cidade com as crianças. Então eu te levei para casa, e a tensão sexual entre nós estava no auge. O que me fez estacionar na entrada da garagem e desligar o carro em vez de simplesmente encostar no meio-fio? (Depois, você sempre me pressionou por uma razão, determinado a transformar aquele momento em parte do folclore do nosso caso. Como ficou decepcionado quando não consegui dizer nada melhor do que: "Só pensei: por que não?") Seu rosto, no entanto, quando desliguei o carro, era de um espanto só, de verdade.

"Caramba", acho que foi o que você disse, na falta de palavra melhor.

Durante todo aquele primeiro, longo e desajeitado beijo, mantive um monólogo interno: "Que estranho, como a língua dele parece *grande*, espero que ninguém veja a gente, isso está errado, isso está *definitivamente* errado, mas é só um beijo, um beijo só não conta." Eu já tinha decidido que não levaria aquilo adiante. Só queria ver como seria: eu estava na cabine da loja da infidelidade, experimentando um vestido que sabia ser caro demais para mim, mas eu queria saber como seria usá-lo, só uma vez.

Mais tarde, você sempre se referiu àquele momento como a Noite do Cinema Drive-In porque você alegava que, quando desliguei o carro na entrada da sua garagem, houve um segundo antes de eu apagar as luzes em que os dois permanecemos olhando para a frente, encarando a fachada de tijolos iluminada como se estivéssemos esperando pelo início da sessão.

"A Noite do Cinema Drive-In foi quando tudo começou", você sempre disse, esquecendo convenientemente que àquela noite se seguiu um estranho período de limbo em que retornamos para uma meia-amizade, um tanto envergonhada e artificial.

Como éramos adeptos a reescrever nossa própria história. Como a verdade é tão facilmente sacrificada em nome da fluência. Agora, quando me lembro daquele beijo e do seu "Caramba" assustado, sei que não só estava errado quanto a quando tudo começou, como também está errado quanto a quando tudo terminará.

Não terminou, Clive. Você só não sabe disso ainda.

Uma vez que o susto pós-Noite do Cinema Drive-In havia passado, começamos a conversar, hesitantes, sobre o que tinha acontecido, como se examinando uma úlcera de boca com a língua. Claro que ambos fingimos horror. "Dá para imaginar o que teria sido se tivéssemos nos deixado levar?", "Como devíamos estar bêbados!", "Graças a Deus que paramos antes..." (tão especialistas em transformar nossas falhas a nosso favor).

Não falaríamos sobre aquilo novamente, decidimos. Iríamos recomeçar do zero. E foi o que fizemos... até o Golfe de Quarta-feira. Aonde estávamos indo naquele dia? Esqueci. Sei que você ia me levar para conhecer seu colega Douggie, que tinha um jornal, e depois iria a algum lugar para ver uma banda nova. Prefiro pensar que tinha um rio e que sentamos de frente para ele, desconfortáveis num banco, comendo sanduíches comprados na Marks & Spencer.

Dirigindo de volta pelo coração de Hertfordshire ("Preferia morrer a ter que morar aqui", você disse sem fazer muito sentido, enquanto passávamos pelas extensas mansões de tijolo vermelho com portões eletrônicos e luzes de alarme piscando), você ficou quieto e então parou o carro de repente numa rua de terra ao lado de campo de golfe.

"Estou completamente apaixonado por você."

Lembra-se da cena — sem preâmbulos ou procedência, você olhando para a frente, as mãos ainda segurando o volante, o motor ligado? Fiz um barulho, uma tentativa assustada e pouco convincente de me opor, mas você me interrompeu.

"Eu deixaria Susan por você, está me entendendo? Nunca achei que diria isso. Mas não quero que tenha dúvidas do tamanho do que sinto por você. Nunca senti isso antes."

Até aquele momento eu estava completamente segura quanto aos meus próprios sentimentos, mas é evidente que ali você me dobrou. Não com a declaração de amor, sabe, mas por ser colocada antes de todos os outros, antes da sua esposa. Que mulher resistiria àquilo?

A primeira vez que fizemos sexo foi na sua casa de Suffolk num domingo à tarde, no fim de uma festa na casa de fim de semana. Susan tinha ido embora cedo naquela manhã — por algum motivo relacionado a trabalho. Quando Tilly e Jamie perguntaram a Daniel se alguma das outras crianças poderia ir na Saab com eles, você me ofereceu uma carona. "Eu te ajudo a limpar a bagunça", falei, mas ambos sabíamos para que realmente eu queria ficar. O quarto principal — com a cama em estilo antigo e com armação de ferro forjado e envelhecida magistralmente com pátina branca e os acres de lençol branco lisinho — ostentava as digitais de Susan em cada um de seus cantos pintados com tinta Farrow-and-Ball. Você me carregou até lá (na época eu não sabia do seu problema de coluna, ou jamais o teria deixado fazer aquilo) e me deitou com carinho na cama, e tudo o que eu conseguia ver eram os traços invisíveis de Susan, espalhados feito merda pelas paredes atrás de você.

Engraçado pensar em como eu estava insegura, mesmo naquele instante, mesmo tão depois do ponto em que não havia mais volta. Não insegura por Daniel, estranhamente. Embora aquela tenha sido a primeira vez em dez anos que eu o tenha traído fisicamente. Já tinha feito aquilo tantas vezes em minha cabeça que não me pareceu novidade.

Não, eu estava insegura por você, por seus cachos extravagantes, seus olhos cor de água empoçada. Habituada à insubstancialidade magrela de Daniel, você parecia presente demais, grande demais, inevitável demais. Quando tirou a camisa, senti ao mesmo tempo uma leve repulsa e uma ligeira atração pelo excesso de pele pendurada em dobras suaves feito persianas romanas. Quase lhe pedi que parasse, quase não consegui seguir adiante, ainda assim, algo em mim estava emocionado pela simples estranheza de sua presença.

Seria bom, não seria, relembrar quão maravilhosa aquela primeira vez foi, como atingimos os ápices nunca antes explorados da paixão? Mas, é claro, também seria uma bela mentira. A primeira vez foi, na verdade, um desastre, com as marcas de Susan por todo o quarto e a sua insistência de que era gordo, velho e casado demais para me atrair. (Conhecendo você, posso ver que aquela demonstração de insegurança era apenas mais uma forma de me conduzir, dando-me a ilusão de estar no controle.) Quando puxou uma camisinha, sua ereção murchou feito bolo cru, deixando-nos embasbacados feito peixinhos dourados que foram pegos desprevenidos (posso até ouvi-lo agora: "Você está misturando as metáforas de novo") e sem saber como prosseguir.

"Não tem problema", falei, como, é claro, era meu dever.

Mas tinha problema. Nós dois, cada um a seu jeito, sabíamos que havia algo de errado conosco, algo que fez o seu pau se dobrar numa coisa pequena e assustada.

Escolhemos culpar Susan, a presença dela naquele tapete de estampa colorida, as luzes de cabeceira arqueadas em estilo anos 1970. Dissemos que era por causa do sentimento de culpa, mas quando colocamos as roupas novamente, ambos sabíamos que era algo mais. Era ressentimento.

A segunda vez em que fizemos sexo você chorou por uma hora. Mas aí, já é outra história. Agora, finalmente, o zopiclone está correndo em minhas veias. Meu corpo o recebe com um alegre alívio, como um amigo de quem sente saudade.

Eu amava você eu amava você eu amava você.

Assim que entrei em minha conta de e-mail nesta manhã, percebi que alguma coisa não estava certa. Nada que eu pudesse apontar, nada fora do lugar, só a sensação de que nem tudo estava do jeito que eu tinha deixado.

Dessa vez, preciso admitir, me senti um tanto apreensiva. Tinha mudado a senha, como já disse. Se você tinha entrado no meu e-mail de novo, era porque tinha se esforçado muito.

Liguei para um contato que uma vez tinha me aconselhado durante um artigo sobre espionagem cibernética que eu estava escrevendo. Fingi que estava trabalhando em outro texto.

"É difícil invadir a conta de e-mail de alguém se você não sabe a senha?", perguntei.

"Bem difícil, mas não impossível. É preciso ter dinheiro e conhecer a pessoa certa."

Quando ele disse aquilo, me vieram à memória flashes da primeira vez que você me contou a respeito de seu cabeleireiro, Tony.

"Ele é de algum tipo de família do crime enorme do norte de Londres", você me contou, claramente empolgado, e até eu reconheci o sobrenome. Aparentemente, você vai ao Tony desde os 20 e poucos anos, e ele o adotou como uma espécie de irmão honorário.

"Me avise se precisar consertar alguma coisa. Qualquer coisa", disse Tony a você.

Como você valorizava aquele contato, sua ligação com o submundo. "Eles são exatamente como a família Soprano", você me escreveu por e-mail há uns dois anos, assim que voltou de uma festa de aniversário do Tony, no Grosvenor. "Vigilância, hacking... Cara, sabia que um dos primos dele chegou até a me dizer como tirar alguém da estrada e fazer parecer acidente? Em todo o caminho de volta para casa, fiquei doido para tentar." Você sempre foi estranhamente discreto quanto a isso, mas acho que ligou para a família do Tony uma ou duas vezes ao longo dos anos, quando alguns negócios no seu meio não deram certo. E depois que encerrei o telefonema com o especialista em espionagem cibernética, não podia deixar de imaginar se você tinha mais uma vez encontrado outra ocasião para pedir a ajuda deles.

Estou sendo ridícula? Desculpe, meu senso de perspectiva parece ter me abandonado.

Depois daquela ligação, permaneci olhando para a tela por um longo tempo, abrindo e fechando preguiçosamente mensagens já lidas, imaginando se estava seguindo meus movimentos, me monitorando. Tentei me sentir feliz com a ideia, como da outra vez.

Minha cabeça pulsava com uma enxaqueca de citalopram, e minha boca estava seca e grudada, como se tivesse sido lacrada com velcro.

Era você, Clive? Você tinha passado ali?

No final, fechei o e-mail e deitei na cama. Como alguém que trabalha em casa, sempre defendi que tirar uma soneca durante o dia era o início de uma rampa escorregadia sem volta, mas, naquela manhã, nem pensei a respeito, só tirei as botas Ugg que uso dentro de casa e me deitei.

Não sei mais onde estou. Tudo muda e não consigo entender onde devo estar.

∾

O chá de bebê foi muito didático. É sério, Clive, você devia ter ido. Você sempre fez tanta questão de dizer como é uma "garotinha". Você teria adorado.

Primeiro, nem achei que iria. Depois daquele almoço com Emily e Susan, em que pensei ter realmente iniciado uma amizade com Emily, as coisas ficaram devagar. Por sorte, eu não tinha esquecido. Sabia quando Emily iria organizar o chá de bebê (que expressão mais fofinha, não é, a ideia de bebês bebericando um chazinho?), então, umas duas semanas depois do almoço, dei a deixa.

Não me desaprove, Clive. Eu tinha pedido o cartão dela, e pareceu uma gentileza mandar um e-mail perguntando como ela estava e dizendo o quanto eu estava ansiosa pelo meu primeiro chá de bebê. Preciso admitir, Emily respondeu quase na hora. Fiquei com a impressão de que estava um tanto entediada, na verdade. Talvez esteja se arrependendo de ter deixado o "emprego" tão no início da gravidez. (Desculpe, não sei por que escrevi "emprego" entre aspas. Saiu assim.) De qualquer forma, ela disse que ficaria "muito feliz" se eu fosse e me passou todos os detalhes. Bem, tenho certeza de que não preciso dizer a *você* que o chá foi ontem, organizado no maravilhoso jardim de Emily, em Notting Hill. (Só choveu um pouquinho, e não estragou nada. Precisa dizer a Emily que ela não tinha nada que ter se trancado no banheiro o tempo todo. Ninguém se importou em ficar um pouquinho molhado.)

Escolher o presente foi uma agonia, não me importo de dizer. Eu ficava pensando em Emily dizendo a você que eu tinha levado algo incrivelmente inapropriado, barato ou de mau gosto ou qualquer uma dentre a miríade de coisas que imagino que Emily possa dizer. Pesquisei chá de bebê no Google para descobrir o que se esperava de um presente e descobri que é de bom-tom comprar lembranças tanto para o bebê *quanto* para a mãe. Negócio caro essa coisa de chá de bebê: especialmente para alguém que não trabalha há seis semanas. Ainda assim, o que são mais 100 libras no cheque especial? Estamos falando do surgimento de uma vida! No final, acabei escolhendo um macacão de bebê fofinho da BabyGap (lembra o nosso filho, Clive, o bebê presunçoso que nunca houve?), e para Emily comprei óleos de banho extorsivamente caros na Space NK. Uma pena que, quando cheguei, os presentes tenham ido direto para a pilha enorme e barulhenta de presentes anônimos. Eu devia ter colado uma etiqueta de "de/para". Emily tem muitos amigos, não é?

Sentei ao lado de Susan, é claro. Estávamos no canto das coroas, nós duas e seu cachorro, junto da mãe do banqueiro chato (obviamente perdoada pela transgressão do mouse pad com a imagem do ultrassom). O nome dela é Frieda. Bom, é claro que já sabe disso. Que ridículo da minha parte, quando você e Frieda devem estar tão próximos, ela fazendo parte da família e tudo mais. Eu realmente acho que não estava sendo gentil quando se referia a ela em seus e-mails como a Joan Collins do homem insensato. Tenho quase certeza de que aquilo não era uma peruca (embora deva admitir que a testa dela parecia pertencer a outra pessoa completamente diferente).

De qualquer forma, Susan, eu e Frieda nos entendemos de cara, de verdade, depois que me habituei ao fato de que ela se inclinava para trás toda vez que eu e Susan falávamos, como se estivesse com medo de pegar uma caloria ou outra coisa parecida. E o fato de que o rosto dela só fica naquela única expressão exige um pouco mais de tempo para se habituar, não é? No princípio, achei que ela seria osso duro de roer, mas Susan conseguiu amaciá-la (ela é genial, não é?). Frieda falou muito de você, na verdade. Obviamente acha que vocês dois têm um vínculo especial, aliás, ficou bem animada (o que naturalmente me deixou preocupada pelo rosto dela. Às vezes parece que expressão demais poderia fazê-lo rachar).

"Acho que você gosta do velho Clive", falou Susan, animada depois de Frieda afirmar pela segunda vez que o achou muito mais "impressionante" em carne viva do que na TV. Algo no jeito como ela disse "carne viva" me fez pensar em Anthony Hopkins no papel de Hannibal Lecter. Quase dava para ouvi-la lambendo os beiços.

Frieda deu um sorriso anoréxico.

"Você tem sorte, meu bem", disse de um jeito que deixou claro que, em circunstâncias normais, Susan não seria o tipo de pessoa que invejaria. "Clive ainda tem carisma suficiente para compensar o fato de que está envelhecendo e não é mais o que era antes."

Não mate o mensageiro, estou só contando exatamente o que ela falou.

Quanto a Susan, justiça seja feita, ela não correu em sua defesa nem o diminuiu. Apenas disse algo inteligente sobre carisma não pagar as contas e mudou de assunto com destreza. Nenhuma das duas pareceu notar que eu estava vendo algo incrivelmente fascinante no fundo de minha taça de vinho. A verdade é que com todo o bom "trabalho" que tenho feito com Helen para tirá-lo do poder — ou como é o termo que Helen usa? "Desinvesti-lo" de poder —, ainda não consigo ouvir seu nome ser dito em voz alta sem sentir que algo se rasgou dentro de mim, como se eu estivesse sendo retalhada por dentro com uma faca enferrujada.

Por sorte, falamos de outra coisa depois disso. Bebês, provavelmente. Falou-se muito de bebês. Ora, o que eu estava esperando? Era um chá de bebê! Só houve um momento esquisito, quando Susan fixou aqueles olhos azuis em mim como se estivesse medindo meu caixão e me perguntou se eu estava "indo bem".

Fiz algum tipo de piada, acho, mas embora Susan tenha sorrido, não riu de verdade. Falou que eu parecia outra pessoa (de novo esse tipo de comentário, como se não ser eu mesma fosse uma coisa ruim). E disse que estava surpresa de que eu tenha conseguido tirar um dia de folga, já que ela esperava que eu estivesse trabalhando durante a semana.

"Não tenho tido muito trabalho ultimamente", respondi, prometendo a mim mesma não entrar em detalhes. Não falaria das infinitas horas diante da tela em branco do computador, os artigos não terminados, o telefone que não toca.

"Ora, você devia ligar para o Clive", sugeriu Susan, decidida. "Ele vai te passar alguma coisa."

Foi um momento fantástico. Cinematográfico, eu diria. A esposa no jardim em seu vestidinho azul-marinho de bolinhas dizendo para a amante (desculpe, *ex*-amante) para entrar em contato com o marido.

"Tenho certeza de que *Clive*" — não pude evitar pronunciar o nome com um leve engasgo, do jeito que Tilly faz quando o ferrinho do aparelho dela machuca a pele interna da bochecha — "tem estado muito ocupado, principalmente agora que é uma celebridade premiada da televisão."

A ideia era soar com uma indiferença divertida, mas provavelmente saiu mais como um choramingo.

"Besteira", disse Susan. "Tudo o que ele faz é ficar em casa o dia inteiro tentando entender como o iPhone funciona enquanto os outros fazem o trabalho para ele. Dê uma ligada."

Concordei e tentei me lembrar de como organizar meus lábios num sorriso. Havia uma sensação de queimação no fundo de minhas costelas em meu lado esquerdo, como se meu coração estivesse sendo frito feito atum fresco. Por sorte, Frieda interrompeu o momento.

"Acho que posso falar com Clive sobre isso", disse de forma bastante alarmante. "Tenho algumas ideias para campanhas promocionais que acho que o interessariam bastante. Estou com vontade de voltar ao ambiente de trabalho há anos."

E disse "ambiente de trabalho" como se fosse uma cidade estrangeira que ela sempre quis visitar — Praga, por exemplo.

Susan me olhou nos olhos naquele instante, e nos encaramos por um momento. Por uma fração de segundos, éramos apenas nós duas, conspirando em silêncio, mas então, lá estava você, Clive, se intrometendo de novo, o elefante no jardim.

De qualquer forma, o restante do chá de bebê seguiu agradavelmente. Como falei, foi uma pena que Emily tenha ficado tão estressada por causa da chuva. Foi só uma garoa, afinal de contas. Susan foi muito tranquila, preciso dizer. Ela ficou uns vinte minutos de pé diante da porta do banheiro, convencendo Emily de que a vida dela não tinha acabado só porque as toalhas de mesa de seda tinham ficado um pouco úmidas.

"Não se preocupem comigo. Sou só uma massa gorda e disforme de hormônios", Emily fungou quando finalmente saiu do banheiro para encontrar as convidadas ligeiramente desgrenhadas, almoçando obstinadamente com pratos de papel encharcados.

Achei que foi um comentário de quem está levando as coisas na esportiva. Ela não é muito boa com esse negócio de humor, né? Especialmente quando ela própria é o alvo. Mas dava para ver que Susan tinha conversado com ela e suavizado as coisas.

A boa e velha Susan. E pensar que você quase desistiu disso tudo, Clive, de toda essa bondade. E por mim!

Eu poderia ter ficado lá o dia todo, naquele jardim maravilhoso em Notting Hill, o deque e o chafariz esculpido em forma de ovo. Na verdade, eu praticamente fiquei lá o dia todo. Não fique tão apreensivo, Clive, estava apenas me divertindo, só isso. Mas então me dei conta de que era só eu e Susan, e de que Emily estava falando sobre como estava exausta (e ela tinha razão: esse negócio de ficar sentada por muito tempo pode ser muito cansativo no estado dela), então me despedi, relutante.

"Tem certeza de que está bem?", perguntou Susan, conduzindo-me para fora da casa pelo corredor perfeito, decorado com muito bom gosto em tons de pêssego e branco envelhecido. Emily, concluí, é o tipo de mulher que sabe a diferença entre os dois. Você diria que é uma conclusão justa?

Susan disse que foi ótimo me ver de novo, não tinha imaginado que bebês eram muito a minha praia.

Como pode bebês não serem a praia de alguém?

Respondi que tinha sido uma experiência antropológica fascinante. O que pareceu acalmá-la um pouco, e não me senti como uma mulher triste, meio doida e às vésperas da menopausa que tem muito tempo livre.

Em meu caminho de volta, imaginei Susan voltando para casa em St. John's Wood, cheia de histórias para contar a você. Estava esperando por Susan quando ela chegou? Naquela sala de estar com iluminação âmbar e sofás macios, mesinhas de café e discos de ouro alinhados na parede como um tesouro pirata? Você preparou para ela uma bebida e apertou as bochechas dela, dizendo: "Bom trabalho"? Conversaram sobre a filha, o Invólucro Sagrado, e sobre o neto ainda não nascido e todos os outros frágeis laços que os unem feito açúcar caramelado? E ela disse: "Ah, Sally estava lá"? E o seu coração gritou, só por um segundo, e seus olhos piscaram involuntariamente para afastar as lembranças? E você pensou em mim? Você pensou em mim? Você pensou em mim?

Ah, Deus, você pensou em mim?

Um homem me seguiu hoje de manhã.

Não, não estou tentando fazer drama. É verdade!

Eu tinha ido comprar aquele material de matemática sobre o qual Tilly tem me enchido a paciência há semanas. Ela fez uma cena na noite passada, dizendo que agora não adiantava mais nada, porque ela já tinha feito a prova sem compasso, régua e sem aquele negócio engraçado de plástico semicircular, então provavelmente não tinha passado. Ela queria que eu me sentisse culpada, claro. Ainda bem que o citalopram é Eficaz Contra Todos os Tipos de Culpa. Todos Mesmo! (Preciso perguntar a Helen por que falo em linguagem de publicidade toda vez que penso nesse remédio. Quem sabe não é algum tipo de síndrome psicológica reconhecida.) Mas talvez eu tenha ficado com medo de mais encheção de paciência, porque saí determinada a ir àquela papelaria caríssima, e de fato entrei nela, em vez de vagar inutilmente por todas as outras lojas, pegando artigos aleatoriamente das prateleiras, sem saber o que mesmo que eu tinha ido comprar, o que tem acontecido cada vez mais.

Enfim, quando saí da papelaria, reparei num homem encostado contra o poste de luz à direita da loja fumando um cigarro. Só isso já era estranho, já que o exército de mamães do bairro fez uma lavagem cerebral eficaz no povo e convenceu todo mundo que fumar num raio de 1 quilômetro dos filhinhos delas é equivalente a abuso infantil. Mas o homem também estava olhando diretamente para mim.

Primeiro, e, por favor, não ria da minha presunção, achei que talvez ele tivesse gostado de mim. Afinal de contas, houve um tempo não muito distante em que alguns homens me achavam atraente ("Linda", você sussurrava quando eu chegava). E então me lembrei de meu cabelo não lavado, da calça jeans larga, do moletom do Daniel que estou usando há quatro dias e dos óculos de leitura de aro de tartaruga que coloquei para ler os preços dentro da papelaria e me esqueci de tirar. (Você não odeia isso? Os sinais da intromissão da velhice impossíveis de ignorar? Os óculos perdidos que você acaba descobrindo que estão *na sua cara* o tempo todo?) Além do mais, não havia nada no olhar do sujeito que sugerisse apreço. Ele me encarava com firmeza, mas sem expressão, como se eu fosse uma espécie de outdoor digital.

Corri na direção de casa, reparando que um dos cadarços do meu All Star esfarrapado tinha desamarrado, mas me sentindo exposta demais para me abaixar e amarrá-lo de novo. Quando passei em frente à lojinha de comida da Marks & Spencer, num impulso, decidi entrar. Normalmente é o Daniel que faz as compras para a casa, mas ele é uma pessoa simples, enquanto eu, como você bem sabe, gosto dos potinhos de salada pronta e daquele tipo de pão que envelhece em questão de horas. Imaginei que seria legal comprar algo de que Jamie e Tilly realmente gostassem. Seria o tipo de coisa que uma boa mãe faria, pensei.

Mas depois que entrei na loja, havia tanta opção que não consegui me decidir sobre o que levar. Pensei em comprar uma pizza, mas qual? Feita na pedra ou de massa grossa, só queijo e molho de tomate, para agradar a Jamie, ou com legumes assados, para satisfazer às recomendações de saúde? Ou quem sabe uma torta pronta? Com a tampa feita de massa entrelaçada? Frango e alho-poró? (Será que o Jamie iria reparar no alho-poró?) Dei uma olhada na seção de pães e fiquei tonta. Pão irlandês de bicarbonato de sódio? Com sementes de girassol? Bagels? Centeio? No final, era demais para mim, então cambaleei para fora da loja de mãos abanando.

E lá estava ele de novo! O mesmo sujeito da papelaria. Encostado contra o capô de um carro (e uma mulher sentada no banco do carona com cara de que estava prestes a entrar em combustão instantânea), me encarando.

Sei que você vai pensar que estou inventando, então vou descrevê-lo para você. Trinta e poucos anos, escuro e atarracado, com aquele corte de cabelo raspado baixinho que os homens escolhem quando começam a ficar carecas. Estava usando uma jaqueta de couro preta de zíper com duas listras creme nas mangas, calça jeans clara e desbotada artificialmente, apertada demais nas coxas de fisiculturista. Usava tênis incrivelmente brancos com um desenho de labaredas douradas. De onde o via, parecia ter olhos pretos e, como disse, não tinha qualquer expressão no rosto.

Ele lhe soa familiar, Clive? Será que o encontrou antes em algum lugar? Numa festa de aniversário do seu cabeleireiro, talvez?

Admito que comecei a me sentir muito desconfortável naquele momento. Não estava exatamente com medo, porque havia muita gente ao redor, mas ansiosa. O problema é que recentemente houve umas duas vezes que pensei ver algo que na verdade não estava lá. Uma vez, quando estava na rua com Sian, achei que tinha visto meu irmão que mora em Edimburgo do outro lado do bar, mas não era ninguém, só um cara que nem se parecia com ele. Outra vez, fui buscar Jamie na casa de um amigo e, depois que nos despedimos da mãe dele na porta, tentei entrar numa perua azul estacionada na calçada e não conseguia entender por que a chave não estava funcionando, só depois percebi que não apenas não era o nosso carro como eu nem sequer havia dirigido até lá! Foi uma vergonha, como pode imaginar.

Portanto, não tinha muita certeza a respeito do sujeito me olhando, nem mesmo depois de vê-lo pela segunda vez. Comecei a caminhar até a minha casa, concentrando-me em colocar um pé depois do outro, o que normalmente ajuda, acho. Sabe, hoje foi um dia quente e abafado, grudento e úmido igual a meia esportiva recém-usada. Fico muito cansada em dias como este, e às vezes só me manter de pé já é cansativo o bastante, então levei uma eternidade para chegar à esquina da minha rua. E, quando cheguei, quase dei um grito. Isso soa como uma cena de filme B americano? Desculpe, não sei como descrever. Porque lá estava ele de novo, a mesma figura escura e atarracada de tênis mais brancos que a Lua, de pé na frente do portão de nossa casa a 25 metros de distância. Permaneci onde estava, completamente paralisada, olhando para ele da mesma forma como ele olhava para mim. Dá para imaginar o que as pessoas devem ter pensado? Nem ouso tentar.

Deus sabe por quanto tempo permanecemos ali antes de ele, tranquilo e sem pressa, se virar e seguir rua acima na direção oposta.

Ainda assim, não ousei me mexer, não antes de vê-lo dobrar a esquina lá longe, parando por um instante para dar uma última olhada na minha direção. Quando tive certeza de que ele havia desaparecido, corri para dentro de casa, agradecendo por ter me lembrado de sair com as chaves. (Contei as vezes em que esqueci as chaves, duas na última quinzena? O brasileiro sarado da casa ao lado teve que me deixar entrar no quintal dele e me ajudar a pular sobre o telhado da cozinha.) Meu coração parecia um metrônomo dentro do peito, alto e dolorosamente afiado. Fiquei de pé no nosso corredor entulhado de coisas (nada de branco antigo, só um monte de sapatos), tentando lembrar como respirar. A casa estava vazia, e eu estava doida para contar a alguém o que havia acabado de acontecer. Claro que quando digo "alguém" quero dizer você. Eu estava doida para contar a *você*.

Liguei para nosso telefone secreto pela primeira vez em semanas. Caiu direto na caixa postal, como eu sabia que iria acontecer. (Você se lembra de quando comprou aquele telefone? "Agora você pode falar comigo quando quiser, dia ou noite", você me disse. "Quero que saiba que sempre estarei lá por você. Nada jamais vai mudar isso.") Correndo até meu cubículo, mandei um e-mail para você intitulado "URGENTE". Depois de um suplício de vinte minutos sem resposta, entreguei os pontos e liguei para Susan. Eu sabia que ela não estava com nenhum trabalho urgente, então havia uma grande chance de estar em casa. Era o mais perto que eu estaria de falar com você.

Ela ouviu com atenção enquanto eu explicava o que havia acontecido, tentando manter a voz sem tremer. Quando terminei, ela permaneceu estranhamente quieta.

"Você já ligou para a polícia?", perguntou.

Levei um susto quando ela disse aquilo. Nunca tinha me ocorrido ligar para a polícia. O que eu diria? Um homem me encarou na rua? Depois eu o vi de novo na frente da minha casa? Novamente, houve uma pausa antes que eu tentasse explicar aquilo. Até que Susan falou, e soou estranha, como uma versão contida de si mesma:

"Olhe, meu bem, sei que você está sob muito estresse ultimamente por causa do Daniel e da falta de trabalho. Não me leve a mal, Sally, mas não acha que devia ver alguém?"

Sabe o que é engraçado? Quando ela disse aquilo, primeiro achei que estava sugerindo que eu saísse com outra pessoa! De verdade! Eu não conseguia entender a ligação entre o homem me seguindo e eu manter um caso. Então me dei conta de que ela queria dizer ver um psicólogo ou terapeuta. Alguém como Helen Bunion.

"Eu não estou louca, Susan", disse, ciente do tremor em minha voz. "Aconteceu mesmo."

Susan expirou alto.

"Eu sei que pareceu real", disse ela gentilmente. "E tenho certeza de que deve ter sido aterrorizante na hora. Mas, sabe, às vezes quando estamos sob muita pressão coisas minúsculas podem parecer ameaçadoras. Você realmente precisa ver alguém. Não tem sido você mesma ultimamente." E de novo aquela expressão. Mas se não sou eu mesma, queria perguntar, quem mais eu tenho sido?

Não falei a ela que "já estava vendo alguém". Não me pergunte por que, mas eu não queria dividir Helen com Susan. Helen é minha coisa privada. Não quero entregá-la de mãos beijadas.

Susan ficou um pouco mais animada quando decidiu que eu devia ver alguém. Ela gosta de ter uma missão, não é? De oferecer uma solução prática.

"Deixe comigo, vou dar uma pesquisada e arrumar alguns telefones", falou.

Respondi que não podíamos pagar um psicólogo (e é verdade, Helen é um luxo, igual a papel higiênico de folha dupla), mas ela me vaiou.

"Não se preocupe, vou avisar que você precisa economizar." Terapia barata. Muito eficaz.

"A verdade, Sally, é que você precisa ver que nada disso faz sentido, nada. Por que um estranho iria encará-la no meio da rua e então esperar na porta da sua casa como se soubesse onde você mora? Não é muito *provável*, ou é?"

E, do jeito que ela falou, eu tinha que admitir que realmente não parecia muito provável.

Não a menos que alguém quisesse me amedrontar.

E quem iria querer me amedrontar?

Eu queria que você estivesse lá, Clive, do outro lado daquele telefone que jamais seria desligado. Estou enlouquecendo ou ele era real, aquele sujeito dos olhos negros e sem expressão?

O único que sabe a resposta é você.

Quando voltei para o computador, neste exato momento, vi que você tinha finalmente respondido meu e-mail intitulado URGENTE.

Em resposta à minha mensagem que dizia: "Aconteceu uma coisa. Por favor, me ligue!", você escreveu uma linha de apenas cinco palavras. *Deixe minha família em paz.*

Foi tudo invenção minha, todas aquelas manhãs (não muitas, é verdade, considerando-se que foram cinco anos juntos) em que acordei para encontrá-lo apoiado sobre o cotovelo?

"Adoro vê-la dormir. Adoro observar você." Era o que me dizia.

Era tudo coisa da minha cabeça? Seus olhos derretidos? Suas mãos trêmulas?

"As pessoas seguem em frente", costuma alegar Helen. "Não quer dizer que não tenham sido sinceras."

As pessoas seguem em frente. Aceito isso. Mas e se elas prometeram amar você para todo o sempre? E se disseram que nunca a deixariam? E se mentiram e mentiram e mentiram de novo?

Elas não deviam prestar contas disso?

Embaixo do seu e-mail, havia um de Emily. Abri a mensagem para ver uma espécie de agradecimento bem fraquinho. Nem dizia a que ela estava agradecendo, havia apenas um genérico "obrigada pelo presente lindo". Era claramente uma mensagem coletiva que ela tinha enviado para todas as convidadas e não uma que necessitasse de resposta. Ainda assim, me vi clicando o botão de "responder".

Foi ótimo ver você novamente naquele dia. Sei como esta última fase da gravidez pode parecer interminável. Por que você e sua mãe não dão uma passadinha aqui para um almoço na semana que vem? Terça-feira?

Acrescentei a parte do "terça-feira" para dar a impressão de que alguns dias da semana poderiam ser mais convenientes do que outros. Eu não queria que soubessem como os dias agora parecem se misturar num grande mar de horas vazias. Assim que apertei "enviar" me senti mais leve do que em muitos dias, mais forte.

Você acha que é isso que Helen queria dizer com assumir responsabilidade pelos próprios atos? Espero que sim. Quero que Helen fique satisfeita comigo.

Fins de semana são a pior coisa.

Durante a semana sei que existe uma grande chance de você estar em casa trabalhando em seu escritório (o babaca solitário no sótão) ou numa reunião no escritório de Fitzrovia ou impressionando um novo cliente com um almoço no Le Gavroche.

Mas fins de semana são outra história.

Começa na sexta à noite. Imagino você e Susan se encontrando depois do trabalho na Coach and Horses ou em algum outro da meia dúzia de clubes para membros privados que vocês frequentam. Possivelmente cada um de vocês levaria um grupinho de gente com quem estava trabalhando, jovens em geral, que têm você e Susan como exemplos promissores de tudo a que eles aspiram ser quando tiverem a idade de vocês. (Embora, na verdade, eles não acreditem de fato que vão envelhecer. A velhice é uma impossibilidade hipotética, como ganhar na loteria: sabem que existe, só não acontece com eles.)

Você e Susan iriam exibir a lendária generosidade, pagando bebidas para as pessoas, distribuindo conselhos e simpatia, falando alto e sendo espirituosos, com a medida certa de implicância carinhosa um com o outro.

"Eles não são o máximo?", as pessoas se perguntariam. "Estão juntos há quase trinta anos!"

Isso vai parecer uma impossibilidade para eles, esses jovens que provavelmente nem eram nascidos quando você e Susan posaram para as fotos na escadaria de entrada do cartório. Vai parecer um acontecimento, como um tsunami ou uma tempestade de neve em maio.

E vocês vão acreditar nisso, refletidos um para o outro nos olhos daqueles jovens. E então o Espetáculo da Susan e do Clive vai se tornar mais alto e espirituoso. Provavelmente você vai levá-los ao Met Bar para mostrar quantas celebridades ultrapassadas você conhece.

E vai terminar indo para casa com Susan num táxi, embriagado pela própria vitalidade.

Sábados são piores. É quando minha imaginação o acompanha acordando Susan já tarde, com os jornais e uma bandeja de café da manhã, apoiando-a ao lado dela naquela cama branca enorme. E então vai subir na cama ao lado dela e os dois vão beliscar a comida, divertindo-se com manchetes mal redigidas ou histórias engraçadas sobre gente que vocês conhecem.

Vocês vão se levantar e saçaricar até o Borough Market. É provável que tenham convidados para o jantar, e Susan, rainha da própria cozinha, já sabe de antemão exatamente o que quer preparar. (Como eu queria ser uma daquelas mulheres que abrem os armários da cozinha sem qualquer hesitação, uma daquelas que alegam ter de fato uma relação com seus eletrodomésticos: "*Meu* fogão é autolimpante", "Eu não seria capaz de viver sem *meu* liquidificador".) Os dois vão andar de mãos dadas entre as barraquinhas lotadas do mercado, e você vai segurar a bolsa de compras (eu a vejo como uma daquelas bolsas de juta de alça comprida), enquanto Susan empilha os filés de peixe enrolados em papel-manteiga, legumes gigantes e um queijo gosmento com cheiro de lava-louça velho. Não importa que tudo isso custe cinco vezes mais do que custaria num supermercado. Você gosta da atmosfera do lugar e da forma como quase sempre arranja um jeito de esbarrar com conhecidos.

Mais tarde, Susan vai começar a preparar o jantar enquanto você vai dar uma ajeitada na casa (adora que Liam ainda more com vocês, mas aquele menino nunca aprende a limpar a própria bagunça, você costumava reclamar). E então vocês dois vão se arrumar, e você vai dizer que ela está linda, mesmo que tenha apenas colocado um vestido azul-marinho diferente do que estava usando pela manhã. Os convidados irão chegar — provavelmente outros casais bem-sucedidos como vocês. Vão jantar, tagarelar sobre a comida de Susan e rir alto com as piadas um do outro. E então, quando os pratos tiverem sido retirados da mesa quadrada de madeira clara, vocês provavelmente vão cheirar umas linhazinhas de cocaína para demonstrar como ainda são jovens no coração, e quando os convidados tiverem ido embora, você e Susan irão dissecar a noite e concluir qual deles era uma pessoa sofrida e quem não era, e dormir de costas um para o outro, mas de mãos dadas.

Domingo, claro, é o dia da família. Emily e o banqueiro chato virão para o almoço, e Liam vai trazer a namorada patricinha da vez. Vocês vão se sentar na cozinha clara ou, se o tempo estiver bom, no jardim. Liam vai fazer alguma piada a respeito da gravidez de Emily. Emily vai fingir irritação. Susan vai agir como pacificadora. Você vai contar histórias divertidas de minicelebridades que conheceu. Jornais serão lidos, duas ou três garrafas de um bom Chablis serão consumidas, e você vai pensar consigo mesmo: "Quase perdi tudo isso. Que idiota eu fui. Que idiota, que babaca."

Helen diz que preciso parar de imaginar infinitamente a sua vida. Alega que preciso parar de glorificá-la e tentar me lembrar de todas as vezes que você reclamava como os fins de semana eram tediosos, com seus amigos tediosos e sua rotina tediosa. Ela diz que preciso converter a energia que gasto imaginando sua família e investi-la na minha. Preciso parar de pensar na sua família, ela sempre me diz, e começar a pensar na minha.

Mas os fins de semana em minha casa são aquela coisa pequena e ruim em que as pessoas torcem o nariz umas para as outras aleatoriamente, como se fossem ratos de laboratório.

"Será que a gente podia sair hoje, como as famílias *normais* fazem?", perguntou Tilly hoje mais cedo, enquanto comíamos os sanduíches do almoço.

Para ser honesta, o olhar de consternação de Daniel foi razoavelmente breve (ao contrário do meu, infelizmente).

"Claro que podemos sair hoje, meu bem", respondeu ele, me lançando um olhar que podia ter uma gama de significados. "Aonde você gostaria de ir?"

Mas ela não conseguiu pensar em nada que quisesse fazer, e Jamie queria ficar em casa para jogar *Call of Duty*.

"Eu fico com o Jamie e vocês dois podem sair", falei, tentando soar animada. "O que está passando no cinema?"

Tilly me lançou um olhar fulminante.

"Não precisa", replicou.

Não ria, Clive, mas às vezes sinto que não fui equipada para lidar com filhos adolescentes. É como se eu tivesse participado do curso introdutório, tirado o certificado do nível 1, mas agora cheguei ao nível intermediário, que está fora do meu alcance. Sei que você já lidou muito bem com tudo isso. Lembra-se de como me dizia que ficaria feliz de estar por perto para me dar dicas quando eu chegasse nessa fase? Você se lembra, Clive?

No final das contas, ninguém saiu de casa hoje, e Tilly passou a tarde no quarto, no Facebook, enquanto eu me tranquei no meu cubículo e fiquei pesquisando diferentes definições de "coração partido" na internet.

❧

Antes de Susan e Emily chegarem para o almoço, me sentei diante do computador como sempre.

Você pode imaginar minha surpresa quando, em vez do habitual "0 mensagens não lidas" em minha caixa de entrada, havia 11 novas mensagens em negrito, esperando por mim como presentes de Natal sob a árvore?

Enfim, pensei, minha sorte está mudando. Acredito em sorte muito mais nos últimos dias, aliás. Eu sempre desprezava esse conceito, lembra?

"Você faz a própria sorte", eu dizia.

Mas agora não tenho tanta certeza. Agora acho que sorte é uma daquelas coisas como cabelo enrolado, que simplesmente acontecem a você, quer queira ou não. É um pensamento muito reconfortante, de um jeito estranho.

E assim, lá estava eu, inocentemente animada com minha repentina caixa de entrada abundante. Mas quando abri as mensagens, comecei a me sentir ligeiramente enjoada.

Eram todas de antigos clientes meus, revistas e sites para os quais eu havia escrito e cuja relação de trabalho cultivava havia anos e, uma depois da outra, as mensagens diziam a mesma coisa: *Sentimos muito que pense dessa forma. Nosso relacionamento de trabalho está encerrado.*

Graças a Deus tenho as pílulas da felicidade! Embora em algum nível gutural eu soubesse que algo de terrível havia acontecido e, o que quer que fosse aquilo, havia causado o meu desastre, era como se eu estivesse recebendo aquela informação por meio de um filtro. Assim, quando ela chegou ao meu cérebro, ele já estava inundado e tépido.

A maior parte das mensagens era em resposta a um e-mail que, ao que parece, eu havia enviado para todas as pessoas em minha lista de "contatos profissionais". Li o e-mail com um interesse quase desapaixonado, como se tivesse sido escrito por outra pessoa (o que, agora que penso nisso, é em parte verdade!).

Da mesma forma que antes, a mensagem que havia sido mandada era um e-mail antigo que eu tinha enviado para um amigo, também escritor freelancer, com quem eu costumava reclamar do trabalho.

Não vou me dar ao trabalho de copiar a coisa toda aqui (já que suspeito que não seja necessário, hein, Clive?), exceto dizer que começava comigo me queixando de como estava entediada com essa vida de freelancer, como a maioria dos editores para quem eu escrevia era idiota e como eu nem me importava mais em fingir interesse. *Só entro no piloto automático e penso no dinheiro.* Eu prosseguia com uma lista dos macetes que usava para cortar caminho: copiar descuidadamente trechos de artigos de jornais antigos e dizer aos editores que havia sido "impossível contatar" alguns especialistas quando na verdade eu não queria me coçar. E então eu metia o pau em determinadas publicações e em pessoas específicas por serem "mão de vaca" ou "imbecis" ou, num exemplo inspirado, "insuportavelmente insossos". Foi neste ponto em que a pessoa que enviou a mensagem foi especialmente inteligente, personalizando cada uma delas e substituindo o nome do endereçado. (Aquele toque pessoal é tão importante, você não concorda?)

No parágrafo final, eu contava um caso pessoal nada enriquecedor sobre como eu tinha saído na semana anterior com uma conhecida minha (devidamente nomeada) que era gerente editorial de uma revista e que jantamos e bebemos três garrafas de um vinho caro por conta dela e ela havia vomitado dentro da própria bolsa no caminho de casa.

Dando uma olhadinha pela lista de mensagens não lidas (que, aliás, parece aumentar a cada minuto), não preciso nem acrescentar que havia uma dela.

Não é engraçado como você passa vinte anos construindo uma carreira e puff... ela acaba num piscar de olhos, desaparece no nada, exatamente como o bebê que nunca existiu?

Permaneci sentada em meu cubículo, petrificada, e tentei invocar um senso de ultraje, mas, para ser sincera, não veio quase nada. Para falar a verdade, não vou sentir falta: as entrevistas por telefone redigidas em verso de envelopes porque meus blocos haviam acabado, os telefonemas sebentos para implorar trabalho aos editores, a busca infinita por uma nova perspectiva das mesmas velhas ideias.

Tentei dar uma giro positivo em toda aquela situação lamentável e não pensar nas implicações econômicas maiores de meu súbito desemprego forçado ou das cartas ainda fechadas que já estavam acumulando na gaveta. Foi apenas quando pensei em você, Clive, que a equanimidade farmacêutica começou a falhar.

Eu o imaginei em sua escrivaninha de carvalho em seu escritório bem-iluminado em Fitzrovia e, da mesma forma que eu, você entrava em sua caixa de entrada, na qual sei que rotineiramente encontra para mais de cem e-mails acumulados durante a noite: convites, pedidos de entrevistas, ideias para programas.

"É uma chatice", você fazia teatro, reclamando. "Não quero ter que lidar com nada disso, só o que quero fazer é gastar meu tempo escrevendo para você."

Eu o imaginei se preparando para o dia de trabalho, o trabalho de fazer dinheiro e ser Clive Gooding, e não pude evitar fazer algumas comparações.

Aposto que você não tem uma gaveta entupida de cartas de cobrança que tem medo demais para abrir! ("Ah, mando essa chatice toda para o meu contador. A vida é curta demais!")

Aposto que sua carreira não foi enfiada no picador de papel, aposto que seus filhos não estão seguindo com a própria vida alheios ao perigo de perdermos a casa que paira sobre a cabeça deles. Aposto que não perde noites de sono elaborando listas de objetos que poderia colocar à venda (poucos).

Foi só então que a acidez começou a crescer e as palpitações começaram a transparecer. Mesmo agora, sete horas depois, ainda sinto aquele desfiladeiro aumentando e tenho tido que fazer vários exercícios de respiração altamente concentrados para me conter novamente. *Inspira, barriga para fora; expira, barriga para dentro.*

Diga uma coisa, Clive. Como é esse negócio de que toda vez que penso que não tenho mais nada a perder, eu perco mais uma coisa?

Então é justo dizer que não estava no melhor dos ânimos quando Susan e Emily apareceram para almoçar. Elas não chegaram juntas, Emily apareceu primeiro. A pobre mocinha estava vermelha, apesar da brisa fria que tivemos hoje. Parece que minha vizinhança a deixou nervosa. Ela se sentiu tão intimidada ao passar perto de um grupo de garotos encapuzados na esquina da rua ao lado que foi obrigada a fechar a bolsa Balenciaga imediatamente e trazê-la para junto do peito.

"Uma mulher em meu estado é muito vulnerável", disse ela, como se estivesse explicando algo para um forasteiro.

Não me preocupei em explicar que eu mesma já estivera no estado dela duas vezes na vida. Talvez Emily pense que gente como eu pertença a uma classe completamente diferente, com uma experiência completamente diferente da gravidez. Acha que existem classes distintas de gestação no Mundo de Emily? Que visão de mundo interessante ela deve ter!

Susan chegou atrasada e pareceu um tanto mal-humorada.

"Eu realmente devia estar trabalhando. Me surpreende que você tenha tempo para almoços descontraídos, Sally", comentou ela.

Foi muito irônico, dadas as circunstâncias, não acha?

Eu tinha ido ao mercadinho caro ontem (não posso mais encarar o mercado da Marks & Spencer depois da última vez), então havia comprado um monte de comida para o almoço: uma salada grega deliciosa, cuscuz marroquino com legumes assados, torta salgada de queijo de cabra, ciabatta, uma bandeja inteira lotada de frios, homus, azeitona. E então, na fila do caixa, joguei no carrinho mais uns dois pacotes de sushi, uma quiche pronta e um cheesecake de framboesa. (Tenho tido dificuldade de estimar quantidades ultimamente ou avaliar o que combina com o quê. Talvez você já tenha reparado.)

"Ah, não sabia que teria comida", essa foi Emily, claro. "Eu já comi. Preciso ter tanto cuidado com minha dieta neste estágio. Pouca comida, mas com frequência."

Curioso imaginar qual seria a definição de Emily para "almoço", já que não envolve comida.

Portanto Susan e eu comemos, ou tentamos comer, aquela diversidade obscena e exagerada de comida: a quiche úmida, a torta borrachuda de queijo de cabra, a ciabatta de casca tão dura que cortou o meu céu da boca, a salada grega oleosa e o cuscuz coagulado. Lembrei os jantares que frequentei em sua casa, nos quais Susan servia, sem qualquer esforço, grandes travessas de canapés feitos em casa, saladas exóticas com pedacinhos de fruta e bacias de torta feita com licor e creme de leite fresco. Não era meu melhor momento.

Emily parecia um tanto horrorizada com minha casa. Não sei se alguma vez já visitou alguém que não tenha faxineira antes. Tentei ver as coisas através dos olhos dela (lá vou eu de novo, com meu reflexo automático de empatia), e pude perceber por que ela deveria estar assustada. Tentei limpar a cozinha hoje de manhã, mas me distraí com o pesadelo do e-mail, então ainda tem uma pilha de pratos sujos dentro da pia (temos um lava-louça, me apresso em acrescentar, é só que ninguém parece capaz de esvaziá-lo). O chão estava direito, acho, já que Daniel havia passado o aspirador tinha poucos dias, mas havia uns pedaços grudentos onde Jamie derramara suco de laranja, e é evidente que Emily pisou em um deles, então a delicada sapatilha dela ficou presa no piso e fez um barulho terrível quando ela puxou o pé.

Botei a culpa nas crianças e jurei que estava tudo perfeito havia dois dias, o que não era uma mentira completa. Tá, tudo bem, era uma mentira, mas pelo menos estava realmente melhor tinha dois dias. Fiquei feliz que Emily não tenha olhado a sala de estar e um tanto apreensiva sobre o que ela acharia no banheiro. Tive intenção de limpar a privada, mas esqueci completamente. Culpa dos remédios, imagino. Engraçado, porque quando comecei com as pílulas da felicidade, eu tinha influxos enormes de uma energia maníaca e pulava para passar o esfregão no piso no meio da tarde, mas ultimamente não tenho tido energia nem para reparar na sujeira, quanto mais para fazer algo a respeito.

Não precisava me preocupar, porque depois de uma hora de visita, em que graças a Deus ela não foi ao banheiro, Emily anunciou que iria encontrar uma amiga para fazer compras.

"Não tenho nada que caiba em mim", falou com lamento debochado. "Estou do tamanho de uma casa."

Acho que era minha deixa para contradizê-la, mas, sabe, eu não tinha saco. Acho que a história do e-mail devia estar pesando mais do que imaginei.

Depois que Emily saiu (não se preocupe, ela chamou um táxi. Depois da experiência desagradável com os encapuzados, ela não se arriscaria mais), Susan e eu mergulhamos num torpor desanimado.

Susan parecia preocupada com que eu formasse uma opinião errônea a respeito de Emily.

"Ela pode parecer uma esnobe completa, mas tem um bom coração", ela me assegurou.

Fiquei até lisonjeada que ela se importasse com o que eu pensava, mas então, Susan disse gentilmente que achava que eu tinha sido um tanto "grossa" com Emily. E essa foi a palavra exata: "grossa".

Fiquei bastante surpresa quando ela falou isso, preciso dizer. Não acho que tenha sido nem um pouco "grossa" com Emily. E embora eu tenha dito que Emily fosse anal-retentiva, como ressaltou Susan, achei que seria óbvio para todo mundo que era uma piada. Por favor, não leve a mal, mas Susan às vezes é meio lenta para entender as coisas?

Enquanto tomávamos café (que vergonha que eu tenha oferecido café coado antes de perceber que só tínhamos instantâneo. Acho que ela não notou, no entanto), Susan me contou que tinha alguns telefones para mim, de pessoas com quem "conversar" — ela estava se referindo a minha Terapia Barata, e não aos Samaritanos nem nada parecido (espero!). Acho que ela esperava um pouco mais de gratidão, mas, sabe, eu não estava no clima. Não preciso conversar com porra de pessoa nenhuma, preciso da porra da minha vida de volta. E sabe com quem está a porra da minha vida? Com Susan, ela mesma.

Inspira, barriga para dentro; expira, barriga para fora.

Mudei de assunto abruptamente perguntando sobre você e ela e sobre como a reconciliação histérica estava indo. Não sou nada mais do que uma masoquista. (Às vezes acho que gostaria de pegar a ponta seca do compasso de Tilly e enfiá-la uma vez e mais outra na pele da minha coxa. Por cima da calça jeans. Você já sentiu isso antes?)

Se Susan ficou surpresa pela minha súbita mudança de tática, não disse nada.

"Acho que realmente atingimos um novo estágio em nosso relacionamento. Somos tão honestos um com o outro agora. Às vezes acho que foi preciso passarmos por toda aquela merda no começo do ano, só para chegar aonde chegamos", concluiu ela.

E então ela começou a confidenciar que havia apenas poucos meses as coisas estavam tão ruins entre os dois que você estava falando em sair de casa.

"Até cheguei a pensar que Clive estava tendo um caso", disse ela.

Dá para acreditar? Ela realmente falou isso. Que achou que pudesse estar tendo um caso! (Lembra como você professava odiar essa palavra, "caso"? "Não é assim que me sinto a seu respeito", falava. "Me sinto *casado* com você.")

É óbvio que eu perguntei a ela — bem, você teria feito o mesmo. Eu perguntei se ela achava que essa possibilidade ainda existia.

Susan balançou a cabeça, o penteado louro balançando feito enfeite barato de Natal.

"Ele jurou pela minha vida que nunca me traiu", contou ela. "E acredito nele. Clive pode ser muita coisa, mas ele não é um mentiroso inveterado. Sabe o que eu acho disso. Se eu achasse que Clive já tivesse dormido com outra pessoa, ele estaria na rua na mesma hora. Simples assim."

Ouviu isso, Clive? Simples assim.

E aí fiz uma coisa da qual você provavelmente não vai gostar. Em minha defesa, digo que ainda estava bastante agitada por causa dos e-mails de sabotagem da minha carreira e de Emily e a coisa toda. Portanto — por favor, tente me entender só um pouquinho —, contei a Susan a respeito de um artigo que eu tinha visto no jornal havia pouco tempo que talvez ela achasse interessante. O diário de um caso amoroso. Agora, antes de você começar, eu não disse a ela onde procurar. Quais as chances de Susan realmente se dar ao trabalho de pesquisar pelo artigo no Google, não é? E se o fizer, ela não ligaria uma coisa à outra. Tenho certeza de que você está completamente fora de perigo.

Ainda assim, me arrependi bastante assim que fechei a porta atrás dela. Não sei o que deu em mim, de verdade, para soltar uma coisa dessas. Mas fique tranquilo, Clive, vou falar sobre isso com Helen. Na certa ainda temos muito trabalho pela frente!

Mais uma noite acordada. Fico pensando na cara de Susan quando ela disse que você não era mentiroso. Fico pensando em quanto lamento que machucar você signifique machucá-la. Fico pensando sobre a linha que divide amor e ódio e como não se poderia enfiar nem um fio de cabelo da Tilly quando era bebê entre os dois. Fico pensando sobre o que fizemos um com o outro e com todas as outras pessoas. Fico pensando em você. Sempre em você.

Não poderia afirmar que fiquei de todo surpresa de ter notícias suas hoje de manhã. Sabia que você ficaria irritado. Mas, sério, não tinha ideia que você estaria *tão* irritado. Como eu podia imaginar que Susan iria para casa e procuraria pelo artigo do diário amoroso? Quero dizer, você imaginaria isso? Ela devia estar entediada na noite passada. Será que você não podia tê-la deixado ocupada? Vocês não tinham uma reconciliação histérica para fazer? Mas falei que ela não ligaria uma coisa à outra. Susan definitivamente teria dito alguma coisa se tivesse descoberto. Sim, sei que mencionou que ela lhe deu um "olhar esquisito", mas você está inclinado a ser paranoico. Acho que está tudo bem, de verdade. Mas, claro, não posso fingir que não fiquei empolgada que você finalmente tenha sugerido me encontrar, mesmo que seja apenas para "pegar pesado" comigo. (*Eu realmente não quero pegar pesado com você*, foi o que escreveu no e-mail do suborno, lembra?) Tenho um pressentimento que vai haver algumas ameaças (da sua parte) e talvez algumas lágrimas (de minha parte). Será a primeira vez que o vejo em cinco meses (não conto aquela olhadela de relance na estação de metrô, seu sorriso para Susan, seu braço em volta dos ombros dela).

"Precisamos resolver isso de uma vez por todas", berrou você do outro lado da linha hoje de manhã. E, embora eu estivesse um tanto chocada pelo ódio puro em sua voz, preciso confessar que também estava um pouco animada.

Era a indiferença que doía mais do que tudo, sabe. O jeito como falou: "Eu sei que você deve estar se sentindo péssima", como se me sentir péssima fosse uma coisa completamente diferente de como você estava se sentindo, como se um não tivesse nada a ver com o outro, como se os seus sentimentos fossem apenas da sua própria conta. Então, ouvir seus sentimentos tão claramente em sua voz, saber que eu tinha provocado alguma coisa em você — qualquer coisa —, foi bom. Pode me chamar de boba, mas o lampejo de ódio em sua voz, feito brita refletindo o sol, soou como um progresso.

E assim, vamos nos encontrar na próxima quinta-feira. Mal posso acreditar. Não tenho nada para usar. Minhas roupas estão na pilha de roupa suja atrás da porta de nosso quarto, enquanto uso a mesma calça jeans e o mesmo moletom dia sim, dia não. Mesmo que as lavasse, ainda iriam cheirar a fracasso. Preciso de algo novo, algo imaculado. Vou até as lojas do West End. Tenho apenas 43 anos, pelo amor de Deus — ainda tenho tempo de sobra para jeans e moletom quando tiver 60, 70 anos. Tenho um cartão de crédito que Daniel não sabe que existe. Lembra-se de como arrumei um cartão logo antes do York Way Friday, para que eu pudesse reservar hotéis sem que aparecessem no extrato da conta conjunta? Não que Daniel preste muita atenção a esse tipo de coisa, mas é melhor tomar cuidado, né? Claro, você não poderia se arriscar, não com Susan sempre de olho nas finanças da família. ("Dinheiro é uma coisa tão tediosa", você dizia. "Para mim, se são 50 ou 500 libras, não faz a menor diferença.")

Meu cartão de crédito novo tem um limite de 2 mil libras. Melhor ainda, sei que nenhuma das cartas não abertas na gaveta tem o logo da empresa desse cartão no envelope. Então é como se fosse uma página em branco. Posso recomeçar. E não é como se eu estivesse fazendo uma concessão a mim mesma. Comprar roupas novas vai fazer com que eu me sinta melhor. Já me sinto melhor, para ser honesta, só de pensar nisso. Roupas novas, um ser novo. Terei mais energia, serei capaz de arrumar trabalho de novo. Vou encontrar novas publicações para as quais escrever, veículos com os quais ainda não esteja queimada. Sinto como se as coisas pudessem mudar. Sinto que tenho uma chance de seguir em frente na vida. A quinta-feira me chama, provocante e ameaçadora ao mesmo tempo. Em 48 horas, estarei me dirigindo a Piccadilly Circus (não a Horsham ou Borehamwood ou nenhum dos lugares "seguros", mas sem graça que costumávamos frequentar. Fui promovida!)

para encontrá-lo num pub com (espero) um segundo andar discreto. Sei que estarei tremendo nas bases. Espero que tente ser gentil. Sei que você só vai se encontrar comigo para dizer que é para eu me afastar, mas preciso lembrá-lo dos motivos pelos quais você me amava. Preciso saber que ainda me quer (mesmo que de forma relutante). Preciso me ver refletida no fundo dos seus olhos para saber que ainda sou real.

Helen alega que minhas necessidades são apenas desejos disfarçados. Helen não sabe como me sinto.

Não estou muito bem.

Não consegui dormir na noite passada (que surpresa), exatamente como na noite anterior, e tomei um zaleplon de emergência no último minuto às três da manhã que me fez ter sonhos estranhamente reais em que eu ficava subindo e descendo em elevadores, tentando encontrar você. (Desculpe. Tem alguma coisa mais chata do que o sonho dos outros?) Quando acordei, me senti suada e sem ar, e meu coração ainda estava acelerado.

Como uma concessão a economia, fui à farmácia e comprei aquelas tiras com cera de depilação, em vez das visitas caras ao salão de beleza que eu costumava fazer. Não se preocupe, não estou presumindo que vá acontecer alguma coisa. Sei que você não vai ver minhas pernas nuas, mas é impossível sentir seu valor como mulher quando se sabe que as pernas estão cabeludas por baixo das roupas e que a sua linha do biquíni está se alastrando progressivamente. As tiras de cera doem, principalmente debaixo do braço (nem pergunte da virilha), mas é uma dor boa e definida, daquelas que tem início e fim.

Depois de terminar, me olhei nua no espelho de corpo inteiro pela primeira vez em meses e me vi através dos seus olhos: magra, pálida e com a pele manchada. Minhas pernas estavam pintadas com erupções vermelhas nos pontos em que eu havia me depilado, e, fora isso, a pele caía pendurada feito um saco de papel amassado.

Estou muito animada porque vou encontrá-lo hoje à noite, mas também morrendo de medo. Preciso que me ame. Preciso que me queira. Minhas necessidades são desejos disfarçados, alegou Helen. Mas preciso desses desejos mais do que qualquer coisa.

Comecei a me arrumar praticamente logo depois de as crianças saírem para o colégio. Patético, não é? Não precisa me dizer isso. Acredite, eu sei.

Depois da depilação, retoquei a raiz dos cabelos. Finalmente! Você não tem ideia da quantidade de cinza que eu tinha deixado aparecer, como uma faixa de pelo de gambá onde reparto o cabelo. Não me admira que o Pete Idiota tenha brochado. Mas vamos tentar não pensar nele, certo? Não gosto de pensar nele.

A cor final de meu cabelo não ficou muito parecida com a da embalagem, preciso dizer. Era para ser Chocolate Glacê, mas acabou virando um marrom sem graça, cor de rato, e eu acabei pintando a pontinha da orelha também. Fico feliz por sua vista cansada. Com sorte, você não vai notar todas as minhas imperfeições. Desde que sua vaidade mantenha seus óculos bem longe, meu cabelo vai parecer compassivamente escovado, e estarei permanentemente fora de foco.

Por favor, seja gentil. Por favor, seja gentil.

Sian ficou furiosa quando falei que ia encontrar você, embora eu tenha explicado que você só tinha sugerido um encontro para me dar uma bronca. Agora que está contra você, ela gosta de dar uma de ex-fumante: tão veemente em me desaprovar quanto um dia esteve em se deliciar com nossa história. A decepção com você a deixou mais chateada do que a lealdade que tem por mim. Acho que você e eu estamos provando algo na cabeça de Sian. Ela queria acreditar na supremacia dos casos amorosos e acha que é uma desilusão amarga demais o fato de a mundanidade do casamento ter triunfado.

"Já não sofreu o suficiente? Vai voltar direto para a estaca zero?" perguntou ela.

Não contei a ela que a estaca zero parecia melhor do que o ponto em que eu estava agora. (Na estaca cinco? Sete? Dez?)

"Não se preocupe, não espero nada além do pior", disse, mentindo descaradamente.

"Ele é um filho da puta", falou Sian de repente.

Fiquei chocada, de verdade. Sian tem uma veia exageradamente católica correndo dentro dela e normalmente não usa esse tipo de palavra. Me pergunto se você ficaria magoado se soubesse o que ela disse. Você sempre finge adorar quando as pessoas o ofendem, mas suspeito que ficaria um pouquinho magoado. Acho que no fundo você acreditava que Sian gostava de você.

"Está tudo bem", menti de novo. "Sei que ele vai até lá para me dizer que me afaste de Susan e de Emily. Você sabe como ele é paranoico. Não estou esperando nada."

Mas ainda assim não pude deixar de acrescentar:

"O que acha que eu devo usar?"

Ela se recusou a responder e, quando desligou o telefone em seguida, sua moralidade enraivecida pairou no ar como um cheiro podre. Mas não me importei, porque eu sabia o que iria usar. Comprei um vestido ontem, preto, colante, brilhoso, com um zíper descendo pelas costas inteiras. E depois comprei sapatos: sandálias pretas de salto dez que me dão uma leve tonteira quando caminho. Vou usar minha jaqueta jeans velha, para parecer que não estou me esforçando demais. É evidente que ele vai perceber de cara.

Você vai saber que foi tudo para você. Tudo.

A pergunta é: você vai querer esse tudo?

Trinta minutos antes da hora que eu precisava sair, mas vou agora mesmo, só para deixar a casa. Que merda, o Daniel. Puta merda, o Daniel. Quando foi a última vez que ele se interessou por onde eu estava indo? Em geral, nesses últimos dias ele nem tem levantado o rosto quando digo que vou sair. No começo ele pelo menos perguntava quais eram meus planos (não porque se importasse com as respostas, mas daquele jeito como alguém bate papo com um dos filhos: se preocupando mais com o ato de conversar do que com as respostas). Na verdade, quando penso nisso, naquela época acho que já estávamos saindo juntos. Me esqueço disso com frequência: aqueles inícios de noite, de pé, um ao lado do outro, dividindo o espelho do banheiro (ele para se barbear, eu para me maquiar), conversando amigavelmente. Agora essas duas pessoas não parecem reais, mas personagens de um filme que vi uma vez (algo com Meg Ryan?). Ele não parece interessado no meu paradeiro há séculos. Então por que tinha que perguntar logo hoje à noite?

Deve ser por causa das roupas. Depois de semanas me arrastando pela casa de calça jeans larga e moletom, deve ser um choque no sistema: os saltos altos, o vestido, a ausência do cabelo de gambá, a maquiagem completa cobrindo as piores manchas na pele, o entusiasmo denunciante depois de todas essas semanas de letargia.

Não ajudou que Tilly tenha cornetado logo antes:

"A mamãe está parecendo arrumada para um casamento gótico", disse, se jogando no sofá ao lado de Daniel.

E Daniel ergueu o olhar, e lá estava eu em meu mais refinado, exagerado e pobre ridículo.

Os olhos dele passearam por mim, dos meus sapatos novos, passando pelo vestido até o cabelo novo.

"Você andou fazendo compras", comentou. E sua voz soou como um tapa.

"Tenho isso há séculos", menti, puxando o vestido como se fosse um trapo.

Daniel me olhou de um jeito que eu nunca tinha visto antes. Curto e grosso.

"Aonde vai?", perguntou, na mesma voz afiada.

E quando falou aquilo, fiquei irritada. Não é direito dele me perguntar, ou é? Mas Tilly estava sentada lá e eu precisava dizer alguma coisa, então inventei uma história sobre Gill, que trabalhava comigo, e disse que era despedida dela. Assim que as palavras saíram de minha boca, se transformaram em coisas ocas que quicaram vazias pelo ar.

"Não quero que vá."

Acho que até Daniel se surpreendeu quando disse isso, havia aquela pista, nos olhos dele, mas ele não voltou atrás.

"Preciso ir. Estão me esperando."

Quica, quica, quica.

Jamie olhou para cima do chão, onde estava deitado, vendo TV.

"Você fez alguma coisa com o seu cabelo. Está mais novo que a sua cara", disse ele.

Fingi me divertir com aquilo, mas Daniel não abriu nem um sorriso.

"Preciso ir", repeti em vão. "Não posso deixar todo mundo na mão."

"E a gente? Pode deixar a gente na mão?", perguntou Daniel.

Sabe o que é engraçado? Quando ele disse aquilo, senti uma punhalada de pânico total com a qual eu não sabia lidar naquele instante. E então me dei conta de que era porque ele estava olhando para mim — digo, olhando de verdade para mim. Direto nos meus olhos. E me ocorreu que devia ter meses, quem sabe anos, desde que um de nós fez isso. Essa coisa toda de contato visual. Era como uma invasão. E era tão irritante o jeito como Daniel estava me botando contra a parede na frente das crianças. Não era como se eu ficasse saindo o tempo todo.

Quase não saio dessa porra dessa casa.

"Não seja ridículo", falei e virei as costas, voltando para a escada.

Então, aqui estou eu, é cedo demais, mas já estou desesperada para sair. O que dá a ele o direito de questionar aonde vou? O que dá a ele o direito de fazer com que eu me sinta culpada?

Já me sinto como um presente barato embalado em papel caro, com meu cabelo novo e minha cara velha. Estou tentando recuperar um pouco daquela sensação boa que eu tinha no começo, quando me vestia e tudo parecia cheio de promessas, mas agora acabou. No lugar disso, só há raiva. Por que o Daniel precisa estragar tudo? Não posso fazer nem uma coisinha por mim mesma?

Certo. Vou sair agora, antes que meus nervos me esgotem. Não vou nem dizer tchau. Só vou gritar lá da porta.

Não quero que me vejam sair. Eles sempre têm que tentar estragar tudo.

Só vou encontrar com você. Não é nada de mais.

Por que eles têm que fazer tanto caso?

Não vou pensar nisso. Só vou pensar em coisas boas. Em 45 minutos vou ver você. Em 45 minutos você vai me ver.

Você vai me ver.

Estou acordada desde as seis da manhã, apesar da ressaca. Só depois de um tempo acordada é que me dei conta de que tinha dormido sem ajuda do remédio pela primeira vez em meses. Limpei a cozinha e preparei um almoço para Jamie e Tilly levarem para a escola. Precisei pensar muito para lembrar se Jamie preferia frango ou presunto. Fico me perguntando quem tem preparado o almoço deles recentemente. Imagino que seja Daniel.

Você vai me achar uma bobinha, mas as lembranças da noite passada se amontoam em minha cabeça feito M&Ms, uma por cima da outra por cima da outra, cada uma delas bem colorida e doce. Mesmo as imagens do início da noite, quando a raiva saiu de você como tiros de metralhadora, estão suavizadas e em tons de sépia.

Não imagina como eu estava nervosa, perambulando pela Boots em Piccadilly Circus até que eu estivesse respeitavelmente atrasada. Rondei a seção de maquiagem, me espiando pelos espelhos sujos com o pretexto de testar uma sombra nova ou um corretivo milagroso. Quantas vezes desejei ter vestido algo diferente? Ou ter ido ao salão colorir o cabelo? Ou ter esbanjado em botox? Ou não ter envelhecido? Olhava meu celular a cada segundo para checar a hora e tentar adivinhar seus movimentos. Você estaria chegando naquele momento (jamais se permitiu chegar atrasado), sondando o bar, pedindo uma bebida.

Quando finalmente eu estava de pé em frente ao pub, minha coragem quase foi para o espaço. Sério. O bar no primeiro piso estava cheio de figuras da mídia de 20 e poucos anos, e me equilibrar naquelas sandálias altas fazia com que eu me sentisse como uma fraude, como se eu estivesse tentando ser alguém que não era, um homem travestido.

No topo da escada, hesitei, tentando compor uma expressão para cumprimentá-lo. Como eu estava quando me viu entrando por aquela porta? Optei por um ar casual animado. Funcionou? Enganei você? Ou da sua mesinha redonda contra a parede você podia ver meu coração martelando contra o peito?

Assim que me sentei, entendi duas coisas: a) você estava mais nervoso do que eu sequer havia imaginado, e b) você ainda me queria.

Isso parece meio convencido? Não foi a intenção. É só que eu estava preocupada que seus olhos estivessem sem expressão, como no York Way Friday, todos os sentimentos sugados deles como solo rachado. Mas assim que me aproximei, o sorriso se desfazendo em meu rosto à medida que eu encarava seu olhar em sua cara fechada, soube que ainda me queria. Isso é algo que não se esconde.

Tem tantas coisas que preciso lhe perguntar. O que você estava sentindo naquele momento. O que pensou quando eu me aproximei de você. Se a raiva que tem impregnado seu sistema se desfez e se foi preciso um esforço consciente para reproduzi-la. Quero reviver cada momento da noite passada, cada segundo, cada nanossegundo. Quero marcá-la em minha memória com uma barra de ferro em brasa.

Amo você amo você amo você.

Não me importo de dizer que estava apreensiva no início. Antagonismo evaporava de você feito suor.

"Você precisa parar com isso."

Lembra que foi a primeira coisa que me disse? Na certa vamos rir disso um dia, mas, ainda assim, me assustou. Eu nem sequer havia me sentado, estava pegando a bolsa para comprar uma bebida.

"O quê?", perguntei. Inteligente, não foi? Tantas frases ensaiadas no metrô e eu saí com um "O quê?".

Saaaally, sua bobinha.

Foi quando você começou o ataque. Falou de Susan, de Emily e até de Liam (pelo amor de Deus!). Reclamou do comentário em seu site. Bem, quando você junta tudo assim, é claro que eu soaria um tanto desequilibrada. O jeito como falou fez parecer que eu era uma assediadora ou algo assim!

Fiquei lá, sentada, em silêncio, ouvindo, e não respondi nada. Em vez disso, deixei as palavras saírem de você direto para a minha cara, como se eu estivesse mergulhando a cabeça numa banheira quente e cheia de sabão, sem assimilar de fato o que você alegava, mas fitando seus olhos e pensando o que poderia significar que estivesse dizendo aquilo tudo e, ainda assim, os olhos falassem algo completamente diferente.

Você tinha pedido uma garrafa de vinho branco, que terminamos antes mesmo de chegar à parte do comentário no site. Você se levantou sem nem sequer diminuir o ritmo da fala, e então parou de repente.

"Outra?", perguntou.

Eu não queria dar uma de devagar, queria provar que ainda era dona de mim mesma (mulher idiota — quando foi que fui dona de mim mesma?), então pedi um uísque, duplo. Quando voltou, você trazia dois copos.

Enquanto bebíamos, você se expandia em seu tema, que eu estava assediando sua família, que eu tinha ido longe demais. Eu olhava sua boca enquanto você falava e desenhava seus lábios em minha cabeça. Reparou que eu estava fazendo aquilo? Meus olhos me entregaram?

Em algum ponto no meio da segunda dose dupla de uísque, tentei me explicar. Você tinha entendido tudo errado, falei. Você estava distorcendo os fatos. O York Way Friday me pegou com as calças na mão. (Acho que usei exatamente essas palavras, pela primeira vez na vida. Vai me desculpar, mas eu estava fora de mim.) Eu queria estar perto de você, e é por isso que liguei para Susan naquela noite, mas o resto foi simplesmente fluindo. (Acho que também usei essa palavra. Deus, tenho até vergonha de me lembrar disso.) E não era eu no comentário do site. Definitivamente não.

"Eu também tenho passado por muito estresse", falei, sem cruzar o olhar com o seu. "Coisas estranhas têm acontecido."

E então falei sobre os e-mails e do homem com listras na jaqueta de couro. Você não disse nada, mas eu sabia que estava engolindo aquilo.

Quando estávamos na metade do terceiro uísque (ou era o quarto?), eu podia dizer que você estava se acalmando. Suas frases ainda começavam com um rugido, mas ele diminuía antes de chegar ao final.

"Eu tenho que ir", você me disse. Mas ambos sabíamos que você não iria. "Você está ótima", prosseguiu, relutante, seus olhos passeando pelo meu corpo. "Susan contou que você estava magra demais, mas acho que combina com você."

Olhei para sua mão em cima da mesa entre nós dois, despedaçando um porta-copo de papelão. Seus dedos eram tão familiares. Me imaginei esticando a mão e colocando-a sobre a sua.

E então, de repente, minha mão *estava* sobre a sua. Não podia me lembrar de tê-la levado até ali, parece que simplesmente aconteceu.

Por uma fração de segundos ambos olhamos as mãos unidas sobre a mesa, como se não pertencessem a nós mesmos, mas fossem uma espécie de instalação de pop art. Acho que os dois estavam esperando para ver se você iria tirar a sua. E quando não tirou, eu soube. Mas na verdade mesmo, eu já sabia desde o início.

Quem foi que sugeriu que fôssemos para um hotel? Sei que agora não faz diferença, mas detesto pensar que existem trechos de ontem à noite de que não consigo me lembrar. Quero passar aquelas imagens de novo e de novo como um vídeo no YouTube. Quero reviver cada segundo.

Lembro que o táxi era anormalmente grande, e que rimos muito de quão grande ele era. E então, estávamos em um hotel, e o quarto mais barato custava 270 libras, e, cá entre nós, não tínhamos dinheiro suficiente (nem o dinheiro da geladeira: você não estava preparado!). Você não se atreveria a usar o cartão de crédito (não com os olhos de águia de Susan conduzindo as contas da casa), e eu não tinha trazido meu cartão que ainda estava funcionando. Tentamos tirar dinheiro de um caixa eletrônico no saguão, eu me lembro, mas ele ficava dizendo "Erro".

"Culpa dele", disse um homem de terno azul-marinho, com um sotaque espanhol muito forte.

Nós achamos aquilo hilário, eu me lembro.

"Culpa dele", ficamos repetindo até quase chorar.

E então teve outro táxi, diferente.

"Leve-nos para um hotel", você disse ao motorista cheio de propriedade. "Mas certifique-se de que ele não custe mais do que 187,75 libras."

Você se lembra de dizer isso? Acho que nunca ouvi nada tão engraçado.

O segundo hotel tinha quartos no subsolo sem janela, com desconto.

"Oitenta e nove libras?", você perguntou. "Tá de graça."

Por isso, compramos uma garrafa de champanhe no bar do hotel com o dinheiro que tínhamos economizado.

E no nosso quarto, foi como se nunca tivéssemos nos separado. Sua língua, minha boca, seu corpo (substancialmente maior do que antes, pensei, a prova carnuda de comemorações demais). Eu estava feliz por ter depilado a perna, feliz de ter escolhido minha melhor calcinha.

"É você, é você", eu dizia.

Deve ter achado que eu estava louca!

Agora, não precisa se preocupar por aquela primeira vez, Clive. De verdade, não faz a menor diferença para mim. Estávamos os dois nervosos. Como não estaríamos? E tínhamos bebido tanto. Já foi uma delícia só ficar deitados lá, abraçados, não foi? Não importa que algumas partes tenham ficado moles, quando deveriam ter endurecido, ou que outras tenham ficado secas, quando deveriam ter umedecido. A única coisa que importa é que nos amamos, e que rimos.

"Amo você", falei, e seus olhos disseram tudo que seus lábios não puderam.

"Senti saudade disso", você me disse mais tarde, nós dois deitados na cama, cada pedaço de nossos corpos entrelaçados.

"Também senti saudades suas", respondi.

Eu tinha desligado meu telefone, mas o seu estava no modo vibratório. Quando parecia que a cama inteira estava tremendo com a frequência do telefone, nos despimos dos lençóis e fomos tomar banho. Quantas vezes antes nós ficamos juntos, de pé, desse jeito, em quantos quartos de hotel diferentes, a água pingando do cabelo nos olhos, as mãos ensaboando debaixo do braço, entre as pernas?

Quando nos vestimos, eu não conseguia parar de sorrir. Segui-o até o espelho e me debrucei sobre seu corpo.

"Olhe só para nós. Somos perfeitos", eu disse.

Claro que não éramos nada perfeitos: você, um pouco gordo demais; eu, um pouco ossuda demais. Mas, por um segundo, nos unimos naquele momento e foi mesmo perfeito.

Nos despedimos já do lado de fora, na rua principal, e você chamou um táxi para mim.

"Não vamos estragar esta noite com despedidas pesadas", você me disse.

Acho que ri, não foi? Como poderíamos estragar uma noite daquelas? De qualquer forma, despedidas não precisam ser pesadas quando apenas dão lugar imediato à antecipação do próximo encontro. Em todo caminho de volta para casa, eu sorri. O taxista deve ter me achado doida.

"A noite foi boa?", perguntou, com bastante ênfase.

Quando recebi seu torpedo perguntando se eu já estava chegando em casa, uma onda de calor se espalhou por mim. Senti tanta falta disso, sabia? De você se preocupando comigo.

Até o instante em que entrei no corredor entulhado de coisas, minha cabeça estava absoluta e completamente ocupada com você. Mesmo as pilhas de sapatos, bolsas e casacos jogados no chão não podiam estourar a bolha de "nós dois" na qual eu estava envolvida. Isso parece sonhador? Dessa vez, não estou nem aí.

A casa estava escura (nenhuma surpresa, considerando-se que era uma e meia da manhã. Para onde o tempo tinha ido? Horas engolidas pela voracidade que nos consumiu), mas havia algo de inquieto na escuridão, algo caminhando sobre o piso e se escondendo pelos cantos.

Assim que abri silenciosamente a porta do quarto, soube que Daniel estava acordado. A tensão crepitou no ar feito está-tica — sabe do que estou falando? Sentei na cama fingindo não reparar os olhos abertos e reluzentes de Daniel na escuridão.

"Onde você esteve?"

A voz dele foi assustadoramente alta na quietude da casa adormecida.

"Eu já disse. Na despedida da Gill. Demorou mais do que eu esperava."

E então, houve um silêncio antes de Daniel dizer:

"Não acredito em você."

Sabe, quando ele falou aquilo, tive um impulso irresistível de contar a verdade. De dizer: "Eu estava num hotel com Clive. Estamos apaixonados. Queremos ficar juntos." Claro que não disse isso. Sei que é cedo demais e ainda não discutimos uma estratégia apropriada de saída (que era como você costumava chamar, lembra, os nossos intrincados planos, em constan-te mudança, de deixarmos nossas metades?) que nós dois possamos executar juntos. Mas estou cansada das mentiras. Agora que estamos juntos de novo, quero que seja diferente. Completamente aberto. Você não?

Em vez de responder à pergunta de Daniel, fiquei lá, dei-tada, fingindo adormecer, mas, por dentro, ainda estava alvo-roçada com você. Agora, não me leve a mal, mas depois que a euforia inicial diminuiu e me tornei mais habituada ao fato de que estamos "reconectados", cheguei a me permitir o luxo de ser um tanto despreocupada. Comecei a pensar no excesso de peso que você tinha ganhado e como isso o fazia parecer ligeiramente mais velho. É ridículo como apenas uma noite juntos é capaz de deixar uma pessoa com segurança o suficiente para se tornar crítica novamente. Imaginei-o deitado acordado em sua cama enorme em St. John's Wood, pensando em mim.

Agora são onze e trinta e cinco da manhã, já estou acordada há cinco horas e meia e estou começando a baixar a bola. Mandei alguns e-mails para você, mas acho que deve ter ficado na cama, se curando da ressaca. Ande, acorde logo! Estou desesperada para conversarmos.

Temos tanto a dizer, não é?

Já são quatro e meia da tarde e nada de você. As crianças voltaram da escola, mas eu ainda não as vi, não quero sair da frente do computador. Você vai achar bobo, eu sei, mas a agonia está me pinicando feito espinho de cacto. Claro, você pode ter tido reuniões uma atrás da outra. Ou pode ter sido chamado com urgência para algum lugar. Ou Susan está colada em você. Pode haver diversos motivos pelos quais você não pôde ver seus e-mails, e estou me agarrando a cada um deles por vez.

Já entrei na página de Susan no Facebook (queria que você não fosse tão categórico a respeito de se negar a criar uma conta própria) uma centena de vezes hoje, tentando adivinhar o que está acontecendo na sua casa, mas ela não postou nada de novo. Passou pela minha cabeça que talvez você já tenha avisado a ela, que talvez tenha dito que vai sair de casa e por isso passou o dia num isolamento emocional. Isso teria feito esse silêncio fazer sentido. Queria que você pelo menos entrasse em contato. Está recebendo meus e-mails? Fiquei tentada a mandar um torpedo, mas não quis me arriscar.

Os músculos do alto de minhas pernas estão doloridos de te envolverem por tanto tempo na noite passada. Toda vez que fraquejam, me lembro o que fizemos, de como o seu rosto estava e da nossa aparência quando ficamos lado a lado na frente do espelho.

Sinto você em cada pedacinho de mim.

São seis e quarenta e cinco da noite e Jamie e Tilly vieram dizer que estão com fome. Não sei o que preparar. Daniel está com o irmão, Darren, e não faço ideia do que cozinhar. Tudo o que posso fazer é ficar na frente do computador, checando e checando compulsivamente minha caixa de entrada.

"Desculpe se ter filhos é tão *inconveniente* para você", disse Tilly quando falei que estava ocupada demais com trabalho para preparar o jantar.

Procurei no Google por restaurantes que fazem entregas em nosso bairro e pedi pizza. Sei que é uma extravagância, mas às vezes é bom ser espontânea, não acha? Não se preocupe, eu não faria isso se estivéssemos juntos. Nós nos revezaríamos para cozinhar refeições decentes que comeríamos com as crianças. (Digo, as minhas, é claro. Não posso imaginar o Invólucro Sagrado sentado à mesa conosco. Bem, pelo menos não no começo.) Tudo vai ser diferente quando estivermos juntos, não é? Todo dia será como uma aventura.

"Que legal", disse Jamie quando as pizzas chegaram e falei que eles comessem na sala de estar, vendo TV.

Mas Tilly, claro, se recusou a ver graça nisso. Ela segurou a caixa de papelão dela no colo como se fosse uma bomba prestes a explodir.

"Tem gordura escorrendo do fundo", falou, com nojo. "Quando a gente parou de usar pratos nessa casa?"

Quando abrimos as caixas, os ingredientes das pizzas pareciam feitos de plástico derretido, e Jamie tinha recebido uma pizza de salame em vez de pepperoni. Insultado, ele enfiou a caixa no meu nariz. A poça de óleo nos discos brilhosos de salame era de um tom laranja que chegava a ser obsceno, e quase engasguei.

Cadê você, Clive? Cadê você, Clive? Cadê você, Clive?

Você devia me salvar de tudo isso. Certamente se lembra disso, não?

Esqueci como respirar.

Abro a boca e tento puxar o ar feito um peixe moribundo. Há uma pedra dura de dor dentro de mim que não consigo engolir, e nada passa por ela. Está cortando meu oxigênio e meu sangue. Está me consumindo e crescendo.

Estou tentando entender o que você escreveu em seu e-mail, tão avidamente antecipado, sentada aqui em minha mesa, pacientemente, com meu diário aberto diante de mim e o computador a apenas alguns centímetros do rosto, mas os significados dançam pela tela, atrevidos.

Fiquei aqui o dia todo pensando no que dizer.

Como você pode ter estado lá o dia todo? Se você estivesse lá o dia todo, teria visto meus e-mails gotejando um a um, desesperados. E mesmo assim não me respondeu. Não faz sentido.

A noite passada nunca deveria ter acontecido. Acredite, Sally, me desprezo por isso.

Como assim "nunca deveria ter acontecido"? Como pode querer que uma coisa tão perfeita nunca tenha acontecido? É como dizer que Tilly e Jamie nunca deveriam ter nascido.

Sentada aqui em meu cubículo, puxo uma casca de ferida antiga que tenho no braço até sangrar. Você se despreza por causa da noite passada. Estar comigo faz com que você despreze a si mesmo. Eu faço com que as pessoas sintam desprezo por si mesmas.

Quero que saiba que eu me responsabilizo inteiramente pelo que aconteceu. Eu sinto como se tivesse decepcionado todo mundo — minha família, Susan, até você.

A pedra de dor virou uma rocha diante daquele "até você" enfiado no final da frase como uma concessão relutante.

Não tenho pretextos para meu comportamento e peço desculpas por qualquer mal-entendido que ele possa ter causado. Apesar de qualquer impressão que eu possa ter transmitido na noite passada, só posso reiterar o que venho dizendo há meses. Amo Susan. Quero passar o resto de minha vida recompensando-a pela dor que causei a ela. Estou completamente comprometido em meu casamento.

Não, não, não, não. Estou dizendo isso em voz alta? Daniel e as crianças vão achar que enlouqueci, sentada aqui em meu cubículo à uma da manhã, gritando no escuro. Eu simplesmente não entendo, mesmo depois de ler o e-mail de novo e de novo. Por que está falando isso do seu casamento? É uma tentativa de me ferir de propósito? É algum jogo novo, um teste?

Desejo a você a maior sorte no mundo, e espero que se concentre em seu relacionamento com Daniel antes que seja tarde demais.

Com Daniel! Você está realmente me aconselhando a consertar as coisas entre mim e Daniel? Não era você que passava dias inteiros me dizendo que ele estava me empacando, que toda aquela "bonzice" (a palavra já saiu com aspas de dentro da sua boca) era um empecilho para minha criatividade?

Mais uma vez peço que deixe minha família e que me deixe em paz. É o melhor para todo mundo, especialmente para você. E, acredite, falo isso por me preocupar com você.

E, então, de novo, o mantra mais cruel de todos.

Precisamos seguir em frente com nossas vidas. Separadamente.

Devo ter lido o e-mail uma centena de vezes, mas ainda assim não consigo encontrar o significado que procuro. Depois da experiência com e-mails sendo enviados da minha conta, me pergunto se esta mensagem veio mesmo de você. Talvez tenha sido Susan, ou quem sabe ela o forçou a escrever isso, de pé, do lado da mesa, ditando o que deveria dizer, enquanto você estava lá sentado, com seu sofrimento, digitando aquelas ordens com dedos relutantes.

Preciso conversar com você. Se eu pudesse apenas falar com você, poderíamos resolver isso. É só a distância que o afasta de mim. Assim que estivermos juntos de novo, toda a sua resistência vai se desfazer. Preciso vê-lo. Preciso fazer com que me veja.

Vou te ligar. Sei que são três da manhã, mas preciso que você lembre quem eu sou, como é o som da minha voz. Preciso descobrir o que deu em você entre a noite passada e esta noite, porque este não é você falando. Sei que não. Eu o conheço tão bem quanto me conheço, e este não é você.

Seu telefone está desligado. Esqueci como respirar. *Inspira, barriga para fora; expira, barriga para dentro.* Em todos esses anos que o conheço, você nunca desligou seu telefone principal, no máximo o colocou no modo silencioso. Nem mesmo nos dias em que a paixão o cegava para todo o resto. E se um de seus filhos precisasse de você? E se estivesse acontecendo uma crise no trabalho? O que isso significa? Por que está se escondendo? Por favor, não... por favor, não... por favor, não...

Daniel acabou de aparecer na porta do cubículo, com cara de sono, piscando no escuro.

"Qual é o seu *problema*, pelo amor de Deus?", perguntou, e então cruzou o cômodo e me segurou desajeitadamente pelos ombros.

(Por sorte o caderno em que eu "diario" estava fechado e a proteção de tela do meu computador estava ligada. Não fiz de propósito, nada disso, não ligo mais para o que Daniel vê. É só que o computador faz isso depois de algum tempo parado.)

E só então, quando os braços de Daniel estavam pesando ao meu redor como uma jiboia de estimação, é que me dei conta, por causa do súbito e intenso silêncio, que eu devia estar gemendo sozinha no escuro. Balançando para a frente e para trás, urrando como um leão-marinho.

Estou com vergonha. De verdade.

"Você precisa ver alguém, Sally, estou muito preocupado com você."

Ninguém se preocupa de forma tão rancorosa e dolorida como Daniel. Tem horas em que penso que tudo isso deve realmente machucá-lo. Ainda assim, sinto um desejo instantâneo — o reflexo de uma criança que procura conforto — de virar a cabeça e enterrá-la no peito dele, me deixando ser segurada e embalada como um bebê. O que me impediu? Fico pensando. Foi você, Clive, negando-me até mesmo aqueles reles destroços de alívio? Então, em vez disso, permaneço rígida e resistente dentro do abraço desajeitado de Daniel.

"Mas *estou* vendo uma pessoa. Estou vendo Helen", minha voz arranhou feito coral submerso.

Daniel fez um som de reprovação. Ele acha que Helen, como suplementos vitamínicos, não tem comprovação científica. Ele quer que eu veja alguém com doutorados e pós-doutorados.

"Venha para a cama", pediu ele.

Eu disse que iria assim que desligasse o computador.

"Eu queria que você jogasse essa porra de computador fora", disse ele, numa rara demonstração de emoção.

"E quem ganharia o dinheiro e pagaria as contas?", perguntei.

"Que dinheiro, Sally?"

Ele tinha razão, não tinha?

Então agora Daniel voltou para a cama e eu fiquei aqui, sentada em minha cadeira de rodinhas, com as pernas presas debaixo do meu corpo e a coriza já se solidificando debaixo do nariz.

Me pergunto onde você está, às quatro e doze desta bela manhã de maio. Dando voltas em seu escritório no sótão, pensando em mim, odiando-se? Desculpe, *desprezando-se* pelo que fez?

Acho que não, não sei por quê.

O que eu imagino é o seguinte:

- Você está no melhor dos sonos em sua enorme cama, ao lado de sua esposa "maravilhosa".
- Você me mandou aquela mensagem logo antes de ir para a cama como forma de limpar a consciência, de modo a poder dormir bem, sabendo que havia "encerrado todas as pendências".
- Você acha que "colocou um ponto final" nesse "caso". (Péssimo termo. Desculpe.)
- Você está errado, muito errado.

O sol invade meu cubículo pela fresta da porta. Estou debruçada sobre minha mesa, minha mão mal consegue segurar a caneta, mas a raiva continua mantendo meus olhos abertos, a afronta espumando feito gás lacrimogêneo.

Posso ouvir os vizinhos do lado já se levantando para trabalhar. (Como eu os odeio por acharem que se trata de um dia normal. Como podem ser tão obtusos?) Ontem a esta hora, meu coração não conhecia limites. Agora ele é um caroço de pêssego ressecado (como você iria abominar essa metáfora canhestra. Saaaally, sua preguiçosa, zombaria).

Logo Daniel irá acordar, e Jamie e Tilly também, e vai começar tudo de novo, toda essa merda grande e gorda da minha vida. Enquanto isso, você vai se levantar achando que escapou por um triz, novo em folha, cheio de boas intenções para recompensar Susan. Você vai se sentir virtuoso, renascido, humilde (pelo menos em sua cabeça). Vai prometer a si mesmo que as coisas serão diferentes daqui para a frente. Vai me empurrar para o fundo da sua memória como se estivesse preparando adubo. Vai achar que está livre de mim. Você estará errado.

Conheço você, Clive. Já estive dentro da sua cabeça e suguei cada centímetro dela, enfiando minha língua em cada uma das frestas carnudas. Conheço você, Clive.

Conheço você.

Estou me sentindo muito melhor.

É sério. Parei de tomar o citalopram. Acho que ele estava impedindo meu progresso. Claro que interromper a medicação tão de repente me causou reações estranhas, mas até que eu gosto da dor. Sabe do que estou falando? É limpa e machuca, e por um minuto esqueço todas as outras coisas que doem. É uma coisa boa, não acha?

Outra coisa boa é que posso beber de novo sem perder a memória! Não falei com a jovem médica que aperta os lábios que interrompi os remédios. Achei que a estaria decepcionando de alguma forma. Não é ridículo? Tenho medo de que ela leve para o lado pessoal.

Mas quer saber? Apesar das dores de cabeça, mesmo depois de três dias, já estou sentindo os benefícios. Parei de pensar que estou dissociada de minha vida. Sou meus próprios sentimentos de novo. Helen vai ficar tão empolgada.

Daniel, no entanto, está menos satisfeito. Ele diz que eu tenho — deixe-me tentar lembrar as palavras exatas, porque é muito engraçado — uma "síndrome de Munchausen emocional". (Dá para acreditar que ele inventou isso do nada? Acho que Daniel deve estar "trabalhando em si mesmo", como Helen costuma dizer.) Ele acredita que estou me livrando de tudo que poderia fazer com que eu me sentisse melhor de propósito, numa espécie de desejo perverso de sofrer e, por consequência, fazer todos ao meu redor sofrerem também. Contei a ele que parei com o remédio porque meu corpo é um templo e ri, para mostrar que era para ser uma piada, mas ele me olhou como se eu tivesse enlouquecido. Daniel tem ligado para os meus amigos para pedir-lhes que me façam "enxergar a verdade". Eu sei, porque às vezes eles ligam de volta para falar "Daniel está preocupado com você". Respondo que Daniel lida com preocupação como se fosse um hábito diário de ir à academia, algo que é meio doloroso, mas benéfico, portanto se não é para ser adotado com fervor, que ao menos seja aceito sem reclamações.

Sian veio ontem parecendo muito irritada.

"Não posso mais aceitar este nível de responsabilidade", disse ela, e quando franziu o cenho, pude ver pela primeira vez o resultado do botox que aplicou. (Você sabia que ela já começou com isso? Ou foi algo que aconteceu depois do York Way Friday? Aliás, é assim que divido minha vida agora, pré e pós-York Way Friday. Tem um ar bíblico gratificante, não acha?) Foi um tanto desconcertante porque foi como conversar com duas versões diferentes de Sian, a de meia-idade de rosto franzido abaixo dos olhos e a mais nova e imperturbável dos olhos para cima. De qualquer forma, nenhuma delas parecia gostar muito de mim.

"Estou me sentindo comprometida demais", disse ela com ar de reprovação, soando um pouco como uma líder sindical numa reunião com o governo. "O segredo do seu caso amoroso está virando um fardo que acho que não vou aguentar." (Sei que você vai achar que estou inventando isso e que ninguém fala desse jeito, mas ela falou exatamente assim. Não estou mentindo. Foi como se ela estivesse lendo um roteiro — muito ruim, aliás.)

"Quando facilitei", começou ela, usando mais uma vez essa palavra; será que Sian tem feito mais daqueles workshops motivacionais?, "o seu caso, achei que seria uma coisa boa para você, Sally. Eu via que não estava feliz com Daniel havia um tempo, e esperava que as coisas com Clive pudessem te dar uma 'reavivada'."

Uma reavivada? Ela fez de você um kit de primeiros socorros!

Sian prosseguiu alegando que tinha vontade de se dar um tiro agora, por não ter me convencido a sair dessa, ou por pelo menos não ter deixado claro que ela não tinha nada a ver com isso. Ela me contou que sentia como se tivesse sido incrivelmente enganada por você, mas que agora nós dois devíamos deixar isso para trás. Soava tão sincera em sua pena que eu imaginei se ela mesma não estava tendo um caso com você!

De acordo com Sian, tenho "chafurdado" em meu sofrimento por muito tempo.

"Você precisa levantar a cabeça por um minuto e dar uma boa e longa olhada ao seu redor", disse ela.

Bem, quando ela disse aquilo, comecei a rir. Não pude evitar. Foi o "levantar a cabeça". Me fez lembrar daquela cena de *Alien,* quando a cabeça do bicho varou de dentro da barriga do John Hurt e olhou em volta. Mas minha risada só fez o rosto metade franzido de Sian se tornar mais pronunciado.

"Seus filhos estão sofrendo, Sally. E quando foi a última vez que você trabalhou de verdade?"

Bem, ela tinha razão quanto ao trabalho, mas, sabe, mesmo enquanto eu concordava docilmente com a cabeça, algo dentro de mim estava pensando algo completamente diferente.

Eu pensava em como você me olhou no quarto do hotel na semana passada e se sabia mesmo naquela hora que iria me largar de novo assim que entrasse em casa. E eu pensava em você e Susan em sua casa de bom gosto, e em como você estava se esforçando para recompensá-la, os presentes que estaria comprando, as viagens que estaria planejando. Eu era o alienígena que varava um intestino aberto, sangrando, pegajoso e gritando, e, enquanto isso, você folheava revistas de casas de veraneio à beira-mar na ilha Maurício ou em Córsega.

Não parecia certo. Não está certo.

Está errado.

São três da manhã e aqui estou eu de novo. Percebo-me estranhamente apegada ao cubículo esses dias. Tenho medo de ter me tornado incapaz.

Encaro meu reflexo num espelho de aumento que achei no fundo de uma das gavetas. Estou fascinada pelas mudanças que vejo ampliadas em meu rosto. Pelos brotando de meu queixo feito o pé de feijões mágicos do Joãozinho. Será que já estavam ali antes e eu nunca tinha percebido? Ou a dor e as lágrimas fertilizaram seu crescimento? As olheiras debaixo de meus olhos se tornaram enormes piscinas negras, grandes o suficiente para uma pessoa se afogar. Afrouxo os músculos ao redor de minha boca e reparo como a pele dobra feito cera derretida. Tenho uma espinha na lateral do nariz, onde nenhuma espinha aparece desde a adolescência. Futuco a espinha com um prazer cruel, vendo a pele abrir e me deliciando com o súbito jorro de dor.

Estou me tornando grotesca.

Não se preocupe, não vou falar de *Alien* de novo. Peço desculpas por isso, aliás. Culpo a falta de sono. Daniel acha que estou entrando na menopausa. Não que eu imagine que ele tenha alguma ideia do que seja menopausa. Algumas vezes acho que ele visualiza a menopausa como passar pela cidade de Crewe numa viagem: algo não muito agradável que está acontecendo, mas um alívio quando passa. Tenho uma leve suspeita de que ele acha que posso ser "curada" da menopausa por aquela médica loura e simpática. É pura teimosia o que me impede de voltar àquele consultório para fazer "exames".

Ele não tem a menor ideia do que há de errado comigo. Ninguém além de nós dois tem. Mais um vínculo entre nós.

Eu ainda não mencionei, mas encontrei Liam de novo hoje. Não é uma coincidência?

Eu estava caminhando pelo West End, não me lembro exatamente por quê, quando de repente me ocorreu que talvez fosse divertido dar uma passada na Royal Gallery. Bem, eu tinha gostado tanto da última vez, parecia bobo não aproveitar o fato de que eu estava na região. Perambulei pela nova exposição, que parece se constituir de várias coisas grandes em tons primários e uma sala feita com o que parecia excremento duro. Havia um canhão enorme atirando bolhas gigantes de cera vermelha contra uma parede branca. Parecia-me uma violência desnecessária, embora todos os outros visitantes aparentassem grande satisfação toda vez que aquilo acontecia. Para ser sincera, não gostei muito da obra, mas o curioso é que eu não conseguia parar de olhar. Acontecia de vinte em vinte minutos, mas cada vez que parava, eu ficava lá, esperando pela próxima e a próxima. Tinha algo na forma como a cera se espalhava dura e vermelha contra a parede que me trazia a lembrança de nós dois.

Depois de algumas horas, cansei. Olhei para outra obra que era como uma vulva gigante e uma que parecia uma barriga de grávida protuberando obscenamente de uma parede branca (lembra a gestação que não era real?). Então decidi sair e tomar um chá.

É claro que lembrei que Liam trabalhava no café ao lado, mas não era como se eu estivesse indo até lá só para vê-lo.

Ora, ele podia estar de folga, trabalhando em outro turno ou ocupado na cozinha. Eu não tinha ideia se ele estaria lá, nem isso era uma preocupação principal. Eu só queria que você soubesse disso, caso comece a pensar bobeiras.

Mas não posso dizer que não fiquei feliz em vê-lo. Foi bom ver um rosto familiar depois de toda aquela fúria feita de cera vermelha. Tenho certeza de que é capaz de entender isso.

Agora, não sei se estou viajando aqui, mas eu poderia jurar que Liam me reconheceu. Parece muito absurdo? Tenho certeza de que você tem razão, ainda assim, parecia haver um calor sincero no olhar dele. Olhos que são quase como os seus.

"Vim aqui há algumas semanas", eu disse a ele quando veio à minha mesa, tirando uma caneta de detrás da orelha.

Liam sorriu de um jeito que poderia ser um reconhecimento de que havia se lembrado de mim ou, imagino, apenas educação.

O sorriso me encheu de coragem.

"Acho que conheço seus pais", falei.

Bem, até aí, tudo bem, não é? É o tipo de coisa que qualquer um poderia dizer. Não tem nada de sinistro nisso. Liam sorriu de novo, e por um instante a covinha em sua bochecha era tão igual à sua que esqueci o que ia dizer em seguida, mas acho que me recompus sem dar bandeira. Contei-lhe como conheci Susan e você anos atrás e como nós aproveitamos nossas visitas a Suffolk. Nosso próprio Brideshead. Queria soar entre o casual e o gentil. Espero que tenha conseguido.

Ele pareceu muito interessado quando falei o quanto você tinha me ajudado. (Não se preocupe, não falei nada sobre o dinheiro da geladeira pressionado contra minha mão num envelope de papel amassado, dentro de um quarto de hotel bege.) Liam disse que achava que já tinha ouvido você falar de mim, mas imagino que estava só sendo educado.

Tivemos uma ótima conversa depois disso. Ele tem muito senso de humor, não é? Não sei a quem puxou. Falei como estava ansiosa pela festa de renovação dos votos de casamento e Liam fez uma expressão gentil, como se fosse ser um tanto entediante, porém, dava para ver que não queria dizer aquilo realmente. Tão bonzinho. Posso entender muito bem por que você teve tantas dúvidas antes do York Way Friday a respeito de como um divórcio afetaria as crianças. Tinha muita razão de ficar preocupado.

Liam mencionou que achava que você estava tendo uma crise pré-renovação do casamento, o que acredito que foi um jeito muito jovial de descrever. E contou que, depois que terminou com a última namorada, tem ficado em casa mais do que o normal, aproveitando um pouco do "colinho da mamãe" (como ele chamou), e que você parecia um tanto fora de si.

"Normalmente o papai é mais animado lá em casa, mas ele tem estado muito quieto. Para ele, digo."

A boa notícia é que ele estava notando sinais de melhora nos últimos dias.

"Parece muito mais relaxado e feliz. Acho que está começando a gostar da coisa toda."

Que maravilha, Clive. De verdade. Sempre achei tão importante aproveitar ocasiões como essa, esses ritos de passagem. Chego a pensar que minha própria vida não teve muitos momentos assim, tendo falhado espetacularmente em arrumar uma religião e um casamento, dois pré-requisitos básicos para um bom rito de passagem. Tenho inveja de você e da sua família com todos esses eventos de celebração da vida: o chá de bebê, a renovação dos votos. E como é melhor que você possa passar por eles livre daquele desagradável e desajeitado "peso da culpa" que falou estar carregando em nosso encontro no York Way Friday. Não me admira que se sinta mais relaxado!

Liam ficou muito surpreso de ouvir que fui ao chá de bebê de Emily. Contou que não tinha ideia que fosse tão próxima assim da família. É uma descrição interessante, não acha?

Pedi uma taça de vinho. Agora que parei com o citalopram, tenho apreciado muito mais o sabor de vinho e também pareço capaz de beber grandes quantidades sem sentir nada. Quase compensa as dores de cabeça da falta de remédio que me pegam desprevenida, pressionando meu crânio como se fosse uma atadura, e a náusea que vem do nada e me manda correndo com a mão na boca até o banheiro mais próximo.

"Não posso nem olhar para aquele chá de patchuli", disse a ele, que pareceu não ter ideia do que eu estava falando. E não tinha mesmo. Não esperava que ele já tivesse ouvido falar de patchuli.

A primeira taça de vinho desceu tão bem que pedi outra. Tem algo de muito civilizado em se sentar num dos endereços mais sofisticados do mundo, bebendo um Pinot Grigio no meio da tarde (mesmo que não seja da melhor qualidade).

"Imagino que você goste de trabalhar aqui", disse a Liam quando trouxe a segunda taça.

Foi uma tentativa de conversa meio fraca, reconheço. É que eu não conseguia pensar em mais nada para dizer. Ele é um sujeito tão franco e gentil, não é? Mas ainda assim — e, por favor, não me leve a mal —, não há muito mais o que conversar uma vez que já se cobriu o superficial, não é mesmo?

Ainda assim, achei que ele podia ter feito um esforço mínimo, já que eu estava tão pacientemente puxando papo com ele, em vez de simplesmente sorrir encabulado e fingir que não estava olhando em volta.

"É, é legal", respondeu, mas seu sorriso deu uma leve vacilada "Me desculpe não ter tempo para conversar mais, estou um pouco enrolado."

Sim, havia outros clientes, mas me senti ligeiramente (e ridiculamente, eu sei) rejeitada.

Brinquei com a ideia de pedir uma terceira taça, mas, para falar a verdade, estava me sentindo um tanto deslocada. A mulher da mesa ao lado não parava de me olhar de forma muito enfática. Estava sozinha, assim como eu, mas estava vestida com um despojamento estudado, como se tivesse passado horas se arrumando para um coquetel traje "esporte fino". Blusa estampada transparente, muita maquiagem, joias extravagantes e, quando se levantou, calça preta de couro e botas pretas de cano longo. Junto aos bicos finos da bota havia um monte daquelas sacolas de lojas de grife com letras grandes desenhadas na lateral e alças largas de tecido. Primeiro achei que tinha uns 30 e poucos anos, mas quando olhei com mais atenção, vi que tinha, na certa, a mesma idade que eu, se não mais.

Estava com o iPhone na mão e fingia estar entretida em alguma atividade. Apps, acho que é como se chamam, ou pelo menos é o que Jamie me diz. Aposto que você ainda não sabe o que são, apesar de ser um dos pioneiros do iPhone. Provavelmente faz piada sobre isso nos jantares a que vai.

"Ah, só uso para fazer ligações e ver a hora" é o tipo de coisa que você diria, provando de forma tão inteligente que é uma pessoa capaz de rir de si mesmo, mas também que é o tipo de homem que acha que a vida é curta demais para se ler o manual, o que, em nenhum dos dois casos, chega muito perto da verdade.

De qualquer forma, eu podia dizer que ela não estava lá muito interessada no que quer que houvesse na tela do iPhone. Ela permaneceu olhando para mim o tempo todo em que conversei com Liam, e enfim me ocorreu que devia estar pensando que eu estava dando em cima dele. Como a mídia tem chamado isso hoje em dia? Papa-anjo. Ela achou que eu era uma papa-anjo! Não é o máximo?

Uma vez que entendi isso, percebi que na certa ela própria tinha gostado dele. Agora, não precisa ficar todo nervosinho. Ele pode ainda ser uma criança para você, mas Liam é um rapaz atraente. Por favor, não se ofenda se eu disser que ele tem uma musculatura ao redor do maxilar que você não tem. Dá a ele uma ilusão de força, apesar da jovialidade e da falta de personalidade (digo isso como uma coisa positiva, preciso acrescentar: como uma espécie de tela em branco). Definitivamente havia algo na forma como a mulher de botas de bico fino mexia a colher em seu café com leite (imagino que preparado com leite desnatado, você não?), enquanto seus olhos o seguiam pelo salão, que me transmitiu um quê de feromônios em atividade.

Quando fiz a Liam a pergunta sobre gostar de trabalhar ali, eu podia senti-la me ouvindo, e quando ele me dispensou com a desculpa sobre estar muito ocupado, ela se inclinou de volta e eu podia jurar que estava sorrindo de leve. Bebericando o restinho do vinho, senti uma onda súbita de vergonha assim que me vi através dos olhos dela: uma mulher desleixada de meia-idade, com a calça de ontem e o cabelo de farmácia, tentando chamar a atenção de um rapaz jovem o suficiente para ser filho dela e que, na certa, preferia estar em outro lugar. Me deu vontade de me esticar e dizer: "Tudo bem. Eu tive um caso com o pai dele." E não é só isso. Eu queria borrar aquele espectro de sorriso na cara maquiada demais da mulher. Queria obrigá-la a me reavaliar e me enquadrar em outra categoria. Queria que ela soubesse que os homens me veem como um ser sexual. Eu queria que ela visse que eu não era como ela. Não era o tipo de mulher solitária e frágil que se senta em cafés insossos em dias de semana com uma sacola de compras aos pés, de olho em meninos que nasceram vinte anos tarde demais.

Ela estava errada a meu respeito.
Liam estava errado a meu respeito.
Não sou esse tipo de mulher.

Estou de volta ao meu lugar no cubículo, olhando para a tela do computador. Algumas vezes penso que passo tanto tempo aqui que vou grudar organicamente aos móveis. Meio mulher, meio cadeira. Ora, se tudo mais falhar no empreendimento financeiro (o que, vamos combinar, parece bem provável), eu poderia fazer algum dinheiro viajando num espetáculo de aberrações. Ainda existem turnês desses shows? Se não, poderia ser um novo nicho de mercado, não concorda?

Em minha tela está aberto o seu e-mail que apareceu na minha caixa de entrada há umas duas horas. Eu não gostaria que pensasse que passo minha vida inteira checando meu e-mail. Eu tiro um tempinho para ir ao banheiro! Estou tentando fazer uma piada aqui, manter meus lábios grudados numa expressão de sorriso, para impedir que meu intestino saia pela boca. Não está funcionando muito bem.

Tenho esperado notícias suas há seis dias. Desde que mandou aquela mensagem tocante do "tenho desprezo por mim". Seis dias de mensagens enviadas para a nossa conta de e-mails secreta (nada), ligando para o nosso telefone secreto (desligado). Até mandei um torpedo para o seu telefone "de verdade", uma mensagem com palavras bem estudadas dizendo que nós precisávamos conversar sobre uma pesquisa que eu tinha feito para o Douggie (nadica de nada).

Seis dias olhando para a caixa de entrada (0) no topo de minha página de e-mail, querendo que o número mudasse e tentando impedir que minha cabeça latejante explodisse feito uma bomba de pregos, sujando as paredes com estilhaços pontiagudos de mim.

"Por que você não sai daí?", perguntou Tilly ontem, me sondando ativamente, apesar de estar perdendo minutos valiosos da novela *Hollyoaks*, algo praticamente nunca antes registrado.

"Desculpe, meu bem, estou com tanto trabalho ultimamente."

"Então por que nunca tem nada na tela além do seu e-mail?"

Ela tinha um ponto, mas isso não me impediu de me sentir *invadida*, entende? Disse a ela que estava esperando um e-mail importante de trabalho, mas Tilly argumentou (você não se esquece sempre de como as crianças enxergam tão melhor do que a gente?) que o último e-mail da caixa de entrada estava datado de 48 atrás, e, mesmo assim, era um e-mail do Tesco me informando as ofertas especiais do setor de vinhos.

"Você não esqueceu que na semana que vem é a minha vez na noite dos pais?" Tilly tem uma habilidade impressionante de fazer uma pergunta soar como uma declaração da realidade.

Eu havia esquecido, é claro, mas não falei isso a ela.

E, assim, esta é a intensidade com a qual tenho esperado uma resposta sua, enviando e-mails para o abismo, ouvindo o silêncio tedioso de um telefone desligado.

Por isso, você pode imaginar o meu susto quando notei a caixa de entrada (1) no alto da página. Era você, claro, aquela sopa de letrinhas e números que dizia que estava escrevendo de sua conta "secreta".

Você vai me achar exagerada, eu sei, mas meu coração realmente começou a pulsar contra minha caixa torácica, um cachorro encarcerado se jogando contra uma porta fechada.

Eu nem ousei abrir a mensagem. Queria saborear a promessa imaculada, aquelas letras em negrito que poderiam me conduzir a qualquer lugar.

Enfim, cliquei duas vezes. Não podia ficar olhando para aquilo para sempre, não é? E então, fiz uma coisa curiosa. Acho que Helen acharia aquilo muito "revelador" (outra das palavras-chave dela). Me inclinei para trás de modo que, com minha vista arruinada depois de horas na frente do computador, não poderia de fato ler o que estava escrito, e todas as letras se embaralharam na tela. Eu queria ter uma ideia geral do formato da mensagem, sabe — redondinha e feliz? Curta e espinhosa? —, como se isso pudesse dar alguma indicação do conteúdo. Não é uma loucura?

Quando não conseguia mais adiar, me inclinei para a frente e passei os olhos pela última linha, para entender o tom do e-mail.

Você PRECISA esquecer isso, para o seu próprio bem.

Não parecia bom. Com certeza o resto não seria melhor. É evidente que eu meio que esperava que fosse em parte sobre eu ter visto Liam, embora, para ser bem honesta, você esteja enxergando cabelo em ovo. Seu filho trabalha do lado de uma atração cultural muito popular. Não pode se surpreender se seus amigos esbarram nele de vez em quando. Preciso admitir, no entanto, que fiquei um tanto surpresa naquele trecho sobre eu ter enviado 436 mensagens nos últimos seis dias. Tenho certeza de que está exagerando. Não podem ter sido tantas. De qualquer forma, a maioria delas era de apenas algumas linhas. Algumas de apenas poucas palavras. Então essas não contam, não é? E também não acredito que aquela seja uma conta exata de quantas vezes liguei para o outro telefone antes de você desligá-lo. Você provavelmente arredondou o número para ficar mais impressionante.

Mas fiquei magoada com aquela história de bloqueio. Por que você iria bloquear minhas mensagens, quando você costumava dizer que eram o que o mantinha seguindo em frente? E as minhas ligações? Eu nem sabia que era possível fazer isso. É algum tipo de app especial disponível apenas para usuários de iPhone? O app de Bloqueio do Ex? Tem um app especial para consertar corações partidos também? Tem um app para remendar uma vida destroçada? Não se preocupe, estou brincando. Não fiquei completamente maluuuuca. Mas o que eu não sei, o que ainda me deixa curiosa, Clive, é como há alguns meses você saía escondido da cama no meio da noite para ver se eu tinha enviado alguma mensagem antes de ir dormir, e agora você nem quer mais ver meu nome em sua caixa de entrada. Como isso foi acontecer? Como uma pessoa que era amada se torna não amada? Como alguém que diz que não consegue viver sem você pode bloquear você propositalmente da vida dela com um clique do mouse?

Como isso acontece, Clive? Quero muito saber.

E apenas lembre-se de uma coisa. Bloquear não é algo que se possa fazer unilateralmente, não importa quem você seja. **VOCÊ NÃO PODE BLOQUEAR PARA FORA DA SUA VIDA ALGUÉM QUE NÃO QUEIRA SER BLOQUEADO.**

Agora, preciso agradecer sua preocupação a respeito do meu "estado psicológico". Agradeço muito, de verdade. Também agradeço suas sugestões de que preciso ver "alguém qualificado para me ajudar". Quem será que você tem em mente quando diz algo desse tipo? Quem poderia estar qualificado para me ajudar? Quem sabe a solução para os problemas específicos por trás do meu "estado psicológico"? Quem está qualificado para saber do que eu preciso? Quem poderia me dar o que quero?

Ora, Clive, acho que é só você.

Na noite passada, quando finalmente consegui dormir, sonhei que estava fazendo sexo com você e acordei um tempo depois encharcada de vergonha e ensopada de desejo.

Sabe do que mais sinto falta no sexo, Clive? Das risadas. Parece estranho, não é, mas sei que dentre todas as pessoas só você vai entender exatamente o que quero dizer.

"Trouxe adereços", você falava, esvaziando uma sacola da Ann Summers na cama do hotel, e nós dois ríamos feito bobos tentando entender para que exatamente eles serviam. (Quem diria que tantos meses depois as lembranças mais vívidas de sexo seriam de plástico cor de bala ou o cheiro químico de camisinha dentro da embalagem?)

Lembra o Incidente com a Banana? Não acredito que se esqueceria. Um dia você chegou ao hotel sem trazer nada, mas depois de passarmos umas duas horas na cama, você de repente se lembrou de algo.

"Fique aqui", ordenou, fuçando na pasta do laptop antes de erguer triunfante uma banana.

Não era o adereço mais original, há de se admitir, mas estávamos num clima de diversão e você desempenhou uma performance tipicamente teatral, em que enfiava a banana ao mesmo tempo em que a comia, surgindo de debaixo dos lençóis com aquele sorriso ainda recheado de fruta madura.

Foi só depois de meia hora mais ou menos, quando tínhamos acabado de começar a transar de novo, que você parou abruptamente.

"Ainda está lá dentro", falou, a luxúria desaparecendo dos olhos.

"Como assim? Como pode?"

"Não posso ter tirado tudo. Estou sentindo um pedaço enorme ainda lá dentro."

Olhamos um para o outro, lembra? Meio rindo, meio em pânico, minhas pernas ainda envolvendo suas costas, sua respiração ainda ofegante do esforço da paixão.

Você foi muito cavalheiro, preciso admitir, tateando obediente quando obviamente meus próprios dedos eram curtos demais para a tarefa.

"Você vai precisar usar alguma coisa para puxar", disse no fim, admitindo a derrota.

Entre furiosa com você e impotentemente divertida com a situação, peguei uma colherzinha da bandeja de chá que havia no quarto e saltitei até o banheiro, ainda calçando os stilettos ridículos que você adorava que eu usasse na cama (no final das contas, como os fetiches masculinos são clichês).

"Conseguiu?", você ficava me perguntando, andando de um lado para outro junto à porta aberta do banheiro, feito um pai que espera o nascimento do filho, enquanto eu me empoleirava na beirada do acento da privada, revirando com a colher. "Tem alguma coisa que eu possa fazer?" E, claro, minha favorita de todos os tempos: "Quer que vá na cozinha do hotel pedir uma colher maior?"

Talvez tenha sido a ideia de você aparecendo diante de um cozinheiro confuso o que tenha me estimulado a tentar um pouquinho mais fundo, mas, de repente, com um barulhinho cômico, lá veio o pedaço errante de banana.

"Graças a Deus... Eu estava me sentindo péssimo... Sou um imbecil estabanado", você disse enquanto nós dois olhávamos embasbacados para a colher com aquele pedaço grande de gosma amarelada e brilhosa.

Mas você lembra como rimos depois, encostados contra a parede do banheiro enquanto lágrimas de alívio e riso escorriam por nossos rostos?

Nada parece fora do limite com você, escrevi num e-mail depois do incidente. *Nunca me sinto envergonhada.*

Mas sabe, as coisas mudaram um pouco desde então.

Agora, quando olho para trás, para aqueles cinco anos de camas de hotel e pisos de banheiro, com as lembranças do que fizemos e do que deixei você fazer não mais suavizadas pelo brilho do amor, elas parecem exageradamente iluminadas por lâmpadas fluorescentes e esquálidas através da lente de uma webcam, cenas tremeluzentes de um filme pornô caseiro e ruim.

E quando tento reavivar a lembrança das risadas, elas parecem tão escorregadias e esquivas quanto um pedaço de banana.

∽

Helen não estava feliz comigo hoje.

Não sei se a sua psicóloga de plano de saúde fica irritada, mas quando Helen se irrita, ela faz uma coisa de suspirar *dentro da boca*. Você já viu alguém fazer isso? Ela pressiona os lábios um contra o outro com força, então o ar escapa pelo nariz. Ela tenta disfarçar, mas sei exatamente o que ela está fazendo.

Que importa. Ela fez isso muito hoje.

A primeira coisa que a deixou irritada foi o fato de eu ter parado de tomar o citalopram.

"Eu não precisava daquilo", falei.

"Acha que está em posição de julgar se precisa ou não daquilo?", perguntou ela.

Bem, o que se espera de uma pergunta dessas? Se eu dissesse "sim", ela provavelmente teria dito que minhas ideias estão distorcidas por não estar tomando o remédio. Se eu respondesse "não", ela teria dito que eu tinha que voltar com a medicação para melhorar das ideias. Era uma situação em que eu só tinha a perder, acredito.

"É por que tem uma parte sua que gosta de sofrer? Existe uma parte de você que não quer melhorar, porque melhorar significa esquecer Clive?", perguntou ela.

Percebe o que ela faz, essa Helen Bunion? Despejando pergunta em cima de pergunta feito papel machê, construindo um edifício eterno com um espaço enorme vazio no meio.

Foi então que dei a bobeira de contar que o encontrei há dez dias. E foi então que o suspiro para dentro se tornou realmente bem pronunciado.

"Às vezes não posso deixar de pensar que você gosta de sabotar a própria recuperação, Sally."

Helen tem aqueles olhos verdes estreitos que se fixam em mim quando fala e o cabelo liso e insosso cortado num chanel arrumadinho que ela enfia atrás da orelha o tempo todo. Definitivamente, foi monitora na escola. Será que a sua escola tinha alunos monitores? (Você se lembra de como você odiava que eu o chamasse de riquinho? "Eu frequentei uma escola particular pequena", falou-me petulante. "Só um riquinho saberia a diferença", respondi.) Helen teria sido algo como Monitora do Material de Papelaria: uma tarefa responsável, mas com potencial de conflito ou de chateação mínimo.

"Posso perguntar uma coisa, Sally?" Ela deu outro suspiro para dentro, e eu sabia que não iria ser algo que eu quisesse responder. "Você realmente *quer* se sentir melhor a respeito das coisas?"

Primeiro achei que fosse uma pergunta retórica, mas depois percebi que ela estava de fato esperando uma resposta.

"Claro que quero." O que mais poderia dizer naquela circunstância?

"É só que parece que, para alguém que alega querer se sentir melhor, você está fazendo tudo a seu alcance para se sentir pior."

Bem, olhando assim de fora, dá para entender que ela achasse aquilo, imagino. Por isso, tentei — foi estúpido, eu sei — explicar como foram os dois dias antes do nosso "encontro". Como eu tinha me sentido viva de novo, como as coisas voltaram a ter sentido de novo.

Ao ouvir aquilo, Helen realmente exagerou o suspiro. Dessa vez ele foi bem evidente, e o pé dela bateu de leve mas insistentemente no carpete, dentro do sapato marrom de saltos adequadamente baixos.

Brinquei com a ideia de omitir a parte em que dormimos juntos. Me pareceu vergonhoso e íntimo demais, e eu sabia que ela não aprovaria. Mas a questão é que estou pagando 75 libras por hora para melhorar, não posso me dar ao luxo de mentir para ela, posso? E ela não pode se dar ao luxo de me desaprovar.

Helen balançou a cabeça num movimento involuntário quando eu disse que tínhamos ido a um hotel.

"De quem foi a ideia?" As sobrancelhas dela arquearam tanto que quase desapareceram sob o cabelo, e ela parecia decididamente não impressionada quando respondi que estava bêbada demais para me lembrar. "Esse sujeito a encorajou a se apaixonar por ele e a imaginar que vocês tinham um futuro juntos, e então você sofreu uma queda enorme, sem que ele tenha te dado qualquer aviso prévio ou sequer olhado para trás. Você ficou arrasada, e quando ele decide que quer dar umazinha você se entrega? É esse o tipo de mulher na qual se reconhece, Sally?"

Minha cabeça estava latejando neste momento, e me vi distraída demais pelo uso da expressão "dar umazinha" para conseguir responder. Então foi isso, Clive? Você deu umazinha? Uma o que, me pergunto? Uma facilzinha? Uma puladinha de cerca?

Então Helen repetiu a pergunta, a parte sobre me reconhecer.

Respondi que não me reconhecia havia meses. Disse que, mesmo quando me olho no espelho para escovar os dentes, não reconheço a mulher que me olha de volta, a boca cheia de pasta, os olhos inundados em olheiras.

Helen deu um suspiro enorme para dentro e então balançou a cabeça de novo com o que parecia ser tristeza sincera.

"Preciso dizer que acho que você regrediu substancialmente", falou e, embora pareça idiota, senti as lágrimas se acumulando no fundo dos meus olhos por causa daquela declaração. Eu não tinha consciência de que havia tido algum progresso, e então eu fui e voltei à estaca zero. "Sally, você sabe que a questão não é querer Clive de volta, não sabe?"

Olhei para ela sem ousar piscar, por medo de que as lágrimas escorressem tão rápidas que eu não soubesse mais como fazê-las parar.

"A questão é você querer reconquistar o controle que acha que perdeu reconquistando Clive. Mas você sabe que precisa tirar isso da cabeça. O Clive já era. Precisa se concentrar nas áreas da sua vida sobre as quais ainda tem controle: sua família, seu parceiro, seu trabalho."

Ela disse mais algumas coisas, mas eu realmente não estava mais escutando. Tudo que podia ouvir era aquela frase se repetindo em minha cabeça: aquelas quatro palavrinhas que significavam tanto. O Clive já era.

O Clive já era.

O Clive já era.

Helen me deu um exercício para fazer ali mesmo, o que me deixou ligeiramente melhor na hora. A palavra "exercício" soa tão ativa, não é? Parece que você está assumindo o controle de sua vida, em vez de esperar passivamente até desenvolver o equivalente na vida daquela gordurinha no tríceps que deixa a gente com vergonha de dar tchau.

Ela me fez escrever uma lista de dez coisas que me irritavam mais a seu respeito, as coisas que mais me causavam dúvida, mesmo quando estávamos juntos.

Eu estava tão desesperada para reconquistá-la que decidi fazer minha lista tão abrangente quanto possível e comecei a pensar em coisas que Helen acharia "apropriadas" numa lista de defeitos inaceitáveis. E, cá entre nós, existem vários entre os quais se escolher. Você se lembra, Clive, de como eu era constantemente assaltada por dúvidas e de como mandava longos e-mails detalhando todas elas, aos quais você respondia com seus próprios argumentos em letras maiúsculas. *Velho demais*, eu escrevia. E você acrescentava: MAS COM UMA HERANÇA GENÉTICA MUITO MELHOR DO QUE A SUA, EN-TÃO EMPATAMOS. *Riquinho demais.* RIQUEZA É RELATIVO. A MAIORIA DOS MEUS AMIGOS ME ACHA COMUM. *Casado demais.* SEM COMENTÁRIOS.

Depois de cinco minutos de concentração e ansiedade, minha lista dizia:

1. Pomposo.
2. Um esnobe inveterado.
3. Crítico.
4. Egocêntrico.
5. Gordo demais. (Fiquei preocupada com essa, talvez ela me achasse fútil, mas, para ser sincera, eu já estava fraquejando àquela altura.)
6. Inconsistente (melhor).
7. Usa frases irritantes de propósito (de uma forma que acredita ser irônica), como "Hoje não estou nos trinques" e "Preciso ser honesto com você...".
8. Não me ama.
9. Tem muitas questões malresolvidas como pai. (Tudo bem, preciso admitir que acrescentei essa porque achei que Helen poderia gostar. Questões malresolvidas é um dos temas preferidos dela. Mas também existe um fundo de verdade nisso. Você leva seu papel de pai a sério demais, Clive. Liam e o Invólucro Sagrado já são adultos. Você não precisa se envolver tanto na vida deles. Precisa se tornar mais... divorciado.)
10. Não me ama.
11. Mente.

Eu estava um tanto nervosa enquanto lia minha lista. Eu ficava dando olhadas para Helen para ver se meus pontos estavam sendo assimilados, mas ela estava inclinada na cadeira, olhando para o longe com uma expressão distante. Muito difícil de avaliar.

Enquanto continuava com a leitura, fraquejei e comecei a tentar justificar os pontos à medida que os lia. E então me dei conta de que tinha escrito "Não me ama" duas vezes. Fiquei mortificada, mas não conseguia pensar em mais nada para substituir aquilo. E então percebi que eu tinha dois números 10.

"Não estou ficando doida, é sério". Eu ri, pouco convincente.

Helen só me olhou, sem falar nada, como se estivesse ensaiando as palavras na cabeça antes de dividi-las comigo.

"É uma lista muito corajosa, Sally", falou.

Era? Tentei imaginar quais dos pontos poderiam tê-la tornado corajosa. Não o que falava da gordura ou da velhice. Ah, de repente lembrei que não tinha incluído o da velhice, achei que Helen talvez não entendesse aquele. Afinal de contas, você provavelmente não está muito longe da idade dela, e é apenas seis anos mais velho que eu. Pensando bem, não consigo lembrar por que isso tinha sido uma questão tão grande para mim na época. Eu devia estar procurando motivos para encontrar defeitos. Eu devia estar me sentindo tão segura a respeito do que você sentia por mim que me sentia capaz de provocá-lo. Como eu não pude perceber que era tudo uma ilusão? Como não pude enxergar que o poder que achava ter era tão insubstancial quanto o bebê que nunca houve?

"O interessante em sua lista, Sally (aliás, a sua superpsicóloga de plano particular faz isso? Usa o seu nome o tempo todo? Acha que é para criar uma relação de intimidade ou é apenas para nos lembrar de quem somos, caso tenhamos esquecido? Acho que é a segunda opção. Ultimamente, tenho me esquecido com frequência de quem sou. É bom que Helen fique reavivando minha memória), é essa admissão dupla do 'não me ama'. É quase como se ainda estivesse tentando se convencer de que é verdade."

"Ou talvez seja porque sou péssima com números", sugeri.

Foi um erro. Helen deu um sorriso bem sofrido, como se contrair os músculos do canto da boca causasse um desconforto psicológico real.

"Por que acha que precisa fazer piada com tudo, Sally?" Os olhos verdes assumiram um ângulo esquisito de tão inclinada estava a cabeça, e ela fez um huuuuuum engraçado ao final da pergunta. "É quase como se não se atrevesse a reconhecer a profundidade da própria dor. Você não precisa dar um ar engraçado a tudo, sabia? Você tem o direito de se sentir devastada. Tem o direito de sentir raiva. É muito importante que se permita ter sentimentos de verdade e se entristeça. Você precisa aprender a se levar mais a sério, a levar suas necessidades mais a sério."

Não lembrei a ela que minhas necessidades são apenas desejos disfarçados. Não disse que o motivo pelo qual eu não me permito sentir dor é o medo de abrir as comportas para um tsunami que vai me devastar, me reduzir a destroços contra as rochas. Não falei da raiva que, permitida ou não, chega me rasgando feito vômito, incontrolável, tóxica e com cheiro de ácido.

Não falei de Liam ou dos 436 e-mails.

Não falei das dores de cabeça. Não falei do desejo indomável no meio da noite.

Quero que Helen goste de mim.

Quero que Helen me ajude.

Quero que Helen faça tudo isso parar.

Estou preocupada com a Susan. De verdade.

Desde que veio almoçar naquele dia, Susan não tem sido "ela mesma" (agora é minha vez de usar essa expressão pedante, como se ser você "mesmo" fosse uma coisa positiva, algo a se almejar).

Liguei para Susan algumas vezes, e ela tem parecido ligeiramente fora de si, como se estivesse pensando com muito esforço no que falar em seguida, embora normalmente seja a mais direta das pessoas. Quando eu sugeria que a gente saísse junto uma noite dessas, ela sempre respondia estar muito cansada ou muito ocupada.

"Esse negócio de renovação dos votos de casamento está sendo mais complicado do que a porcaria do casamento em si", disse ela.

Acho que está ficando extenuada. De verdade.

Ontem finalmente consegui fazê-la concordar a tomar um café comigo.

"Mas tem que ser rapidinho", avisou.

Quando chegou ao Starbucks perto da sua casa, ela tinha meia hora antes da hora marcada na costureira para fazer a prova do vestido que vai usar no grande dia. E está fazendo uma dieta rígida para diminuir as medidas. Sabia disso? Acho que perder peso realmente não combina com Susan. Fez com que ela se tornasse ligeiramente mais irascível, acredito. Menos à vontade.

Claro que perguntei do vestido. Teria sido falta de educação não perguntar e, na verdade, meu interesse era sincero. Será que dá azar se eu descrevê-lo para você? Tenho certeza de que você e Susan são racionais demais para essa bobagem de superstição.

Ela contou que o vestido é fúcsia, de seda crua, ligeiramente drapeado na cintura "para esconder as gordurinhas" (palavras dela, não minhas). Não vai ser uma novidade ver Susan vestida inteiramente numa cor que não seja azul-marinho? É como se estivesse reinventando a si mesma como um segundo presente de casamento para você.

Enquanto ela falava, não podia deixar de imaginar o que eu teria escolhido no lugar dela. Sabe, depois do seu pedido de casamento falso no Coach and Horses, eu ficava imaginando o que eu usaria caso acontecesse. (Naquela época, era mais "quando" acontecesse.) Isso o deixa chocado? Sei que ficou sentido quando ri do seu grande gesto romântico, mas nunca falei que por séculos depois daquilo, sempre que passava diante de uma vitrine, eu pensava: "Esse seria um vestido fantástico no qual se casar."

Claro, o Vestido Ideal ficava mudando. Um dia, ele era um vestido justo em tons marfim, numa concessão à tradição, no dia seguinte seria um traje corajosamente não convencional e extravagante em estilo de dançarina espanhola de flamenco. Eu imaginava a sua cara enquanto me via me aproximar, propriamente embasbacado e com os olhos cheios d'água, com aquele sorriso de "que cara de sorte eu sou". E imaginava os "ohs" e os "ahs" dos convidados (não as crianças, jamais imaginei nenhum dos filhos de nenhum dos dois lados na cerimônia, muito menos soltando "ohs" ou "ahs"). Dá para acreditar que eu fazia isso? Parece tão irreal agora, mas como eu me sentia segura. Saaaally, sua bobinha.

E agora é Susan quem está comprando o vestido. ("Custa quase 500 libras. Vê se não conta ao Clive, hein?", que fofinho, não é?) E será Susan a caminhar em sua direção em tons de rosa fúcsia. (Não quero ser chata, mas espero que ela tenha pensado nisso direito. Fúcsia é uma cor tão inclemente, não acha?) E quando os seus olhos se encherem d'água, vai ser por Susan. E quando você sorrir o seu sorriso do "cara de sorte", vai ser por causa dela. E seus filhos vão se sentar na primeira fila, alternando entre o riso e as lágrimas. E todos vão concordar que é incrível que estejam casados há mais de um quarto de século e que puta inspiração vocês são para o restante de nós.

E eu não estarei em lugar algum.

Nada.

Zero.

Nulo.

Desculpe, estou divagando. Como disse, achei Susan um tanto tensa quando nos encontramos. Acredita que pode ser por causa da dieta? Me preocupo que ela esteja exagerando.

É engraçado, mas quando ela entrou pela porta do Starbucks, cheguei a pensar por um instante de loucura que você vinha atrás dela, caminhando, para se distrair um pouco do seu sótão. Mas então me lembrei do e-mail, da parte em que você se desprezava, do sonho no meio da noite e de que eu estava bloqueada da sua vida.

Eu lembrei que você estava longe de passar saltitando pela porta do Starbucks, andando atrás de Susan com um sorriso de desculpas no rosto. Eu me lembrei de que você não me ama mais.

Enquanto ela se aproximava de mim, tive um impulso incontrolável de contar tudo. Eu podia ver a cena toda, ela dizendo: "E aí, o que andou fazendo desde a última vez em que nos vimos?", e eu respondendo: "Bem, tirando a trepada com o seu marido, nada de mais." Não que eu fosse gostar de magoá-la, pode ter certeza. Só queria que sentisse o que eu estava sentindo. Como se isso fosse estabelecer uma espécie de vínculo entre nós, pensei, talvez dividir nossas tristezas nos tornasse mais unidas.

Encare a situação sob o meu ponto de vista. Lá estava uma pessoa cuja vida corre exatamente de acordo com os seus planos. Um casamento longo e saudável, filhos incrivelmente sadios, neto a caminho, casa, carreira, dinheiro, amigos, viagens. O que uma pessoa como essa tem em comum com alguém como eu? E, ainda assim, eu queria muito que Susan e eu fôssemos amigas. Gosto dela, sempre gostei. Pelo menos uma vez, eu queria vê-la chorando sobre o leite desnatado (ah, essa porcaria de dieta!) enquanto eu me compadecia por ela da mesma forma que ela se compadece por mim com tanta frequência. Eu queria que fôssemos capazes de oferecer apoio uma à outra. Queria que ela soubesse que, na verdade, a vida dela não era tão perfeita e que nós duas partilhamos mais do que ela poderia imaginar. Queria que Susan buscasse algum conforto em mim. Eu queria fazer parte da vida dela. Eu queria ajudar.

Ah, não se preocupe, Clive. Posso ver a sua cara agora. Sabe que quando franze a testa a metade de baixo do seu rosto se afrouxa e você aparenta cada um dos seus 49 anos? Você precisa parar de fazer isso. Relaxar um pouco.

É claro que não falei nada daquilo. Até eu pude compreender o quão autodestrutivo teria sido. Eu estaria absolutamente banida, não teria mais qualquer chance de conquistá-lo novamente ou sequer de comer o farelo do seu almoço em família. Chance alguma de ser o fantasma no seu banquete, a penetra na sua festa. Sem mais conversas com o Invólucro Sagrado, sem mais bate-papos com Liam. Excomungada. Sem convite. Banida

Bloqueada.

Em vez disso, nós nos sentamos e conversamos sobre o festão. (Susan me contou que está fazendo ela mesma os canapés! Ela é demais, não é? Tão capaz. Tão criativa. Você deve estar tão orgulhoso.) Falamos um pouquinho de Emily, embora Susan não tenha demonstrado interesse em se demorar muito no assunto. Espero que esteja tudo bem entre aquelas duas. Uma moça precisa da mãe num momento como esse. E, claro, falamos um pouco de você.

"Clive tem andado muito estressado", ela me disse. "Ele tem andado quieto demais. Para ele."

Ela me contou algo realmente interessante. Disse que houve uma ocasião, na semana retrasada, em que você supostamente estava trabalhando em casa e passou o dia inteiro trancado no sótão. Ela tinha tirado o dia de folga e ficou a maior parte do tempo de bobeira no jardim, aproveitando o sol fraco do verão precoce. (Ah, como adoro esses instantâneos da vida doméstica. Eu me sinto praticamente como se estivesse lá com vocês dois, sabe o que quero dizer?) Quando olhava para cima, ela podia vê-lo pela janela do seu escritório, e observava-o sentando em sua cadeira, encarando a janela sem se mexer.

"Toda vez que eu olhava para cima, ele estava na mesma posição", contou Susan.

E você ainda estava lá quando ela entrou para dar um boa-noite, mas Susan acordou logo depois da meia-noite, quando você finalmente foi se deitar. Você foi até o lado dela da cama enorme e se agachou para que seu rosto ficasse praticamente no mesmo nível que o de Susan.

"Eu não te mereço. Eu sou um idiota e não te mereço", ele disse.

Claro que com ela contando, a história era muito mais divertida. Não consigo me lembrar das palavras exatas que ela usou, mas você conhece Susan, toda história precisa ter um elemento cômico. Aliás, isso chega a te irritar? A insistência em sempre cultivar risos? Não que me incomode. Nem um pouco. Para ser sincera, preciso de todas as risadas que puder. É só que eu estava pensando se algum dia começaria a incomodar, caso você tivesse que conviver com isso o tempo todo.

Mesmo assim, eu podia notar que ela havia ficado bem comovida com a parte em que você se agachava ao lado da cama. Ela contou que não se lembrava de você algum dia ter demonstrado tanta sinceridade.

Você provavelmente vai achar que estou sendo paranoica, mas havia algo na forma como ela me contou a história que me fez pensar se estava dizendo aquilo só porque era um caso interessante ou se havia algum motivo mais difícil de compreender. De repente, me lembrei de quando contei a ela a respeito do artigo com o diário do caso amoroso. Não que ela tenha reconhecido qualquer um de nós naquele texto, claro, mas quem sabe achou que eu estava querendo dizer alguma coisa? E quem sabe ela não estava organizando uma defesa ao relatar um momento bastante íntimo?

Tentei tirar um pouquinho mais dela, fazendo uma piada sobre como a reconciliação histérica devia estar ajudando na dieta. Preciso admitir que foi difícil conseguir falar aquilo. Não é algo que eu goste de mencionar, especialmente depois da nossa última noite no hotel. Você se lembra de como sempre insistiu que você e Susan não faziam mais sexo? Eu diria: "Ah, todos os homens casados dizem isso. Está no Manual de Traição para Maridos, não sabia?"

"Sabia, mas no meu caso é verdade", você respondia, lançando o seu famoso sorriso irônico. "Vai por mim, eu preferia ser o tipo de marido que mesmo traindo não deixa de comer seu feijão com arroz, mas sou um idiota antiquado. Estou tão apaixonado por você que nem me passa pela cabeça a ideia de fazer amor com Susan. Não seria justo com nenhum de nós."

"Você e Clive sempre tiveram uma vida sexual ativa?", perguntei a Susan, forçando uma intimidade que, para ser sincera, não estava muito evidente desde que nos sentamos no sofá de couro do Starbucks.

"Ah, claro que sim", respondeu quase com desdém, e, por um instante, minha vontade era de me debruçar em cima dela, agarrar aqueles cachos louros idiotas com uma das mãos e puxá-los com toda a minha força, arrancando-os aos montes, até que estivessem parecendo macarrão chinês no piso do Starbucks. "Mesmo naquela época terrível em que me convenci de que ele estava me traindo com alguém, a única coisa que me impediu de me fazer de idiota por todas as coisas das quais o acusei sem provas foi o fato de que sabíamos que sexo era o último dos nossos problemas."

Sabe, quando você acha que nada mais pode chocá-lo, então algo chega e rouba o seu oxigênio.

Por que eu deveria me surpreender? Você mentiu sobre tudo mais, por que não mentiria sobre isso também? E, ainda assim, eu não queria acreditar, não podia acreditar.

"Você não está parecendo muito bem. Tem certeza de que está tudo bem?", perguntou Susan.

Eu falei das dores de cabeça devido à interrupção do citalopram. E a náusea, a tonteira.

"Você precisa se cuidar melhor." E Susan era toda preocupação, de volta à segurança de sua zona de conforto. "Estamos preocupados com você."

Não perguntei nada sobre aquele "estamos". A palavra pairou no ar como uma mosca-varejeira.

"Não seja boba. Estou ótima. Na verdade, eu estava quase perguntando se Emily e Clive gostariam de dar uma passada lá em casa para jantar."

Até que as palavras saíssem da minha boca, eu não tinha ideia de que ia de fato dizê-las. Mas uma vez que o tinha feito, fiquei animada. Pensei que Susan provavelmente o forçaria a ir, e então você teria que dar uma das suas reviravoltas para se livrar do convite. Talvez uma viagem a trabalho para o exterior. A ideia me deu uma súbita punhalada de prazer intenso.

Susan, no entanto, pareceu menos entusiasmada.

"O problema é que (você sempre sabe que não vai gostar da resposta quando a pessoa começa com "O problema é que", não é? Jamie já começou a fazer isso: "O problema é... você está errada", é o que ele normalmente quer dizer) está tão perto da data da festa que estou ocupada até dizer chega. Tenho um comercial agendado, e depois tenho que resolver as flores e lidar com todas as tias-avós e primos de terceiro grau. Acho que não vamos ter tempo. E também..."

Susan fez uma pausa rápida depois de dizer "também" e me olhou como se estivesse medindo algo, antes de seguir em frente:

"Por favor, não me leve a mal, Sally, mas não consigo deixar de pensar que você esteja, bem, *se envolvendo* um pouquinho demais na minha família."

Ela olhou para o lado rapidamente quando falou aquilo, não como se estivesse com vergonha, mas como se quisesse me dar um momento de privacidade para que eu pudesse digerir a informação. Ela é muito boa com essas coisas, não é? Tão diplomática.

"Não consigo deixar de pensar que esteja tão preocupada com a estabilidade da própria família que esteja meio que se refugiando na minha. Você percebe o que estou dizendo?", perguntou ela.

Devo ter passado a impressão de que não tinha ideia do que ela estava falando, porque Susan continuou de forma apressada:

"Por favor, não pense que me incomodo com isso, embora eu ache que o Clive tenha pirado um pouco quando Liam comentou que você tinha ido vê-lo no trabalho. É só que eu acho que deveria estar direcionando suas energias para sua própria família. Você tem filhos maravilhosos. Tenho certeza de que eles gostariam de ter um pouco mais do seu tempo."

Sabe, agora que escrevi sobre isso, entendo o que os psicólogos chamam de "sanduíche de boas notícias". Daniel aprendeu o conceito no curso de professor. Quando você tem notícias ruins para dar, é só espremê-las entre dois comentários positivos, assim a pessoa mal tem tempo para assimilar a notícia antes de ser bombardeada com a doçura do que vem em seguida. É muito inteligente, não? A Susan já fez algum tipo de treinamento psicológico? Ela seria uma orientadora excelente, embora o sotaque australiano talvez repelisse algumas pessoas. E às vezes aquela franqueza célebre pode soar um tanto, bem, insensível. Não para mim, é evidente. Eu realmente aprecio a honestidade de Susan. É uma qualidade maravilhosa. É só que nem todo mundo concorda comigo.

Para ser sincera, eu não sabia o que responder depois daquilo. Você vai achar que é paranoia minha, mas era quase como se Susan estivesse me despachando. Tudo bem, eu sei que estou exagerando, mas fiquei um tanto magoada.

"Só achei que fôssemos amigos, é só isso", repliquei.

Os olhos azuis de Susan pareceram levemente magoados quando eu disse aquilo.

"Claro que somos amigos, meu bem. Conhecemos você e o Daniel há anos, e nós quatro sempre nos demos tão bem, não é? Clive e eu queremos muito que apareçam na festa. É só que não posso deixar de me preocupar com vocês e de pensar que você deveria estar se dedicando um pouco mais à sua família."

Ela não acrescentou o "e menos à minha", mas não era preciso. A frase não dita flutuou zombeteira no ar.

"Mas, de qualquer forma, Clive e eu vamos passar uma semana em Maui logo depois da festa, só para descansar um pouco, uma espécie de segunda lua de mel. Um de nossos amigos vai nos emprestar uma casa ridiculamente maravilhosa de presente de casamento. Mas quando voltarmos, vamos ter muito mais tempo, e talvez a gente possa fazer alguma coisa juntos. Não temos visto Daniel ultimamente."

Qualquer outra frase poderia ter sido mais mordaz? À menção da segunda lua de mel, minhas tripas começaram a fazer algo muito desconfortável — desde que parei com o citalopram, elas têm se revirado bastante. Algo horrível subiu até minha boca, e eu engoli de volta com um gole de café morno.

"Sinto muito. Não estou me sentindo muito bem", falei.

Susan ficou logo preocupada, colocando a mão em minha testa num gesto maternal.

"Espero que não seja por causa de nada que eu tenha dito. Só estou pensando em você."

Se não fosse pelo medo de que, se abrisse a boca, eu vomitaria em todo aquele sofá de couro surrado e metido a chique, eu teria sorrido. Bem, como não sorrir, não é? Você e Susan, ambos se preocupando comigo. Sou uma mulher de sorte. Vocês dois destruíram a minha vida, puxando-a de um lado para o outro num cabo de força até que ela arrebentasse bem no meio, feito um lençol velho e usado. Mas estavam só se preocupando comigo. Me perdoe se eu não acreditar inteiramente em vocês. Me perdoe se eu não cair de joelhos e agradecer tamanha generosidade. Me perdoe se eu confessar que pegaria a preocupação de vocês e enfiaria goela abaixo até que engasgassem. Você, Susan, Emily e Liam: o clubinho de elite no qual não sou bem-vinda, e ao qual me cabe apenas observar do lado de fora, com o nariz achatado contra o vidro.

Você me prometeu outra coisa. Você me prometeu outra vida. Não estou atrás de nada que não me seja de direito. Eu só quero o que me foi prometido.

Tem algo de errado nisso?

E então eu perdi a noite dos pais. Sei que não foi uma coisa legal de se fazer, mas acontece a muitos pais ocupados. Não acho que seja motivo para ninguém fazer tanto barulho por causa disso.

Tilly definitivamente está passando por uma fase de descontrole hormonal. Tudo com ela é uma crise agora. Fico me perguntando se eu deveria marcar um horário para ela ver Helen e desenvolver umas estratégias de sobrevivência. Talvez ela ache proveitoso.

Não é como se eu tivesse perdido a porra da noite dos pais de propósito. Eu só estava chateada com o encontro que tive com Susan mais cedo no mesmo dia e me esqueci completamente. Eu fiquei vagando pelo West End, comprando coisas aleatórias na Topshop, embora todas as roupas da loja fossem destinadas a pessoas trinta anos mais novas que eu. Para falar a verdade, achei que Daniel iria à escola de qualquer jeito. Eu sempre me esqueço daquele "curso" dele, que parece absolvê-lo de toda a responsabilidade de pai nos últimos dias.

"Nós combinamos que você cuidaria desse tipo de coisa", foi o que Daniel gritou para mim depois de chegar em casa às sete da noite e encontrar uma Tilly chorosa, soluçando no quarto enquanto escrevia "Odeio minha mãe" no Facebook. "Não é como se você tivesse algo melhor para fazer, ou é? Quando foi a última vez que foi paga para escrever alguma coisa?"

"Estou trabalhando o tempo todo", menti. "Nunca largo o computador."

Daniel não parecia impressionado.

"Então, como pode a gente nunca ter dinheiro? Quanto sobrou na nossa conta conjunta depois que você pagou o financiamento da casa esse mês?"

Preciso confessar que não tinha muita ideia. Não porque estivesse fugindo do assunto, mas porque fazia muito tempo desde que eu tinha olhado o saldo. E, claro, o próprio Daniel também não tinha verificado o valor, ele sempre ficara mais do que feliz em deixar a responsabilidade comigo.

"Se está tão preocupado com dinheiro, por que não contribui um pouco?", joguei na cara dele.

Daniel pareceu furioso e, para ser honesta, eu podia entender por quê. Nós havíamos combinado tudo aquilo quando ele decidiu fazer o curso de professor. É só que na época eu não havia avaliado todas as implicações. Estava tão envolvida na fantasia de você e eu que nada mais parecia real. E, lá no fundo, achei que uma vez que o curso tivesse começado, eu já teria ido embora, evaporado para minha nova vida em que pagar a parcela do financiamento não fosse uma questão.

"Sugiro que você vá lá em cima e converse com a sua filha."

E Daniel tinha uma expressão estranha no rosto quando disse aquilo, como se eu fosse alguém que ele não conseguisse reconhecer, mas de quem intuitivamente sabia não gostar.

Tilly não estava disposta a me perdoar, é claro, trancafiada em sua bolsa hormonal hermeticamente fechada. Ela está passando por aquela fase complicada de quando as crianças chegam aos 13, 14 anos em que suas até então delicadas feições aumentam e tornam-se grosseiras, o nariz fica gordo, e a pele, espinhenta. Ela usa o cabelo levemente oleoso ao redor do rosto feito uma burca.

A fúria de sua própria convicção a deixou muda por um instante quando entrei no quarto. Olhando ao redor para os novos pôsteres que ela havia pendurado, me ocorreu que havia muito tempo que eu não entrava no quarto de Tilly. Quando foi que parou de gostar de cantores adolescentes que pareciam saídos do jardim de infância e passou a gostar de bandas que usavam jaqueta de couro e faziam cara de mau?

"Quem são esses?", perguntei, apontando um dos cartazes na parede.

Ela concentrou toda a força de seu olhar fulminante em mim:

"Como se *você* ligasse!"

Eu pedi desculpas pela noite dos pais. Disse que tinha um monte de coisa na cabeça. Para ser sincera, estava esperando convencê-la de modo a fazê-la sentir um pouquinho de simpatia por mim. Tinha esquecido que adolescentes ainda não tinham desenvolvido o gene da simpatia, afinal de contas.

"Por que simplesmente não admite? Você não gosta de mim. Não liga para o que acontece comigo. Eu e Jamie somos apenas uma irritação para você."

"Não é verdade", respondi, indignada. "Amo vocês." E aquilo soou fraco e pouco convincente, por isso, desenvolvi um pouco mais: "Adoro vocês. Mas precisam entender que às vezes os adultos têm seus próprios problemas. Vocês não têm o monopólio de todas as merdas que acontecem, sabia?"

Minha intenção era que soasse informal e íntimo, mas Tilly me olhou assustada pela palavra "merdas". Foi preciso assegurá-la de que eu ligaria para o colégio de manhã cedo para marcar um horário com a professora principal dela.

"Se acha que pode encaixar isso na sua tão *ocupada agenda*", fungou Tilly.

Sabe, às vezes eu me sinto como se não pudesse fazer mais do que faço. Sei que não é perfeito, mas é tudo que posso oferecer no momento. Queria que as crianças fossem um pouco mais, sabe, compreensivas. Seria um alívio tão grande.

Quando saí do quarto de Tilly, deixando-a para trás olhando para o nada, com os fones do iPhone enfiados no ouvido, notei que a porta do quarto de Jamie estava ligeiramente aberta e que uma respiração abafada vinha de dentro do cômodo, o que me fez pensar que ele estava ouvindo tudo o que eu e Tilly discutimos. Por um instante, hesitei, imaginando se deveria entrar e conversar com ele, explicar as coisas. Mas, sabe, minha cabeça estava latejando e eu ainda estava chateada com o que aconteceu com Susan, e a cena com a Tilly também não havia ajudado. Sem contar que, em todo o caminho de volta para casa, eu vinha imaginando a taça de vinho que eu iria me servir da geladeira. Então, desci para o primeiro andar.

O bom das crianças, como tenho certeza de que sabe bem, é que elas têm muita resiliência.

Eu meio que esperava o seu e-mail, claro. No momento em que marquei com Susan de encontrá-la no Starbucks, eu sabia que você não iria gostar e imaginei que havia uma grande chance de entrar em contato. No entanto, não sabia que você desaprovaria tanto assim. Quero dizer, "campanha de assédio"? O que foi aquilo? Eu faço planos perfeitamente razoáveis de encontrar uma velha amiga para tomar um café e, de repente, estou organizando uma campanha de assédio. Por favor, Clive, você precisa trabalhar mais esse seu problema de dar perspectiva aos fatos. De verdade.

E quanto à parte de as coisas estarem prestes a ficar "feias", às vezes acho que você está roubando os diálogos do seu cabeleireiro. Esse não é você, Clive. Eu te conheço, não se lembra? (De repente, uma imagem do limpador de vidros com cara de furão me veio à cabeça, a água suja escorrendo pelo balde enquanto ele fugia correndo.)

Entendo que esteja me dando todas as oportunidades possíveis para que eu saia da sua vida voluntariamente. O problema sempre foi o fato de que eu não quero sair da sua vida. Mas é legal da sua parte me dar as oportunidades. Era isso o que você estava fazendo quando trepou comigo naquele quarto de hotel sem janelas? Me dando uma oportunidade de sair da sua vida?

Foi bom que eu não tenha tido tempo de sentar e analisar aquela mensagem com a devida atenção, ou eu teria ficado um tanto deprimida. Em vez disso, precisei correr porta afora para a reunião marcada no colégio da Tilly. Eu tinha ficado um tanto assustada quando liguei de manhã cedo para a escola (tá, tudo bem, não foi tão cedo assim, mas foi antes da soneca da manhã. Se bem que, agora que estou pensando no assunto, acho que foram eles que me ligaram, e não o contrário) e ouvi que a diretora e o professor da Tilly gostariam de me ver "assim que possível de acordo com a minha conveniência". Eu não disse a eles que hora nenhuma era de fato conveniente para mim, ou que minha agenda ocupadíssima de checar e-mails tinha pouco tempo livre.

Quando cheguei à escola, Tilly estava largada sobre uma cadeira de plástico do lado de fora da sala da diretora, chupando uma mecha do próprio cabelo.

"Tudo bem, meu amor?", perguntei animada, especialmente tendo em vista a secretária da diretora, que estava sentada numa mesa ao lado.

Tilly me deu um olhar de escárnio, avaliando o que eu estava vestindo. Seus filhos faziam isso? Analisavam tudo o que você e Susan usavam quando iam à escola para saber se de alguma forma os colocariam em apuros? Acho que essa não tenha sido uma questão tão premente no tipo de escola que eles frequentaram. Imagino que predomine nelas um liberalismo boêmio se comparadas à escola de Tilly, na qual o tipo errado de calça jeans pode rotular um pai para todo o sempre e causar vergonha eterna aos seus filhos. Preciso dizer que, diante daquele olhar crítico, eu gostaria de ter me esforçado um pouquinho mais. Nada como o julgamento de uma adolescente de 13 anos para deixar você desejoso de alguma coisa. Seu e-mail hoje de manhã me deixou tão desnorteada que vesti a primeira coisa que estava por cima da pilha de roupas no meu lado da cama. Olhando para baixo, reparei que meu suéter estava cheio de respingos de pasta de dente que eu tinha tentado arrancar com a unha.

A diretora, Sra. Sutherland, e o professor da Tilly, um rapaz chamado Sr. Meyer, que não parecia ter nem idade para se barbear, estavam sentados lado a lado no sofá da sala da Sra. Sutherland. Para a irritação de Tilly, eles queriam falar primeiro comigo em particular.

"Estamos um pouco preocupados com Tilly." Foram as primeiras palavras da Sra. Sutherland. Ora, dá para imaginar a minha confusão. Eu tinha entrado ali achando que ouviria um elogio rápido do progresso acadêmico de Tilly, e não para ouvir a respeito de preocupações (e, para ser honesta, depois do café que tomei com Susan ontem, estou cheia das preocupações dos outros).

Ela prosseguiu explicando que a atitude de Tilly havia mudado *drasticamente* durante as últimas semanas. Essa foi a palavra exata. *Drasticamente.* Ao que parece ela havia deixado de ser uma meticulosa aluna nota dez para virar uma que se esquecia de fazer o dever de casa, que aparentava um tédio constante e era ocasionalmente rude durante as aulas.

"Está acontecendo alguma coisa na casa de vocês que talvez pudesse explicar a mudança no comportamento dela?", perguntou o quase adolescente Sr. Meyer.

Naturalmente, minha primeira reação foi dizer que não se metessem onde não eram chamados. Como se eu fosse contar o que estava acontecendo na minha casa. Como se realmente houvesse algo acontecendo em casa, o que, é claro, não havia (considerando-se que a nossa casa não é um lugar no qual aconteça muita coisa).

Argumentei que Tilly estava naquela fase em que os hormônios começam a dar as caras e na qual as crianças começam a se comportar de forma completamente diferente. E me incomodou o fato de que minha voz estivesse vacilando e de que eu estivesse à beira das lágrimas.

"Normalmente, os problemas hormonais tendem a se manifestar mais em casa do que na escola", disse a Sra. Sutherland sem muita firmeza. "É incomum para meninas como Tilly se perderem tão acentuada e subitamente."

Quando Tilly foi chamada a se juntar a nós, a Sra. Sutherland repetiu muito do que já havia dito a mim.

"Você tem alguma explicação, Tilly?", perguntou ela. "Existe alguma coisa que esteja incomodando você? É uma menina tão inteligente. Só queremos ajudá-la."

Tilly se manteve emburrada, ainda chupando a mecha de cabelo, e balançou a cabeça numa negativa. Os professores se viraram para mim então, mas eu não tinha nada a acrescentar. Minha cabeça ainda estava perturbada com a frase que a Sra. Sutherland havia usado, sobre Tilly ter "se perdido".

Minha filha se perdeu. E, de repente, eu me perguntei se não foi isso que aconteceu comigo também. Será que eu me perdi, e o Daniel também? Nós três vagando pelas nossas vidas de olhos vendados, batendo contra as paredes.

Fui eu que fiz isso com a gente? Eu nos transformei nisso? Ou foi você, Clive? É sua culpa que minha filha não consiga se encontrar de novo? Você rasgou o mapa que estávamos usando?

É por sua causa?

Na volta para casa, algo muito estranho aconteceu.

Eu estava atravessando a rua principal, em frente à biblioteca, quando vi um homem com uma jaqueta familiar sentando num banco mais adiante. Couro preto, listras creme ao longo das mangas. Quando cheguei à outra calçada, virei no sentido oposto e comecei a correr pela rua, mas eu não precisava olhar para trás para saber que ele estava me seguindo.

É evidente que eu sabia que tinha sido você quem o havia mandado. Tentei tirar algum conforto disso. Tentei me forçar a enxergá-lo como um presente que você tinha enviado para mim, mas meu coração idiota e pesado feito bola de basquete estava quicando incontrolavelmente dentro do meu peito, machucando minhas entranhas, e ondas de tontura tomavam conta do meu corpo.

E então, de repente, ele não estava mais lá. O barulho insistente dos tênis brancos batendo contra o chão não mais ecoava o som das minhas passadas. Diminuí o ritmo, minha pulsação ainda dolorosamente acelerada, meus nervos ainda tensos feito corda de violão. Decidi cortar caminho pelo parque, mas adivinha quem estava na entrada dele?

Brincadeira! Sei que você sabe exatamente quem estava me esperando lá, com sua jaqueta preta de couro e aquela calça jeans horrorosa, apoiado contra o poste de luz, fumando um cigarro. Olhando para mim. Olhando para mim. Olhando para mim.

"Dia bonito, não é?", comentou, quando me aproximei, tentando não parecer aterrorizada.

Como não respondi, ele se endireitou devagar e apagou o cigarro na sola do tênis.

"Você tem andando incomodando algumas pessoas", falou, e sua voz era casual, como se estivesse num café da manhã de domingo. "Você tem andado incomodando alguns amigos meus. Você precisa parar com isso. Entendeu?"

Ele sorriu e reparei que os dentes da frente eram bem mais brancos que os de trás. Você acha que é por algum tipo de economia? Ele não achou que seria necessário fazer branqueamento também nos dentes de trás porque ninguém os vê mesmo?

Eu não conseguia falar, claro. Eu queria mesmo era rir, porque aquilo tudo era tão absurdo. Quem era aquele homem me ameaçando na porta do parque em que Tilly e Jamie vinham brincar no balanço em manhãs de inverno tão frias que soltavam fumacinha pela boca? Desde quando minha vida tinha se tornado um filme de gângster de segunda categoria?

O sujeito ainda sorria, mas meu rosto estava paralisado de medo. Tinha que ser algum tipo de piada, não? Mas não era. O homem era uma espécie de presente seu pela noite que havíamos passado juntos. Não podia ser real. Isso não podia ser real.

Passei por ele sem responder, meio que esperando que me agarrasse ou que ao menos me seguisse, mas o sujeito permaneceu imóvel. No parque, a máfia das mamães estava em peso, com os carrinhos de bebê de três rodas e os filhos que mal haviam aprendido a andar agarrados a barrinhas orgânicas de cereal. Fiquei espantada de olhar para elas. Não tinham acabado de testemunhar o que havia acontecido comigo? Como podiam continuar vivendo num mundo em que a pior coisa que pode acontecer é o pequeno Jack se recusar a usar o capacete para andar de triciclo quando, a apenas poucos metros dali, um homem me ameaçou muito claramente?

Será que tinha ameaçado mesmo?

Quando cheguei à entrada oposta do parque, eu já estava começando a ter dúvidas a respeito do que havia acontecido. Era surreal demais. Coisas desse tipo não acontecem. Não em lugares como este. Não com pessoas como eu. Pensei de novo no que ele tinha dito. Ele não havia feito ameaça alguma, havia? Eu devia estar errada. Devia ter entendido tudo errado. Quando estava a meio caminho de casa, comecei a me sentir uma idiota. E você sabe qual foi a coisa mais esquisita? É sério, eu *sabia* que tinha sido você quem o tinha enviado, eu sabia que ele tinha estado de pé diante da minha casa no outro dia, sabia exatamente o que o homem estava tentando dizer. E ainda assim, meu bom senso estúpido se recusava a encarar aquilo completamente.

Quando enfiei a chave na porta de casa, minha mão havia parado de tremer e eu começava a repensar minha reação.

Você não teria mandado o homem da jaqueta de couro com listras nas mangas, e se tivesse feito aquilo, era porque ainda queria manter uma conexão comigo. Ele é o intermediário, o mensageiro que trazia bilhetes de amor. Ele é a prova, de tênis brancos e peito estufado, de que você ainda pensa em mim.

O homem com dentes de dois tons de branco é meu outro elo com você. Ele me assusta, mas agora ele já foi, e me vejo querendo vê-lo de novo. Tem algo de perverso nisso? Pela janela do meu quarto, estudo as calçadas vazias do outro lado da rua, procurando um sinal dos tênis brancos demais, e quase fico decepcionada ao não vê-los.

Acho que as coisas estão evoluindo. Existe um ímpeto de vida no ar atualmente, não é? O homem com a jaqueta de couro representa uma espécie de progresso.

Espero que Helen fique satisfeita.

∾

O zumbido em minha cabeça está piorando. Se eu me viro de lado de repente, é como se meu cérebro tivesse se soltado dentro do crânio e zanzasse de um lado para o outro. Me sinto constantemente tonta.

Pesquisei os sintomas no Google e, embora talvez sejam apenas uma consequência do fato de que eu interrompi os antidepressivos, ao que parece, também pode ser estresse. Sinto como se minha vida tivesse se desregulado de alguma forma e eu não conseguisse colocá-la de volta nos eixos.

Tento conversar com Tilly sobre o que está acontecendo com ela, mas tudo que digo sai do jeito errado e ela me olha como se eu fosse um alienígena que trocou de lugar com a mãe dela.

"Seus professores disseram que você se perdeu em algum ponto", balbucio.

Mas quando olha para mim, não consigo encarar o olhar dela. Passo muito tempo dentro do meu cubículo. Parece um lugar estranhamente seguro.

Esta manhã alguém ligou para o nosso telefone fixo. Normalmente, uma chamada para o nosso fixo significa que é o meu pai ou um dos pais envelhecidos do Daniel, ligando de longe com vozes trêmulas de reprovação, ou então uma mensagem gravada que se anuncia de antemão pelo barulhinho mecânico do outro lado da linha. Dessa vez, no entanto, era uma pessoa de verdade, e que não era pai de nenhum de nós dois. Foi muito educado, mas tinha certa firmeza na voz.

"Sra. Islip?" Você não adora o jeito como pessoas que não lhe conhecem acham, com frequência, que lhe dar um falso status de casada é, de alguma forma, uma espécie de favor? Como se estivessem lhe estendendo uma cortesia em especial pela qual deveria ficar agradecida?

Ele estava ligando de uma agência de cobrança de dívidas. O zumbido em minha cabeça atingiu proporções épicas enquanto o homem falava. Devo ao cliente dele "uma quantia substancial" de dinheiro, ao que parece. E ele queria saber quais eram os meus "planos" a respeito do pagamento da dívida.

Minha língua inchou dentro da boca, enorme e pesada, como um pedaço frio de lasanha congelada. O homem falou qual era a "quantia substancial" que eu devia e ela soou ridícula. Impossível.

"Tem certeza de que isto está correto?" Minha voz pertencia a outra pessoa.

"Sinto muito, normalmente é um choque para as pessoas quando escutam a cifra em voz alta. A senhora não leu as cartas que temos enviado?"

É claro que ele sabia muito bem que não. Eu sou o caso padrão, imagino. Exatamente como todo o resto.

"Devo considerar que a senhora vai fazer um pagamento nos próximos dez dias?" Ele se mantinha tão incrivelmente educado. Devem fazer um treinamento para isso, não acha? "Não esperamos que seja o valor integral, claro, mas meu cliente precisa saber que existe alguma evidência de boas intenções. Ninguém quer ter que envolver a Justiça."

A Justiça? Preciso dizer, Clive, logo depois de passar um susto na mão do sujeito de jaqueta de couro, um telefonema desses só serviu para confirmar que estou no set de filmagem errado. Esta não é a minha vida. Esta não sou eu.

Mas então, como todo mundo sempre diz, não tenho sido eu mesma. Então, talvez esta seja eu agora.

Estou tão confusa, e minha cabeça não me deixa em paz. Ela martela tambores militares na superfície interna do meu cérebro.

Preciso da sua ajuda para me sentir bem de novo.

Preciso da sua ajuda para voltar a ser quem eu era.

⁓

Eu queria que você entrasse no Facebook, Clive. De verdade. Quantas vezes pedi que fizesse isso quando ainda estávamos "juntos" (que palavra estranha para descrever duas pessoas que estavam claramente a polos de distância).

"Ah, eu nunca faria isso", dizia você com veemência. "Acho *tenebroso* demais."

Ainda bem que sou amiga de Susan e de Emily no Facebook. É tão reconfortante ir à página delas e acompanhar tudo o que está acontecendo na vida de vocês, especialmente agora que ficou tão difícil falar com Susan. (Me preocupa o quanto esse negócio de votos de casamento a está deixando ocupada. Ela está claramente sobrecarregada.)

Eu estava agora mesmo olhando para o mural de Emily. Meu Deus, ela tem muitas amigas, não? E são todas jovens e atraentes, iguais a ela, e muitas têm sobrenomes compostos bem pomposos e que ocupam três linhas na lista de "amigos" dela.

Suspeito que Emily esteja sentindo o peso do tempo. Ela atualiza o status várias vezes por dia, e é sempre sobre a gravidez. Obviamente imagina que é a primeira mulher a se reproduzir, e cada novo acontecimento é seguido de uma série de exclamações, como se todos nós fôssemos ficar tão impressionados quanto ela.

Emily Gooding-Brown *não consegue mais dormir porque o bebê a acorda o tempo todo!!!!!!*

Emily Gooding-Brown *não consegue mais achar roupas que caibam nela!!!!!!*

E embaixo de cada post, um monte de comentários, o que me leva a crer que todas as amigas têm tempo sobrando como ela.

Georgia Hanley-Corrigan *Falta pouco!*

Às vezes, acrescento um comentário. Sempre tento ser positiva e encorajadora — me vejo um pouco como uma tia —, e tento não ser condescendente. Mesmo que em alguns momentos eu só queira mesmo escrever:

Sally Islip *Uma sugestão, Emily: vai lavar um tanque de roupa suja e não enche!!!!!!*

Hoje de manhã eu estava acompanhando uma conversa especialmente longa entre Emily e a amiga dela Flikka (acho tão bonitinho como tantas amigas têm esses apelidos divertidos, não?). Estavam falando sobre as férias de verão, e Flikka, que obviamente também está prestes a dar à luz, escreveu que pretendia passar algumas semanas na casa da mamãe no sul da França. Emily, preciso dizer, ficou um tanto nervosa.

Emily Gooding-Brown *Mas o calor lá é muito perigoso para recém-nascidos. Risco de febre com convulsões.*

Flikka de Souza *Ar-condicionado, meu bem!!! De qualquer forma, preciso de uma folga. Estarei exausta, e mamãe arrumou uma moça maravilhosa na região que vai lá pra casa ajudar, então vou ter bastante tempo pra pegar uma cor.*

Emily Gooding-Brown *Ainda bem que você é bem sossegada. Já eu, sei que não vou deixar ninguém nem chegar perto do meu bebê quando ele nascer. Vou ser uma tigresa, tenho certeza!!!!!!*

Eu estava tão entretida que me esqueci completamente do Jamie, que não tinha ido à escola porque estava reclamando de dor de barriga. Quando o ouvi chamando por mim, quase dei um pulo da cadeira!!!!!!

Me arrastei para fora do meu cubículo e abri a porta do quarto. Jamie estava sentando na cama, jogando o seu PlayStation portátil.

"Estou entediado", disse ele.

Existe algo mais irritante do que uma criança que deveria estar na escola interromper seu trabalho para dizer que está entediada?

"Ué, vai para o colégio, então."

Ao ouvir isso, Jamie se lembrou de adotar um ar ligeiramente dolorido:

"Não posso, não estou me sentindo bem."

"Você parece bem para mim."

E então, para o meu horror, percebi que ele estava prestes a chorar. Jamie quase não chora. Abracei-o e percebi, pela estranheza do gesto, que devia ter muito tempo que não faço isso. Ele pareceu muito mais frágil em meus braços do que eu me lembrava, os ombros pontudos feito bico de passarinho. Não sei se isso já lhe aconteceu, mas quando estou longe dos meus filhos sempre os imagino muito maiores, mais maduros do que de fato são, e então eu os escuto no telefone ou passo perto deles por acaso e percebo como ainda são novos, e isso sempre é um choque para mim. Imagino que todos os pais sintam isso, não?

Jamie parecia um tanto tenso no início, mas depois meio que desmoronou no meu colo. Ficamos os dois lá, balançando de mansinho. O problema é que, depois de um tempo, comecei a ter uma sensação esquisita de ansiedade. Tenho tido isso com frequência nos últimos tempos. Dessa vez, no entanto, foi pior do que o normal, como se algo lentamente me queimasse por dentro. Comecei a me sentir desconfortável, sentada ali com Jamie, e sei que isso vai soar estranho, mas eu estava sentindo falta do meu cubículo. Sentia falta do computador e deste diário.

"Eu sei, por que você não vai para a escola?", falei a ele, animada. "Você ainda pode chegar para a hora do almoço."

Jamie me olhou levemente abatido.

"Posso ficar aqui com você?"

Crianças não entendem esse negócio de trabalhar em casa, não é? Elas parecem pensar que temos todo o tempo do mundo para ficar sentados sem fazer nada. Quando expliquei que estava ocupada, o rosto dele meio que se fechou, feito uma portinha de serviço. Tentei não reparar e fiquei de pé, pronta para sair. Jamie não se mexeu.

"Você não pode sair assim. Está de camisola. *Como sempre.*"

A voz dele saiu diferente da forma como soava há apenas alguns minutos, como se tivesse usado um apontador de lápis para deixá-la bem afiada.

Quando olhei para baixo, percebi que Jamie estava certo. Eu estava com a camisola velha bege de flanela em que Sian sempre ameaça tacar fogo. Como não tinha reparado naquilo antes? Eu simplesmente achei que estava vestida. Para ser sincera, comecei a pensar se eu sequer tinha chegado a me vestir no dia anterior. Tentei lembrar as roupas que usara, mas nada veio à memória. Xi...

Pega de surpresa, falei a Jamie que ele podia ficar em casa, desde que se mantivesse ocupado. Mas agora que estou de volta ao meu cubículo, me sinto ressentida. Essas horas do dia são os momentos que tenho para mim. Sempre foram. Sei que é errado, mas é como se Jamie estivesse se metendo. Sinto como se pudesse ouvir a respiração dele, mesmo sabendo que na verdade isso não seja possível. Minha cabeça fica girando e a sensação de ansiedade não vai embora. A tela do meu computador ainda mostra o mural de Emily, e o rosto dela me olha por debaixo de um chapéu de caubói.

Sally Islip *sente o próprio cérebro prestes a explodir.*

Sally Islip *não está entendendo mais nada.*

Sally Islip *se perdeu.*

∾

Esta manhã recebi mais duas ligações de agências de cobrança. Respondi que era o número errado. Disse que estávamos recebendo um monte de ligações para Sally Islip e que talvez ela tenha possuído aquele número antes de nós, mas que certamente não morava mais aqui.

"Sinto muito incomodá-la", disse o primeiro homem. "A senhora pode me informar o seu nome, só para eu incluir no relatório?"

Minha cabeça, com o cérebro à beira de uma explosão, teve que pensar rápido.

" Susan", respondi. "Sra. Susan Gooding."

"Peço desculpas, Sra. Gooding." Foi a resposta.

Preciso dizer que foi um choque para a mim a facilidade com que me tornei sua esposa. Na verdade, não consigo entender por que não fiz isso antes. Só foram necessárias algumas palavras ao telefone, e aqui estou: Sra. Gooding. Experimentei receosa, como quem prova uma colherada de um prato muito picante.

Como já estava com o telefone na mão mesmo, decidi ligar para Susan. A de verdade, claro. Bem, faz quase dez dias que tomamos aquele café no Starbucks, e eu queria saber como ela estava. Você precisa prestar atenção nessa dieta dela, Clive. Quero dizer, sei que Susan poderia perder alguns quilinhos, mas ela não iria querer exagerar. Nem mesmo supermodelos podem continuar magras demais depois que chegam a certa idade.

Quando telefonei, Susan estava na escrivaninha do escritório. Pude ouvir um monte de vozes altas ao fundo. Devo dizer que soavam animadas, todas elas. Tenho inveja, às vezes, dessa camaradagem.

Susan parecia distraída, mas queria saber como eu estava, como me sentia. Falei que estava bem. Não contei nada sobre os telefonemas de cobrança, sobre o homem da jaqueta de couro ou sobre a dor de cabeça que teima em não ir embora. Em vez disso, disse que estava muito ansiosa pelo grande dia e perguntei se ela queria que eu desse uma passadinha antes da festa para ajudá-la nos preparativos.

"Está tudo bem", disse ela, soando quase meio irritada. Acho que essas empresas devem ser ambientes de muita pressão. "Minha família vai estar lá para me ajudar."

Algo no jeito como ela disse "minha família" fez minha dor de cabeça piorar. Não sei por quê. Mesmo depois de desligar, a expressão ficou soando na minha mente. "Minha família." Por que ela falaria isso daquele jeito? Por que sequer falaria algo assim? Não consigo entender.

De volta ao computador, pesquisei seu nome no Google para ver se havia alguma novidade desde o dia anterior. Reparei que havia saído alguma coisa no *Daily Mirror* sobre uma cantora que reclamava da maneira como você e sua gravadora a "venderam".

"Me sinto degradada por ele", foi o que ela disse.

Li a frase várias vezes. Ressoava de alguma forma.

Quantos nos sentimos degradados por você?

Fico nos imaginando, juntos, acumulando como a maré.

Estou lhe implorando. Não venha no sábado. Não é por mim, mas pela Susan. Por favor, não destrua o grande dia dela.

Foi uma mensagem muito comovente, Clive, devo dizer. É muito natural que fique preocupado com Susan. Tenho certeza de que só está pensando nela. (Embora isso não tenha sido sempre verdade. Lembra? Como eu tinha que lembrá-lo que era um homem casado? Como eu o fazia voltar para casa ao final da noite, empurrando você de volta para a plataforma quando tentava entrar no metrô junto comigo? "Susan sabe se virar sozinha", você me dizia. "Não vai nem reparar que não estou lá." Fico muito feliz de ver como se tornou protetor. Deus sabe que ela merece um pouquinho de carinho depois de tudo o que aconteceu.)

Mas, sabe, você não precisa se preocupar. Adoro Susan, como bem sabe. Eu jamais sonharia em fazer algo que a magoasse. Se eu achasse que ela não me queria na festa, certamente não iria. Mas ela foi tão insistente quanto a isso. E prometi levar um monte de roupinhas de bebê para Emily. São as minhas preferidas de quando Tilly e Jamie eram pequenos, e estão dobradinhas com carinho, todas juntas, empacotadas numa sacola de plástico grosso lá no sótão. Eu tinha imaginado que iria guardá-las para quando Tilly tivesse filhos, mas agora vejo como isso soa ridículo. Quão ultrapassadas elas estarão daqui a 15 ou vinte anos? Saaaally, sua bobinha. Emily pareceu um tanto assustada quando falei delas. *Vc tem q guardar p os seus filhos!* Foi a primeira resposta dela. Mas depois de eu assegurar que queria mesmo que ela ficasse com as roupas, Emily ficou muito satisfeita. *Vlw d+!*, foi a resposta.

E também, sei que isso vai significar alguma coisa para você, já que sempre foi tão cuidadoso em me dizer como estava preocupado com o bem-estar do Daniel ("Eu sei que vou soar como o pior dos hipócritas, mas realmente me preocupo com ele", dizia, tão magnânimo. "Eu faria qualquer coisa para não magoá-lo." Qualquer coisa que não fosse deixar de trepar com a mulher dele, claro), mas ele está realmente ansioso pela festa.

"Vai fazer muito bem à gente ter uma mudança de ambiente", falou Daniel outro dia. "Quando foi a última vez que fizemos algo divertido juntos? Por favor, me prometa que você não vai mudar de ideia quanto a ir a essa festa."

Na verdade, ele não deixa de ter razão. Nos últimos dias, tenho cada vez mais evitado sair de casa, alegando alguma doença ou exaustão. E, para falar a verdade, não é da boca para fora. As dores de cabeça e as náuseas parecem estar piorando em vez de melhorar. Preciso marcar uma consulta com a médica do cabelo louro, só que não vou conseguir encarar o olhar de decepção no rosto dela se eu disser que parei de tomar o remédio. Não acho que ela vai entender como a vontade de conseguir *sentir* de novo pode compensar todo o resto.

E já pulei fora de diversos eventos na última hora: a noite no pub *quiz* com Sian e o grupo de sempre, o jantar na casa de Darren, irmão do Daniel. Pobre Daniel, dá para entender que esteja cansado. Por isso tenho certeza de que você me entende quando digo que é importante para nós irmos à festa. Estou certa de que você não faria nada para desapontar Daniel.

Além do mais — que ridículo, quase me esqueci de dizer! —, eu mesma estou muito empolgada. Estou mesmo. Tenho a impressão de que vai ser um momento de virada naquilo que todo mundo fica chamando de minha "recuperação". Sabe, Helen sempre reforçou muito que eu preciso confrontar as situações em que não fico muito à vontade (ela chama de "dar uma sondada fora da minha zona de conforto"), e acho que este vai ser o cenário perfeito para testar isso (embora, estranhamente, Helen não pareça muito feliz com a ideia de eu ir à festa e tenha até tentado me dissuadir dela). Você, Susan, a casa maravilhosa, a extensão maravilhosa da cozinha, os filhos dedicados e esse casamento invejável: vocês estão fora da minha zona de conforto (por favor, não leve isso a mal), e devo a mim mesma uma sondada até que meus medos percam a capacidade de me amedrontar (mais uma das frases de Helen).

O que estou tentando explicar, de uma forma um tanto prolixa, é que você não precisa se preocupar. Só quero estar lá para ver você e Susan celebrando esse dia feliz. Tem algo de errado nisso? Por favor, pode ter certeza de que não vou ficar lá no canto desejando que fosse eu ou seguindo-o para lembrá-lo todas as coisas que você disse. Não vou mencionar sua proposta de casamento ou o bebê que nunca houve. Não vou falar dos cinco anos de hotel pagos em dinheiro. (Quanto acha que a gente gastou durante esses anos todos? Quantos milhares de libras? Quantas dezenas de milhares de libras?) Não vou falar dos votos que você fez, dos votos que você fez para mim. Eu não trarei à tona a forma como arrancou o meu coração pela boca, espremeu-o até que o sangue escorresse pelo seu punho cerrado e empoçasse pelo chão, e tudo o que sobrou na sua mão foi uma polpa fibrosa.

Não vou falar de nada disso. Então, pode ficar tranquilo.

E também não incluí nada disso no e-mail que acabei de mandar para você, claro. Em vez disso, só falei do Daniel e das roupinhas de bebê e de como estamos animados com a festa. Espero que isso o tranquilize, de verdade. Afinal, é o seu grande dia também, não se esqueça. Você deve a si mesmo uma parada para relaxar um pouco, para poder aproveitar.

Ora, não posso dizer que não foi um choque.

E nem fui eu quem descobriu. Como mencionei, não tenho saído muito de casa nos últimos dias. Não se puder evitar

Então foram Daniel e as crianças que se encaminharam até o carro hoje de manhã e encontraram a janela lateral espatifada e um tijolo com um bilhete sobre o banco do carona. Nada incrivelmente original, não é? O tijolo e o bilhete, digo. Não se ofenda, mas acho até que reduziu um tanto o efeito do gesto como um todo — digo, todo aquele clichê.

Claro que isso não impediu Tilly de ficar histérica. Ela estava convencida de que alguém os estava vigiando enquanto avaliavam o tamanho do estrago no carro. E estava certa de que quem quer que tivesse escrito "DEIXE A GENTE EM PAZ!! ISSO NÃO É UM JOGO!!" em letras vermelhas tão grandes ainda estava lá, espiando de algum canto, observando o efeito que suas ações tinham causado.

Isso o faz se sentir machão, Clive? Aterrorizar uma garotinha? Isso o faz se sentir um macho muito durão?

Os olhos de Jamie estava enormes quando ele voltou correndo para casa para me contar o que tinha acontecido.

"Quem fez isso, mãe?", perguntou ele. "Quem quebrou a nossa janela?"

Era o que Daniel queria saber também.

"Consegue pensar em alguém que poderia ter feito aquilo?" Ele me avaliou com cuidado enquanto esperava uma resposta. E me senti praticamente uma criminosa na fila de suspeitos, esperando para ser identificada e tentando não parecer culpada. Sabe o que quero dizer?

"Não seja bobo, Daniel", respondi. "Isso foi obviamente preparado para outra pessoa. Lembra aquele cara com o bastão de beisebol na porta da nossa casa?"

Acho que não cheguei a falar disso, ou cheguei? Estávamos morando havia apenas alguns meses no nosso primeiro apartamento quando bateram à porta e surgiu um sujeito gigante com um bastão de beisebol no bolso de trás, ao lado de um camarada quase tão grande quanto ele, exigindo uma recompensa pelo cheque sem fundo que supostamente havíamos emitido. Bem, depois de muito tempo nos explicando, finalmente descobrimos que as pessoas que haviam emitido o cheque moravam no apartamento 76d da Summerfield Place, enquanto nós morávamos no número 76b da Summerfield Avenue. Depois disso ele se tornou perfeitamente educado, mas não deixou de ser um encontro assustador.

Então, não foi muito difícil convencer Daniel de que alguém havia jogado um tijolo com um aviso pela janela do nosso carro por puro engano. Afinal de contas, ele não sabe nada sobre o sujeito da jaqueta de couro, dos e-mails maliciosos enviados da minha conta, de que fui seguida na rua ou de seu cabeleireiro e a família dele. Ainda assim, lançou-me um olhar muito estranho, que eu não soube muito bem como interpretar.

Claro que ele insistiu em ligar para a polícia, o que deixou Tilly ainda mais histérica e Jamie muito empolgado. Os policiais chegaram algumas horas depois — aliás, acabaram de sair, na verdade. Impressionante como foram meticulosos, investigando o carro, o tijolo, o bilhete e as maçanetas à procura de impressões digitais. Não encontraram nada, no entanto.

"Quem quer que tenha feito isso sabia o que estava fazendo e obviamente queria dar um susto", disse um jovem policial com um arranhão de gilete no rosto. Eu não tinha muita certeza, mas ele também parecia me olhar de forma estranha, e fiquei me perguntando por um instante se ele estava suspeitando que eu mesma havia feito aquilo. Sim, sei que parece bobo, mas a coisa toda é surreal, você se espantaria de saber o que se passa na cabeça das pessoas.

Depois que a polícia foi embora e eu consegui escapar de volta para o meu cubículo, pensei a respeito daquela nota, com os dois pontos de exclamação, duplamente enfática.

"Isso não é um jogo!!", dizia a nota, e pergunto-me o que exatamente não é um jogo. A vida? O mundo? Você? Eu? Nós?

Fiquei imaginando se você mesmo havia escrito o bilhete, mas achei que o mais provável era que o tivesse ditado. Imagino o sujeito atarracado na jaqueta de couro anotando dolorosamente o que você havia lhe dito. Ele comprou um pilot extragrosso especialmente para o trabalho? Acho que o sujeito é do tipo que bota a pontinha da língua para fora quando está concentrado. Eu o imagino com aquela testa larga levemente enrugada.

Agora, com certeza, eu sei que pode não ter nada a ver com você, e, neste caso, por favor, aceite minhas mais sinceras desculpas. Pode ser apenas uma confusão inocente, algum jovem do bairro que confundiu o nosso Saab azul com outro carro parecido. Acontece o tempo todo. Mas algo me diz que não é um engano. Algo me diz que tem um dedo seu por trás disso, Clive. Fico até lisonjeada. (Ele se importa!! Está vendo? Não é o único que sabe usar exclamações duplas.) Mas não gostei do olhar febril no rosto de Jamie ou da forma como Tilly espiou pela janela da sala para ver se a área estava limpa antes de se aventurar fora de casa hoje mais cedo.

A janela do carro foi coberta com um pedaço de papelão. Não seria uma maravilha se tudo pudesse ser consertado com tamanha facilidade? Não seria ótimo se a gente pudesse passar uma fita adesiva sobre um pedaço de papelão para cobrir o buraco que você deixou em meu âmago?

Não gosto do que fez com minha família, Clive. Não gosto da forma como nos deixou com medo de cantos escuros, olhando nervosos pelas grades da janela. Não gosto de como jogou um tijolo no meio das nossas vidas.

Não me ameace.

Não OUSE me ameaçar.

Deixe a gente em paz. Isso não é um jogo.

"O que você espera alcançar?"

Não estou brincando, Helen parecia um disco arranhado hoje. Sério. Na verdade, fiquei até me questionando se vale a pena pagar 75 libras por hora para ouvi-la perguntar o que eu espero alcançar de novo, de novo e de novo. Eu podia simplesmente ter ligado uma gravação em repetição por uma hora que teria o mesmo efeito. Talvez eu devesse pensar em interromper minhas sessões com ela. Tenho considerado isso cada vez mais nos últimos dias. Não me leve a mal: no começo ela era extremamente útil. Meu desenvolvimento pessoal se dava a passos largos. Bem, era mesmo fora do normal. Como já disse, fico muito grata por você ter me aconselhado a procurar um psicólogo e posso entender seus motivos. Mas ultimamente Helen tem perdido um pouco o brilho, tem sido um tanto negativa, o que deve ser uma das piores características para um psicólogo, não? Me pergunto se ela está passando por algum tipo de crise na vida pessoal. Não me surpreenderia.

De qualquer forma, o que acho é que a lua de mel entre mim e ela acabou. Estou começando a achar que já devo ter absorvido tudo que ela pode me oferecer, o que provavelmente não deixa de ser um elogio.

Como mencionei, esta tarde ela parecia obcecada com o fato de eu ir à sua festa amanhã.

"O que você espera alcançar com isso?" Ela seguia me perguntando.

Tentei explicar de novo e de novo que não era uma questão de querer alcançar nada — trata-se de uma ocasião social maravilhosa pela qual todos estão muito ansiosos: Daniel, Susan e até Emily. Seria muito rude de minha parte não ir. Mas Helen não parecia entender isso. Aquela expressão "sabotagem consciente" surgiu diversas vezes. Para ser sincera, estou ficando cansada disso. Minha cabeça estava doendo: era como se alguém estivesse esmagando meu crânio, apertando-o de modo que ele estava pressionando dolorosamente o meu cérebro. Eu ficava olhando para baixo, para minhas pernas dentro da calça jeans, e me senti desorientada, até que me dei conta de que havia dias que eu não as via cobertas por outra coisa que não fosse a camisola velha.

"Não acha que pode estar tentando se insinuar de volta para a vida do Clive?"

E foi exatamente essa a palavra que ela usou. "Insinuar." Preciso admitir, não fiquei muito empolgada com ela — transmite uma insinuação muito desagradável, concorda? É uma palavrinha traiçoeira e dissimulada.

Respondi que ela estava errada. É claro que está. Não estou tentando me "insinuar" de volta para a sua vida. Eu não preciso. Eu ESTOU na sua vida, quer você goste ou não. Não tenho tanta certeza de que Helen ou você pudessem entender isso.

Depois do "insinuar", houve uma estranheza entre nós duas que não havia ficado tão evidente nas sessões anteriores. Você já sentiu isso com sua superpsicóloga de plano particular? De se sentir amuado diante dos silêncios em que ela mergulha quando parece estar julgando você? Decidi puni-la escondendo algumas informações que eu sabia que a deixariam muito animada. Então não contei sobre o tijolo contra o vidro do carro ou sobre o homem da jaqueta de couro, nem falei sobre os telefonemas que tenho recebido regularmente agora: "Sra. Islip? É sobre a sua conta..." Achei que Helen não merecia nada daquilo. "Insinuar" tinha sido desnecessário.

Ela tentou chamar minha atenção para Daniel. Parece que ela acredita que parei de vê-lo de verdade e que preciso treinar enxergá-lo com novos olhos.

"Você não o está experimentando como uma entidade completa", falou.

Preciso admitir que aquilo me fez pensar: a ideia de "experimentar" Daniel. Me pergunto como se daria uma experiência dessas. Se eu o absorveria a partir de cada um dos meus sentidos individuais ou se simplesmente me inundaria dele, como um salto de paraquedas ou um passeio de um dia na Euro Disney.

Helen parece achar que, porque perdi o hábito de experimentar Daniel como uma entidade completa, eu me tornei cega a todas as qualidades que me fizeram escolhê-lo lá atrás. Em vez disso, estou investindo em você todo o crédito que não dou mais a ele. Esse é o tipo de expressão que ela usa: "investindo". Gosto dessa, na verdade. Gosto da ideia de que estou depositando meu crédito em você, como se fosse uma correntista bem-informada que faz uma escolha responsável, em vez de simplesmente deixar as coisas acontecerem comigo.

Helen me perguntou quando as coisas com Daniel haviam se tornado tão "dissociadas", e tentei me lembrar do momento em que isso começou: se sempre fomos meio fora de sintonia, feito as bandinhas que dublam a própria música no programa *Top of the Pops*, os lábios sempre dessincronizados com o som por uma fração de segundos, ou se houve um tempo em que nos entendíamos.

A verdade é que, da mesma forma como acontece quando meus filhos entram num novo estágio de desenvolvimento e esqueço completamente o anterior, também apaguei da memória o meu passado com Daniel. Se me forçar a lembrar, vejo imagens desconexas em minha mente que parecem provar que sim, se não chegamos a estar completamente apaixonados, pelo menos fomos atenciosos um com o outro. Posso ver Daniel de pé na frente do fogão do nosso primeiro apartamento, usando sua calça Levi's gasta preferida, preparando uma refeição especial por nenhum motivo em particular além de que comer aquilo me faria feliz. Mas o gesto me deixou realmente feliz? Sabe, simplesmente não me lembro. Quando olho para trás, só vejo você. Você ocupa o palco principal em minha memória, se espalhando territorialmente feito Jabba, o Hutt.

"Estou pedindo a você, pelo seu bem e por seus filhos, que considere com cuidado a sua decisão quanto a ir à festa amanhã."

Se a sinceridade de Helen tivesse transbordado um pouco mais, ela teria se afogado.

Mas, sabe, ela não compreende de verdade. Às vezes olho para aqueles pés ajuizados no interior de sapatos ajuizados e para os óculos ajuizados pousados sobre o nariz ajuizado em uma cabeça ajuizada empaticamente inclinada para um dos lados, e só o que quero é jogar a cabeça para trás e urrar feito a porra de um bicho, só para ver o que Helen faria. Tente se simpatizar com *isso*, eu gritaria, berrando feito uma histérica.

Helen pensa que me conhece, mas ela não me conhece. Achei que conhecia você, mas eu não o conhecia. Eu achei que você não me machucaria, mas me machucou. Nenhum de nós sabe tudo sobre o outro. Estamos todos apenas tateando no escuro.

&

Hoje é o dia da festa e estou *tão* animada. Não dormi muito na noite passada — nem com dois zopiclones e um clonazepam. Meus olhos estão inundados em dois tonéis pretos de alcatrão.

Finalmente mergulhei no sono quando já estava claro, mas acordei não muito depois com o barulho do telefone tocando. Daniel se esticou de debaixo do edredom para atender, e ouvi enquanto ele grunhia com o gancho, a voz ficando mais afiada e mais firme a cada palavra:

"O quê...? Não estou entendendo... Que conta...? Verifique os seus registros... Houve algum erro... Não, me escute. Houve algum erro... Isso, faça isso, colega (Daniel tem uma tendência a entrar num dialeto de pedreiro toda vez que fala com alguém que ele julga pertencer a uma classe social inferior), pode mandar o oficial de justiça, e fique aí esperando para ver como o nosso advogado é rápido."

Fechei os olhos. O que mais podia fazer?

"Quem era?", perguntei, meio dormindo.

"Um idiota falando que a gente está devendo 600 libras à companhia de gás. Seiscentas libras! A gente não gasta 600 libras em gás nem em um ano inteiro, e, além do mais, a gente usa o débito automático, não é? Acho que é algum golpe. E quem trabalha aos sábados, afinal?"

As agências de cobrança, aparentemente.

De repente, Daniel ficou muito quieto e pude senti-lo olhando para mim.

"Faz tempo que não vejo os extratos da nossa conta conjunta, Sally. Sabe o que tem acontecido com eles?"

Essa não é uma bela maneira de fugir da responsabilidade? Perguntar para mim como se fosse minha culpa!

Fingi estar dormindo, mas Daniel se levantou e começou a perambular pelo quarto daquele jeito barulhento que faz quando quer que sua presença seja notada. Na certa, algo havia acabado de lhe ocorrer, e não era nada bom.

Então isso tudo acabou estragando um pouco o início do seu dia de renovação de votos. O que considero um tanto egoísta, já que todos estávamos esperando havia tanto tempo por aquilo. Espero mesmo que o *seu* dia tenha começado melhor. Imagino que você e Susan tenham acordado cedo, com todas as tarefas que tinham para resolver. Mas estou certa de que vocês conseguiram tirar alguns minutos depois do alarme tocar para ficarem juntos na cama, rindo felizes enquanto pensavam no dia que teriam pela frente. Ou, quem sabe, optaram pelo método tradicional e tenham dormido separados. Talvez você tenha acordado hoje de manhã no quarto de visitas de Emily em Notting Hill, piscando por um instante até entender onde estava. Aposto que a primeira coisa que Susan fez foi ligar para você. "Oi, marido", talvez ela tenha dito. "Oi, esposa", teria sido a sua resposta.

Não precisariam dizer muito um para o outro. Todos aqueles 26 anos de casamento falam mais do que qualquer palavra de carinho, não é? (Lembra-se de quando você costumava dizer que nunca foi capaz de conversar com ninguém do jeito como falava comigo? Lembra-se de dizer que nunca se cansaria de ouvir o som da minha voz ou que jamais esgotaria os assuntos comigo?)

Fico feliz que o clima tenha se mantido bom para os dois. Fico mesmo. O toldo do jardim poderia ter ficado terrivelmente enlameado, imagino, se tivesse chovido. Claro que teria sido mais agradável se estivesse um pouquinho mais quente, mas não dá para ter tudo, não é? E Susan é tão prática, não acha? Tenho certeza de que ela pensou em algum aquecimento para as áreas internas.

Fico me perguntando o que você deve estar fazendo a cada momento. Já é quase meio-dia, então imagino que esteja se encaminhando para a igreja — tão fofo que vocês estejam fazendo isso numa igreja e não num cartório, apesar da sua piada batida de não querer fazer parte de nenhuma religião que o aceite como membro. Não se preocupe, não fico nem um pouco ofendida por não ter sido convidada para a parte da igreja. Sei que é só para os mais chegados. (Engraçado que há apenas alguns meses eu estaria no topo da lista. Como as coisas mudam, hein?)

Preciso dizer, o dia está passando muito devagar. Nós, convidados de segunda categoria, não somos esperados na casa de vocês antes das cinco da tarde. Portanto, ainda temos horas e mais horas até podermos sair.

Tive uma ideia fantástica hoje mais cedo. Não sei por que não me ocorreu antes.

Depois da noite maldormida, minha cabeça estava rodando como sempre — na verdade, muito pior do que de costume. Eu estava prestes a me questionar se seria capaz de sair de casa. E então me lembrei da caixinha de citalopram largada na prateleira do banheiro e, de repente, pensei: "Por que não tomar alguns?"

Não tomo o remédio há semanas já, então tenho certeza de que não pode fazer mal tomar uns três ou quatro, só para elevar um pouquinho o nível de serotonina. E então, mais tarde eu tomo um sinequan ou dois, se eu ficar muito ansiosa quando chegar à festa — só por via das dúvidas. Pensei em tudo, viu? No seu grande dia, só o melhor.

Daniel me perguntou sobre o telefonema de novo durante o café da manhã. Não disse a ele que, durante a semana, quando ele está no curso, às vezes atendo umas cinco ou seis ligações semelhantes. Daniel não entenderia. Ele ficaria louco. Tem uma tendência a exagerar. Dinheiro sempre o deixa ansioso. Lá na região das West Midlands, onde ele cresceu, a aquisição de riqueza era abordada mais ou menos do mesmo jeito como as mães levavam os filhos saudáveis para junto de crianças que tinham pegado catapora: você corteja a doença, você pega a doença, e uma vez que está com ela, você a carrega com coragem e estoicismo. Mas nunca chega a apreciá-la.

Falei que não sabia o que era aquele telefonema e prometi procurar os extratos perdidos. O problema é que, embora Daniel estivesse perguntando por eles, eu sabia que ele não queria vê-los. Está apenas seguindo seu senso de responsabilidade. Ele quer ser visto tomando atitudes sem estar de fato fazendo alguma coisa. Esse é o *modus operandi* do Daniel.

Preciso ser cuidadosa quando começar a me arrumar para a festa, no entanto. Acho que dessa vez não vou enganá-lo facilmente com a história de que tenho esse vestido há séculos. Não com um tão diferente como este. Então vou ter que dizer que estava na promoção. Estava tão barato que seria burrice não comprar, é o que vou dizer. Para ser honesta, não ligo mais para se ele acredita ou não. Uma vez que a confiança desaparece no relacionamento, o que mais sobra?

É claro que eu nem devia ter comprado o vestido, de todo modo. Foi ridiculamente caro. Mas você sabe que quero estar o mais bonita possível na festa. Não gostaria de decepcioná-lo. Parece bobo, não é? Porém, é um vestido lindo, muito simples, em modelo tomara que caia que me vestiu tão bem. (Eu sei o que as pessoas falam de mulheres de mais de 40 anos que mostram o pescoço e os ombros, mas, de verdade, acho que isso é só mais um mito misógino, você não?) E adivinha a cor? Rosa fúcsia! Sim, sei que é a mesma cor do vestido de Susan, não sou boba. Achei que ela gostaria de receber um pouco de apoio, só isso. Digo, tenho certeza de que algumas pessoas dirão (e não sou uma delas, pode acreditar) que Susan não devia usar uma cor tão forte com aquela pele tão clara, então acho que ter uma amiga próxima usando a mesma cor vai ser uma espécie de validação, não?

E mais, para ser sincera, acho que ele ficou ótimo em mim. Eu nunca teria pensado naquela cor antes se não tivesse ouvido Susan comentar do vestido (o que não deixa de ser um elogio a ela), mas, depois que experimentei, percebi que me cai muito bem. Estou planejando usar uma flor no cabelo no mesmo tom de rosa vivo. Acho que vai dar um ar de espanhola, você não concorda?

Não consegui comprar um par de sapatos novos, então estou usando os mesmos que calcei da última vez que nos encontramos. Não acho que vá se lembrar deles. Sua atenção estava em outros lugares!

Estou tão animada, mesmo. Mal posso me lembrar da última festa de verdade a que fui. Claro, sua vida com Susan é cheia de festas, eu sei, mas Daniel e eu não temos sido muito convidados ultimamente. Acho que transmitimos uma onda meio deprê. Nosso sofrimento mútuo contagia a atmosfera feito salmonela. Então, vai ser uma dádiva estar de volta à sociedade. Espero que consiga me lembrar de como me comportar!

Os 120mg de citalopram (acabei tomando quatro, só para ter certeza) já estão golpeando meu sistema, junto com as centenas de cafés que tomei para me manter funcionando. Tive umas crises nervosas, em que meu coração começava a palpitar, e alguns momentos em que precisei correr para o banheiro, achando estar prestes a vomitar. Mas também me sinto cheia de energia. Toda hora me levanto para checar o horário no relógio da cozinha, para o caso de o laptop estar mentindo para mim, ou para checar a geladeira, para ter certeza de que Darren tem algo para dar de comer às crianças quando ele chegar para fazer companhia a elas (infelizmente, não tem dinheiro na nossa geladeira!). Até passei aspirador na sala hoje mais cedo. Jamie ficou tão espantado que me perguntou quem estava vindo nos visitar. Acho que ele estava esperando a Rainha da Inglaterra! Me sinto agitada, mas ao mesmo tempo estou ansiosa.

Hoje à noite vou ver você.

Hoje à noite vou fazer parte do seu mundo.

Hoje à noite você não vai poder fingir que não existo.

Hoje à noite você vai me ver.

Hoje à noite você *vai* me ver.

Hoje à noite você vai *me* ver.

Tudo pronto. Meu cérebro está literalmente batendo contra o meu crânio feito um carro de Fórmula 1, e há horas que não sou capaz de permanecer sentada. Meu estômago continua amarrado como um punho cerrado. Talvez eu não devesse ter tomado todos aqueles citalopram, mas agora é tarde demais. Acabei de tomar um sinequan, então ele deve amenizar um pouco a irritação.

Agora que coloquei o vestido, estou tendo náuseas terríveis. Na loja ele parecia tão sofisticado, mas agora fico me perguntando se não me deixa parecida com um enfeite de Natal cafona e gigante, todo brilhoso, mas vazio por dentro. E quem quer que disse aquele negócio sobre mulheres mais velhas não poderem mostrar o pescoço e os ombros na certa tinha razão: a pele do meu colo está enrugada feito seda amassada. Coloquei a flor no cabelo, mas não consigo me decidir se fico ou não com ela. Tilly entrou no quarto agora há pouco e me encarou atônita.

"Por favor, me diga que você não vai usar esse treco no cabelo."

Crianças podem ser tão cruéis, não? É como se elas achassem que têm o direito de falar o que quiserem, não importa o quão ofensivo seja, só porque são jovens. Aposto que você pensava a mesma coisa dos seus filhos. Gostaria que tivessem um pouco mais de, bem, empatia.

"Eu gosto da flor. É alegre."

"É idiota. E por que você não para quieta?"

Está vendo o que falei? Sempre descobrem alguma coisa para implicarem, algo que você fez de errado.

O problema é que estou tendo dificuldade de me manter no mesmo lugar. Mesmo aqui sentada, enquanto escrevo isso, estou levando uma eternidade porque me levanto o tempo todo no meio das frases e caminho ao redor do cômodo. Acho que deve ser de agitação. Aposto que estou mais agitada do que você!

Neste instante, você e Susan já devem ter feito os votos. Me pergunto como se sentiu ao vê-la caminhando em sua direção na igreja. As pessoas fizeram "Ahhhh"? Seu rosto se iluminou? Você desejou por um instante que ela fosse outra pessoa, alguém mais parecido comigo? Os rostos dos seus filhos estavam molhados de lágrimas? Seus amigos disseram a eles que tinham muita sorte de ter pais que ainda se amam? Vocês seguraram as mãos um do outro na frente de seus amigos mais *chegados* e trocaram um beijo quieto e gentil? Falou a ela que estava linda? Você pensou em mim? Você pensou em mim? Você pensou em mim?

Tem um barulho dentro da minha cabeça que parece um daqueles multiprocessadores manuais. Sabe do que estou falando? Aquele aparelhinho que a gente usa para fazer sopa, lembra? Não acho que esse barulho devesse estar aqui. Talvez ele sempre tenha existido, e eu apenas não tivesse reparado antes.

Daniel acabou de vir conferir se já estou pronta, e ele tinha um olhar esquisito. Será que ainda está preocupado com os extratos de banco? Por algum motivo ele ficou me perguntando se eu queria realmente ir, mas por causa do barulho dentro da cabeça levei um tempo até entender o que ele estava dizendo. Por que Daniel estava perguntando aquilo? Acho que ele está dando para trás.

"Eu posso ir sozinha", falei, mas minha voz saiu feito uma gravação arrastada.

E então ele me perguntou se eu estava disposta a ir. Não acha que é uma pergunta estranha?

"É só uma festa, não vou escalar o monte Kilimanjaro", respondi, mas acho que ele não ouviu. Na verdade, agora que estou pensando no assunto, nem sei se cheguei a falar aquilo em voz alta.

E, assim, agora estamos prestes a sair. De repente, me sinto tão nervosa que acho que vou passar mal. Parece até que a festa é *minha*, de tão nervosa que estou. Eu podia ser a própria noiva. Que bobinha, não é? Daniel me disse que comesse alguma coisa antes de sair, mas eu não conseguia nem olhar para comida. Tentei um pedacinho de biscoito que ele havia me trazido mais cedo, mas parecia uma pedra de areia endurecida. Sei, no entanto, que vai haver um monte de comida na sua casa. Susan é tão talentosa com tudo. Você deve estar muito orgulhoso da sua esposa. Fica repetindo essa palavra para si mesmo ao vê-la caminhar entre os convidados debaixo do toldo no jardim, assegurando-se de que ninguém se sinta abandonado, distribuindo bebidas e canapés e palavras gentis? Esposa, esposa, esposa. Esta é a minha esposa. Minha esposa maravilhosa. Minha vida maravilhosa.

Daniel está me chamando. Posso ouvi-lo baixinho por trás do multiprocessador. Ainda bem que está na hora de parar de *diariar*. Minhas mãos estão tremendo tanto que minha letra parece mais um gráfico de detector de mentiras. (Todas aquelas mentiras que contei, Clive. Todas as mentiras que nós dois contamos. Eu as vejo alinhadas feito fileiras de soldados num desfile.) Tenho que ir agora. Preciso de uma bebida. Acho que vai ficar tudo bem assim que eu beber alguma coisa.

Vejo você daqui a pouco. Guarde uma dança para mim.

Tem uma mancha descolorida no teto bem acima da nossa cama onde obviamente uma vez houve um vazamento. Engraçado, mas às vezes acho que parece o mapa da África, outras vezes eu aperto bem os olhos e vejo a cabeça de um animal olhando para mim. Estranho, não é, como uma mesma coisa pode ter diversas interpretações?

Vou ser bem honesta com você, no entanto, a cama em si está uma bagunça.

Estou deitada apoiada em meu cotovelo, escrevendo neste diário, e à minha volta há um mar de detritos. Cartelas de comprimidos vazias, garrafas d'água pela metade, lenços de papel, jornais não lidos, meu laptop, meu telefone. Posso até ver uma casca de banana, embora não consiga imaginar quem tenha comido aquilo. Não lembro a última vez que comi. Acho que foi na sua casa. Há quanto tempo foi? Dois dias? Três? O tempo se tornou irrelevante. Acho isso uma dádiva. Você não?

Daniel fica me dizendo que precisamos conversar sobre o que aconteceu, mas não vejo motivo. Para falar a verdade, nem lembro o que aconteceu. Fatias enormes de tempo parecem ter sido engolidas junto com os comprimidos.

"Não podemos simplesmente ignorar o que aconteceu."

Isso foi inesperado vindo de Daniel, que normalmente não se daria conta de que a casa está pegando fogo se tivesse a opção de ignorar o fato.

"E o que há para se falar?", perguntei. E, claro, estou certa. Quando se pensa no assunto, não há nada a ser dito.

Daniel tentou me fazer explicar várias vezes:

"O que você ficou tentando dizer a Susan? Que porra estava se passando pela sua cabeça quando você ficou se jogando em cima do Liam?"

Ele conseguiu mesmo ficar muito nervoso comigo.

"Eu exijo uma explicação", falou, roxo e estufado de tanta razão. "Você me deve isso!

Acho que foi meio pesado, não? Você não deve nada a ninguém a menos que tenha lhe prometido algo, não concorda? Eu nunca prometi nada ao Daniel. Promessa nenhuma.

Então, em vez de explicar a ele, vou tentar entender tudo sozinha. Sabe, com frequência, quando fazemos isso, percebemos que as coisas não estão tão ruins quanto parecem, não é? O que em minha cabeça pode ter parecido um episódio extremamente vergonhoso talvez não tenha nem sido notado pelas outras pessoas, ou se foi, foi apenas como uma notinha de rodapé, uma bobagem. Tenho certeza de que é esse o caso. Só uma bobagem.

Não é de surpreender o fato de que eu me lembre muito mais do começo da noite do que do final. Eu me lembro de chegar à sua casa e ver a glicínia gigante que cresceu ao redor do portão de entrada subindo até a varanda de ferro forjado decorada com lampadazinhas de Natal, e pensar como teria sido lindo se eu não tivesse acabado de brigar com Daniel (sobre as regras de se estacionar na rua nos fins de semana, se me lembro bem) e se as luzes não estivessem pulando na frente de meus olhos feito vaga-lumes.

Depois eu me lembro de caminhar pela casa até os fundos dela, e de como Susan criou uma espécie de corredor, delimitado com velas pequeninas e fotos de vocês juntos há duas décadas e meia, todas reveladas no mesmo tamanho, em branco e preto. Havia uma em especial que me lembro de olhar por tanto tempo que Daniel chamou minha atenção, pois eu estava criando um engarrafamento à medida que os convidados iam chegando e fazendo fila atrás de nós, esperando impacientes. Era uma foto de você e Susan com Liam e Emily quando eram bem pequenos. Você tinha Liam nos ombros, Susan estava segurando Emily pelo quadril, e vocês usavam short e chinelo como se tivessem acabado de chegar da praia. Susan está dizendo algo a uma Emily de cara muito emburrada, na certa tentando animá-la, e a boca dela está aberta num sorriso enorme enquanto paparica a filha enfadada. Enquanto isso, você olha diretamente para Susan, e o seu sorriso é tão grande quanto o dela.

Você parecia cheio de si. Foi um choque lembrar que no momento em que aquela foto foi tirada, com apenas alguns anos de casado, você já tinha tido dois casos extraconjugais, talvez três. Uma vez você me contou, com certa medida de arrependimento, que chegou a pegar o telefone de uma garota em plena lua de mel, e que se encontrou com ela depois de voltar.

"Não me orgulho disso", você me disse. "Não é que eu não amasse Susan, nunca foi isso. É só que tem alguma coisa em mim que faz com que eu me comporte desse jeito. Posso ser nocivo de diversas formas."

Quando chegamos aos fundos da casa, saindo pela extensão de paredes de vidro da cozinha, onde os reflexos das velas dançavam como estrelas no teto, quase chorei quando vi o que Susan havia feito com o jardim. Os lampiões coloridos pendurados nas árvores, as luzes refletindo no mosaico de vidro ao longo do muro no final do terreno — estava tudo tão lindo. Estava mesmo. Ao olhar para a casa, reparei que todas as janelas brilhavam com as lampadazinhas de decoração de Natal, até a janela do escritório, no sótão. Olhei para ela por muito tempo, pensando em todos aqueles e-mails que você me mandou de lá. *Me sinto um presidiário aqui,* declarava num dramalhão. *Não pertenço a este lugar. Pertenço a você.*

Claro, não havia muito do jardim à mostra, porque o toldo o ocupava quase todo. Dentro da casa, Susan optou por um tema japonês, com mesas longas, assentos baixos e almofadas com capas de seda. Para todo lugar que eu olhava, as pessoas estavam boquiabertas com como tudo estava maravilhoso e que casal especial vocês eram e o quão revigorante era presenciar um casamento tão longo e sólido nos dias de hoje. O barulho em minha cabeça estava ficando cada vez pior enquanto me esforçava para ouvir o que estavam dizendo, meus dedos inquietos batendo constantemente contra minha taça.

Eu me lembro de Daniel dizer que eu já havia tomado duas taças de champanhe. E que respondi:

"E daí? Quem elegeu você o fiscal do álcool?"

Eu me lembro de como o sorriso no rosto de Susan murchou quando viu o meu vestido, mas também de como se recompôs de imediato.

"Parece que acabei de estabelecer uma moda", brincou ela, mas Emily, de pé ao lado da mãe e usando um vestido azul-celeste justo que fazia o repentino e enorme calombo em sua barriga parecer um biscoito recheado gigante, tinha uma expressão irada.

"Trouxe as roupinhas de bebê", falei a ela em minha voz hesitante, como se estivesse tentando falar uma língua estrangeira.

Mas quando procurei pela bolsa que achei ter levado, ela não estava lá, exatamente como o bebê que nunca houve.

E eu me lembro de você, Clive.

Eu lembro que você estava no bar debaixo do toldo, falando com um casal que eu não conhecia. Suas mãos estavam gesticulando com expansividade à medida que contava uma de suas histórias espirituosas, e os dois ouviam fascinados. De repente, você olhou para o lado, provavelmente tentando lembrar a frase de efeito (não é terrível o que a idade faz com a nossa capacidade de contar piadas, como ela nos priva daquele momento da revelação sem qualquer esforço?). Eu nunca tinha compreendido completamente aquela expressão sobre um rosto perder toda a cor. Bem, não até sábado à noite. A expressão em seu rosto parecia coisa de foto, Clive, de verdade. E tenho a impressão de que perdeu o rumo da história que estava contando, porque os sorrisos da audiência começaram a ficar forçados à medida que se viravam para ver o que você estava olhando. Você se recompôs muitíssimo bem, no entanto. Imagino que sejam os anos de treinamento nos grandes eventos musicais.

Eu me lembro disso tudo perfeitamente. E me lembro de identificar Liam do outro lado da sala e de atravessá-la na direção dele, propelida pelas drogas em meu sistema. Ele estava conversando com duas moças, pelo que me lembro, ambas de vestidinhos que terminavam logo embaixo dos traseiros e sandálias altas com tiras que pareciam costelas envolvendo-lhes os tornozelos. Quando sorri para ele, Liam sorriu de volta, mas imediatamente percebi que não tinha a menor ideia de quem eu era. Lembro-me de estender a mão e dizer alguma coisa sobre tê-lo encontrado na *brasserie* e de ele responder "Claro" de um jeito muito pouco convincente.

Daniel estava logo atrás de mim e eu o apresentei a Liam, explicando onde havíamos nos encontrado.

"Ele me serviu um vinho delicioso", falei. Que idiota, hein? O vinho não era nem mais ou menos.

O tempo todo eu estava consciente dos seus olhos em mim, e pareceu impossível que todas as outras pessoas na sala pudessem não reparar na corrente que havia entre nós. Cruzei o olhar com o seu apenas uma vez, e havia uma mensagem nos estilhaços pontiagudos dos seus olhos e na curva no canto da sua boca que estava tão clara como se tivesse dito em voz alta. Não era preciso interpretação alguma. Eu sabia que você queria me matar.

Parece exagerado? Posso ver seu rosto de desaprovação ao fato de eu me deixar levar por tais fantasias. "A vida real não é um episódio de *Midsomer Murders*", diria-me. Mas, mesmo assim, não tenho uma sombra de dúvida de que bem ali, bem debaixo daquele toldo decorado com temática japonesa e em meio à sua família maravilhosa, comemorando a renovação dos seus votos de casamento com uma esposa maravilhosa e cercado de amigos maravilhosos, você queria me matar.

Em muitos sentidos, fiquei lisonjeada.

Depois disso, minhas lembranças ficam meio desconexas. Eu me lembro de meu coração acelerar como se quisesse saltar do peito e galopar pelo jardim de conto de fadas e pelo corredor iluminado por velas até chegar à rua, onde o ar estava fresco o suficiente para se respirar direito.

Eu me lembro de Daniel me perguntar tantas vezes se eu estava bem que comecei a me sentir presa em alguma espécie de *Feitiço do tempo*. Bebi mais champanhe porque ele ficava me dizendo que não bebesse e comecei a reparar que havia fogos de artifício explodindo no canto do meu campo de visão.

"Quero que você vá embora. Agora", sussurrou você enquanto eu voltava do banheiro. (Que ideia hilária ter o seu rosto e o de Susan impressos no papel higiênico. Coisa do Liam, imagino. Como todos devem ter se escangalhado de rir.) Seu rosto estava emburrado numa careta.

"Você está me ameaçando?", perguntei numa voz que não era minha.

Você virou as costas e foi embora, mas eu sabia que ainda estava me observando quando cruzei a sala e encontrei Susan (muito conveniente que o tom de rosa-shocking do vestido dela tenha se transformado em... um farol a me guiar).

"Linda festa", falei, sabendo que você estava vendo tudo.

Susan olhou para você, disso eu me lembro. E me ocorreu que vocês devem ter trocado uma palavra ou outra sobre mim, antes de a festa começar. Talvez você tenha repassado a rotina do "Sally está num estado terrível". Acho que foi o olhar entre os dois, cúmplice, exclusivo, o que finalmente me convenceu.

"Susan, preciso falar com você a sós", eu disse.

Assim que as palavras saíram, eu sabia que iria contar tudo a ela. Eu sabia, sem sombra de dúvidas, que você nunca mais voltaria (enfim, aquele exercício que a Helen me fez fazer estava dando resultados). Qual a utilidade de guardar o segredo ao qual eu estava me agarrando feito um cardigã de amarrar na frente? Susan merecia saber com que tipo de homem estava se casando de novo. Mas é claro que aquela não era a minha principal motivação. Eu queria mesmo era ver tudo aquilo destruído, os lampiões coloridos arrancados das árvores, os postes do toldo fora do lugar de modo que toda aquela estrutura desmoronasse em cima das cabeças dos convidados aos gritos. Eu queria ver aquele paletó bizarro de colarinho rosa fúcsia (que toque bonito, combinar os figurinos do casal) rasgado das suas costas. Eu o queria exposto. Queria que o vissem pelo que você é — Liam, Susan, Emily. Queria deixar uma marca na sua vida que você jamais seria capaz de apagar. Queria que soubesse que eu podia fazer mal a você.

As luzes ainda estavam dançando nos cantos do meu campo de visão, mas mesmo assim percebi como Susan olhou para você de novo e fez uma cara estranha.

"Hoje não, meu bem. Estou incrivelmente ocupada. Por que você não me liga na semana que vem?"

E então as cenas se tornam ainda mais nebulosas.

Sei que tentei falar com Susan, e me lembro de como ela me pediu desculpas e sussurrou no ouvido de Emily.

Sei que Daniel tentou me levar embora, e me lembro de que eu não ia de jeito nenhum.

E então teve uma dança, e eu estava dançando com Liam. Envolvia a nuca dele com os braços, e uma das meninas de vestido absurdamente curto estava de pé, sozinha, os lábios cheios de gloss abertos de surpresa, como se eu o tivesse arrancado dela, e, pensando bem, eu provavelmente o arranquei.

Houve discursos. Primeiro foi Susan. Foi curto e divertido, e me lembro de rir até os joelhos falharem.

"Por favor, vamos embora", disse Daniel. Mas eu queria ouvir o seu discurso, mesmo que cada palavra dilacerasse o meu coração feito cortador de queijo.

"Há 26 anos, achei que me casaria com a melhor mulher do mundo", falou você. "Hoje, *sei* que me casei com a melhor mulher do mundo. Então, todo mundo, um brinde à minha bela esposa."

Minha bela esposa.

As pessoas estavam vibrando e erguendo as taças, aquele champanhe cor de urina balançando dentro delas.

"Mentiroso, mentiroso, mentiroso", gritei, mas o som saiu abafado. Talvez os convidados tenham ouvido "Poderoso, poderoso, poderoso", ou talvez não tenham ouvido nada.

Daniel, porém, escutou. Ele se virou para mim, enquanto os demais convidados estavam vibrando, aplaudindo e batendo talheres nas taças, até que minha cabeça inteira pareceu estar prestes a entrar em combustão instantânea, e Daniel me encarou como se eu fosse alguém que ele nunca havia visto antes na vida.

Não acabou aí, mas minha mente se recusa a lembrar de mais alguma coisa. Recordo-me de ter tentando falar com Susan e sei que ela me evitou. Sei que fui de novo até Liam (vergonha, vergonha, vergonha) e tenho memória de me sentar no colo dele, que ficou rígido e imóvel, e da garota com sandálias de costelas balançando a cabeça impressionada de repugnância, os longos cabelos macios brilhando feito veludo marrom.

E então Daniel me puxou e eu não queria ir, mas ele disse que você tinha lhe pedido que me levasse para casa.

"Você está acabando com a festa deles", gritou.

"Eles destruíram a minha vida", gritei de volta.

Ou talvez não. Talvez eu tenha apenas admitido derrota e me deixado arrastar para fora da festa. Não me lembro de passar pelo jardim de conto de fadas. Não me lembro de reviver sua vida pelo corredor iluminado por velas, com a foto dos dois de short e chinelo. Não me lembro de ninguém dizer tchau da porta de entrada emoldurada pela glicínia. O que me lembro é de vomitar numa hortênsia particularmente maravilhosa e outra vez no meio-fio.

Também me lembro de Daniel sentado no banco do motorista do carro com a cabeça apoiada no volante.

Não me lembro de mais nada.

Mas é o suficiente, não acha?

Acho que é mais do que suficiente.

Jamie veio ao meu quarto há algumas horas para falar do aniversário dele.

Para falar a verdade, eu tinha esquecido que o aniversário do Jamie estava chegando. Senti uma punhalada de puro pânico. Aniversários são situações em que se espera algo de você, só que estou tendo dificuldade de lembrar exatamente o quê. São coisas que eu deveria estar fazendo. Só que não consigo sair da cama.

Daniel quer que eu chame a médica. Fico tentando imaginar a jovem médica loura, os sapatos combinando com a meia-calça, sentada na beirada desta cama coberta pelos resquícios dos últimos três dias.

"Pobrezinha", ela poderia dizer, olhando os lenços de papel, os copos e este diário. "Você está passando por uma fase difícil."

Prometi ao Daniel que me levantaria, falei que estava me sentindo melhor.

"Nós precisamos conversar sobre o que aconteceu", repetiu ele. Mas dessa vez senti que fraquejava um pouco, como se a questão estivesse perdendo a urgência.

Daniel acha que a médica vai me dar uma pílula mágica e me curar. Ele não sabe que o meu problema é você, e que não há cura para isso.

Então, daqui a pouco vou me levantar e me vestir pela primeira vez desde sábado. Não quero, mas preciso.

Decidi que vou mudar realizando um ritual simbólico. Vou varrê-lo feito migalha de pão, deixá-lo para trás nos lençóis amassados, esfregarei você em água fervente até arrancar sua pele e "desinvesti-lo" de todo o poder. Eu vou ressurgir das cinzas dos últimos cinco anos como uma fênix e me tornar a pessoa que deveria ser, a que habita aquele universo paralelo no qual nunca o conheci e permaneci uma boa mãe para meus filhos, uma companheira fiel ao Daniel. Farei os últimos cinco anos desaparecerem. Puff! Como o bebê que nunca houve.

Não vou mais ficar pensando em como você escapou de fininho, o que arrancou de mim ou como você mentiu.

Vou me libertar de você. Não vou mais pensar em você. Vou reconstruir tudo.

De volta ao cubículo, enquanto o luar rasteja doente por debaixo da porta e a casa se retrai em seu sono.

Estou pesquisando sobre Maui no Google. Parece maravilhoso. Sorte a sua. Você e Susan devem estar no segundo dia da segunda lua de mel, tempo suficiente para se fixar e se acostumar ao lugar. Descobri que se aqui são três e vinte da manhã, aí são quatro e vinte da tarde. Imagino que tenham descansado por uma hora ou duas depois de um longo almoço em algum lugar coberto pela sombra. Imagino que comeram peixe fresco. Você adora peixe. Provavelmente com uma salada verde simples (os dois estarão de olho no peso depois dos excessos da festa). Agora devem estar aproveitando uma caminhada ao longo da praia. Talvez você compre uma garrafa de vinho branco gelada para levar, ou quem sabe peça uma bebida de algum bar na beira da praia.

Os dois estarão com os celulares, é claro. Um casal bem-sucedido e ocupado como vocês nunca vai a lugar algum sem ser contatado o tempo todo pelo mundo exterior. E é óbvio que precisam pensar em Emily. Sei que ela ficou louca quando percebeu que vocês ficariam uma semana inteira fora durante o último mês de gravidez dela.

"Você obviamente está mais preocupada com o bronzeado do que com o próprio neto", escreveu no mural de Susan no Facebook, visivelmente magoada.

Então sei que não vão arriscar perder um telefonema dela.

E se eu enviasse uma mensagem para Susan? Agora, enquanto vocês caminham de mãos dadas depois da soneca da tarde? Seria mesmo doloroso? Eu poderia pedir desculpas pelo que aconteceu na outra noite, mas dizer que eu ainda precisava falar com ela com urgência. "Acho que você precisa saber do Clive", eu diria.

Claro que não vou fazer isso. Seria cruel fazer uma coisa dessas com alguém na segunda lua de mel. Vou esperar até ela voltar. Não vou incomodá-la agora.

Mas sabe o que é ridículo? Apesar do que acabei de escrever, eu sabia o tempo todo que seria capaz de fazê-lo. Assim que terminei a última frase, peguei o celular e comecei a digitar uma mensagem. Eu quero parar Susan, está entendendo. Quero interrompê-la antes que vocês cheguem à praia e comecem a esticar suas toalhas. Quero interrompê-la no meio da passada, enquanto o sol escaldante a queima por sobre a cabeça inclinada para baixo e o laço do maiô frente única marca a pele da nuca dela. Quero que ela te olhe naquela luz clara e quente e saiba finalmente quem você é.

Agora são seis e quinze, hora de Maui. Mandei cinco torpedos para Susan e não tive resposta.

Há alguns segundos, meu telefone enfim apitou, mas era uma mensagem do seu celular. Como odeio o meu coração traiçoeiro pelo modo como ele pulou só de ver o seu nome na tela.

Vi sua mensagem quando Susan estava dormindo. Você está bloqueada dos nossos telefones e contas de e-mail. Deixe a gente em paz e procure ajuda de alguém.

Procure ajuda de alguém.

Ainda estou tentando entender de que tipo de ajuda eu preciso. Quem você acha que seria capaz de me ajudar a desinvesti-lo de mim, Clive? Eu realmente, mas realmente, gostaria de saber. Existe alguma igreja que exorciza gente malquista da vida das pessoas? Tem algum tipo de salão de beleza onde eu possa arrancar você com cera quente? Tem algum médico que possa fazer uma lavagem intestinal para me liberar de você? Existe algum arquiteto que pode reconstruir a vida que você deixou em destroços?

Eu gostaria que me dissesse, Clive. Mesmo. Aceito qualquer ajuda que puder arrumar. Não sou orgulhosa. Aceito tudo.

Só que não existe ajuda possível, quando tudo que vejo está usando a sua cara e todo momento que passa é um momento a mais longe de você, e quando olho para a frente, o que vejo é o que não está lá, e a vida que existe diante de mim é um lembrete insultante da vida que eu deveria ter tido.

Entende o meu problema, Clive?

Está vendo?

Só um pouquinho de empatia e tenho certeza de que você vai compreender.

Ainda estava apagada quando Daniel me acordou, enfiando uma carta na minha cara. Eu havia tomado dois zopiclones — talvez mais — e estava com dificuldade de despertar. O rosto dele ficava nadando na frente do meu, vermelho e furioso.

"Você precisa acordar. Sei que você não está dormindo."

Ele estava errado, claro. Eu estava dormindo. Adoro as manhãs do zopiclone quando posso desligar e ligar meu sono na hora que quiser.

"Não é justo você me acordar assim. Sabe que tenho tido dificuldade de dormir."

Daniel não ia engolir essa.

"Pelo amor de Deus, são quatro e meia da tarde, porra. As crianças já voltaram do colégio. Como é que você acha que eles se sentem de ver a porra da mãe deles em coma nessa porra de cama?"

Eu provavelmente exagerei um pouco o número de palavrões para criar um efeito mais dramático, mas acho que você entendeu o clima.

Para ser sincera, fiquei um pouco assustada de descobrir que já era tão tarde. Eu poderia jurar que não havia dormido tanto. Mas na certa eu estava precisando, não acha? Daniel pode ser tão puritano quando quer.

Quando finalmente forcei meus olhos a abrirem, ele ainda estava estendendo a carta, sacudindo-a impaciente na direção do meu nariz.

"É uma carta da financiadora. Aparentemente nós estamos devendo seis meses de financiamento. Eles querem 4.590 libras até o final da semana que vem ou vão nos tirar a casa."

"Eles não podem fazer isso. Eles precisam mandar um aviso por carta antes."

Daniel estava preparado para isso. Ele foi rápido, preciso admitir. Já tinha conferido a gaveta junto à minha mesa e descoberto todos os envelopes ainda lacrados (mas não este diário, que guardo dentro da minha bolsa), e os balançou na minha cara feito um mágico que faz um truque de baralho.

"Aqui as cartas de aviso. Meses e meses de cartas de aviso, junto com as contas da casa e do cartão de crédito. Somando tudo, devemos quase 35 mil libras. Que porra você foi fazer, Sally?"

Bem, falando desse jeito, parece um tanto agourento. E quando tentei dar uma explicação, ela saiu fraca e pouco convincente. Quero dizer, eu não podia dizer que vinha tendo um caso com Clive Gooding pelos últimos cinco anos e que ele havia me prometido um futuro junto dele, então quando o trabalho começou a diminuir, eu não me esforcei muito para arranjar outros. Mesmo Daniel, que insiste tanto na sua visão estreita de mundo, não compraria o argumento. Segundo a premissa de que a melhor forma de defesa é o ataque, decidi lembrá-lo do próprio passado sombrio de gerenciamento financeiro: a loja bacana de móveis para cozinha que abocanhara todas as nossas economias, os anos trabalhando na empresa do irmão que estava sempre "prestes a decolar", mas que nunca deu em nada, e a decisão repentina de estudar para ser professor, deixando todo o fardo financeiro nas minhas costas.

"Você sempre adorou que eu fosse a responsável por tudo isso. Bem, talvez você devesse ter demonstrado um pouco mais de interesse", tentava expressar um sentimento de ultraje. "Talvez eu esteja farta de ter que cuidar de tudo."

Daniel balançou a cabeça em incredulidade falsa.

"Você não está cuidando de nada há meses", retorquiu.

Quando me arrastei até o primeiro andar para dizer oi às crianças, como uma Boa Mamãe deveria fazer, fiquei irritada de descobrir que Tilly não estava lá. Ela tinha ido para a casa de uma amiga, de acordo com Jamie. Podia ao menos ter me avisado, não acha? Eu não teria corrido até lá embaixo se soubesse que ela tinha saído.

"Você vai jogar Wii comigo hoje?", perguntou Jamie.

Respondi que sim, ainda dando uma de Boa Mamãe, e jogamos algumas partidas de tênis, mas eu precisava me esforçar muito para balançar o controle e sempre esquecia que jogador eu era. Minha cabeça ainda estava do tamanho do mundo.

"Eu sou o de rosa...? E eu sou o de óculos?"

"Deixa para lá, mãe", disse Jamie enquanto eu voltava para o sofá e fechava os olhos. "Não tem importância."

Ele é muito intuitivo quando quer.

Quanto mais tempo Tilly passava fora de casa, mais irritada eu ficava. Eu não sabia por que ela não tinha dito que iria sair, e ela havia deixado o celular em casa, então não podíamos ligar para ela. Deitei no sofá e tentei relaxar de volta no esquecimento fácil do sono, mas eu podia ouvir Daniel batendo coisas na cozinha, largando panelas na bancada. De vez em quando ele vinha e ficava de pé na porta da sala, olhando para mim, mas eu me recusava a abrir os olhos e ele acabava indo embora.

Quando Tilly chegou, eu estava pronta para dar uma bronca nela, mas assim que apareceu na sala, minhas recém--despertas antenas de Boa Mamãe perceberam que algo havia acontecido.

"Um homem veio falar comigo na esquina da nossa rua", disse e, embora sua linguagem corporal demonstrasse total coragem, sua voz soava como a de uma criança.

Ao que parece, o homem disse que era um amigo meu e pediu que ela me mandasse recomendações, mas havia algo nele que Tilly não tinha gostado, algo que ela descrevera como "assustador".

Como ele era? Eu queria saber. Mas, claro, eu já sabia. Baixo e forte, com o cabelo raspado bem curto e uma jaqueta de couro de listras na manga.

"Quem era?" Daniel me encarou com ar acusador.

"Um cara que conheci pelo trabalho e que mora aqui perto", respondi.

"Belos amigos você tem hoje em dia."

Então agora não é mais um jogo. (E chegou a ser? Começo a me perguntar.) Agora meus filhos estão envolvidos, e não há mais dúvidas de que o homem de jaqueta de couro existe fora da minha cabeça.

Você acha que pode me assustar, Clive. Acha que sou um limpador de vidros romeno que você pode colocar para correr com um balde derramando água por todo lado. Acha que sou uma espécie de tiete de cantores famosos que você pode intimidar com seus discos de platina e o seu maravilhoso e grande prêmio de ouro falso. Você acha que tem tudo a seu favor. Mas está errado.

Eu só quero o que é meu.

E se não posso ter o que é meu, vou tomar o que é seu.

Graças a Deus Daniel foi dormir agora. Posso ouvi-lo roncando no segundo andar. Até o ronco soa irritado.

"Você nos destruiu", foi o refrão cansativo de Daniel depois que as crianças finalmente foram dormir. Tão melodramático.

Se ele não tinha nada construtivo a acrescentar, preferia que ficasse quieto. Minha mãe costumava dizer isso, acho. Minha mãe já morreu, no entanto. E os mortos não falam.

Ele acha que é minha culpa que estejamos com um problema financeiro tão grande. Não deixa de ter razão, claro, que eu devia ter aberto as cartas, e devia tê-lo avisado quando o trabalho começou a diminuir. Mas achei que tudo se resolveria, entende? Achei que seria resgatada. Achei que você viria me resgatar. (Interessante, Helen uma vez me acusou de alimentar Fantasias de Resgate. Não é engraçado que tenha escolhido logo essa? Ela é bem perspicaz, essa Helen, embora eu tenha negado com veemência na época.)

E Daniel não devia ter deixado tudo comigo. Ele sabe disso. Chegou mesmo a admitir isso hoje à noite.

"Imagino que uma parte da culpa seja minha por não ter me envolvido mais", disse ele.

Foi um gesto importante, não foi? Mas na respiração seguinte ele já estava me culpando de novo. Por que eu não tinha lhe contado que estávamos com problemas? Eu não ligava de ter que cuidar da conta conjunta antes. Ele não pode ler pensamentos. (Não mesmo!)

E ele continuou e continuou. E quando não falava de dinheiro, falava do homem que "abordou" Tilly. Ele queria ligar para a polícia, dá para acreditar? E respondi que ele estava sendo ridículo, que era alguém que eu tinha encontrado antes.

"Não reconheço mais você, Sally", disse ele. (Não se esqueça de que Daniel não trabalha com palavras, ele não conhece clichês como eu e você.) E, então, adivinhe o que ele disse? Vá em frente, adivinhe. É demais, mesmo. Ele falou: "Você precisa de ajuda."

Não estou inventando! Juro pelo que há de mais sagrado que foi o que ele falou. Palavra por palavra, o mesmo que você.

Ri tanto que meu rosto se encheu de lágrimas.

Daniel me encarou por um tempo, enquanto eu tinha convulsões no sofá. Só me olhou, sem dizer nada, e foi para cama.

Estou rindo até agora.

Tenho checado o Facebook de novo. Bem, quando digo "de novo", fica parecendo que entrei várias vezes, mas na verdade acho que é mais como uma única vez, contínua. Normalmente fico acompanhando o mural de Susan, embora desde que vocês viajaram não esteja acontecendo nada, então às vezes eu mudo para o de Emily.

Vi que o Liam já postou as fotos da festa. Não posso dizer que eu estava muito empolgada de vê-las, mas não tem nenhuma em que eu esteja fazendo algo de muito vergonhoso. Talvez ele tenha retirado essas. Liam está me saindo um cara sensível. Me pergunto de quem puxou isso. Ou talvez eu não tenha causado tanta vergonha assim. Às vezes, acho que Daniel estava exagerando. Eu saberia, não saberia, se tivesse me comportado tão mal?

Tem um monte de fotos de pessoas de quem nem sequer me lembro, o que imagino não ser uma surpresa, e uma sequência inteira da igreja que é absolutamente sensacional.

Você é bem fotogênico, não é, Clive? É muito bonitinho o jeito como ela é tão natural diante das câmeras. Ela realmente não liga, não é? É tão revigorante. E cá entre nós, qual é o problema com o queixo duplo? O que importa é a personalidade, não?

Eu simplesmente amo a foto de vocês quatro: você, Susan, Liam e Emily, de pé, do lado de fora da igreja, confete branco espalhado sobre seus ombros e ao redor dos seus pés feito caspa. Você está entre Susan e Emily, um braço ao redor de cada uma, e Liam, numa das extremidades. E todos estão ligeiramente inclinados na direção de Emily, que, como sempre, está com as mãos sobre o caroço na barriga, obviamente dizendo alguma coisa sobre o bebê. Tem tanta energia nessa foto, quatro adultos tão concentrados num bebê sendo gerado. Liam e Susan estão rindo, os sorrisos entregando a forte herança familiar, mas você está com uma expressão ligeiramente diferente, como se estivesse observando a cena de um passo atrás, e embora também esteja sorrindo, é um sorriso muito mais convencido, mais contido, como se estivesse em silêncio tirando crédito de tudo isso: a vida maravilhosa, o filho lindo, a filha fecunda prestes a gerar um neto querido. Tudo por sua causa, uma recompensa não merecida.

Com todos os olhos da foto fixos no calombo ajeitadinho de Emily, minha atenção também se volta para ele, este ser não formado que vai ser a cereja do seu bolo — o bolo com o qual você vai comemorar o fato de que conseguiu ter tudo o que queria (muito espertinho, Clive).

Eu sei, Clive, sei o que está se passando pela sua cabeça. Sei as promessas que você fez a Deus, que você vai virar a página, ser um motivo de orgulho para a família, ser um exemplo para essa bolha em constante divisão celular que se chama bebê. Quem sabe até não acredite em algumas delas?

O novo bebê é um novo começo para você, o alçapão para um futuro tinindo de promessas. Gosto de imaginar o tipo de avós que você e Susan serão: viajando cedo de compromissos importantes na Flórida, na Tailândia ou na África do Sul para não perder o aniversário do bebê, fazendo malabarismos com a agenda de gravação e as contas publicitárias lucrativas para poder dar uma de babá no dia que o Invólucro Sagrado tiver que sair. Vocês provavelmente vão transformar um dos quartos da linda casa de St. John's Woods num quartinho de bebê, e ele vai rapidinho pegar o hábito de ficar com vocês uma noite por semana para dar a Emily e ao banqueiro chato um tempo juntos. Você vai odiar ser chamado de avô, eu sei, então vai insistir em "Clive" ou algum apelidinho fofo, tipo "Papi".

Você sempre me disse o quanto lamenta o tempo que passou construindo sua carreira enquanto as crianças eram pequenas, perdendo vários dos marcos mais importantes nas vidas delas na busca do próximo nome do momento.

"Você precisa valorizar muito o tempo que tem com os filhos." Era o que me dizia, os olhos, da cor de alga podre, queimando em convicção benevolente. "É um clichê tremendo, mas você nunca mais vai ter essa chance de novo."

O novo bebê vai te dar uma oportunidade de corrigir os erros do passado. Você vai enchê-lo de atenção e talquinho, suspirando gratificado a cada novo passinho, a cada prova de uma comidinha nova, a cada centímetro que ele crescer. Você e Susan vão abrir uma poupança para ele desde o dia do nascimento e fazer depósitos generosos a cada aniversário e Natal. Você vai organizar uma festa de batizado no seu jardim e levá-lo para passar férias na sua casa de praia nova na Croácia. Você vai se assustar com o tanto que ama essa criança, canalizando nela toda aquela paixão redundante que costumava sentir por mim.

Quer saber de uma coisa boba? Tenho ciúme daquela bolha, com os dedinhos gelequentos e os pés flutuantes. Tenho ciúme da forma como ela está tão envolvida e protegida de tudo que pode dar errado. Tenho ciúme do amor incondicional que a espera. É errado ter ciúme de uma criança que ainda nem nasceu? Acho que não. Não vejo como é possível *não* ter ciúme do não nascido. Especialmente este. Especialmente o *seu* não nascido.

Quem não iria querer nascer numa família como a sua? Quem não iria querer ter o tio Liam, tão legal, e a vovó Susan, que fala sem rodeios (a vaidade dos títulos não é a praia dela)? Quem não iria querer uma mãe que vai passar suavemente de Primeira Grávida do Mundo para Primeira Nova Mãe do Mundo, exigindo de donos de restaurante que limpem a mesa do cantinho mais silencioso da casa para a cria adormecida dela, e colando aqueles adesivos ridículos de "Bebê a Bordo" no vidro traseiro do Mini Cooper? (Sou só eu que tenho um desejo irracional de pisar no acelerador e entrar na traseira dos carros que carregam aquele adesivo amarelo arrogante? As pessoas acham mesmo que o motorista do carro de trás vai pensar: "Bem, eu estava pensando em detonar a traseira daquele Mini, mas o aviso me deixou na dúvida"?)

Uma vez achei que faria parte da sua família, sua maravilhosa e bem-sucedida família, daquelas que tomam um drinque depois do teatro e depois comem uma coisinha no Joe Allen. Agora aquela massa flutuante e disforme que se chama bebê vai tomar o meu lugar, deslizando gelequenta e cheia de sangue para o meio das suas vidas açucaradas e endinheiradas. Você acha isso maluco?

Eu não.

Não estou me sentindo muito bem hoje.

Tomei uns dois citalopram e uma bupropiona, mas não estou sentindo aquela energia da qual passei a depender. Minhas mãos começaram a tremer de novo. Estou segurando minha mão esquerda bem na minha frente neste exato momento e é como se estivesse vibrando. Não consigo parar de olhar para ela.

No entanto, não chega a ser uma surpresa que eu esteja tendo uma crise. Depois de me rastejar até a cama quando já estava amanhecendo, fui sacudida com brutalidade por Tilly.

"Mãe. ACORDA!"

Sabe, Tilly precisa trabalhar mais suas habilidades interpessoais. Precisa mesmo.

"Cadê a coisa do Jamie?"

Não tenho estado muito boa de memória ultimamente. Só pisquei diante de Tilly, sem a menor ideia do que ela falava ou por que estava usando aquele tom de sussurro horrível.

"O presente de aniversário do Jamie. Cadê?"

Bem, você pode imaginar o meu choque, especialmente com o xanax ainda correndo em meu sistema e me deixando parcialmente paralisada.

"Você errou o dia. É amanhã", falei

Mas mesmo durante a minha fala, eu me perguntava se amanhã talvez não fosse de fato hoje, se é que você me entende. Tenho perdido a conta do tempo com frequência. Os dias parecem transbordar um no outro feito tinta fresca, e tenho tido dificuldade de distingui-los.

"Sua *burra*!" O rosto de Tilly era uma careta fechada e roxa, contraindo-se em si mesmo.

E então ela sumiu e logo depois o rosto dela foi substituído pelo de Daniel, também roxo e também nem um pouco satisfeito.

"Que porra está acontecendo com a sua cabeça, Sally?" E uma gota gorda de saliva pousou em meu lábio e tive que literalmente enfiar a mão debaixo do edredom para impedir que eu a secasse. Tive a impressão de que Daniel acharia o gesto ofensivo. Ele poderia ser interpretado como o que Helen chama de *incendiário*. "Tem um menino de 10 anos lá embaixo tremendo de empolgação porque é aniversário dele, esperando a mãe descer com um presente: *o presente que ele pediu a você na semana passada*. Como vou dizer a ele que a mãe esqueceu? Me diga!"

É claro que me senti muito mal na hora. Não queria pensar no modo como o lábio inferior de Jamie tremeria quando ele se desse conta de que não havia presente algum. Ele acabou de entrar na idade em que entende que chorar não é "coisa de homem", então vai engolir o choro até o corpo todo tremer com ele.

"Eu não esqueci. Só perdi a conta dos dias."

Preciso admitir que isso soou patético mesmo enquanto eu falava. Vou recompensá-lo. Vou mesmo.

Quando cambaleei até o primeiro andar (acho que vou começar a dormir no cubículo. Acho essas escadas muito traiçoeiras determinadas manhãs. É uma questão de equilíbrio, acho. Algo bloqueado em minha orelha, talvez... Bloqueado de novo. Tem um padrão surgindo aqui?), fiz uma festa com Jamie e contei que o presente era especial demais para abrir na pressa, antes da escola, e que ficaria esperando por ele até a hora que ele voltasse. Jamie pareceu gostar disso, embora não demonstrasse querer me dar um abraço de aniversário.

"É porque o seu hálito está com cheiro da janta de ontem." Foi como Tilly explicou.

Emily foi algum dia assim com você? Aproveitando todas as oportunidades para demonstrar desprezo? Estou tentando demonstrar simpatia. Fico me lembrando dos hormônios caminhando pelo sistema dela feito salmões migratórios, mas estou tendo dificuldade com essa verve cruel.

Minha filha se perdeu, foi o que os professores falaram.

Peço a Deus que ela se encontre novamente.

Quando Jamie saiu para o colégio com Daniel, tentei recordar o que havia na lista dos presentes que ele me disse que queria, mas nada me veio à lembrança. Acho que talvez fosse algum tipo de bicicleta, mas não tenho certeza, e esse seria um erro caro demais, não? Especialmente para pessoas que estão prestes a perder a casa. (Digo isso, mas sabe bem que ainda não acredito que seja possível. Alguma coisa vai acontecer. Sempre acontece alguma coisa, não é verdade?) Queria ter anotado o que Jamie disse, mas achei que ia me lembrar. Vou ter que passar nas lojas e ver se algo me dá uma luz. Estou determinada a fazer deste um aniversário legal para ele. Quando Jamie voltar da escola, vou ter bolo e talvez algumas bandeirinhas, e um presente que ele vai amar. Só preciso descobrir o que é. Vou ignorar a dor de cabeça e me vestir Vou recompensá-lo.

Vou mesmo.

Agora, nada de pânico.

Vai dar tudo certo. Eu vou dar conta de tudo. Assim que vi os comentários na página de Emily no Facebook, soube que precisava fazer alguma coisa.

> **Georgia Hanley-Corrigan** *Aguenta as pontas, meu bem. Vai ficar tudo bem com o bebê. Vou passar no hospital assim que possível, bjs.*

> **Cassandra Wyn-Coleman** *envia pensamentos positivos e orações. Melhoras, Emily.*

> **Flikka de Souza Piers** *conhece um cara que é um dos melhores obstetras. Estou procurando o contato. Não deixe eles fazerem nada antes de pegar uma segunda opinião com o seu próprio especialista, ok, meu bem?*

Como você deve estar nervoso aí em Maui, sabendo o drama que está se passando aqui. Emily no hospital! Alguma emergência com o bebê! Susan deve estar subindo pelas paredes de preocupação. O que quer que aconteça, a pobre Emily vai precisar de uma figura materna e, com Susan tão longe, eu vou ter que ajudar. Sei em que hospital ela está, então já estou a caminho. Espero que seja só uma frescura, mas nunca devemos ter pouco cuidado nessas horas. Vou só dar uma passada e ter certeza de que ela está bem, e então compro o presente de Jamie no caminho de volta para casa. Não se preocupe, sei que você faria o mesmo por mim. Nós precisamos tomar conta um do outro, Clive. Nós somos um só.

Porra Porra Porra Porra Porra Porra Porra Porra Porra

Como as coisas foram ficar desse jeito?

Só tentei ajudar.

Quando foi que perdi a sintonia com o restante do mundo? É como se eu falasse uma língua completamente diferente das outras pessoas, e não tenho intérprete, nem dicionário. Quando comecei a fazer tudo errado?

Me deixe recapitular as últimas seis horas para ver se consigo entender o que aconteceu. O que é mesmo que a Helen sempre pede que eu faça? Ah, é isto... enumerar os pontos-chave. Me deixe enumerar os pontos-chave das últimas seis horas.

- Fui ao hospital.
- Encontrei Emily.
- Morri um milhão de vezes.

Inspira, barriga para fora; expira, barriga para dentro.

Tudo bem. Me deixe começar de novo.

Quando procurei o hospital que os amigos de Emily tinham mencionado no Facebook, descobri que ele ficava num bairro bacana no noroeste de Londres. Cheguei um tanto exaurida, preciso admitir. Tinha esquecido meu cartão Oyster e subi num daqueles ônibus em que não deixam você pagar com dinheiro de verdade. O motorista tinha um sotaque incompreensível e ficava falando "quéxi não" para mim. Minha cabeça estava latejando e eu não entendia o que ele dizia.

"Não estou entendendo", falei de novo e de novo, apoiando a testa contra o vidro que o separava de mim, empurrando as moedas na direção dele.

"QUÉXI NÃO", gritou.

Enfim, um senhor em um dos assentos da frente se inclinou para a frente:

"Ele está dizendo que não aceita dinheiro", explicou, em tom de desculpas. "Esses ônibus só aceitam cartões Oyster ou tíquetes."

O hospital em si, quando finalmente cheguei lá, depois de saltar do ônibus e comprar um tíquete na maquininha, era um tanto repulsivo — blocos baixos de concreto e vidro, envolvidos por árvores que pareciam plantadas só por desencargo —, mas por dentro era outra história. Todo aquele piso de madeira clara! Aquelas poltronas roxas! Para falar a verdade, nunca me dei conta de como hospitais particulares são diferentes dos públicos. Não é de admirar que você seja tão fã dos planos de saúde!

A recepcionista foi muito educada e não pareceu se incomodar com o fato de que eu ainda estava com a camiseta velha do Brasil com a qual tinha dormido, calça jeans e chinelos. Ela me mostrou o caminho até a maternidade num mapinha do hospital que tirou de uma pilha na mesa em frente. Sabe, tive o impulso mais louco de me internar naquele hospital. Parecia um lugar no qual as pessoas tomariam conta de você, sem julgá-lo. Um lugar organizado, com mapinhas para ajudá-lo a se movimentar: talvez todos nós pudéssemos ficar ali. *Minha filha se perdeu.* Não dá para se perder num lugar como esse. Sempre haveria alguém pronto para achar o caminho para você.

Quando estava caminhando até a maternidade, a náusea que eu tentava controlar desde a manhã voltou à tona. Por sorte, com meu mapinha, consegui encontrar o banheiro mais próximo! E como era limpo! Ajoelhei na cabine do banheiro sem qualquer preocupação de higiene. Além do cheiro reconfortante de desinfetante, havia uma fragrância cítrica agradável. Queria que o nosso banheiro de casa fosse mais como aquele. Aquilo me fez me lembrar de que eu não lavava o banheiro havia bastante tempo. Aliás, eu não conseguia lembrar quando tinha sido a última vez. Fiz uma nota mental para comprar uns produtos de limpeza com cheiro de limão no caminho de casa.

Não sei por quanto tempo fiquei ajoelhada naquela cabine, mas tenho certeza de que foi bastante porque ouvi por duas vezes o barulho de alguém se aproximando, mexendo na maçaneta e se distanciando da porta com pesados passos impacientes.

Quase esqueci por que estava ali. Esqueci Emily, o Invólucro Sagrado, que talvez nem fosse mais um Invólucro, esqueci a coisa a que se chamava bebê, esqueci que estava dando uma de Susan. Ou estava dando uma de Clive?

Mas, no final das contas, me forcei a ficar de pé (que, aliás, estava meio encardido, sujo com a fuligem de Londres. E me vi torcendo para não ter inadvertidamente trazido germes para esse ambiente tão imaculadamente asséptico. Fiquei imaginando estafilococos resistentes presos às solas dos meus chinelos feito chiclete velho). Lavar as mãos na pia foi um prazer por si só. Adorei o creme de mãos caro e até pensei em lavar meus pés, mas não quis tentar erguê-los até a torneira.

A ala obstetrícia ficava no segundo andar e tinha sua própria recepção estilosa em tons de branco e lilás, com lâmpadas iluminando o balcão. A enfermeira escandinava atrás da recepção sorriu para mim à medida que eu me aproximava.

"Muito popular, a Emily", disse ela quando falei quem eu gostaria de visitar.

Preciso admitir que, à medida que caminhava pelo corredor e passava pelas portas entreabertas dos outros quartos — nos quais mulheres abatidas se recostavam contra travesseiros com estampas roxas de motivos felizes e visitantes bem-vestidos retiravam enormes buquês de dentro dos embrulhos de papel celofane —, eu ia me tornando consideravelmente apreensiva. Tinha corrido tanto que nem sequer pensara em levar um presente. Só estava pensando em Emily, como qualquer mãe faria.

Diante do quarto número 7, hesitei um pouco ao ouvir vozes por trás da porta. Parecia que havia várias pessoas lá dentro. Por alguma razão, vinha imaginando que Emily estaria sozinha, sofrendo o que quer que havia acontecido sem o apoio de seus pais em lua de mel. Eu havia esquecido o chato do marido banqueiro e as amigas de sobrenomes compostos e com aqueles cabelos cheios de luzes produzidos em salões de Notting Hill.

Quando abri a porta, havia pelo menos seis pessoas em torno da cama, e todas elas ficaram em silêncio assim que me viram. Sentada na cama e cercada por cartões, flores e frutas exóticas, goiabas talvez, Emily me encarou boquiaberta como se estivesse tendo alguma espécie de visão espiritual.

"Vim para cá assim que fiquei sabendo", titubeei. "Sabia que você estaria sentindo falta da sua mãe."

Emily entrelaçou instintivamente os ainda delgados braços sobre a barriga, que, agora eu percebia, ainda estava inchada feito um bicho morto ao sol.

"Tudo bem com o bebê?"

"Tudo bem. Foi só um susto, mais nada."

Quem respondeu foi o banqueiro chato, a primeira vez que falou algo diretamente para mim. Ele envolveu os ombros de Emily num gesto protetor, e fiquei com a estranha impressão de que não era bem-vinda. Não podia entender. Nós éramos quase amigas, Emily e eu. Ela tinha me convidado para o chá de bebê! Só podia ser o bebê quem a tinha colocado contra mim, aquela bolha em multiplicação constante. Estava ficando grande demais, ocupando muito espaço, me empurrando para fora. Pensei no meu bebê. O bebê que nunca houve, o que não era importante o suficiente para ser de verdade. Lembra, Clive, de como você me disse depois que gostaria que tivesse acontecido? ("Aí alguma coisa ia *ter* que acontecer", você disse. "A gente ia ter que ficar junto.") Ele ou ela teria sido tio ou tia desse treco dentro da barriga inchada de Emily. Seríamos todos uma família. Mas agora ela nem sequer me queria por perto.

"Obrigado por ter vindo, mas acho que é melhor você ir agora", disse o banqueiro chato. (Ele tem nome? Não consigo me lembrar.) "Emily acaba de passar por um inferno e está completamente exausta."

Sabe, tive uma vontade incontrolável de dizer a ele que também estava exausta. De repente, a sensação de estar inteiramente esgotada me dominou, como se alguém tivesse sugado cada gotinha de energia do meu corpo (a coisa que se chama bebê?). Eu queria que o banqueiro chato me envolvesse pelos ombros, me levasse até uma das poltronas acolchoadas e com cara de tão confortáveis (também roxas! Sem dúvida tem um decorador por aí se inspirando no Prince). Queria que ele se agachasse ao meu lado, pegasse minha mão e me perguntasse se eu precisava de alguma coisa. Você acha que seria pedir muito? Um pequeno gesto como esse?

Em vez disso, ele se manteve ao lado da cama, a mão no ombro frágil de Emily. Ela nem sequer podia me olhar. Virando-se para ele, sussurrou:

"Faça-a ir embora."

Bem, eu disse "sussurrou", mas, na verdade, a frase ocupou o quarto inteiro, ricocheteou nas paredes e, no final, bateu na minha cara feito elástico esticado. Acho que eu devo até ter me apoiado contra o portal quando ouvi aquilo. Foi um ato físico, sabe, aquele "faça-a ir embora".

"Só queria ajudar."

Minha própria voz era um choramingo de criança, e tentei me desapropriar dela, me distanciando um pouco para acrescentar um espaço entre mim e o som.

"Agradecemos muito." A voz do banqueiro chato foi firme e envergonhada. "Mas Emily realmente precisa descansar."

Olhei as pessoas ao redor — três meninas empoleiradas em volta da cama de lençóis estampados (isso mesmo, em tons de roxo! Como você é inteligente, Clive!), dois homens sentados nas poltronas. Nenhum deles podia me encarar nos olhos. Em vez disso, todos fingiam estar estudando as próprias mãos ou olhar pela janela. Duas meninas folheavam revistas (*Vogue* e *Heat*), mas não paravam de trocar olhares, sob as sobrancelhas perfeitas e ligeiramente arqueadas.

Minha vontade era pegá-las pelos rabos de cavalo sedosos e macios e bater a cara de uma contra a da outra, a cabeça hidratada e pintada de uma contra a cabeça hidratada e pintada da outra, esfregar o sorrisinho arrogante de uma contra o sorrisinho arrogante da outra. Eu queria pegar as pernas das calças skinny delas e amarrar bem apertado em volta daqueles pescoços. E enfiar as bolsas de couro da Mulberry na cabeça delas e apertar até sufocarem.

Ah, Clive, não seja tão crítico. Não fiz nada disso. Bobinho. Até consegui manter um sorriso (embora talvez tenha sido apenas um sorriso interno, não tenho muita certeza).

"Então tchau", falei.

Foi muito digno da minha parte, não acha? Nenhum sinal de reprovação ou de amargura.

Apenas depois que fechei a porta atrás de mim e ouvi o grito coletivo de "DEUS DO CÉU!" é que a amargura me alcançou, me atingindo feito produto de limpeza com cheirinho de limão. Corri até o banheiro, me debrucei sobre o vaso e vomitei minhas entranhas de olhos fechados, por medo de ver se o que saía de mim estaria coberto de sangue e pedaços coagulados de órgãos. (Você ficou com nojo dessa imagem? Desculpe. Tenho perdido a noção do que pode chocar as pessoas.)

Não sei o que está acontecendo comigo. Estou no escuro feito aquele bebê monstruoso, tateando às cegas com meus dedos gelequentos, chutando paredes de carne, nadando em sangue.

E agora imagino que deva contar o que aconteceu em seguida.

A verdade verdadeira (embora não sejamos bem do tipo honesto, não é?) é que não sei exatamente o que aconteceu assim que saí do hospital. Eu me lembro vagamente de estar numa estação de metrô, mas o dia estava incrivelmente quente, e eu estava tão perto da beirada da plataforma que me assustava com a forma como eu encarava os trilhos e percebia o quão fácil seria me imaginar deitada sobre eles.

E então eu estava do lado de fora de novo (graças a Deus), caminhando numa área de comércio lotada de gente. Eu experimentei um par de sapatos? Acho que sim. Tenho uma vaga lembrança bem vergonhosa dos meus dedos imundos saltando para fora de uma sandália de tiras douradas e da vendedora de cara feia me rondando com uma meia fina redundante.

Eu me lembro de caminhar muito.

Eu me lembro de chorar numa filial da lanchonete Pret A Manger.

Eu me lembro que me perdi. (Minha filha se perdeu. Ela se perdeu no meio do caminho.)

Quando finalmente cruzei a porta da frente, já era bem tarde, e soube no instante em que entrei em casa que havia algo de muito errado. Quando cheguei à sala, Daniel estava no sofá com um braço ao redor de cada filho, e todos pareciam ter chorado.

Daniel não falou nada. Nem uma palavra, o que eu sabia ser um mau sinal. Tilly, no entanto, pela primeira vez estava ansiosa para quebrar o silêncio e, quando falou, sua voz não estava carregada do cinismo habitual, mas soava de novo como a fala de uma criança.

"Eu disse que ela voltaria. E olha, ela trouxe um presente. Ela não iria esquecer. Anda, mãe, mostre ao Jamie o que você comprou para ele."

Ela me olhava incisivamente, e me dei conta de que estava carregando uma sacola de plástico, mas quando a abri, adivinha o que havia dentro? Um produto de limpar banheiro com cheirinho de limão! E eu não tinha a menor lembrança de ter comprado aquilo.

"O sonho de todo menino de 10 anos."

Daniel na certa havia incorporado o tom de cinismo de Tilly, lembro de pensar na hora. E então falou de novo, dessa vez para as crianças, embora ainda olhasse diretamente para mim:

"Crianças, subam lá e arrumem suas coisas para passar a noite fora. Nós vamos comemorar o aniversário do Jamie na casa do tio Darren."

Tilly, que estava meio sentada, meio de pé, olhou Daniel, hesitante, enquanto Jamie esfregava o rosto no ombro do pai.

"A mamãe vai também?", perguntou Tilly, e eu não sabia dizer se ela preferia ouvir um "sim" ou um "não".

"Hoje não. Mamãe está cansada."

Mas era Daniel quem soava cansado.

Eu sabia que tinha decepcionado Jamie. Como eu sabia? O rosto dele estava vermelho e inchado, e ele não conseguia me encarar.

"Desculpe pelo presente", falei. "Por que não saímos para comer uma pizza?"

Daniel fechou os olhos por um longo tempo.

"São oito e meia da noite de um dia de semana. Já jantamos. Já comemos o bolo que eu comprei no Londis. Você chegou atrasada. Você perdeu tudo. E agora vou levar as crianças para dormir na casa do meu irmão.

Enquanto Tilly e Jamie estavam no segundo andar colocando os pijamas dentro de mochilas, eu permaneci de pé, segurando a porra do produto de limpeza feito uma imbecil.

"Não quero que você vá", eu disse.

Mas assim que terminei de falar, percebi que não sabia se era exatamente verdade. As crianças têm sido tão cansativas, a pressão constante de me manter consciente de que elas estão lá. Sabe, eu me lembro de quando tive Tilly, a enfermeira que veio nos visitar depois me explicou que como os bebês não têm consciência do mundo além de si mesmos, eles pensam que toda vez que a mãe sai do quarto, ela desapareceu do mundo completamente. Eu me lembro de ficar horrorizada por algo tão assustador. Mas agora o mesmo acontece comigo, só que ao contrário. Quando as crianças saem do meu campo de visão, elas deixam de existir, e toda vez que reaparecem, preciso conhecê-las por inteiro de novo. É esgotante.

"Só por uma noite, está bem", falei, mas era impossível saber se foi uma pergunta ou uma afirmação.

Assim que as crianças desceram de novo, Daniel encontrou com elas no corredor.

"Você vai se divertir tanto com o tio Darren", falei a Jamie, mas o sorriso que eu tinha plantado no rosto estava desbotando. "E quando você voltar, vou estar com tudinho preparado para uma superfesta de aniversário atrasado. Eu só preciso de uma boa noite de sono."

As pálpebras de Jamie estavam tão inchadas que seus olhos praticamente tinham desaparecido. E aqueles mesmos olhos me encararam feito uva-passa enfiada em massa de um bolinho de aveia.

"Seus pés estão imundos." Foi o que ele disse.

As crianças foram embora anteontem à noite, ainda assim é difícil de acreditar que sequer estiveram aqui. Toda vez que me pego olhando uma meia de futebol secando no aquecedor (na verdade, já seca e dura do excesso de sabão) ou um exemplar gasto de *Crepúsculo*, me espanto duplamente: primeiro pela lembrança da existência delas, depois pela lembrança da perda.

Você acha que perda é uma palavra muito forte? Acha que estou exagerando?

Eles não vão voltar.

Daniel chegou ontem e empacotou mais coisas numa mala grande. Ele me disse que estava cansado de argumentar comigo e que agora ele ia tentar me dar um choque para ver se eu assumia de volta o controle da minha vida.

"As crianças vão voltar quando tiverem uma mãe inteiramente operante de novo", disse.

Do que você acha que consiste uma mãe inteiramente operante, Clive? Talvez as mães sejam um pouco como eletrodomésticos? Será que precisamos de um serviço regular de manutenção, para assegurar nosso esplêndida e completa variedade de funções?

Quem me dera saber.

Daniel parece irritado de me encontrar na cama. (Acho que tem se tornado bastante crítico ultimamente. Tenho certeza de que ele costumava ser mais tolerante.) Estou com o laptop, claro, e meu celular, mas desliguei o telefone fixo. Não gostava do jeito como ele ficava me encarando. Também tenho uma lata de spray de chantili quase vazia que achei na geladeira e que espremo dentro da boca toda vez que sinto uma tonteira de fome.

Na verdade, no entanto, não tenho sentido muita fome. Minha cabeça ainda dói, embora seja melhor quando estou deitada, e movimentos súbitos fazem meu estômago revirar perigosamente.

Daniel fez uma cena quanto a abrir as persianas e as janelas. Pelo jeito como estava nervosinho, qualquer um pensaria que o quarto estava cheirando mal ou algo assim. Eu podia dizer que se preparava para falar alguma coisa. O silêncio forçado o apertava feito um quimono. Até que ele não pôde mais aguentar.

"Você não liga mais?", explodiu.

Ora, o que se pode responder a uma pergunta como essas?

"Você não se preocupa de estar correndo o risco de perder tudo? As crianças? A casa? A mim?"

Preciso admitir que fiquei um tanto desconcertada por aquele "a mim". Parecia inconcebível que Daniel chegasse a considerar sua partida como uma perda, em vez de um prêmio de consolação.

Daniel disse que eu estava "doida" de ter parado com os antidepressivos. Não é irônico? É uma loucura parar com os remédios que são um sinal de que se está doida? Quando falei que tinha voltado a tomar os remédios e que, aliás, já tinha tomado três comprimidos naquela manhã, ele não pareceu amolecer.

"Você precisa tomar jeito", disse ele.

Àquela altura, Daniel tinha se aproximado da beirada da cama e se agachado para ficar na mesma altura que eu. Acho que é uma coisa que se ensinam no curso de professor: como é importante não oprimir as crianças com a sua altura.

Por um instante, o rosto dele, a apenas centímetros do meu, ficou mole como cera, e suas feições se arrumaram numa expressão de alguém que se importa. Era o olhar que eu reconhecia das fotos antigas, o olhar de alguém que deseja coisas boas. De repente, um caroço se enrijeceu em minha garganta e achei que estava prestes a gritar. Eu queria desesperadamente que Daniel me abraçasse, me puxasse para junto de si, acariciasse o meu cabelo e me embalasse como um bebê; do jeito que ele fez quando minha mãe morreu, sem ligar para o suéter dele sujo de meleca ou para a minha cara inchada. Era isso que eu queria, então o que foi que fiz? Eu ri. Não pude evitar. Soluços idiotas que eu queria afastar de mim como se fossem moscas.

"Jeito? Onde eu encontro isso?", perguntei, impotente. "É de comprar? Você tem algum sobrando?"

E durante todo o tempo em que eu estava soltando tudo aquilo, no íntimo, eu desejava que Daniel se debruçasse, me envolvesse com os braços e fingisse que me amava. Se eu dissesse que me contentava com apenas a metade da atenção que aquela coisa que se chama bebê já demanda, você vai achar que eu estou doidinha da silva, mas não deixa de ser verdade. É claro, porém, que Daniel não podia enxergar nada além das risadas impotentes. Ele se pôs de pé, estalando de desaprovação.

"Me avise quando estiver pronta para colocar seus filho em primeiro lugar."

Meus filhos. As palavras passaram por mim feito cálculo biliar. E me veio uma imagem de Tilly e Jamie nadando como peixinhos dourados num aquário de vidro, visíveis, mas inatingíveis. Ou talvez era eu quem estava dentro do aquário, e eles que estavam do lado de fora, afastando-se de mim.

Depois que Daniel foi embora, me deitei e tentei chorar, mas não havia lágrimas. Em vez disso, meu celular tocava constantemente. Sian queria aparecer imediatamente para tomar uma garrafa de Sauvignon Blanc e me oferecer apoio. Daniel havia ligado para ela, ao que parece. (Ah, o vínculo de se partilhar uma louca. Eu os imaginei comparando observações e balançando a cabeça numa demonstração sincronizada de lamento.) Ela pareceu chateada quando falei que não a deixaria entrar, e disse de novo que se sentia culpada por tudo aquilo, por ter se envolvido no nosso caso. Ela o havia "capacitado" a ganhar terreno em minha vida, disse mais uma vez. Ela havia *facilitado* minha derrocada. Respondi que ela não devia se preocupar, que não tinha exercido um papel tão importante assim. E então Sian ficou quieta e sentida, e disse que eu estava diferente e que ela sentia falta da antiga Sally. Mencionou de novo o Sauvignon Blanc, mais por formalidade, acho, do que em expectativa de sucesso.

Você sempre teve um monte de teorias a respeito de Sian, não é? Você achava que ela era passivo-agressiva, achava que ela queria me punir por sua própria imaturidade, achava que ela sentia algo por mim (embora, admita, essa era apenas uma fantasiazinha). Você achava que ela sentia algo por você. Você achava que eu era boa demais para ela, achava que ela era ruim demais para mim. Achava, de novo, que ela era uma pessoa sofrida.

Uma mulher sofrida. Você sempre teve uma queda por elas.

E agora, sou a mais sofrida de todas. E você não está em lugar algum.

Depois de Sian, foi o meu pai. Ao que parece, Daniel estava andando ocupado repassando toda a agenda telefônica.

Meu pai soou meio na dúvida, como se não soubesse bem por que havia ligado.

"Você está bem?", perguntou ele.

Não estava com saco para fingir.

"As crianças foram embora, papai. Daniel levou os dois."

Houve uma pausa enquanto ele tentava avaliar pela minha voz se o fato de as crianças terem ido embora estava sendo interpretado como uma coisa boa ou ruim. No final, sem encontrar algo que o pudesse guiar, optou pela segurança de um chavão.

"Bem, vamos torcer pelo melhor."

Eu deixei passar. O que mais podia fazer?

"Como vai a vida, papai?"

E ele soou mais forte na mesma hora. Estava em território conhecido.

"Tenho andando preocupado com esse derramamento de petróleo. É um desastre, claro, mas é deprimente ver que os americanos estão aprontando de novo, Deus sabe o estrago que deixaram para trás em lugares como Bhopal."

Você nunca conheceu meu pai, não é? Tenho certeza de que o descreveria como "perfeitamente adorável", mas não acredito que um dia vá conhecê-lo. (Lembra como você se dizia incrivelmente ciumento da parte da minha vida que não o incluía, a mãe que nunca conheceu e o pai que você ainda não havia encontrado. "Queria que a sua vida tivesse começado quando você me conheceu", você dizia. "Não suporto que tenha existido antes de eu conhecê-la.")

"Estou preocupado com o mundo, Sally", disse meu pai, muito sério.

E aquela gargalhada veio de novo, espontânea, pulando da minha boca como grito.

"Eu também, papai."

Quando o telefone tocou pela terceira vez, achei que era o meu pai de novo, talvez para comentar mais uma atrocidade perpetrada pelos americanos ou por ter se lembrado de que a perda dos filhos é um assunto mais sério do que havia suposto inicialmente.

"Sally? É Helen Bunion."

Então eu teria o tratamento completo, tudinho, nada de economias.

Helen ligou para me contar que Daniel havia entrado em contato com ela. E é evidente que ela havia dito a ele que não seria adequado discutir a respeito de um cliente com elementos externos. (Que descrição engraçada para o Daniel: um elemento externo. Igual a sua festa de renovação de votos, que tinha uma parte interna e uma parte externa, não é?) Mas ela havia concordado em entrar em contato comigo, já que ele estava tão preocupado.

"Nós chegamos a um ponto em que sinto que preciso recomendar enfaticamente que procure ajuda de outra pessoa", ela me disse. "Você está extrapolando as barreiras da minha capacidade."

Não é uma desculpa esfarrapada? Extrapolar as barreiras da capacidade dela. Gostei tanto da frase que cheguei até a anotá-la. Escrevi aqui na margem do meu diário, ao lado de uma flor rabiscada (com pétalas caindo, como se estivesse morta).

Sabe, prefiro pensar que foi isso que você fez, Clive: extrapolou as barreiras da minha capacidade. Talvez seja isso que machuque tanto.

Helen me falou que está "seriamente preocupada" com meu estado mental e implorou, de novo e dessa vez com mais ênfase, que eu marcasse uma consulta com minha médica. Ela também disse que eu tinha reservas de força da qual nem sequer tinha conhecimento e que eu devia me apoiar nelas, mesmo se achasse que estava tudo acabado. Aquela parte do "me apoiar nelas" me fez pensar no rabisco de flor morta e, mais uma vez, tentei não rir.

"Você tem em quem se apoiar, Sally", disse ela. "É vital que saiba que não está sozinha."

Pensei naquilo depois que Helen havia desligado, no apoio que eu tinha e no fato de que não estava sozinha. Só que não é o que parece. Neste instante, me sinto a pessoa mais sozinha que já existiu.

"Não confunda estar sozinha com ser solitária." Helen sempre me disse isso, então tentei entender qual das duas eu era, e cheguei à conclusão de que era ambas.

Sozinha e solitária. Desgraça dupla.

O telefone tocou de novo. Número desconhecido.

E era você.

"O que estava pensando?"

Sua voz tremulava de raiva mal contida. Por um instante achei que estava falando de nós. O que eu estava pensando quando me envolvi em "nós"? Eu tinha me esquecido de Emily.

"Emily passou um susto tremendo. Susan e eu vamos pegar o primeiro avião para encontrar com ela, claro. O parto vai ter que ser induzido mais cedo do que o previsto. A última coisa que ela precisava era de você para dar outro susto nela."

Que coisa feia de se dizer. Afinal de contas, eu só estava tentando ajudar.

"Quando vai aceitar a realidade, Sally?"

Fiquei quieta. Bem, não tinha muito a responder.

"Nós tivemos um caso e agora acabou. Você precisa seguir em frente."

"Para onde?"

"Como assim para onde?"

"Para onde eu seguiria?"

Você suspirou. Um suspiro pesado e teatral, como se o seu peito estivesse sendo comprimido por uma mão gigante, apertando cada último resquício de ar.

"Eu tentei ajudar, Sally (tentou mesmo, Clive? Você tentou tudo? Tentou cumprir suas promessas? Tentou dizer a verdade?). Mas preciso avisá-la, um dos meus contatos está muito incomodado com a forma com que você vem atazanando minha família. Ele não é o tipo de homem com quem se brinca, e infelizmente a coisa não está mais sob meu controle."

"Eu devia ficar com medo, Clive?"

Pensei no homem de jaqueta de couro e no jeito como seus dentes da frente eram mais brancos que os de trás; um homem que se importa tanto com o que os outros pensam dele que fez clareamento apenas nos dentes que as pessoas podem ver. Não é ele, acho, esse seu "contato" que ficou incomodado comigo. O Sr. Jaqueta de Couro é um cara familiar demais agora. Talvez até goste de mim. Não está muito longe das possibilidades. Não houve inimizade alguma nas trocas que se passaram entre nós. Não, vai ser outra pessoa, talvez outro parente encantador de Tony, com outra jaqueta, que vai lhe dizer para deixar tudo com ele e não fazer muitas perguntas, e você vai concordar tão agradecido. "Não quero que ninguém se machuque", talvez você diga vagamente, egocentricamente, apenas sentindo que era importante que aquilo fosse dito. "Algumas pessoas simplesmente não ouvem a voz da razão", o homem responderia pesaroso. "Algumas pessoas precisam aprender da maneira mais difícil."

Acho que você esperava que eu recuasse naquele instante, mas continuei:

"Você se lembra de me dizer como passava noites acordado pensando no que faria se algo acontecesse comigo?"

Depois disso, você ficou em silêncio. E, então, soltou mais um daqueles suspiros longos e compridos.

"Nunca falei nada que não fosse verdade. Na época."

Aquele "na época" foi um toque inteligente: uma cartinha da Sorte escondida debaixo do tabuleiro no Banco Imobiliário que podia tirar você da cadeia.

"A vida continua, Sally. As pessoas mudam."

Mas é aí que você se engana, Clive. As pessoas não mudam. O mundo continua girando inexoravelmente, mas as pessoas não giram com ele. Elas enfiam os sapatos nas dunas de areia e se agarram a elas desesperadamente.

Depois que você desligou (desejando que as coisas nunca tivessem chegado aonde chegaram), tentei segurar o som da voz, tentei me enrolar nela como uma camiseta que ainda tivesse o seu cheiro. Mas evaporou rápido demais e, além disso, foi uma sensação pesada, nem um pouco reconfortante. Fiquei deitada por muito tempo pensando em como a voz tinha soado ao dizer aquelas palavrinhas mágicas: "na época".

Quanto mais pensava na expressão, mais impressionada eu ficava. Tenho que admitir, Clive. Aquele "Nunca falei nada que não fosse verdade. Na época." é simplesmente genial. Dá a você carta branca para dizer exatamente o que quiser, sabendo que pode retraçar seus passos a qualquer momento no futuro com a integridade intacta. Eu realmente preciso me lembrar disso da próxima vez.

O problema é que na certa as outras pessoas podem não entender exatamente como isso funciona. Elas podem levá-lo a sério. E podem começar a planejar a vida em torno daquilo que foi dito. Outras pessoas podem ser pegas desprevenidas.

Você pensou nisso? Hein? Hein?

Portanto ontem foi o dia dos telefonemas. E hoje é o dia das batidas na porta. Por cinco vezes diferentes alguém empurrou o portão lá de fora, com o trinco velho e enferrujado, e andou pelo caminho até a casa, as solas dos sapatos batendo contra o cascalho. Por cinco vezes, eu ouvi o barulho das folhas em crescimento descontrolado da figueira no jardim e os galhos compridos se quebrando quando alguém se abaixava para passar por ela. Cinco vezes, aquela batida agourenta à porta (graças a Deus a campainha não está mais funcionando. Como eu odiava aquele gemido arrastado de funeral de quando a pilha começava a acabar).

Duas vezes cheguei a rastejar para fora da cama e ficar de pé à janela ouvindo o barulho da batida, apesar das ondas de dor que me tomam toda vez que fico de pé. (A minha estupidez, considerando de novo, apesar de tudo, que poderia ser você ali na porta de casa, vindo me resgatar.) Uma vez me vi olhando para um careca com uma barriga protuberante que eu nunca tinha visto antes; na casa dos 50 anos, usando um casaco de náilon preto fechado até o pescoço, calças pretas e óculos escuros. Algo me disse que não era o leiteiro. Primeiro achei que fosse o contato de quem você tinha falado, aquele que estava muito incomodado que eu estivesse atazanando a sua família. Mas então, depois de dar uma espiadela pela janela da sala e bater na porta mais uma vez, ele jogou alguma coisa pelo buraquinho do correio. Eu não podia imaginar o que o seu contato poderia ter escrito para mim, por isso, depois de vê-lo se afastando dentro do carro (aliás, notei que havia uma cadeirinha de criança no banco de trás! Não é tão incongruente?), fiz um esforço e desci até o primeiro andar pela primeira vez em dois dias. Havia uma carta no capacho endereçada à mão. Ao abrir, descobri que era um oficial de justiça. Ao que parece, eu e Daniel devemos 2.544,79 libras para uma empresa de cartão de crédito, e eles estavam fazendo uma visita de cobrança.

Ora, 2.544,79 libras. Podia ser pior.

Mas preciso admitir que a carta me perturbou um pouco. Eu tinha decidido não tomar mais remédio nenhum durante o dia, já que estavam quase acabando, mas depois da visita do oficial careca e gordinho, eu precisava de alguma coisa para me acalmar. Para minha alegria, achei três comprimidos de Cymbalta debaixo de uma caixa de Tampax que uma amiga médica havia me dado em meus primeiros espasmos de depressão. Engoli os três com água da pia do banheiro, tentando ignorar a sensação persistente de tonteira em meu cérebro enquanto bebia.

A segunda vez que olhei para fora era Sian que estava batendo à porta. Me escondi imediatamente, para o caso de ela olhar para cima. Ela ficou lá durante muito tempo, preciso dizer, gritando contra a janela do banheiro, dizendo que sabia que eu estava lá. Me senti mal com aquilo. Sabe, ao contrário do que você pode pensar, ela realmente se preocupa comigo: dentro dos limites do egocentrismo. No final, tomei mais dois zopiclones e puxei o edredom sobre a cabeça.

Quando acordei, há umas duas horas, estava escuro. Meu laptop me dizia que era uma e vinte e quatro da madrugada, mas eu não tinha ideia de que dia era. No final, acabei colocando no Google "Que dia é hoje?" e descobri um site que me disse o dia, e também a temperatura em Londres, Nova York e Tóquio.

Abri o Facebook imediatamente para ver se eu tinha perdido alguma coisa.

Vi pelas mensagens no mural de Susan que vocês tinham voltado. Havia uma sobre Liam buscar vocês no aeroporto e outra de uma colega de Susan dizendo que era uma pena que tiveram que interromper a viagem.

O mural de Emily estava bem ativo. Obviamente ficar sentada num quarto de hospital, mesmo um que fosse equipado com uma dock station de iPod própria, deixa qualquer um com tempo demais para pensar (digo, existencialmente falando, e não de um jeito "eu quero um bebê fofinho", embora isso provavelmente também fosse verdade).

Emily Gooding-Brown *gostaria de agradecer a todos os amigos queridos por serem tão queridos.*

Emily Gooding-Brown *É impressionante como dar um esbarrão na morte ajuda a gente a se concentrar nas prioridades.*

Emily Gooding-Brown *mal pode esperar pra ver seu bebezinho. Espera um pouquinho, meu bem. Só mais dois dias!*

Emily Gooding-Brown *Entediada...*

Havia também um monte de mensagens de amigos e desejos de melhoras, inclusive uma de Susan, enviado de um aeroporto em algum lugar.

Susan Gooding *voltando para casa. Estamos levando uvas. Não tenha um filho antes de a gente chegar*

Olhando para a foto do perfil de Emily, que tinha sido atualizada recentemente para uma em pose de grávida, eu me lembrei de como ela me olhou enquanto fiquei de pé na porta do quarto no hospital e de como tinha se virado e dito "Faça-a ir embora".

Faça-a ir embora.

Teve uma época em que quase fui madrasta dela, parte da família.

"Emily talvez seja um pouco hostil a princípio, mas ela vai aceitar quando entender o quanto você me faz feliz." Foi o que você me disse.

Na época, acreditei em você. Até fantasiei sobre como Emily teria se saído como irmã mais velha de Tilly, levando-a para fazer compras e para almoçar. Mas agora sei que é mentira. Tudo aquilo. Emily nunca teria me aceitado. Eu nunca teria sido boa o suficiente. Em vez disso, ela sussurra "Faça-a ir embora", e os amigos dela dão um risinho fingido e não me olham nos olhos.

A todo instante me sinto enjoada e corro para o banheiro, mas quando me jogo no chão, nada sai de dentro de mim. Os zumbidos em meu cérebro estão ficando piores, e tem outra sensação agora, uma pontada no fundo da garganta. Primeiro não entendi de onde vinha. Na verdade, demorei séculos para entender. Quer saber o que é, Clive, essa nova sensação se formando dentro de mim e subindo até minha garganta?

É ódio.

E quer saber o que mais?

Ele me faz sentir viva.

O sol subiu, mas fechei as cortinas e baixei todas as persianas. Ameniza um pouco a minha dor de cabeça.

As batidas na porta começaram às sete e meia hoje de manhã. Não levantei para olhar quem era, mas ouvi uma voz masculina gritando contra o buraquinho do correio.

"Sra. Islip? Precisamos conversar, Sra. Islip."

Eu não sei quem é essa Sra. Islip a que eles se referem.

Acho que estão batendo na porta errada.

E, ainda assim, as batidas continuam. Não fui olhar se aquele contato seu veio me ver. Tenho certeza de que vai me achar se quiser, trazendo seus presentes e mensagens de amor presos a tijolos.

Sian veio hoje mais cedo e gritou diante da porta.

"Sally, pelo amor de Deus, me deixa entrar, *porra*."

Eu sabia que ela estava usando os sapatos de trabalho, pois eles fizeram um barulhinho gostoso na calçada quando ela finalmente foi embora.

O celular tem tocado bastante, claro, mas raramente atendo. Só atendi hoje de manhã, ao ver que era uma ligação da Tilly.

"Papai não quer me deixar ir à matinê 14-16 em Brixton. Todo mundo vai. Não é justo."

Já teve a sensação de alguém falar com você e as palavras fazerem sentido, mas você simplesmente não conseguir entender o que querem dizer?

"Você ainda não tem 14 anos", respondi. E acrescentei imediatamente, na dúvida: "Não é?"

O tom de voz dela aumentou perigosamente quando respondeu:

"Você nem sabe quantos anos eu tenho. Você não sabe o que está acontecendo na minha vida. Por que a gente teve que vir para a casa do tio Darren? Por que a gente não pode ir para casa? Que *porra* de mãe você é?"

O "porra" reverberou assustadoramente do outro lado da linha, silenciando nós duas.

Então houve um barulho, e Tilly tinha sumido.

Debaixo do edredom, tenho mudado obsessivamente entre o mural de Emily e o de Susan no Facebook e a página da sua empresa na internet. Notei que mais alguém deixou um comentário lá, dessa vez elogiando você por ser um "produtor destemido". Sei que você vai adorar isso. Aquela palavra, "destemido", destacando-se com orgulho na tela.

Mas eu sei a verdade. Sei do que você tem medo. Sei o medo que exala de suas axilas.

Você tem medo de mim.

Não acredito.

Não pode ser verdade. Claro que eu acredito. Por que não acreditaria?

Decidi olhar nossa antiga conta de e-mail, agorinha mesmo. Não a conta secreta que usávamos sempre, mas a conta de Hotmail que você abriu no ano passado, na época em que a conta original ficou parada uns dois dias. Eu estava relendo nossos e-mails antigos (me pergunto se você faz isso. Reler mensagens velhas. Gosto da ideia de que nós dois poderíamos estar, sem saber, na mesma conta de e-mail, fazendo uma viagem sincronizada no túnel do tempo), e me deparei com uma referência a ela.

Não foi difícil adivinhar a senha. Afinal de contas eu sabia a senha da "nossa" conta de e-mail. ("Não quero ter segredos com você", foi o que me disse. Bem, é para rir, não é?) Era o nome de solteira da sua mãe, Lyttleton, mais a data de aniversário de Liam. Quando isso não funcionou, tentei Lyttleton mais o seu aniversário. E então, depois de uma consulta rápida ao Facebook (não é conveniente a forma como as pessoas exibem tão facilmente sua data de aniversário?), tentei Lyttleton mais o aniversário de Emily. Bingo.

A primeira surpresa era que a conta do Hotmail ainda funcionava. A segunda era que ela tinha sido usada recentemente. Dei uma olhada na caixa de entrada. Os e-mails eram todos da mesma pessoa. AnnaMillington1977.

1977!

Antes de abrir qualquer uma das mensagens, tive que correr para o banheiro de novo. Foi aquele monte de AnnaMillingtons e aquele 1977 maldito e zombeteiro.

Quantos anos tem alguém que nasceu em 1977? Vamos fazer as contas? São 33. Dez anos mais velha que a sua filha. Dez anos mais nova que eu. A simetria é impressionante, preciso dizer.

Quando voltei para a cama, meu cérebro estava martelando contra o interior do crânio. Tentei ignorar e contei os e-mails que você tinha recebido de Anna Millington: 11. Então decidi repassá-los cronologicamente de baixo para cima, começando em 5 de junho, há cinco semanas.

Sua nova amiguinha de correspondência é obviamente alguém que começou a trabalhar há pouco tempo na sua gravadora. O primeiro e-mail era uma resposta a uma mensagem sua, que eu abri imediatamente.

Você provavelmente pensa que eu sou um babaca solitário (o babaca solitário no sótão!) *e, se for este o caso, pode me mandar ir à merda, mas acho que houve uma conexão entre nós dois na noite passada. Estou enlouquecendo? (Não seria a primeira vez!)*

O Clive típico, autodepreciativo, mas aniquilante. Uma conexão entre vocês dois, hein? Três semanas antes da festa de renovação dos votos. Fico me perguntando se ela estava lá, essa tal de Anna Millington. Ela era uma das menininhas de vestidinho curto e brilhoso que eu desconsiderei como uma das amigas de Liam ou de Emily?

Em favor dela, devo dizer que Anna Millington tentou adotar um ar de defensora da moral.

Você não está enlouquecendo, não se preocupe. Mas você é CASADO e é MEU CHEFE: dois belos motivos para que essa conexão se mantivesse fechada, não acha?

Mulher esperta, essa Anna Millington. Mas você ia se dar por vencido? Não, não você, Clive. Nos e-mails que trocaram nos últimos dois dias, um bate-papo despreocupado com um toque sombrio de flerte, você estava constantemente pressionando, forçando a barra, talvez. Mas Anna parecia não se importar.

Duas semanas antes da festa, parece que você teve um encontro. Exceto que, com muito charme, você se recusou a chamá-lo de encontro.

Encare isso como um jantar de negócios. O tipo de jantar de negócios em que há velas e taças de champanhe e no qual você chega usando um vestidinho apertado e saltos ridiculamente altos e ri de todas as minhas piadas, dizia a sua mensagem naquela mesma tarde. *Estou com um friozinho na barriga. Por que diabos me sinto como um adolescente?*

No dia seguinte havia uma mensagem sua enviada às seis e meia da manhã! Falando sério, Clive, nunca ouviu falar em bancar o difícil?

Eu só quero que saiba que a noite passada foi mágica. Eu sei que você estava certa ao me colocar para fora. Sei que estava certa quanto a tudo, mas não consigo parar de pensar em você. Mesmo que nada aconteça entre nós, só quero que saiba que, quando você entrou no restaurante, eu me senti o cara mais sortudo do mundo.

Quando li aquela última parte, um som saiu de mim como se eu estivesse sendo dilacerada por dentro: um som horrível, torturante. Foi por causa do "cara mais sortudo do mundo". Eu tive um flash de memória muito vívido de três anos antes, quando demos um jeito de passar três dias juntos no sul da França, você acrescentando uns diazinhos depois de gravar uma promo para uma banda nova, e eu sob o pretexto de entrevistar uma inglesa nojenta que vivia em Nice e que havia virado sensação na internet ao criar um blog sobre a experiência de morar no exterior. Você me buscou no aeroporto, e, quando passei pelo desembarque, insegura em meus sapatos novos, você estava lá, esperando por mim. Depois de um longo beijo, você se afastou e, me segurando a distância de um braço, me contemplou em silêncio.

"Me sinto o cara mais sortudo do mundo", disse, afinal.

Depois daquele e-mail matinal, havia apenas mais dois na longa sequência de mensagens. Mais tarde no mesmo dia, vinha a resposta comedida de Anna Millington.

Gostei muito da noite passada. Muito mesmo. Mas os fatos continuam os mesmos: você é um homem casado e, não é só isso, está prestes a viajar para Maui com a esposa. (Ah, então você não comentou sobre a festa de renovação dos votos de casamento com sua nova correspondente. Nem sussurrou aquelas palavrinhas traiçoeiramente carregadas de emoção, "lua de mel".) *Quero que tire um tempo durante as férias para refletir o que você quer de verdade. Não vou ser a amante de um homem casado. Mereço mais do que isso.*

Então Anna não vai ser a amante. Ela merece mais do que isso. Ela merece mais do que eu. "Mais" é um conceito relativo. O padrão dela é mais alto. Eu sou uma amante (uma ex-amante), então meu padrão é mais baixo. As equações giram e giram em minha cabeça.

Era a última coisa em sua caixa de entrada. Mas quando voltei para a pasta de mensagens enviadas, havia mais uma, datada de três dias atrás.

Penso em você o tempo todo, você enviou do iPhone de algum lugar em Maui.

Então agora eu sei.

Mas na verdade sempre soube.

Eu era diferente, Clive? Ou eu era igual a todas as outras? E apenas tinha conseguido durar um pouquinho mais?

Estava quente debaixo do edredom, mas eu não ousava sair dali. Não quero ouvir as batidas na porta ou o meu telefone tocando. Não quero saber se está claro do outro lado da persiana. Não quero ver meu próprio corpo e ter que encarar que existo de verdade.

Pesquisei pelo seu nome no Google de novo e vi uma foto nova sua em um site de música alemão. Não sei o que o texto diz, mas conheço o seu rosto. Meu Deus, conheço o seu rosto.

Minha cabeça lateja e lateja o tempo todo, e meu coração acelera no peito.

Acabei de voltar para a página de Emily no Facebook. Nada, só mais alguns "boa sorte" de pessoas com nomes idiotas. Minha vontade é arranhar a tela no lugar em que a foto deles aparece, fazendo vincos profundos naquelas caras convencidas. De volta ao seu site, aquele "destemido" ainda saltando da tela, e, então, de volta ao perfil de Susan. Fico mudando de uma página para outra até que se misturem umas às outras, os rostos se fundindo, todos horrorosos.

Aconteceu.

Enquanto eu estava clicando em alguma coisa na página de Susan há pouco tempo, um novo comentário surgiu no mural.

Liam Gooding *Parabéns, Vovó!!*

Então é isso. Vocês são avós agora. Mais um vínculo em sua inquebrantável defesa.

Voltei à página de Emily, e as mensagens de parabéns a inundavam. Definitivamente um menino, ao que parece. Você vai amar isso, outro menino para proteger de seu jeito destemido. Você se lembra do bebê que nunca houve, Clive? Sempre imaginei que era um menino, uma coisinha chutando em seus braços, nascida do amor.

De onde essa outra coisa veio? Essa usurpadora? Anna Millington daria filhos a você, construiria uma família. Talvez ela e Emily pudessem ser amigas. E a vovó Susan tomaria conta de tudo.

As fotos já começaram a ser postadas no mural de Emily. Uma criatura roxa, com um bocão guloso, e Emily, suada e radiante. O banqueiro chato com um sorriso orgulhoso... E aqui, aqui, aqui, aqui e aqui. Aqui estava você.

Você estava segurando a coisa que se chama bebê na altura do nariz, como se fosse inalar aquilo feito uma carreira de cocaína da grossura de um verme. Susan estava do seu lado, olhando para cima, o rosto com um bronzeado recente e brilhando devido às luzes da sala de parto.

E mais uma. Você e Susan, um de cada lado de Emily, segurando a coisa como se fosse feita de origami. Susan e Emily estavam com a cabeça tombada em pose de suplício, mas você, Clive, você estava olhando diretamente para a câmera, e sua expressão era de total triunfo.

Você pensa que ganhou, não é, Clive?

Mas não ganhou.

Você não vai ganhar, Clive.

Você vai pagar, Clive.

Vocês todos vão me pagar.

A ideia me veio hoje mais cedo, o que eu deveria fazer. Não sei há quanto tempo escrevi pela última vez, mas sei que o telefone tocou muitas vezes e que houve mais pegadas no cascalho lá fora. O Facebook de Emily está recheado de mensagens de "Parabéns". Centenas delas. (Quantos amigos os jovens de hoje têm! Como diabos eles conseguem dar conta de todos?) Muitos dos comentários dizem que ela pode se esquecer dessa história de dormir. Acho que era para ser engraçado.

Tentei levantar há um tempo, mas minha cabeça rodou tanto que afundei de volta na cama. Mas vou conseguir. Se não neste minuto, no próximo, e se não no próximo, depois.

Estou indo ao hospital. Bem, já sei o que fazer agora. Vou me lembrar de levar o cartão Oyster e vou lavar meus pés e passarei pela recepcionista educada até o elevador. Mesmo que não seja hora de visita, vou dizer às enfermeiras que minha sobrinha tinha dado à luz e que tinham me dito que daria tudo certo. Elas não vão me negar. Existem alguns pontos extras, afinal de contas, na respeitável invisibilidade da mulher de meia-idade.

Vou tomar o que é seu. Do mesmo jeito que você me tomou o que era meu.

E não vou olhar para trás.

Quinze meses depois

Oi. Há quanto tempo.

Desculpe se isso parecer letra de música do Tim Rice. Infelizmente acho que parece.

Para ser sincera, não deu para atualizar este diário durante os últimos meses. Estranho imaginar que por um tempo era como se ele tivesse sido colado cirurgicamente em minhas mãos. Como os ingratos se esquecem rápido de seus sistemas de apoio, não é, Clive?

Nem preciso olhar a última entrada no diário para saber quando foi e o que escrevi. Já tem quase 15 meses, mas aquilo permanece gravado com prego enferrujado em minha mente. O ônibus, o hospital, o bebê.

Não vou pensar no bebê.

Claro, muita coisa mudou desde então. Gosto de pensar que houve um progresso, de uma forma ou de outra.

Para começo de conversa, não sou mais a mulher invisível no cubículo, metade cadeira, metade gente. E, aliás, você também não é mais o babaca solitário no sótão. Não deixa de ser um progresso, você não diria o mesmo?

O cubículo não existe mais, a casa não existe mais. Não preciso mais me esconder do Daniel e das crianças para escrever neste caderno. Tenho todo o tempo do mundo agora. Engraçado como eu sonhava em ter tempo para mim mesma.

Tempo para fazer minhas próprias coisas, livre das expectativas das pessoas. Agora é como se eu não tivesse mais nada além de tempo. E ninguém espera nada de mim. Cuidado com o que se deseja. Não é?

Estou deitada em minha cama desconfortável neste momento. (Quantas camas nós dividimos ao longo dos anos, Clive? Imagino-as numa fileira como num showroom da Slumberland, algumas queen-size, outras cobertas de travesseiros, muitas com aquelas cabeceiras embutidas na mesinha do lado que você encontra em quartos de redes de hotéis baratos: todas cheias de fantasmas.) Olhando para cima, posso ver pela janela lá onde outubro está se acumulando impassível no céu cinzento. Um quarto com vista. Um quarto só para mim.

Cuidado com o que se deseja.

Tem um cartão do Jamie na mesinha de cabeceira de fórmica. Na frente, uma foto de flores, e dentro, em cuidadosas letras cursivas, está escrito "Boa sorte, mamãe". As letras, tão conscientemente redondas, são dolorosas demais para mim, como se alguém as estivesse costurando diretamente em meu coração, por isso, tento não olhar com muita frequência.

Nada da Tilly, claro.

"Ela vai perdoá-la em seu tempo", disse Daniel na última vez que trouxe Jamie para me visitar. "Tem sido muito difícil para ela."

Daniel não acrescentou o "para todos nós". Estava escrito na cara dele, no cabelo grisalho agora surgindo em meio aos fios louros.

Lembro-me do rosto de Tilly quando ela me descreveu, em uma de suas raras visitas, como ela e Jamie tinham voltado com Daniel à casa, logo antes de ser tomada, sabendo que tinham apenas algumas horas para retirar tudo que pudessem. Correndo contra o relógio, ela enfiou suas coisas — todos os

restos adorados da infância: cartões de amigas, fotos de meninas de pijamas cor-de-rosa que tirou quando dormia na casa
de alguma delas, pôsteres, bilhetes dobrados escritos durante
a aula e desenhados com carinhas felizes — em sacos de lixo
pretos e os carregou para fora. Ela me disse que os vizinhos
fingiram não olhar, e, enquanto falava, a lembrança ardente
da vergonha exsudava em cada poro. Ultimamente, me agarro
a qualquer galho de árvore com o qual me açoitar, e a minha
árvore mental preencheu todos os detalhes que a vergonha
adolescente dela se recusou a fornecer. Em minha cabeça, vejo
sacos alinhados na calçada do lado de fora, o de Jamie rasgado
no ponto em que ele encheu demais com os trilhos quebrados
do trenzinho e os carrinhos de controle remoto com os quais
está grande demais para brincar agora, mas que não poderia
suportar deixar para trás. Vejo o colchão manchado apoiado
contra a parede do jardim e as almofadas sujas e sem forma.
Vejo a humilhação de Tilly ao perceber que uma das sacolas
estava aberta, cuspindo um sutiã para fora. Cada imagem é
uma nova chicotada.

Eu mereço, claro. Mereço tudo isso.

Minha filhinha, pobre e perdida.

Há poucas semanas, Daniel me contou a respeito de Sian, sem
me encarar nos olhos.

"Fico muito feliz", menti.

Não fiquei feliz, obviamente. Para falar a verdade, a ideia de
Daniel e Sian juntos me enoja a um ponto que jamais poderia
imaginar. De noite, me atormento imaginando-a dormindo
no meu lado da cama, assumindo meu papel em uma vida que
achei que não queria para mim. A surpresa, imagino, é que
ela a quisesse, embora quanto mais penso nisso e quanto mais
penso na cara dela quando falou aquilo "Uma bolsa Birkin não
vai se importar comigo quando eu estiver velha", menos me

surpreendo. Para ser honesta, na verdade, fico horrorizada com a ideia de Sian sendo a mãe que falhei tão espetacularmente em ser para meus filhos, a imagem da escova de cabelos dela no banheiro das crianças, os sapatos altos pretos que ela usa para trabalhar ao lado dos tênis enlameados de Jamie no corredor. Apesar de todo aquele evangelho sobre a liberdade de ser solteira, meu medo é que ela escorra para dentro da minha família feito manteiga derretida. E Daniel vai permitir, é claro, como faz com tudo, convencido de que o caminho de menor resistência é o que ele teria escolhido de qualquer forma. Às vezes me forço a visualizar a cena, desfrutando a punhalada brutal de dor que vem de imaginar o rosto dela ao lado do de Daniel na fronha que comprei ou como ela talvez tiraria o cabelo do rosto de Jamie com carinho quando ele tivesse um de seus pesadelos. Consigo me forçar a confrontar essas coisas, mas quando a vejo sob a luz da manhã, preparando sanduíches para as merendeiras de Tilly e Jamie, minha mente se fecha. Engraçado, essas coisas pequenas que se provam dolorosas demais para serem suportadas.

Na noite após Daniel ter me contado, fiz com os dentes um buraco na fronha do travesseiro. Foi um choque ver aquilo no dia seguinte, protuberante, feio e encharcado de mágoa. Mas eu disse "Fico muito feliz" por causa da necessidade que tenho de me punir e sofrer.

Sian ainda precisa vir me visitar. Ela mandou uma longa carta, no entanto, dizendo coisas como: "Se eu achasse por um instante sequer que você ainda sentia alguma coisa por Daniel, eu nunca..." e "Você jamais pode saber o quanto isso me perturbou, a nós dois." Então agora é Sian e Daniel que são "nós dois". Agora aquele Daniel está irrevogavelmente perdido para mim. Posso finalmente, como Helen Bunion me encorajou por tanto tempo, experimentá-lo como uma entidade independente e posso enxergar como está longe do homem incapaz em que minha obsessão distorcida o transformou. A verdade é que ele é mais forte do que jamais imaginei. Ele tem que ser. Mais importante, vejo agora que Daniel tem algo que jamais notei, que certamente nunca valorizei. Integridade. Ah, não faça essa cara, Clive. Sei como você zombaria disso.

"Não tenho um pingo de integridade", você se gabava, acrescentando um "graças a Deus" para dar um ar cômico.

Agora, tarde demais, percebo como a integridade tem suas vantagens.

Tem um jornal dobrado e não lido do lado da minha cama. De hoje. Não preciso abrir para saber que terá uma foto sua: provavelmente a mesma que está em seu site. É essa que os jornais costumam publicar. Como deve estar agradecendo o cuidado que teve em escolhê-la. Junto a ela, provavelmente vai haver uma foto minha tirada em sua festa de renovação dos votos de casamento. "O esqueleto de rosa", é como penso nela. Acho que é a única à qual a imprensa tem acesso. Meus amigos e parentes têm sido muito legais. Muito mais do que mereço.

Raramente a foto de um de nós vem sem a do outro. Que irônico, depois do tanto que você investiu em tentar me distanciar de você, que nós terminemos juntos, inseparáveis, nossas imagens para sempre ligadas no imaginário popular, feito Myra Hindley e Ian Brady, a dupla responsável por uma série de assassinatos no anos 1960.

No outro dia, havia uma nova foto sua. Não quero ofendê-lo, Clive, mas fiquei um tanto chocada. Você envelheceu de repente. E como está abatido também. Todos aqueles anos em que reclamei daquela camada extra de gordura que você usava como se um fosse um enchimento debaixo do casaco. E agora que ela foi embora me vejo lamentando a falta dela. Engraçado, mas é a única coisa da qual sinto falta ultimamente. Se não fosse pelas associações com o que aconteceu, não sei se sentiria alguma coisa agora quando olho sua foto. Você seria apenas mais um homem. Desculpe. Mais um momento Tim Rice. Peço desculpas. Não sei o que deu em mim. Não sei mesmo.

Minhas pálpebras parecem estranhamente pesadas, provavelmente resultado de não ter dormido na noite passada. Acho mesmo que acompanhei cada sombra da noite através da janela sem cortinas, enquanto meus pensamentos corriam caóticos e meu coração pulsava dentro de mim. As paredes são tão vazias aqui, não tem nada para se olhar, exceto a janela. Pela primeira vez em séculos, desejei um comprimido para dormir: só um misericordioso zopiclonezinho branco e em forma de losango. Mas estou livre de tudo isso agora. Não sei se por acaso ou destino, meu corpo realmente se tornou um templo. Ganhei peso também, tão rápido quanto você parece ter perdido. Cara, é quase como se eu estivesse te sugando, Clive!

Para ser honesta, antes da noite passada, fazia bastante tempo que não pensava de verdade em você. Acho que é algum tipo de autopreservação psicológica. A mente não nos permite chegar perto demais das coisas que não suportamos encarar.

Mas na noite passada, tudo aquilo se desenrolou de novo, aquele carpete infinito do pesadelo que me trouxe até aqui.

Eu sabia que teria que passar por tudo aquilo de novo hoje. Eu sabia que alguém ficaria de olho em mim, me julgando, meu juízo final.

Para ser sincera, fiquei espantada com o interesse que a coisa toda despertou. Todas aquelas cartas, aquelas mensagens. As poucas vezes que me aventurei na internet, descobri fóruns em que pessoas que eu desconhecia discutiam todos os aspectos do caso — motivação, prerrogativa moral —, como se você e eu fôssemos personagens de uma peça, e não pessoas reais. Por isso eu sabia que haveria uma multidão, mas não tinha ideia do tamanho dela até o momento em que fui levada até lá e vi a multidão do lado de fora, alguns com câmeras, câmeras de TV até.

Você nem imagina, Clive, como foi estar naquela sala. Sentada, tentando parecer que eu estava me concentrando no que era dito, mas o tempo todo consciente de que todos me olhavam, uma multidão de estranhos se empurrando, me encarando como se eu fosse uma personagem da novela favorita deles, e não como se eu existisse ali, na vida real, a alguns passos deles.

Ah, que bobinha. É claro que você pode imaginar! Está acostumado a tudo isso, você e sua capacidade de falar em público.

Peço desculpas, mas quando o vi na televisão há alguns dias, no jornal da noite, você parecia muito menos que à vontade, se não se importa que eu diga. Eles o filmaram subindo os degraus do tribunal, e você estava praticamente encurvado, como se não quisesse mostrar o rosto. Só dava para ver a ponta da sua cabeça, e não pude deixar de notar como o cabelo estava mais fino. *Ela* estava segurando sua mão, claro, e não havia timidez nela quando sorriu diretamente para as câmeras, como se tivesse treinado para aquilo. Você deve estar muito orgulhoso dela, embora eu precise dizer que não parecia orgulhoso. Você parecia, e eu quase hesito em dizê-lo já que sei que vai odiar isso, mas você parecia pequeno de alguma forma. Diminuído. Já *ela* parecia enorme, uma amazona entre as mulheres, segurando sua mão com dedos de ferro.

Cuidado com o que se deseja.

Este quarto parece tão quente, apesar do tempo frio de outubro lá fora. Não consigo me sentir confortável. Fico deixada aqui, apoiada num cotovelo, e todos os músculos de meu pescoço parecem tensionados na direção errada. Mais uma consequência de se envelhecer, acho.

Há uma fotografia na mesinha de cabeceira, apoiada contra o abajur ao lado do cartão de "boa sorte" de Jamie. É uma foto que o Daniel trouxe de nós dois com Tilly e Jamie nas férias na França, há sete anos, portanto é anterior a você. Me pergunto se foi por isso que Daniel a escolheu. Nós tínhamos alugado uma casa grande junto com outras duas famílias no interior da região de Bordeaux, um lugar diferente, que já havia sido um estúdio de gravação. Havia uma piscina do lado de fora, e eu lembro que nos revezávamos como salva-vidas, porque Jamie tinha apenas 3 ou 4 anos e estava traiçoeiramente obcecado pelo azul brilhante da água. Tilly, com 8 anos, ainda era nova o suficiente para estar feliz na maior parte do tempo e para acreditar que os pais estavam basicamente do lado dela. Estávamos todos sentados nos degraus dos fundos da casa. Daniel e eu no primeiro degrau, Tilly e Jamie atrás, por cima de nós. Não consigo lembrar quem tirou a foto, mas deve ter sido um dos outros adultos. Engraçado, nem lembro exatamente que amigos eram. Todas as férias daquela época se misturam umas com as outras numa nuvem de grandes saladas gregas e vinho branco gelado.

Jamie está debruçado sobre o ombro de Daniel, rindo de algo fora da foto. Talvez a pessoa que estava com a máquina estivesse exibindo uma daquelas caretas que fazem quando querem que as crianças sorriam nas fotos. Daniel está olhando de relance para Jamie, e rindo, provavelmente porque Jamie estava rindo. Os braços gordinhos de Tilly estão ao redor do meu pescoço e o rosto dela está enfiado em minha nuca, dando um assoprão barulhento, provavelmente. Mas é o meu próprio rosto que me atrai. Minha boca aberta em um urro de alegria, meus olhos completamente entregues às linhas do riso. Estou indiscutivelmente feliz. Estou irreconhecível.

Claro, sei por que Daniel escolheu aquela foto específica. Para me lembrar, como se eu precisasse disso, do que tive um dia e do que eu tinha perdido. Não o culpo. Eu teria feito o mesmo.

Mas sabe a coisa estranha? Ao mesmo tempo que lamento por aquela família de comercial de margarina da fotografia, me lembro de outro evento daquelas mesmas férias, ou de outra muito parecida com aquela. Dirigíamos ao longo das estradas do oeste da França. As crianças estavam derretendo no banco traseiro, desconfortavelmente amontoadas pelo excesso de travesseiros e sacos de dormir. Meus pés estavam espremidos por uma bolsa de comidas de última hora que não conseguimos enfiar em lugar nenhum. Atrás do volante, Daniel, alheio à irritabilidade sufocante que dominava o restante do carro, cantarolava sozinho. De tempos em tempos, ele parava para ler uma placa na estrada. Ele sempre se considerou o próprio linguista, então pronunciava os nomes das cidades francesas com um gosto quase obsceno, embora claramente sincero. *Viiiiiediêeeee* (Villedieu), *Avrôoooonxiiii* (Avranches). E a cada nova palavra, meu nível de estresse aumentava mais. Pedi que parasse, mas ele continuava. *Liiiiiiiimôooooj* (Limoges). Eu tinha perdido a circulação nas pernas, as crianças estavam discutindo irritadas no banco traseiro do carro enquanto eu olhava para o mapa e via que a próxima saída seria para uma cidade chamada Chateaubriant. Assim que vi o nome, ouvi a voz de Daniel em minha cabeça dizendo em voz alta *Xatôoooobrian*, e eu não tinha dúvidas de que se ele o disesse, eu iria abrir a porta do carro e correr e correr até nunca mais parar. Todo o meu corpo se tensionou à medida que nos aproximávamos da primeira placa para Chateaubriant. Os nós de meus dedos agarrados ao mapa de estradas estavam brancos de antecipação. Mas agora, depois de todos esses anos, não consigo lembrar o que aconteceu em seguida, se Daniel perdeu o interesse em pronunciar nomes franceses ou se falou o nome da cidade e eu deixei, de alguma forma, aquilo passar. Mas ainda lembro o terror retesado, a convicção de que havia chegado ao meu limite.

De todas as coisas na vida nas quais não se pode confiar (e vamos encarar os fatos, existem muitas delas), a memória é a mais traiçoeira. ("E mães", ouço Tilly sussurrar dentro de minha cabeça. Ela tem razão, é evidente. Memória e mães.)

Parece inconcebível agora que houve um tempo em que meus filhos não eram reais para mim. Agora que penso neles, no aspecto físico, o cheiro, os cabelos, o rubor na bochecha de Tilly quando ela acaba de acordar inundam meus sentidos em todos os momentos do meu dia. Às vezes, posso sentir a respiração quentinha de Jamie no meio da noite em meu rosto ou ouvir o "Manhê" arrastado de Tilly, como se ela estivesse ao meu lado. Sempre sentimos falta do que não temos. O que acha disso, Clive?

Não vou mentir para você: procurei por menções a Liam entre as notícias da TV e dos jornais. Posso entender o distanciamento de Emily, mas achei que Liam estaria lá para apoiá-lo. Por favor, não pense que gostei que ele não o tenha feito. Os dias em que o seu desconforto era um consolo para mim ficaram para trás, Clive. Espero que acredite nisso.

Susan veio me visitar uma vez. Me pergunto se ela lhe contou.

Eu poderia ter me recusado a vê-la, mas é claro que não o fiz. Como assim, negar uma oportunidade de me açoitar viva, deixar minha pele rasgada e sangrando? Por que eu faria isso?

Não pude encará-la e ainda assim não queria olhar para lugar nenhum. Para onde quer que olhasse, havia marcas do que eu havia feito, a flacidez súbita ao redor dos lábios, a falta de brilho da pele.

Tenho certeza de que pode imaginar o diálogo que se passou entre nós. Bem, quando digo diálogo, quero dizer monólogo. E quando digo monólogo, quero dizer poucas frases, repetidas de novo e de novo, como se, mais cedo ou mais tarde, apenas por perseverança ela pudesse revelar a resposta pela qual estava procurando.

"Por quê?" Essa se repetiu bastante. "Eu achava que éramos amigas."

E eu, lugar-comum como sempre, seguia com minha resposta de uma única palavra:

"Desculpe."

Desculpe, desculpe, desculpe e desculpe de novo. Mil "desculpes" e nenhum deles sequer raspando a superfície.

Sabe o que é engraçado, no entanto? Quando estava se preparando para sair, ela se virou com o mais estranho olhar.

"Eu poderia ter descoberto", falou, como se eu devesse entender sobre o que ela estava falando. "Alguma vez lhe ocorreu que eu poderia ter descoberto se quisesse, mas que eu simplesmente escolhi não saber?"

Eu estava morrendo de medo de ver Susan de novo, verdade seja dita. Sabia que era muito pouco provável, é evidente, que ela voltasse, com todas aquelas pessoas a encará-la, todas aquelas memórias terríveis voltando à tona. Mas ainda assim eu não conseguia parar de procurar na multidão pelo cabelo louro esbranquiçado dela (mais branco do que nunca) ou por um pedaço de tecido azul-marinho. Eu sabia que não seria capaz de dizer uma palavra sequer se achasse que ela estivesse lá, me ouvindo. Já era ruim o suficiente sentar ali sabendo que eu ia ter que responder a todas aquelas perguntas, trazer de volta à vida todos os fantasmas. Não sei como você faz isso, Clive, realmente não sei, todos esses discursos em público, com todos os olhos, todas as câmeras fixadas em você. Admiro-o por isso.

Li uma matéria na internet no começo da semana na qual o repórter estava descrevendo seu comportamento no banco de testemunhas. Ele disse que você respondeu às perguntas que lhe eram feitas com uma voz de quem tinha "praticado, mas que não transmitia convicção". Achei que o repórter foi um tanto duro. Seria difícil reunir convicção diante das circunstâncias.

O mesmo repórter descreveu a forma como você chegou ao tribunal com Susan, embora não tenha olhado para ela nenhuma vez durante todos os procedimentos. O que foi isso, Clive? Culpa? Proteção? Certamente não era arrependimento, certo? Ele a descreveu como "leal" em seu apoio. Tive que rir. A ideia de que você daria valor para algo como lealdade.

Mudei de posição agora. Meu coração estava começando a palpitar tão desconfortavelmente que quase podia vê-lo se mexendo através desse paletó cinza-escuro que ainda não tirei. Me disseram para me vestir bem, mas assim que o coloquei esta manhã, sabia que era um erro. Me senti dura e desajeitada, como se estivesse de armadura, o que não deixa de ser verdade, acho. Ainda assim, acho que ele vai ter sua utilidade. É uma boa roupa de enterro.

Minha mente não desliga. Eu poderia virar uma bebida. Sabe, às vezes sonho que estou no pub e quando acordo ainda posso sentir o gosto de vinho em minha boca, mesmo depois de quase 15 meses sem beber. Outras vezes, no entanto, não penso muito nisso.

Mas hoje foi um suplício, como tenho certeza de que você pode imaginar. Em todos esses longos meses trancada neste quarto minúsculo, todas aquelas reuniões, toda aquela preparação, sabendo que tudo levaria a este ponto. Bem, não é de admirar que a pressão me subiu à cabeça. Sei que vai entender.

A primeira parte foi tudo bem, sentar lá em meu paletó de enterro novo e meus sapatos de camurça preta adequados para um tribunal, enquanto as outras pessoas tagarelavam (é impressionante como até mesmo escutar alguém falar sobre você pode se tornar tedioso tão rapidamente). Olhando para os meus sapatos, pensei na menina que achei ter visto na entrada, quicando em suas plataformas vermelhas chamativas, e de repente senti uma punhalada de arrependimento de todos os sapatos que nunca mais vou poder usar: o de tirinha dourada no tornozelo, o de lacinho de veludo roxo ou o salto agulha que balança enquanto caminho como se fosse uma vara de salto em altura fincando no chão.

Sabe, toda mulher alimenta aspirações ocultas a respeito de sapatos. A gente pode andar por aí de chinelos ou em confortáveis botas da Ugg, mas em nossàs cabeças estamos convencidas de que em algum lugar no futuro vamos nos transformar no tipo de mulher que usa botas de cano longo de couro de cobra falso por cima da calça jeans ou sandálias rosa-chiclete de salto alto. Aceitar que agora nunca mais vou ser esse tipo de mulher foi como uma espécie de perda. Os sapatos que nunca usarei, os caminhos que nunca trilharei — esse tipo de coisa.

Imagine pensar em sapatos numa hora como essa! Você deve achar que perdi a cabeça!

(Aliás, esqueci de dizer como gostei do terno que você estava usando na reportagem da TV. Escuro e sóbrio, com um leve toque de risca de giz para dar um ar moderno. Aposto que não foi você quem escolheu. Você nunca foi de meias palavras.)

Eu sabia que a minha hora de falar estava chegando pelo gradual aumento da tensão no ambiente e pelo jeito como as pessoas da fila da frente começaram a se ajeitar nas cadeiras e a procurar por lenços de papel na bolsa, para mais uma última rodada de assoar o nariz e tosses antes da atração principal.

Nunca fui a atração principal de nada antes e preciso dizer que achei aterrorizante. Quando meu nome foi chamado, a mulher espremida ao meu lado colocou a mão no meu braço e percebi que estava tremendo. À medida que me coloquei de pé, ela me lançou um olhar de simpatia tão genuíno que meus joelhos quase se dobraram.

"O único jeito é encarar de frente", sussurrou, e foi muito estranho o modo como aquele chavão foi tocante para mim, como se tivesse sido a primeira vez que ouvia a frase.

Olhando para todos aqueles rostos curiosos, pensei por um instante que talvez não fosse capaz de aguentar. Minha vontade era rasgar este paletó ridículo e disparar até a porta. (Dá para imaginar o que teria acontecido? "Louca!", todos teriam gritado, com ar de vingados. "Eu já sabia!") Mas mirei um ponto na parede no fundo da sala e concentrei toda a minha atenção nele, como tinha sido aconselhada a fazer, e, de alguma forma, o macete pareceu funcionar.

Mesmo assim, quando comecei a falar, minha voz saiu de mim em caroços duros e ressecados, feito pasta de dente velha. Tentei fingir que aquilo não importava e segui em frente, escondendo o tremor de minhas mãos da vista das pessoas.

Primeiro as perguntas eram gentis, mas, exatamente como eu tinha sido alertada, assim que comecei a relaxar, elas vieram mais inquisitivas, insistentes, até que enfim chegou:

"Por que fez isso, Sra. Islip? Foi por vingança?"

Por um instante eu fraquejei, balançando devagar, tentando não entrar em pânico. *Claro que foi por vingança*, respondeu a voz cínica em minha cabeça. *O que mais poderia ser?* Mas é óbvio que não respondi nada parecido com isso.

"Não", disse minha voz mentirosa e encaroçada. "Você não está entendendo."

Engraçado como na época em que você ainda estava desesperado por mim, zombava por eu ser uma mentirosa tão relutante. E agora falo a língua da mentira com perfeição. É uma língua estrangeira que aprendi a dominar recentemente. Me pergunto se ficaria satisfeito com esse progresso, com o quanto me pareço com você agora.

316

Estudando os rostos na plateia, percebi que ninguém acreditava no que eu estava dizendo. Bem, quem poderia culpá-los? No entanto, a farsa continuou.

"Pode descrever seus sentimentos atuais com relação a Clive Gooding?"

Claro, eu estava esperando aquilo desde o início. Pensei que estava preparada, mas, mesmo assim, o seu nome, dito em voz alta daquele jeito, me atingiu feito um tapa, um palavrão. Não leve a mal, Clive, mas se eu tivesse gritado a palavra "BOCETA" para aquela sala cheia e silenciosa, não teria sido tão chocante. Mas, sabe, nem o choque foi capaz de me impedir de apreciar a comédia da pergunta. Houve um tempo em que se me pedissem que descrevesse meus sentimentos em relação a você, eu seria capaz de listar todas as emoções contidas no dicionário: boa, ruins, assustadoras até, e ainda assim não conseguiria explicar. Mas agora? Bem, enquanto o meu cérebro repassa as opções, preciso dizer que tive dificuldade de encontrar uma que chegasse perto da verdade. Sabe, acho que a resposta correta à pergunta "Pode descrever seus sentimentos atuais com relação a Clive Gooding?" poderia muito bem ser "Nenhum". Mas claro que não foi isso o que respondi.

"Desculpe...", gaguejei, antes de me recompor e lembrar as linhas que eu tinha decorado. "O Sr. Gooding era um amigo próximo", recitei em minha voz de pasta de dente seca. "Sempre vou desejar o melhor para ele."

Houve um murmúrio distante entre as pessoas da plateia assim que terminei de dizer aquilo, como árvores altas e malignas balançando ao vento. Foi para isso, afinal de contas, que elas tinham vindo. Estavam enfim sentindo cheiro de sangue.

Eu sabia o que viria em seguida, é evidente. Eu sabia o que todo mundo estava pensando. Prisão é um conceito tão *incorporado*, não concorda? Como os inocentes se excitam com a ideia das grades se fechando, o cruel tinido das trancas, o barulho de chaves — o impiedoso ruído metálico próprio da punição. (Claro, você e eu sabemos que é diferente: o som suave do tédio e das pessoas chorando no travesseiro.)

Eu podia sentir a expectativa aumentando na sala. Seria exagerado dizer que parecia que estavam todos prontos para dar o bote? É evidente que sim. Peço desculpas. Como falei, tenho andado tão extenuada ultimamente.

Ainda de pé, uma de minhas pernas começou a bambear, tremendo como se fosse uma máquina que funcionasse à pilha. Eu me perguntei se todo mundo podia notar, mesmo os que estavam no fundo. Havia uma mulher na terceira fila mascando chiclete. Observei a mandíbula dela se mover ritmicamente e me vi através do olhar vazio dela, o espetáculo que eu havia me tornado, o acontecimento espontâneo, o quarto pedestal na Trafalgar Square, com uma perna descontrolada. Tentei voltar a respirar direito. O que Helen Bunion costumava dizer? Alguma coisa com respiração e barriga? Instintivamente, enchi o pulmão de ar e tentei soltar o mais devagar que pude.

Expira. Expira. Expira.

Enquanto eu me concentrava na expiração, veio a pergunta seguinte, exatamente como eu sabia que viria:

"Sra. Islip, tem algo a dizer a respeito da sentença de Clive Gooding?"

Quero que saiba, Clive, que eu nunca quis que você fosse preso. Não fui eu quem deu queixa. Sei que você sabe bem disso, mas acho que é importante repetir. Não quero que fique margem para dúvida alguma. Não queria que pensasse que nada foi fruto do rancor. Embora, dito isso, também não tenha pena de você. Você se achava tanto e se estufava tanto que era inevitável que um dia explodisse.

Mas eu me encolhi quando ouvi as acusações. Ter encomendado lesão corporal grave. Faz de você apenas um marginal qualquer! Como vai odiar isso. Mas, como falei antes, a ação legal não teve nada a ver comigo. A promotoria parecia obstinada, de verdade. Mas preciso dizer que acho que o fato de você ser uma celebridade deve ter contado contra.

De qualquer forma, acho que você pode tirar muita coisa de toda essa experiência da prisão quando aprender a aceitá-la. Pelo que ouvi dizer, você é uma espécie de celebridade entre quatro paredes. Uma vez que se habituar, tenho certeza de que vai fazer a coisa toda funcionar, como sempre. Encare isso como uma pausa na carreira. É o que eu faria. É possível se reconstruir do zero, sabia, mesmo depois de algo como isso? Ao menos isso eu aprendi. E 18 meses não é mesmo muito tempo, uma vez que se pensa no assunto.

Quando eu me lembro daquele dia no hospital, o ponto mais baixo entre todos os pontos baixos, eu jamais poderia imaginar que havia uma saída. Bem, para ser sincera, àquela altura eu não estava pensando em nada além da bolha da minha própria cabeça. Não gosto de pensar no hospital, e mesmo assim ele está sempre comigo. Sempre que vejo aquele tom de roxo específico, sempre que sinto o cheiro de produto de limpeza com essência de limão, uma onda de náusea pura toma conta de mim. Acho que, em se tratando de punição, não é tão terrível assim, mas ainda tento evitar pensar nisso.

Mas quero que entenda que é possível voltar das cinzas, por isso vou reviver tudo de novo. Quem sabe, talvez minha experiência possa ser de algum conforto para você. Não é um pensamento irônico?

Até hoje, não me lembro muito sobre como cheguei àquele lugar roxo, exceto que o ônibus apareceu quase de imediato e que entendi aquilo como uma espécie de sinal. Eu estava num estado terrível, isso é certo. Não preciso reler as reportagens para saber disso. É até de se espantar que eu tenha conseguido sair de casa, na verdade. Sei que falei na recepção que era tia de Emily e sei que fiquei do lado de fora do quarto com a lembrança do "Faça-a ir embora" ecoando em minha cabeça.

Pela porta entreaberta eu podia ver Emily dormindo. E lá, no pé da cama, dentro de uma incubadora de vidro, estava o bebê ou "a coisa que se chama bebê", como eu estava insistindo em chamá-lo. (Eu estava pirada, não estava? Piradaça. Tenho vergonha de lembrar isso tudo.) Mas, sabe, o mais curioso é que, mesmo no meio da minha loucura, algo dentro de mim ainda reconhecia que no instante em que eu entrasse naquele quarto, eu estaria atravessando uma fronteira da qual jamais poderia voltar. Por isso, hesitei. E durante a minha hesitação de uma fração de segundo, o bebê se contorceu dentro da incubadora e levantou um pezinho, nu e pintado feito salame. E sabe o que eu fiz? Por favor, não leve para o lado pessoal, eu tenho certeza de que você a ama incondicionalmente, mas eu *recuei*. Eu me encolhi e me dei conta de que não era capaz de me aproximar daquilo — aquela coisinha *alienígena* recém-feita.

Bem, você pode imaginar o quão esquisito foi, depois daquele tempo todo, encontrar uma parte da sua vida com a qual eu não sentia qualquer conexão, que não sentia como parte de mim. E foi isso. Blém! A corda de aço da minha obsessão arrebentou como se alguém tivesse usado um alicate de corte. Todos aqueles meses de angústia, as centenas de libras gastas em terapia e, no final, só o que foi preciso foi a visão de um pedaço de carne roxa.

Eu devo ter fugido do hospital depois daquilo, mas não tenho ideia de para onde fui ou como. Me disseram que fui encontrada vagando na estação Victoria e que passei as semanas seguintes em uma espécie de alojamento psiquiátrico, antes de ser entregue aos cuidados do meu pai, mas tenho pouca memória disso também. A mente é uma guardiã fantástica, não acha?

Tenho certeza de que a maior parte das pessoas pensa que escrever o romance foi a terapia que me ajudou a sair do buraco em que eu havia me metido (um lugar escuro e horrível, uma Varsóvia da mente). Aqueles meses enclausurada em meu velho quarto na casa do meu pai, em minha própria e autoimposta prisão, transformando o meu diário sob o título pouco criativo de *A vingança da amante*, estão rapidamente se transformando em material de folclore de grupo do livro. Ninguém jamais soube a respeito da visita ao hospital. Nunca disse a ninguém até agora, mas sei que você vai entender o que significa atingir o fundo do poço, Clive. E espero que encontre alguma ajuda com isso.

Espere um instante, estou mudando o peso do corpo para o outro cotovelo. É difícil encontrar uma posição confortável. Essas camas de hotel parecem tão convidativas e, ainda assim, elas raramente cumprem o prometido. Não se preocupe, não é um dos "nossos" hotéis. Quando tento pensar nesses cinco anos de encontros ilícitos, todos os hotéis se misturam num só, um único carpete bege, uma única cabeceira comprida, um único reflexo borrado no espelho, não é? Foi a assessoria de imprensa da editora quem reservou o quarto para mim. Eu mesma não teria escolhido este hotel. Muitos turistas alemães, além daquelas janelas de folhas duplas de vidro que não dá para abrir completamente.

Deus, aqui estou eu reclamando do meu quarto de hotel enquanto você vai passar essa noite e as próximas... nossa mãe... 550 noites (mais ou menos) numa cela de prisão. Peço desculpas. E eu queria que soubesse que embora seja verdade que eu nunca tenha passado uma noite numa prisão de verdade, encarei um período de reclusão na ala dos malucos e mais os longos meses no quartinho dos fundos da casa do meu pai, portanto sei o que é se sentir encarcerado. Minhas habilidades de empatia não estão completamente esquecidas.

Olhe, não quero que pense que foi intencional da minha parte — o timing de tudo. Eu sei que parece que foi, organizar a primeira noite de autógrafos para hoje, um dia após sua sentença ser anunciada. Acredite em mim, levantei a questão com o editor. Eu não queria que você pensasse que estava capitalizando em cima da nossa tragédia. Mas a publicitária me assegurou que jamais poderiam saber quando o caso iria terminar. Foi pura coincidência.

Quanto a serem capazes de dar um chute, bem, aí já é uma coisa que eu não saberia dizer. Eu não lido com esse lado das coisas. No final, que diferença faz? Nossas vidas estão separadas agora. Exatamente como você sempre quis. O que quer que eu faça acontece independentemente do que quer que você faça. Trata-se de um progresso também, se poderia dizer.

E, de qualquer forma, eu não tinha ideia de que haveria esse tipo de reviravolta na noite de autógrafos de hoje. Certamente o livro foi muito bem nas semanas após a publicação. E, acredite em mim, ninguém pode se surpreender mais com isso do que eu. Você vai dizer que a publicidade em torno do seu processo não doeu, mas sabe, Clive, precisa lembrar que o seu processo é real. O romance é uma fantasia.

"É uma obra de ficção." Esse é o meu mantra toda vez que alguém me pergunta. "Ficção baseada em experiência."

Assim está melhor. Virei para o outro lado. Agora posso ver o clipping gordo que a publicitária está organizando e que está na escrivaninha junto à parede mais distante. Sabia que ela recorta cada notinha sobre o livro que sai na imprensa? Tem um monte de entrevistas ali no meio, ocasiões estranhas em que recorri ao mantra da "ficção" e os jornalistas fingiram levar na esportiva e responderam coisas como:

"Ah, bem, você sabia que eu tinha que perguntar..."

Mas alguns relatos do seu processo também apareceram ali no meio, e li um deles na noite passada quando não conseguia dormir.

Preciso dizer, fiquei com a impressão de que a repórter estava se divertindo com a história toda. Ela certamente se empenhou ao descrever — como era mesmo o nome dela? — a tal da Anna. É isso. Quero dizer, eu não imaginaria que teria qualquer relevância para o caso que Anna fosse "notável", ou que ela tenha usado um "vestido justinho Victoria Beckham", ou que já tenha posado apenas de lingerie para fotos em revistas masculinas. Também não contribuiu em nada que não estivessem de aliança quando chegaram de mãos dadas ao tribunal, ou que a sua família fosse "conspícua em sua ausência". Você sempre declarou nunca ler as histórias a seu respeito que saíam no jornal.

("Já é tedioso o suficiente *ser* eu, imaginar ler sobre mim", você proclamava.)

Claro, como tantas outras coisas, isso não era inteiramente verdade, e você sempre pesquisava no Google sobre notícias suas e depois me chamava para reclamar de um picareta que tinha raiva de você. Verdade seja dita, depois de ler aquela matéria tão parcial na noite passada, acho que talvez você não deixe de ter razão.

Ao que parece, você perdeu o "rebolado de antigamente". Foi o que a redatora disse. Tentei imaginá-lo sem rebolado, e preciso admitir que tenho dificuldade. Aquele rebolado está muito ligado ao que o faz ser quem você é.

Na matéria, há uma breve descrição da primeira testemunha. A redatora não chegou a dizer se o sujeito chegou ao banco das testemunhas usando uma jaqueta preta de couro com listras ao longo da manga, mas, naturalmente, sei quem era. Ele até tem um nome: Gary Wilder. Engraçado, eu nunca o teria imaginado como um Gary. Como havia deduzido, tratava-se de um parente distante de Tony (imagino que não vá mais cortar o cabelo com ele). O homem admitiu diante do tribunal que você havia pedido a ele que "entregasse algumas mensagens" em seu nome, e sim, não seria inconcebível que algumas dessas mensagens poderiam ser "mal-interpretadas" como intimidadoras. Quando perguntado por que ele havia feito uma coisa daquelas, Gary respondeu que fora como "um favor para um amigo"

Bem, não pude deixar de dar uma risadinha quando li aquilo, sabendo o quanto o seu orgulho estaria ferido. Esse Gary, com seus tênis brancos demais, o cabelo cheio de gel e a total falta de noção, alegando ser seu amigo.

A próxima testemunha foi, de longe, a mais destrutiva de todas. Era aquele que eu nunca cheguei a conhecer (para minha sorte, alguns poderiam dizer!), o contato sobre o qual você me avisou que havia ficado incomodado que eu estivesse atazanando sua família, aquele a quem recorreu quando as táticas de intimidação do bom e velho Gary Wilder não funcionaram. O nome dele se revelou ser Damian, Damian Vaughan. Bem, é claro que eu tive que dar um sorrisinho para aquilo, imaginando se você o tinha escolhido de propósito. Sempre adorou insistir na importância de um pouco de simbolismo. Damian, no final das contas, não era realmente parente de Tony, mas um "afiliado" da família. Foi a palavra que o jornal usou. E gosto bastante dela. Um afiliado. Aparentemente ele foi convocado no último minuto quando o "afiliado" de sempre os decepcionou. Damian foi enviado com altas recomendações a respeito de sua discrição e profissionalismo: que infeliz para você que a esposa do sujeito não tenha correspondido a essas expectativas. Quando ela se deu conta de quem você era, bem, na certa alguns cifrões reluziram diante dos olhos dela. Gosto de pensar que Damian sentiu uma ponta de remorso quando secretamente gravou o *premiado* Clive Gooding oferecendo 40 mil libras a ele para eliminar alguém da sua vida para todo o sempre. (Aliás, eu queria que você soubesse que acredito inteiramente em seu relato de que você queria apenas "me assustar", e não me ferir mais seriamente. Sinto muito que o júri não tenha entendido da mesma forma. Mas também, eles não o conhecem como eu o conheço. Não sabem que você estava só preocupado comigo.) A esposa do homem, é claro, levou a fita direto para o maior relações-públicas do país, e por quatro semanas a história estourou no jornal *News of the World*.

Foi o dia em que tudo veio à tona. Tudo. Você, eu, os hotéis vagabundos, os cinco anos de mentiras, as ligações telefônicas, as ameaças, minha obsessão psicopata, a violência da sua intimidação.

Perdi muitos amigos naquele dia e, enfim, perdi Daniel. E porque perdi Daniel, perdi meus filhos. (Embora seja evidente que eu já os tinha perdido. Minha filha, que se perdera em seu caminho.)

Você pode até ter sido a pessoa que acabou presa depois de as autoridades prestarem queixa baseadas na história toda (não sob minhas ordens, repito), mas não foi o único a perder.

Espero que saiba disso.

A julgar pela matéria do jornal, o promotor não ficou muito impressionado com o seu desempenho no banco dos réus, o que me surpreendeu. Eu havia imaginado que você teria coreografado e ensaiado tudo até o mais ínfimo detalhe. Havia uma imagem desenhada por um artista do tribunal que mostrava o promotor usando aqueles óculos de meia armação de metal preferidos por escandinavos de certa idade. E quase posso ouvir o desdém na voz dele ao delinear suas credenciais para o tribunal: suas conquistas do passado, sua posição de confiança como profissional, pai e marido, explicando que levava uma vida tão mágica que chegou a se enxergar como acima das leis da sociedade normal.

"Me parece, Clive Gooding", o jornal reproduziu uma citação dele, "que você é um homem que se considera além do contexto moral predominante em nossa época."

Bem, cá entre nós, ele tinha um ponto, não tinha?

E qual foi o exemplo que ele deu como "prova viva de seu autoengano descuidado"? Eu! Sally Islip! A mulher que, segundo o promotor, se recusou a desaparecer depois que você interrompeu um caso de cinco anos.

"Como Frankenstein, você descobriu que havia criado um monstro e não tinha ideia de como controlá-lo."

Admito que doeu um pouco, a palavra "monstro", embora eu tenha tentado não levar a mal.

De acordo com o jornal, o promotor guardou a maior parte de seu veneno para o momento de mencionar o seu mal-intencionado e bem-arquitetado plano de me calar pelo medo, a "Solução Damian", como ele chamou.

"Na sua cabeça, era um caso de sobrevivência do mais forte. E você não tinha dúvidas de que o mais forte era você. Achou que iria escapar por causa da sua imagem pública e do seu perfil privado. Mas não importa quem você seja, Sr. Gooding", foi o que ele disse, ao que parece, e eu posso vê-lo encarando-o por cima dos óculos enquanto falava "sempre existem consequências".

Daniel veio me ver três dias depois de sair a notícia do *News of the World*. Na época eu já tinha me mudado para a casa do meu pai, que sabia que algo de grave havia acontecido, mas que não podia entender exatamente o que era.

("É ótimo ter você aqui, meu bem. Mas está certa de que não tem outro lugar em que deveria estar?")

Daniel nem me olhou quando adentrou bruscamente corredor da casa.

"Isso não é uma visitinha, Sally. Eu quero respostas."

Não repliquei que respostas era exatamente o que eu queria também.

É claro que ele queria saber tudo... exceto as coisas que não queria saber. Ele queria saber quando e onde a gente trepava, mas quando comecei a falar, ele fez uma careta de quem ia passar mal, cobriu os ouvidos e disse:

"Não posso ficar aqui ouvindo isso."

Daniel queria saber se a gente tinha rido dele.

"Não era assim", respondi. "Nós nem pensávamos em você ou em Susan."

Bem, você pode imaginar como ele reagiu a isso.

Para ser sincera, fiquei bem assustada com o quanto Daniel foi *atingido* por tudo aquilo. Eu o imaginara quase como indiferente, mas agora a dor o descascou como pele morta. Sei que ler num jornal nacional que a sua parceira teve um caso de cinco anos com um homem que considerava seu amigo e que depois ele pagou para, bem, qual foi o termo que o jornal usou, "intimidá-la fisicamente" deve ser um choque, mas Daniel se concentrava apenas na traição do "a gente": ele e eu. Em minha inocência, achei que estava falando de você e de mim, embora ele não estivesse nem um pouco interessado nisso.

"Como pôde fazer isso com a gente?", repetiu diversas vezes. "Como pôde fazer isso com a nossa família?"

"Não tinha nada a ver com 'a gente' ou com a nossa família", tentei explicar. "Era uma coisa separada, que tinha a ver apenas comigo."

E Daniel me olhou como se estivesse me vendo pela primeira vez. Não vou mentir, não foi uma sensação boa.

"Você é mesmo uma filha da puta de uma egoísta."

Mas aquilo foi dito quase sem rancor, como se fosse um fato objetivo do qual ele havia acabado de tomar conhecimento.

E, simples assim, Daniel estava perdido para mim. Descobri tarde demais o que mais eu tinha perdido: o "a gente" que, para minha surpresa, estava bem no centro da minha existência.

E sabe de uma coisa, Clive? Pela primeira vez eu não joguei a culpa feito merda contra a sua janela.

Eu havia perdido a minha família, e a culpa era exclusivamente minha.

Tudo isso foi há mais de um ano, e preciso dizer que, desde então, Daniel tem sido muito decente. Muito mais do que eu mereço. Todo mês ele leva o Jamie até a casa do papai, e Tilly também, sempre que ela concorda em ir com eles. Ou venho até Londres e fico num hotel como esse (lembra como eu brincava que não devia existir mais hotel nenhum em Londres em que você não tivesse me comido? Preciso dizer, Clive, como estávamos enganados, a imagem que tínhamos de nós mesmos era bastante exagerada, como sempre), e levo as crianças para passear ou para caminhar no parque. Minha filha está com 15 anos agora e já saiu daquela fase intermediária meio desajeitada. Aliás, ela é linda. Os homens a olham de soslaio quando ela passa na rua. Eu fico doida para puxá-los de lado e dizer: "Não está vendo que ela é uma criança?" Mas é claro que está tarde demais para bancar a mãe protetora agora. Não quando a pessoa de quem ela mais precisava se proteger era eu mesma. Sei que feri meus filhos, e por causa disso me resignei a viver a perda do meu direito sobre eles. (Embora nunca a perda deles. Nunca.) Daniel alega que preciso conquistar esse direito novamente. (Às vezes ele até fala *comigo* em linguagem de professor. Essa é uma das coisas nas quais eu me concentro toda vez que começo a me arrepender de não estarmos mais juntos, o que, preciso dizer, não acontece mais com muita frequência.)

O dinheiro do adiantamento dos direitos autorais do livro ajudou. Foi o suficiente para fazer um depósito para um apartamento para Daniel e as crianças, e agora que Daniel terminou o curso, consegue ao menos dar conta do financiamento, que foi salvo pelos pais dele, que concordaram, meio a contragosto, a se apresentarem como fiadores. Fico feliz de pensar que Tilly e Jamie terão os próprios quartos de volta, depois de terem que dividir um na casa de Darren. Eu os imagino cercados pelas próprias coisas — digo, as coisas que conseguiram resgatar. O dinheiro está entrando aos poucos e espero conseguir juntar o suficiente para um dia ter o meu próprio lugar perto dos meus filhos — um lugar para o qual possam vir toda vez que tiverem vontade —, embora atualmente eu esteja bem feliz em minha pequena cela na casa do meu pai. *Cela!* Aqui vou eu de novo! Que idiota insensível! Por favor, me perdoe, não foi intencional.

Não sei como devo me sentir se Sian se mudar para viver com eles todos. Eu gosto de pensar que vou apenas morder o lábio e aceitar que é assim que as coisas vão ser, me confortar com o pensamento de que isso é só mais uma coisa com a qual me flagelar, mas não tenho tanta certeza. No final das contas, é a dor de se saber substituível que é a mais difícil de suportar. Como isso nunca ocorreu a nós, você e eu? Como nunca paramos para pensar em como Susan e Daniel teriam se sentido tão facilmente usurpados? Parece que além de todos os nossos outros crimes precisamos somar o da falta de imaginação.

A boa notícia é que Tilly e Jamie vão vir passar uma semana comigo daqui a duas semanas para comemorar o aniversário de 80 anos do papai, o que é um marco e tanto. Tilly, na certa, vai se declarar "morta de tédio" no segundo em que passar pela porta, mas vou tentar não levar para o lado pessoal. Passinhos de bebê, como Helen Bunion costumava dizer.

Daniel não leu *A vingança da amante*. Pedi a ele que não lesse, ao que me pareceu bastante aliviado.

"É ficção pura", disse a ele. "Mas eu não gostaria que você ficasse imaginando coisas."

Susan, no entanto, leu. Quando veio me ver, falou, numa voz fraca e muito pouco parecida com ela mesma, que tinha sido bastante "esclarecedor". Não pude olhar no rosto dela quando disse aquilo. Em vez disso, encarei em suas mãos a faixa branca e translúcida de pele onde, por 26 anos, a aliança e o anel de noivado estiveram. Eu não podia parar de me perguntar se, ao olhar para a mão macia e de unhas perfeitamente manicuradas de 30 e poucos anos de Anna, você alguma vez sentiu falta da mão de Susan. Acha que mãos chegam a se moldar uma à outra durante o curso de um longo casamento, de forma que qualquer coisa nova pareça fora do lugar e desconfortável, feito sapatos novos no dia do casamento?

Perdoe-me, estou divagando, eu sei.

Na posição em que estou deitada aqui, de lado, posso ver a pilha de livros no chão, esperando para serem assinados: um monumento à nossa própria arrogância altaneira, a sua e a minha.

Amanhã vai ter uma sessão de leitura e noite de autógrafos: um local diferente, mas, sem dúvida, as mesmas perguntas. E me pego me questionando se ainda tenho energia para passar por tudo de novo.

No evento de hoje, fiquei surpresa quando, depois de uma pergunta a respeito da sua sentença de prisão ("A família do Sr. Gooding pediu privacidade neste momento difícil e respeito o desejo deles", foi a minha resposta previsível), a mulher mascando chiclete se levantou.

"Algumas pessoas poderiam dizer que você está fazendo dinheiro com o sofrimento dos outros", disse ela, numa voz limpa e sem qualquer emoção. "Não se arrepende de nada que aconteceu?"

Era uma pergunta interessante, não era, Clive? A pergunta sobre os arrependimentos?

De minha parte, estou certa de que tenho muitos. (Aliás, sinto muito que a situação financeira tenha se tornado tão difícil para você. O processo não deve ter sido barato, e quem diria que Susan realmente seguiria em frente com a ameaça de fazer uma limpa em você? É só mais uma prova de que nunca se conhece alguém de verdade, não é?)

Mas a pergunta a respeito dos arrependimentos é menos direta.

Se eu me arrependo de ter conhecido você, por exemplo?

Você poderia pensar que essa é uma pergunta fácil. Não depois de tudo o que aconteceu, tudo o que foi perdido? E ainda assim, não é.

Se eu nunca tivesse tido você, nunca teria conhecido os sentimentos que eu era capaz de ter. Isso soa como um clichê, mas acredito que para realmente conhecer o que é o amor, mesmo a paródia mais grotesca de amor que o nosso caso se tornou, é preciso primeiro conhecer o fim do amor. O amor, como a felicidade, é um sentimento que só pode ser experimentado por completo em retrospecto.

Quando olho para trás, para a mulher que ficou rondando na porta do quarto de hospital, olhando para aquele bebê (embora eu não goste de pensar no bebê), ela parece outra pessoa. Mas ao mesmo tempo, sei que ela ainda está enterrada em algum lugar dentro de mim (da mesma forma que você — de uma forma não sexual, naturalmente). Ela está apenas — como é o termo oncológico? — *em remissão*.

Alguma vez te contei que trabalhei com uma mulher que foi parar no hospital com uma dor abdominal misteriosa apenas para descobrir que ela vinha carregando durante toda a vida os restos da irmã gêmea não nascida — fragmentos de osso, dentes, até cabelo —, contidos num cisto e absorvidos por ela quando ainda estava dentro do útero? Bem, de uma forma estranha, é assim que penso na outra Sally. Desaparecida, mas, lá no fundo, presente.

No final (e, por favor, me perdoe por filosofar. Está tarde e realmente não tenho nada melhor para fazer — e suspeito que nem você, aliás), somos todos apenas uma série de consequências. Uma vez achei essa ideia deprimente, um ciclo esgotante de padrões repetidos e histórias recontadas. Mas agora realmente acho reconfortante, porque certamente, junto com a bagagem, cada novo "eu" traz uma nova possibilidade de redenção, não importa quão remota, da mesma forma que cada novo dia traz uma nova chance para reparações. Peço desculpas, mas isso soa muito literatura barata de autoajuda para você? Torço para que o tempo que você passar na prisão talvez o amoleça e o ajude a chegar às mesmas conclusões. Você vai achar reconfortante, imagino. E precisamos encontrar conforto onde for possível.

Eu escreveria para a prisão para dizer isso diretamente a você, Clive: sei o quanto você vai depender das cartas que receber durante os longos e vazios meses que tem pela frente. (Estranho, não é, pensar em voltar às cartas escritas à mão depois dos milhares, das dezenas de milhares de e-mails?) Mas, no final das contas, não sei a quem de nós seria proveitoso um restabelecimento do contato que tínhamos. É por isso que nunca respondi o bilhete que me mandou depois de terminar de ler o livro, embora eu gostasse que soubesse que não foi porque eu tenha algo contra você. Você estava sob pressão. Sei o que é isso. Você fez um erro de julgamento, é só.

Fico lisonjeada, é claro, com todas as boas coisas que você escreveu naquele bilhete, e pensei muito no que falou sobre tentarmos de novo. Mas, sério, que bem isso faria? Você tem Anna agora (cuidado com o que se deseja). Eu certamente não iria querer me intrometer entre os dois. E, claro, posso entender que algumas das coisas que eu escrevi no livro poderiam transmitir a impressão errada: todo aquele sentimentalismo insípido, aqueles derramamentos de amor. Sinto vergonha disso agora. Sinto mesmo. Mas quero que saiba, Clive, que eu nunca disse nada que não fosse verdade. Na época.

No final das contas, no entanto, se aprendi alguma coisa com essa história toda, é que a vida continua, e precisamos seguir em frente com nossas vidas.

Separadamente.

Agradecimentos

A publicação deste romance é o ápice de um sonho cultivado por muito tempo, e eu gostaria de agradecer a todas as pessoas que o tornaram possível: Bridget Freer e Viv Schuster, cujo encorajamento generoso deu o pontapé inicial ao processo; minha inteligente e mais do que glamorosa agente Felicity Blunt e minha fantástica editora Marianne Velmans, que me deram sugestões de valor inestimável e o apoio de que eu tanto precisava; e também a todo mundo das equipes da Curtis Brown e da Transworld, que foram tão receptivos (para não falar talentosos!). Pela leitura construtiva (ainda que bastante parcial), um grande obrigada para minhas maravilhosas amigas Rikki Finegold e Mel Amos, e, por me aturar durante os tensos últimos meses, para minha família: Michael, Otis, Jake e Billie. Por fim, gostaria de agradecer a minha mãe, Gaynor, e ao meu falecido pai, Abner, amantes de livros que me fizeram o imenso favor de passar esse amor para mim.

Este livro foi composto na tipologia Minion Pro,
em corpo 11/14,5, e impresso em papel
off-white no Sistema Cameron da Divisão
Gráfica da Distribuidora Record.